L'ÉTOILE DU DÉSERT

Né en 1956, Michael Connelly commence sa carrière comme journaliste en Floride, ses articles sur les survivants d'un crash d'avion en 1986 lui valant d'être sélectionné pour le prix Pulitzer. Il travaille au *Los Angeles Times* quand il décide de se lancer dans l'écriture avec *Les Égouts de Los Angeles*, pour lequel il reçoit l'Edgar du premier roman. Il y campe le célèbre personnage du policier Harry Bosch, que l'on retrouvera notamment dans *Volte-face* et dans *Ceux qui tombent*. Auteur du *Poète*, il a été fait Grand Maître du roman policier lors de la cérémonie des Mystery Writers of America 2023. Deux de ses livres ont déjà été adaptés au cinéma. Après *Bosch*, deux autres séries issues de son œuvre, *La Défense Lincoln* et *Bosch: Legacy*, sont actuellement en cours de diffusion. Les romans de Michael Connelly se sont vendus à plus de quatre-vingt-cinq millions d'exemplaires dans le monde et ont été traduits en plus de quarante-cinq langues.

Paru au Livre de Poche :

À GENOUX
LA BLONDE EN BÉTON
LE CADAVRE DANS LA ROLLS
CEUX QUI TOMBENT
LE CINQUIÉME TÉMOIN
CRÉANCE DE SANG
DANS LA VILLE EN FEU
LA DÉFENSE LINCOLN
LE DERNIER COYOTE
DEUIL INTERDIT
LES DIEUX DU VERDICT
ECHO PARK
LES ÉGOUTS DE LOS ANGELES
EN ATTENDANT LE JOUR
L'ENVOL DES ANGES
LA GLACE NOIRE
INCENDIE NOCTURNE
L'INNOCENCE ET LA LOI
JUSQU'À L'IMPENSABLE
LA LUNE ÉTAIT NOIRE
MARIACHI PLAZA
NUIT SOMBRE ET SACRÉE
L'OISEAU DES TÉNÈBRES
LE POÈTE
SÉQUENCES MORTELLES
LES TÉNÈBRES ET LA NUIT
SUR UN MAUVAIS ADIEU
LE VERDICT DU PLOMB
UNE VÉRITÉ À DEUX VISAGES
VOLTE-FACE

MICHAEL CONNELLY

L'Étoile du désert

TRADUIT DE L'ANGLAIS (ÉTATS-UNIS)
PAR ROBERT PÉPIN

CALMANN-LÉVY

Titre original :

DESERT STAR

Publié avec l'accord de Little, Brown and Company, Inc., New York, NY, USA.

ISBN : 978-2-253-24970-2 – 1re publication LGF

En souvenir de Philip Spitzer,
qui a cru en Harry Bosch

PREMIÈRE PARTIE

La bibliothèque des âmes perdues

Chapitre 1

Ses pilules alignées sur la table, Bosch était prêt. Il versait déjà de l'eau dans son verre quand on sonna à la porte. Il ne bougea pas de sa chaise et songea à ne pas répondre. Sa fille avait une clé et ne s'annonçait jamais, et il n'attendait personne. Ce devait être un démarcheur ou un voisin, et il y avait longtemps qu'il ne connaissait plus aucun de ces derniers. Le quartier donnait l'impression de changer tous les deux ou trois ans et au bout de trois décennies de ce manège, il avait cessé de se porter à la rencontre des nouveaux venus. En fait, il aimait assez être le vieux flic grincheux du coin sur lequel on avait peur de tomber.

Mais une voix qui l'appelait par son prénom accompagna le second coup de sonnette. Et c'était une voix qu'il reconnut.

— Harry, je sais que tu es là. Ta voiture est devant.

Il ouvrit le tiroir de la table. Il contenait des couverts en plastique, des serviettes et des baguettes récupérés dans des sacs de nourriture à emporter. D'un balayage de la main, il poussa les pilules dans le tiroir, et le referma. Puis il se leva et gagna la porte.

Renée Ballard se tenait sur la première marche de l'escalier. Cela faisait presque un an que Bosch ne l'avait pas vue. Elle paraissait plus mince que dans son souvenir et il vit l'endroit où son blazer était boursouflé par l'arme qu'elle portait à la hanche.

— Harry, reprit-elle.

— Tu t'es coupé les cheveux, dit-il.

— Oui, il y a un moment.

— Qu'est-ce que tu fais ici, Renée ?

Elle fronça les sourcils comme si elle s'attendait à être mieux reçue. Bosch, lui, ne voyait pas pourquoi il l'aurait fallu étant donné la façon dont les choses s'étaient terminées l'année précédente.

— Finbar, dit-elle.

— Quoi ?

— Tu sais bien. Finbar McShane.

— Quoi, « Finbar McShane » ?

— Il est toujours dans la nature. On ne sait où. Tu veux essayer de monter un dossier contre lui avec moi ou tu préfères ruminer ta colère ?

— Qu'est-ce que tu racontes ?

— Je pourrais te le dire si tu me laissais entrer.

Il hésita, mais finit par reculer et, à contrecœur, l'invita à l'intérieur d'un geste du bras.

Elle s'avança et se posta près de la table qu'il venait de quitter.

— Pas de musique ? s'enquit-elle.

— Pas aujourd'hui, répondit-il. Bon alors, McShane…

Elle hocha la tête – elle avait compris qu'il valait mieux aller droit au but.

— On m'a confié la direction des Affaires non résolues.

— Aux dernières nouvelles, l'unité a été enterrée. Démantelée parce que c'était moins important que de mettre des flics dans les rues.

— C'est vrai, mais les choses ont changé. Il y a eu des pressions pour qu'on reprenne les affaires non élucidées. Tu sais qui est Jake Pearlman, non ?

— Le conseiller municipal ?

— Oui, le tien. Sa petite sœur a été assassinée il y a des années de ça, et l'affaire n'a jamais été résolue. Une fois élu, il a découvert que l'unité avait été dissoute sans que ça fasse de bruit et que plus personne ne s'intéressait à ces dossiers.

— Et donc ?…

— Et donc, j'en ai eu vent et suis allée proposer quelque chose au capitaine. Je lâche les Vols et Homicides, je reconstitue l'unité… et j'y travaille.

— Toute seule ?

— Non, et c'est pour ça que je suis ici. On s'est mis d'accord au dixième étage : un officier assermenté – moi – et pour le reste, des réservistes, des volontaires et des contractuels. Ce n'est pas moi qui ai eu cette idée. Ça fait quelques années que d'autres services ont adopté ce fonctionnement et ça marche. Le modèle est bon. En fait, c'est ton travail à San Fernando qui m'a donné cette idée.

— Et tu veux que je bosse dans ce… cette escouade, t'appelles ça comme tu veux. Mais je ne peux pas être dans la réserve. Physiquement, je ne passerais pas les tests. Quinze cents mètres en moins de sept minutes ? On oublie.

— Exact, mais tu pourrais être pris comme volontaire ou contractuel. J'ai sorti tous les volumes du dossier

Gallagher. Soit six volumes pour quatre meurtres... bien plus que ce que tu en as toi-même emporté, j'en suis sûre. Tu pourrais recommencer à travailler, et officiellement, sur le dossier McShane.

Bosch réfléchit quelques instants. McShane avait liquidé toute la famille Gallagher en 2013 et enterré les corps dans le désert, mais Bosch n'avait jamais pu le prouver avant de prendre sa retraite. Bien sûr, il n'avait pas résolu toutes les affaires qu'on lui avait assignées en pratiquement trente ans de service. Aucun inspecteur des Homicides n'y parvenait. Mais là, c'était d'une famille entière qu'il s'agissait. De la seule affaire en cours qu'il détestait avoir laissée derrière lui.

— Tu sais que je ne suis pas parti en odeur de sainteté, reprit-il. J'ai filé avant qu'on puisse me flanquer dehors. Après quoi, j'ai attaqué l'administration en justice. On ne me laissera jamais passer la porte.

— Sauf que si c'est ce que tu veux, c'est réglé, lui renvoya-t-elle. J'ai tout arrangé avant de venir. Ce n'est plus le même capitaine et les autres ont changé, eux aussi. Ça m'embête de te dire la vérité, Harry, mais là-bas, plus grand monde ne se souvient de toi. Ça fait quoi... cinq... six ans que tu es parti ? Ce n'est plus le même service.

— Mais au dixième, je parie qu'on ne m'a pas oublié.

C'était à cet étage du Police Administration Building que se trouvait le bureau du chef de la police et que sévissaient la plupart des grands patrons du service.

— À ceci près que, tiens-toi bien, ce n'est même plus au PAB qu'on travaille. On est à Westchester, dans les nouveaux locaux des Archives. D'où beaucoup moins de politiques et d'yeux pour nous surveiller.

Bosch fut intrigué.

— Six livres du meurtre, songea-t-il à haute voix.

— Empilés sur un bureau vide avec ton nom dessus, insista-t-elle.

Bosch avait emporté chez lui des copies de nombreux documents de l'affaire lorsqu'il avait pris sa retraite. Dont la chronologie et tous les rapports les plus importants à ses yeux. Il y avait travaillé de temps à autre, mais devait reconnaître qu'il n'avait pas avancé et que Finbar McShane était toujours libre et pas derrière des barreaux. Bosch n'avait jamais trouvé de preuve confondante contre lui, mais d'instinct et au plus profond de son âme, il savait que c'était lui, le coupable. La proposition de Ballard était tentante.

— Et donc je reviens et je reprends le dossier de la famille Gallagher ?

— Oui, tu y travailles, lui répondit-elle. Mais j'aurai aussi besoin de toi pour d'autres affaires.

— Y a toujours autre chose.

— Il faut que j'aie des résultats, Harry. Que je leur montre combien ils ont eu tort de dissoudre l'unité. L'affaire Gallagher va exiger un sacré boulot… six livres du meurtre à reprendre, pas d'ADN ou d'empreintes digitales dont on ait connaissance. C'est de l'enquête à l'ancienne et moi, ça ne me gêne pas, mais je suis obligée de résoudre des affaires pour justifier la reconstitution de l'unité et la maintenir assez longtemps pour travailler un dossier à six livres du meurtre. Ça te pose un problème ?

Bosch ne répondit pas. Il songea au fait qu'à peu près un an plus tôt Ballard l'avait laissé tomber. Frustrée par la bureaucratie, la ligne politique, la misogynie du service et le reste, elle avait tout lâché et était tombée d'accord pour monter un partenariat avec lui et passer dans le privé. Puis, séduite par la promesse de choisir son poste que lui avait faite le chef de la police, elle lui avait annoncé qu'elle réintégrait le service, avait choisi le bureau des Vols et Homicides du centre-ville et c'en avait été fini de leur projet à deux.

— Tu sais que j'avais commencé à chercher un local, reprit-il. Il y avait une très jolie suite dans un bâtiment derrière le Hollywood Athletic Club et…

— Écoute, Harry, l'interrompit-elle. Je me suis excusée pour la façon dont j'ai géré tout ça, mais tu y as ta part de responsabilités.

— Moi ? En voilà des conneries !

— Non, c'est toi qui as commencé par me dire qu'on est plus à même de changer les choses de l'intérieur que de l'extérieur. Et c'est ce que j'ai décidé de faire. Alors accuse-moi si ça peut te faire plaisir, mais je n'ai fait que suivre ton conseil.

Il nia d'un hochement de la tête. Il ne se rappelait pas lui avoir dit ça, mais savait bien que c'était ce qu'il pensait. Il n'avait pas dit autre chose à sa fille lorsqu'elle avait envisagé d'entrer dans le service en réaction à toutes les manifestations de haine contre la police.

— Bon d'accord, je le ferai. J'aurai un badge ?

— Non, ni badge ni arme. Mais tu retrouveras un bureau avec les six livres du meurtre dessus. Quand peux-tu commencer ?

L'espace d'un instant, il pensa aux pilules qu'il avait alignées sur sa table quelques minutes plus tôt.

— Quand tu veux, répondit-il.

— Bien. On se revoit lundi prochain. Il y aura un passe pour toi à la réception et après, on te préparera une carte de flic. Il faudra qu'on prenne ta photo et tes empreintes.

— Et ce bureau sera près d'une fenêtre ? demanda-t-il avec un petit sourire.

— N'exagère pas, Harry, lui renvoya-t-elle.

Chapitre 2

Ballard était à son bureau et rédigeait une proposition de budget d'analyses ADN lorsque son téléphone sonna. C'était le flic à l'entrée.

— J'ai un type qui… Il dit qu'il devait avoir un passe. Il s'appelle Heron… Her… J'arrive pas à le dire. Nom de famille : Bosch.

— Je m'excuse, j'aurais dû préparer ça. Donnez-lui un passe de visiteur et envoyez-le-moi. Il va travailler ici et il faudra lui faire une carte. Et son prénom, c'est Hieronymus. Ça rime avec « anonymous ».

— OK, d'accord. Je vous l'envoie.

Ballard raccrocha et se leva pour accueillir Bosch à la porte du bâtiment des Archives, sûre et certaine qu'il ne serait pas content de ce cafouillage. Elle y arriva, ouvrit la porte. Bosch avait reculé de quelques pas et regardait le mur au-dessus d'elle. Elle sourit.

— Qu'est-ce que t'en penses ? lui demanda-t-elle. C'est moi qui l'ai fait peindre.

Elle passa dans le couloir pour pouvoir se retourner et regarder les mots inscrits au-dessus de la porte.

UNITÉ DES AFFAIRES NON RÉSOLUES
Tout le monde compte, ou personne ne compte.

Bosch hocha la tête. « Tout le monde compte, ou personne ne compte » était depuis toujours sa philosophie professionnelle, mais aussi personnelle. Il ne s'agissait pas d'un slogan, et certainement pas d'un slogan qu'il aimait voir sur un mur. C'était quelque chose qu'on éprouve et sait de l'intérieur. Pas quelque chose qu'on affiche et pourrait même seulement enseigner à quiconque.

— Oh, allons, on a besoin de quelque chose ! dit-elle. D'une devise. D'un code. Je veux de l'esprit d'équipe dans cette unité, moi. Ça va déménager chez nous !

Bosch ne réagit pas.

— Bon, on entre et on t'installe, enchaîna-t-elle.

Elle lui fit contourner un comptoir de réception derrière lequel s'alignaient des rayonnages remplis de livres du meurtre classés par années et numéros de dossier. Ils empruntèrent un couloir sur la gauche jusqu'à l'espace de travail de l'unité des Affaires non résolues enfin reconstituée. Il se composait de sept postes séparés par trois cloisons de chaque côté, plus une au bout.

Deux de ces postes étaient occupés, le haut du crâne des enquêteurs dépassant juste au-dessus des cloisons. Ballard s'arrêta à celui du fond.

— Moi, je suis là. Et toi, je t'ai mis ici, dit-elle en lui montrant un box équipé d'une demi-cloison le séparant du sien.

Bosch s'installa, Ballard entrant dans son box et croisant les bras sur la cloison pour voir le bureau de son voisin. Elle y avait déjà disposé les livres du meurtre en deux piles, une grande et une petite.

— La grosse pile, c'est l'affaire Gallagher… Je suis certaine que tu le sais.

— Et ça, c'est quoi ? demanda-t-il en ouvrant le classeur du haut de la pile plus petite.

— Ton « y a toujours autre chose », lui répondit-elle, le dossier Sarah Pearlman, et je veux que tu commences par lui.

— La sœur du conseiller municipal, dit-il. Tu n'y as pas déjà jeté un coup d'œil ?

— Si, et ça me semble sans espoir. Mais je veux ton avis… avant d'aller annoncer la mauvaise nouvelle au frangin.

— Tu l'auras, dit-il en acquiesçant d'un signe de tête.

— Avant que tu t'y plonges, laisse-moi te présenter Lilia et Thomas.

Elle gagna l'extrémité de l'espace de travail. Les derniers postes étaient occupés par un homme et une femme qui devaient approcher de la soixantaine, tous deux respirant le professionnalisme. Plus près de l'homme, Ballard le présenta en premier en lui posant une main sur l'épaule. Il avait étalé sa veste de costume sur le dossier de son fauteuil. Moustache et cheveux bruns, il portait des verres de lecture demi-lunes. Brune elle aussi, la femme avait le teint foncé et, comme Ballard en toutes circonstances, était vêtue d'un tailleur et d'un chemisier blanc, un pin's en forme de drapeau américain ornant le revers de sa veste. Bosch se demanda si ce n'était pas pour éviter qu'on lui demande si elle était étrangère.

— Je te présente Thomas Laffont, reprit Ballard. Il vient juste de nous rejoindre la semaine dernière. C'est un ancien du FBI et je l'ai mis en tandem avec Lilia Aghzafi qui a donné vingt ans à la Vegas Metro avant d'avoir envie de voir l'océan et de prendre sa retraite ici. Tom et Lilia épluchent les dossiers pour y repérer des candidats à du suivi de généalogie génétique, ce qui, tu en as sans doute entendu parler, fait aujourd'hui fureur dans nos milieux.

Bosch serra la main aux deux enquêteurs et leur adressa un signe de tête.

— Je vous présente Harry Bosch, enchaîna Ballard, un ex du LAPD. Comme il n'est pas du genre à le claironner, je vais le faire pour lui. C'est un des fondateurs de l'ancienne unité des Affaires non résolues et, en gros, il a donné plus d'années aux Homicides que n'importe qui dans le service.

Puis elle regarda Bosch se débrouiller comme un manche des petits « comment ça va » et autres bavardages. Cacher sa méfiance chronique du FBI ne lui venait pas naturellement. Elle finit par lui porter secours et le ramena à son poste de travail en disant à Laffont et Aghzafi qu'elle avait encore des trucs à voir avec le « bleu » de son escouade.

À l'autre bout de l'espace de travail, ces derniers réintégrèrent leur poste, Ballard posant à nouveau les bras sur la demi-cloison pour regarder Bosch.

— Houla ! s'écria-t-elle. Je viens de voir que tu t'es débarrassé de ta pornstache. Après qu'on s'est parlé ?

Elle en était certaine. Elle aurait remarqué son absence en allant le voir. Bosch rougit, son regard filant à l'autre bout de la pièce pour voir si Aghzafi et Laffont avaient entendu ce commentaire.

— Elle commençait à blanchir, dit-il sans autre forme d'explication, mais Ballard savait que c'était déjà le cas avant même qu'elle ne le rencontre.

— Je suis sûre que ça plaît à Maddie, reprit-elle.

— Elle ne l'a pas encore vue.

— Oui, bon, comment va-t-elle ?

— Bien… pour ce que j'en sais. Elle travaille beaucoup.

— J'ai appris qu'on l'avait versée directement à la Hollywood Division après l'académie, la petite veinarde !

— Oui, elle est de jour. Et donc, ce truc de généalogie, ça marche comment ?

Ballard sentait clairement que les questions personnelles le mettaient mal à l'aise et qu'il se raccrochait à n'importe quoi pour changer de sujet.

— Tu n'auras pas à t'inquiéter de ça, lui répondit-elle. Ça marche et c'est solide, mais comme c'est scientifique, ça coûte cher. C'est le seul domaine où je dois faire attention à ce que je demande. On a une subvention de l'Ahmanson Foundation qui nous a fourni tous ces locaux, mais une analyse génétique complète coûte dans les dix-huit mille dollars si on ne passe pas par le service. Bref, mieux vaut bien choisir ses demandes. J'ai mis Tom et Lilia là-dessus, plus un autre enquêteur que tu rencontreras probablement demain. On a carte blanche pour les analyses d'ADN ordinaires parce que maintenant c'est fait en interne. Il faut juste faire la queue et attendre. Mais je peux passer devant tout le monde une fois par mois. Cadeau du chef. En plus d'un technicien de labo pour toutes les affaires de l'unité.

— Bien aimable à lui, ça.

— Oui, mais revenons à ton boulot. Je demande à mes réservistes et à mes volontaires de me donner au moins un jour par semaine. La plupart d'entre eux m'en donnent plus, mais je les échelonne pour avoir au minimum un inspecteur tous les jours du lundi au jeudi. Moi, je suis ici à temps complet et j'ai Tom et Lilia le lundi, Paul Masser et Colleen Hatteras le mardi, Lou Rawls le mercredi et maintenant toi… disons le jeudi, mais je sais que tu viendras bien plus souvent que ça. Comme la plupart des autres.

— Lou Rawls… vraiment ?

— Non, et il n'est même pas noir. En fait, il s'appelle Ted Rawls, mais après ses dix ans dans la police il lui aurait été impossible d'échapper à ce surnom évident. Ce qui fait que certains l'appellent encore Lou et ça a l'air de lui plaire[1].

Bosch acquiesça d'un signe de tête.

— Cela dit, reprit-elle en se penchant en avant et en baissant la voix, Rawls, ce n'est pas moi qui l'ai choisi.

Bosch approcha son fauteuil de son bureau pour entendre mieux et poursuivre ce petit tête-à-tête confidentiel.

— Que veux-tu dire ?

— Que nous avons plus de demandes que de places dans les box, répondit-elle. Le chef m'avait bien donné le feu vert pour choisir qui je voulais et c'est ce que

1. Lou Rawls, célèbre chanteur de jazz mort en 2006.

j'ai fait, mais Lou Rawls, c'est Pearlman qui nous l'a imposé.

— Le conseiller municipal.

— Comme pour son chef de cabinet, cette unité, c'est son bébé. À cause de sa sœur, bien sûr, mais il y a aussi de la politique là-dedans. Il aspire à être plus que conseiller municipal et les succès de cette unité pourraient l'aider. C'est pour ça qu'il m'a collé Rawls et que j'ai bien été obligée de le prendre.

— Je n'ai jamais entendu parler de lui et avec un nom comme ça j'aurais dû. Il n'est pas du LAPD, si ?

— Non, il est à la retraite de Santa Monica, mais comme ça remonte à quinze ans il ne nous apporte pas grand-chose. Il faut lui tenir beaucoup la main et le truc, c'est qu'il est en ligne directe avec Pearlman et Hastings.

— Hastings ?

— Nelson Hastings, le chef de cabinet de Pearlman. Ce sont quasiment les trois meilleurs amis du monde. Rawls a lâché la police de Santa Monica au bout de dix ans pour se lancer dans les affaires, alors pour lui notre unité, c'est juste un à-côté.

— Et c'est quoi, son truc ? Il est détective privé ?

— Non, il dirige une vraie entreprise. Il est à la tête de tout un tas de boîtes de dépôt de courrier, du genre UPS, FedEx et autres magasins d'emballage. Apparemment, il en a dans toute la ville et ça lui rapporte pas mal de fric. D'où une voiture de luxe et une maison à Santa Monica, dans le quartier des rues à noms d'universités. Et quelque chose me dit qu'il est un des principaux financiers de la campagne de Pearlman.

Bosch acquiesça d'un signe de tête. Il voyait le tableau. C'était du donnant-donnant. Ballard se redressa et s'assit en se rendant compte que leurs chuchotements avaient été remarqués par Laffont et Aghzafi. Elle voyait toujours les yeux de Bosch par-dessus la demi-cloison, et reprit d'une voix normale :

— Tu verras Paul et Colleen demain. C'est du costaud. Masser est un ancien procureur adjoint qui a travaillé aux Major Crimes et il nous aide beaucoup côté mandats de perquisition, questions juridiques et stratégie générale. C'est bien de l'avoir en interne au lieu d'être obligé d'appeler le bureau du procureur chaque fois qu'on a un doute.

— Je crois me souvenir de lui. Et Hatteras ?

— Aucune expérience du maintien de l'ordre. C'est notre généalogiste attitrée et ce qu'on appelle un fin limier.

— Du genre amateur. Non, vraiment ?

— Vraiment. Elle est géniale pour les recherches sur le Net et c'est là que ça se passe en génétique. GGI… Tu sais ce que c'est, non ?

— Euh…

— Généalogie génétique d'investigation. Tu télécharges l'ADN de ton suspect dans la base de données de GEDmatch, tu t'assieds dans ton fauteuil et tu attends qu'il y ait une correspondance. Tu es certainement au courant. C'était super à la mode dans les affaires non résolues jusqu'à l'arrivée des lois sur la confidentialité. Aujourd'hui, c'est d'un intérêt limité, mais ça vaut encore la peine d'y avoir recours.

— C’est pas comme ça qu’on a attrapé le Golden State Killer[1] ?

— Si, exactement. Tu entres un ADN et si tu as de la chance, tu trouves des liens avec la parentèle. Un cousin issu de germain ici, un frère que personne ne connaissait là… Après, c’est de l’ingénierie sociale. On prend contact en ligne, et on construit un arbre généalogique en espérant qu’une des branches conduira au type qu’on cherche.

— Et c’est une citoyenne lambda qui fait ça ?

— Une vraie experte, Harry. Laisse-lui sa chance. Je l’aime bien et je pense qu’elle va nous être très utile.

Elle vit le scepticisme dans les yeux de Bosch au moment où il se détournait d’elle.

— Quoi ? lui lança-t-elle.

— Et tout ça va finir en podcast ? On ne devrait pas plutôt monter des dossiers ?

Ballard hocha la tête. Elle savait qu’il réagirait de cette façon.

— Tu verras, Harry, dit-elle. Tu n’es pas obligé de travailler avec elle, mais je te parie que tu finiras par le vouloir. J’en suis absolument certaine. D’accord ?

— OK, dit-il. Je n’essaie pas de te causer des problèmes. Je suis juste heureux d’être ici. C’est toi le boss et le boss, je ne le mets jamais en cause.

— Ben voyons ! Tu parles !

Bosch balaya la salle du regard.

---

1. Surnom donné à l’ancien flic devenu tueur en série qui a sévi dans les années 70 et a été arrêté en 2018 à la suite d’une recherche d’ADN.

— Et donc, je suis le dernier arrivé, reprit-il.

— Mais le premier que je voulais. J'avais seulement besoin d'avoir tout bien en place avant de venir te voir.

— Et il fallait que je sois validé.

— C'est-à-dire que… oui, ça aussi.

Il hocha la tête.

— Il y a une cuisine avec du café et un frigo, dit-elle. Tu sors par là et…

— Je l'y emmène, lança Laffont. J'ai besoin d'un petit coup de fouet…

— Merci, Tom, dit Ballard.

Laffont se leva et demanda si quelqu'un d'autre voulait du café. Ballard et Aghzafi déclinèrent son offre et Bosch suivit Laffont jusqu'à l'avant de la salle des archives.

Ballard les regarda partir en espérant que Bosch se tienne bien avec l'ex-agent du FBI et ne déclenche pas une bagarre dès son premier jour de service.

Chapitre 3

Bosch avait l'habitude d'être seul chez lui lorsqu'il reprenait de vieux dossiers et essayait d'imaginer de nouveaux angles d'attaque. C'était une tâche assez largement silencieuse. Maintenant, il devait se réhabituer à travailler dans une salle d'inspecteurs et réapprendre l'art de faire abstraction des conversations autour de lui de façon à pouvoir se concentrer sur son boulot.

Pendant que Ballard passait des coups de fil et gérait ses obligations politiques de l'autre côté d'une cloison de confidentialité qui ne servait à rien, il ouvrit le premier des trois livres du meurtre consacrés à l'enquête jusqu'à ce jour infructueuse sur l'assassinat de Sarah Pearlman.

Il attaqua avec le classeur marqué « Volume 1 » et alla immédiatement à la table des matières. Il y découvrit que toutes les photos de scène de crime et de médecine légale étaient rangées dans le troisième volume et l'ouvrit aussitôt. Ne sachant rien de l'affaire, il voulait commencer par là afin de voir ce qu'avaient découvert les enquêteurs le matin du 11 juin 1994, lorsque le corps mutilé de la victime avait été trouvé dans le lit qu'elle occupait chez elle, dans Maravilla Drive des Hollywood Hills.

Le troisième livre du meurtre contenait plusieurs pochettes en plastique transparent attachées aux anneaux, chacune d'elles renfermant deux photos couleur au format 13 × 18 recto verso. Sur ces clichés standard violemment éclairés, le sang paraissant violet-noir et la peau blanche ayant viré à l'albâtre, la victime n'avait plus rien d'humain. Sarah Pearlman avait à peine seize ans lorsque la vie lui avait été brutalement ôtée par un violeur qui l'avait étranglée et poignardée. Les premières photos la montraient étendue sur son lit, sa chemise de nuit en flanelle remontée sur sa poitrine et son visage. Bosch crut d'abord que l'assassin avait voulu empêcher la victime de voir ses traits, mais en passant d'un cliché à un autre, il lui apparut clairement qu'il avait remonté la chemise de nuit après avoir agressé et tué la jeune fille. Bosch comprit qu'il avait regretté son acte et lui avait couvert le visage pour ne plus être obligé de le voir.

De multiples coups de couteau avaient été portés à la poitrine et au cou de la victime, son sang trempant les draps et la couette avant de coaguler autour de son corps. Les bleus sur son cou indiquaient manifestement qu'elle avait été étranglée à un moment donné de son calvaire. Années de guerre et de travail dans la police comprises, cela faisait plus d'un demi-siècle que Bosch étudiait les causes de décès non naturelles. Dire qu'il s'était habitué aux cruautés et dépravations que s'infligent les humains serait faux, mais il y avait longtemps qu'il ne prenait plus ces explosions de violence pour des aberrations. Il ne croyait plus guère à la bonté des gens. Pour lui, la violence n'avait rien d'anormal. C'était même plutôt la norme.

Il savait que c'était une vision bien pessimiste du monde, mais cinquante ans de dur labeur dans tous les lieux où coule le sang ne lui avaient guère laissé d'espoir. Le sombre moteur du meurtre, il le savait aussi, ne manquerait jamais de carburant. Pas dans toute sa vie. Ni dans celle de n'importe qui d'autre.

Il continua de passer ces clichés en revue afin de se les imprimer à jamais dans l'esprit. C'était ainsi qu'il fallait procéder, il le savait. Il n'y avait pas meilleure façon de le mettre en rage, de le lier de manière inextricable à la victime qu'il n'avait jamais vue qu'en photo. Cela suffisait à allumer le feu dont il avait besoin.

Après les photos de la scène de crime vinrent celles des premières constatations montrant des éléments de preuve, certaines possiblement à charge : les taches de sang sur le mur au-dessus de la tête de lit et sur le plafond, ses sous-vêtements déchirés jetés au sol et un appareil dentaire retrouvé dans les plis de sa couette.

Il y avait encore plusieurs photos d'empreintes digitales identifiées, puis passées à la poudre noire et relevées par des techniciens des Latentes. Bosch savait qu'elles correspondraient probablement à celles de la victime, dont c'était la chambre. Les notes des enquêteurs qui les accompagnaient le lui confirmèrent. Mais une photo de ce qui semblait être la moitié inférieure d'une paume portait l'annotation « INC ». *Inconnu*. Elle avait été relevée sur un appui de fenêtre et son positionnement indiquait qu'elle y avait été laissée par quelqu'un qui était entré dans la pièce par effraction.

En 1994, cette partielle de paume n'aurait servi à rien à moins d'être comparée directement à celle d'un suspect. Bosch travaillait aux Homicides à l'époque et savait bien qu'il n'y avait pas de banques de données d'empreintes de paumes de main. Même maintenant, soit presque trois décennies plus tard, il n'y en avait guère en ligne ou dans des banques de données pour pouvoir effectuer des comparaisons.

Il regarda Ballard par-dessus la cloison. Elle venait juste de raccrocher après s'être entretenue avec un homme d'affaires du coin célèbre pour avoir construit des centaines d'appartements en centre-ville. Elle voulait qu'il rejoigne sa cause et soutienne financièrement le travail de l'unité des Affaires non résolues.

— Comment ça a marché ? lui demanda Bosch.

— Je le saurai plus tard, lui répondit-elle. Nous verrons bien s'il nous signe un chèque. C'est la Fondation de la police qui m'a donné une liste d'anciens donateurs et j'essaie d'en appeler deux ou trois par jour.

— Tu savais que tu ferais ce genre de trucs quand tu as accepté ce boulot ?

— Pas vraiment, non. Mais ça ne me gêne pas. J'aime assez faire culpabiliser les gens pour qu'ils nous donnent du fric. Tu serais surpris de savoir combien de personnes connaissent quelqu'un qui a été victime d'un crime non résolu.

— Non, je ne pense pas que ça me surprendrait.

— Oui, bon, probablement pas. Et pour Pearlman, ça se présente comment ?

— Je n'en suis encore qu'aux photos.

— Je savais que c'était par là que tu commencerais. C'est pas beau.

— Non.

— Des premières impressions ?

— Pas encore. Faut que j'en voie davantage. Mais l'empreinte de paume… la partielle… J'imagine que tu l'as passée dans les bases de données d'aujourd'hui.

— Oui, tout de suite. Mais ça n'a rien donné.

Il acquiesça d'un signe de tête. Ça ne l'étonnait pas.

— Et côté ViCAP ?

— Nada… Pas de correspondances.

Monté par le FBI, le Violent Criminal Apprehension Program avait une base de données où étaient recensés tous les crimes avec violence et les tueurs en série. Mais tout le monde savait qu'elle était loin d'être complète. Bon nombre d'agences des forces de l'ordre n'obligeaient pas leurs enquêteurs à y entrer des affaires à cause du temps que cela prenait pour remplir tous les questionnaires.

— Rien qu'à regarder ces photos, j'ai du mal à croire que le type n'a fait ça qu'une fois.

— Moi aussi. En plus du ViCAP, j'ai passé des coups de fil à pas mal d'unités des Affaires non résolues de San Diego à San Francisco. Ni correspondance ni similitudes. J'ai même téléphoné à notre vieil ami Rick Jackson. Il travaille sur ces affaires pour le comté de San Mateo. Il a cherché de son côté, mais rien là non plus.

Jackson était un inspecteur des Homicides du LAPD du temps de Bosch.

— Comment va-t-il ? demanda celui-ci.

— On dirait qu'il boucle des dossiers à la pelle. Et moi, j'espère qu'on va faire pareil ici.

— T'inquiète pas pour ça. On le fera.

— Bon alors, écoute-moi. Le lundi, je vais retrouver le capitaine au PAB pour lui faire un point sur le boulot, le budget et le reste. Je serai donc probablement en ville jusqu'à ce que je finisse ma journée et rentre chez moi. Ça te va ? Tom et Lilia pourront t'aider si tu as besoin de quoi que ce soit.

— Ça me va, oui. C'est quoi, le règlement pour emporter des trucs à la maison ?

— Interdiction de sortir les livres d'ici. Le principe, c'est de garder tous les dossiers des affaires non résolues au même endroit, tu vois ?

— Je comprends. Il y a une photocopieuse ?

— Pas de copies non plus, Harry. Je n'ai pas envie de me disputer avec le capitaine à cause de ça. (Il hocha la tête.) D'accord ? Je suis sérieuse, insista-t-elle.

— C'est compris.

— Eh bien, bonne chasse. Tu penses revenir demain ? Et je ne te mets pas la pression.

— Oui, je crois.

— Parfait. Alors à demain.

— C'est ça.

Il la regarda partir, puis jeta un coup d'œil à l'autre bout de la pièce en direction de Laffont et Aghzafi. Il n'aperçut que le haut de leurs têtes au-dessus de leurs cloisons. Il se remit à feuilleter les photos de la scène de crime afin de se les graver à jamais dans la mémoire. Dès qu'il en eut terminé, il revint au volume 1 et le reprit du début.

Les premiers enquêteurs à avoir travaillé sur l'affaire s'appelaient Dexter Kilmartin et Philip Rossler. Il les connaissait de nom, mais pas personnellement. Ils travaillaient à la division des Vols et Homicides chargée des crimes importants dans toute la ville. Il ouvrit leur relevé chronologique. On y voyait que les inspecteurs de la division des Homicides d'Hollywood avaient répondu à l'appel le matin du 11 juin, mais que l'affaire avait été vite transmise aux poids lourds des Vols et Homicides du LAPD, un crime sexuel perpétré contre une mineure de seize ans dans les Hollywood Hills étant sûr d'attirer toute l'attention des médias.

À l'époque, Bosch travaillait aux Homicides d'Hollywood, mais n'avait pas été envoyé sur les lieux parce que son partenaire, Jerry Edgar, et lui n'étaient pas de service. Cela dit, il se souvenait vaguement de l'affaire et n'avait pas oublié que les Vols et Homicides du LAPD s'en étaient vite emparés. Ils ne pouvaient pas savoir qu'elle ne retiendrait l'attention des médias qu'un seul jour. Le lendemain soir, l'ex-épouse du génial joueur de football américain et pas si génial acteur O.J. Simpson était en effet retrouvée assassinée avec un de ses amis à Brentwood, les médias en oubliant aussitôt l'affaire Pearlman et tout ce qui avait pu se passer d'autre en ville. Les meurtres de Brentwood suscitant un formidable intérêt dans les médias toute l'année suivante et au-delà, Sarah Pearlman était passée à la trappe.

Sauf pour Kilmartin et Rossler. La chronologie montrait qu'ils avaient fait tout ce qui convenait, du moins pour Bosch. Plus important encore, ils s'étaient retenus de trop rapidement attribuer le meurtre à un inconnu.

Que l'assassin soit entré dans la chambre de la victime par une fenêtre ouverte ou non verrouillée suggérait effectivement que celle-ci ne le connaissait pas, mais cela ne les avait pas empêchés de mener une enquête complète. Ils avaient procédé à un examen approfondi des antécédents de la victime et interrogé quantité de ses amis et parents. Sarah fréquentait une école privée de filles de Hancock Park et même si celle-ci était alors fermée pour les vacances d'été, ils avaient passé plusieurs jours à retrouver des camarades de classe, des copines et des membres du corps enseignant pour essayer d'avoir un tableau complet du monde dans lequel évoluait la jeune fille. Une semaine avant d'être assassinée, elle avait pris un boulot d'été comme hôtesse d'accueil dans un restaurant de Melrose Avenue, le Tommy Tang's. Elle avait déjà travaillé dans cet établissement populaire de cuisine thaï l'été précédent et y était connue et appréciée par plusieurs de ses employés. Ils avaient été interrogés, les inspecteurs allant jusqu'à examiner les reçus de cartes de crédit du restaurant les jours où Sarah y avait travaillé. Ils avaient encore retrouvé et interrogé plusieurs clients, mais aucun d'eux n'avait accédé au statut de suspect.

L'enquête avait aussi porté sur ses parents. Le père de Sarah étant un avocat spécialisé dans les grosses transactions immobilières, Kilmartin et Rossler avaient interrogé beaucoup de ses employés et nombre de gens impliqués dans les négociations qu'il menait, aussi bien des clients qui auraient eu à se plaindre de son travail que certains de l'autre bord dans ses tractations les plus ardues. Là non plus, personne n'avait accédé au statut de suspect.

Pour finir, il y avait l'ex petit ami de Sarah. Quatre mois avant sa mort, celle-ci avait rompu avec un certain Bryan Richmond dont elle avait fait la connaissance lors de la rencontre annuelle entre son école et une école de garçons de Hancock Park. Il avait été interrogé à fond, voire soupçonné, mais blanchi. Il avait laissé tomber Sarah et sortait avec une autre fille.

Au moment du meurtre, les parents de Sarah étaient en vacances et faisaient du golf à Carmel où ils fréquentaient les parcours de Pebble Beach et alentour, Sarah restant à la maison de Maravilla Drive avec son frère Jake, de deux ans son aîné. Ce vendredi soir-là, elle était rentrée vers 22 heures après sa journée de travail au restaurant. Elle avait son permis et pouvait se servir de la voiture de sa mère en son absence. Jake, lui, était allé voir sa petite copine et n'était pas rentré avant minuit. La voiture de la mère étant dans le garage et la porte de la chambre de sa sœur fermée, il avait décidé de ne pas l'embêter. Il n'avait pas vu de lumière sous sa porte et s'était dit qu'elle dormait.

Le matin venu, la mère de Sarah avait appelé pour voir comment allaient ses enfants, Jake lui disant qu'il n'avait pas encore vu sa sœur. Il n'était pas loin de 11 heures, elle lui avait demandé d'aller la réveiller parce qu'elle avait quelque chose à lui dire au téléphone. C'est à ce moment-là qu'il avait découvert que Sarah avait été sauvagement assassinée dans son lit et que le cauchemar de toute la famille avait commencé.

Bosch ne prit aucune note en étudiant les nombreux résumés d'interrogatoires du volume 1. La première enquête avait été exhaustive et semblait complète. Il n'y avait rien vu qui aurait été laissé de côté ou mérité un suivi. Lorsqu'il travaillait aux Affaires non résolues, reprendre une affaire et voir comment, à cause de la paresse ou autre, une enquête avait été bâclée n'était pas inhabituel. Mais là, ce n'était pas le cas. Il avait le sentiment que Kilmartin et Rossler avaient pris l'affaire à cœur et n'avaient négligé aucune piste. Et, détail qui rendait la chose encore plus impressionnante à ses yeux, au moment de leurs investigations, la victime n'avait aucun lien avec un quelconque homme politique important. Cela se passait bien des années avant que ce ne soit devenu le cas.

Il avait travaillé deux heures lorsqu'il passa au volume 2, soit le deuxième livre du meurtre, et s'aperçut que le classeur avait été mis à jour trente, puis quatre-vingt-dix jours, puis six mois plus tard, et une fois par an pendant cinq ans jusqu'à ce qu'enfin l'affaire soit officiellement déclarée non résolue et inactive. Aucun suspect, pas même potentiel, n'avait émergé, que Sarah connaisse ou ne connaisse pas son assassin n'étant pas davantage déterminé.

C'était à la fin du volume 2 qu'avaient été conservés les dossiers d'interrogatoire annexes, dont, entre autres, ceux de la famille, au fil des ans. Les parents de Sarah avaient passé de nombreux coups de fil à la police pour savoir où en était l'enquête et n'avaient cessé de le faire que sept ans plus tôt. Le conseiller municipal Jake Pearlman avait alors pris la relève, ces demandes émanant parfois aussi de son chef de cabinet, Nelson Hastings. Bosch comprit que les parents de Sarah étaient morts sans avoir obtenu justice pour leur fille.

Il termina son examen en revenant aux photos du volume 3 et rouvrit lentement les pochettes en plastique à la recherche de quelque chose dans la chambre de Sarah qui pourrait indiquer qu'on avait loupé un indice ou un élément de preuve.

Enfin, il arriva aux clichés de la Scientifique et dans la dernière pochette, il reprit la photo de la carte d'empreintes digitales sur laquelle un technicien des Latentes avait attaché la partielle de paume. Il la regardait fixement lorsque, sentant une présence, il leva la tête et vit que Tom Laffont avait quitté son poste de travail pour le rejoindre.

— Tout va bien ? lui demanda celui-ci.

— Euh, oui, bien, bien. Je jetais juste un coup d'œil à ce truc, lui répondit Bosch, mal à l'aise sous son regard scrutateur.

— Elle vous a filé la grosse affaire, hein ? enchaîna Laffont.

— Que voulez-vous dire ?

— L'assassinat de la sœur du conseiller municipal. J'ai comme l'impression que si on ne la résout pas, on ne restera pas ici très longtemps.

— Vous croyez ?

— C'est que Ballard passe beaucoup de temps au téléphone avec lui. Vous savez bien, pour lui rapporter tout ce qu'on fait ici au coup par coup. Ces conversations ont toujours l'air de tourner autour de la petite sœur. D'où la pression maximum sur la patronne, ça ne fait aucun doute.

Bosch se contenta de hocher la tête.

— Vous avez trouvé des choses qu'on devrait faire ? le pressa Laffont. J'aimerais bien qu'on la résolve, celle-là !

— Toujours pas, non. Je cherche encore.

— Eh bien, bonne chance. Vous allez en avoir besoin.

— Vous faisiez quoi au Bureau ? Vous étiez à l'antenne de L.A. ?

— J'ai commencé à San Diego et fait des passages à Sacramento et à Oakland avant de finir ici. Aux Major Crimes. J'ai rendu mon tablier au bout de vingt ans. J'en avais marre de poursuivre des détrousseurs de banques.

— Je peux comprendre.

— Lilia et moi avons fini pour la journée. Bienvenue à l'unité et à la prochaine.

— À la prochaine.

Bosch les regarda rassembler leurs affaires et se diriger vers la sortie. Il attendit un instant, puis se leva pour gagner la photocopieuse.

Il avançait vers la porte de la salle des archives lorsqu'il s'arrêta pour regarder une allée. Des deux côtés, des livres du meurtre se pressaient sur les rayonnages. Certains d'un bleu tout neuf, d'autres passé, plus quelques dossiers dans des classeurs blancs. Il longea lentement les alignements de livres en passant les doigts sur leurs attaches en plastique. Tous disaient un meurtre toujours pas résolu et pour lui, ces lieux étaient sacrés. Ils constituaient la bibliothèque des âmes perdues et se comptaient en bien trop grand nombre pour que lui, Ballard et les autres puissent jamais les résoudre. En atténuer la douleur.

Arrivé au bout de l'allée, il fit demi-tour et enfila la suivante, elle aussi pleine de dossiers d'affaires non résolues. Un vasistas laissait filtrer le soleil de l'après-midi, cette lumière naturelle éclairant des morts qui ne l'étaient pas. Il s'arrêta un instant, puis s'immobilisa. Seul régnait le silence dans la bibliothèque des âmes perdues.

Chapitre 4

Ballard reprit Pinto au chenil de jour de Hillhurst, lui mit sa laisse et revint chez elle à pied. Ce n'était qu'un minuscule bâtard de chihuahua pesant à peine cinq kilos, mais il réussissait à tirer fort sur sa laisse, sa pendule biologique lui indiquant que le dîner l'attendait au bout de la balade.

Elle arrivait au pied de l'escalier conduisant à l'entrée de son bâtiment lorsqu'elle reçut un appel et vit le nom de Bosch s'afficher à l'écran.

— Harry ?

Elle entendit de la musique en arrière-plan. Du jazz. Elle se dit qu'il devait être chez lui.

— Salut ! lui lança-t-il. Où es-tu ?

— À deux secondes d'entrer chez moi. C'est quoi, ce morceau ? Ça m'a l'air bien.

— *Clifford Brown with Strings.*

— Bon alors, tu as fini le dossier ?

— Oui. Je l'ai lu plusieurs fois.

— Et ?

— Et les premiers inspecteurs ont fait du bon boulot. Et même de l'excellent boulot. Je ne vois aucune faille.

Elle ne s'attendait pas à ce qu'il résolve l'affaire, voire à ce qu'il découvre une erreur dans la première enquête. Elle avait elle-même relu tout le dossier et n'y avait rien trouvé à redire, aucune faille.

— Bah, dit-elle, ça valait quand même le coup d'essayer. Je vais passer un coup de fil au conseiller et lui faire savoir qu'on a…

— Je suis en train de regarder les photos de l'empreinte de paume, la partielle, et…

— Comment ça, tu es en train de la regarder ? Je croyais que tu étais chez toi.

— Mais je le suis.

— Et donc, tu as fait des copies du dossier alors que je te l'avais interdit. Génial ça, comme début, Harry ! Tu as déjà…

— Tu veux savoir ce que je pense ou tu préfères me virer pour avoir enfreint le règlement ?

Elle garda le silence un instant avant de laisser tomber.

— OK. Qu'est-ce que tu penses ?

— Que ce n'est qu'une photo. La vraie carte d'empreintes existe-t-elle toujours ou a-t-elle été numérisée et détruite ?

— On ne détruit pas les cartes d'empreintes parce que toutes les correspondances numériques sont suivies d'une confirmation visuelle où l'on se sert de l'originale avant de pouvoir la présenter au tribunal. En tout cas, c'est le protocole aujourd'hui. Pourquoi veux-tu la carte originale ?

— Parce que quand ils ont pris l'empreinte, peut-être qu'ils ont, je ne sais pas…

— Recueilli de l'ADN ?

— Voilà.

— Nom de Dieu, Harry, ça pourrait marcher ! Je me demande si on a même seulement déjà essayé.

— Il n'y a qu'une façon de le savoir.

— J'en parle au labo demain dès l'ouverture.

— Il faudra sortir l'empreinte... S'assurer qu'elle est toujours là après vingt-huit ans... Protocole ou pas.

— Je vais le faire et je l'apporterai au labo. C'est super, Harry. J'aurais dû y penser, mais c'est pour cette raison que je t'ai pris. Ça me donne de l'espoir et ça en donnera au conseiller Pearlman.

— Moi, je ne lui en parlerais pas avant de savoir si ça nous ouvre une piste, tu sais ?

— Tu as raison. Commençons par voir où ça nous mène. De toute façon, ce n'est pas vraiment à Pearlman que je rends des comptes. C'est son chef de cabinet que j'ai constamment sur le dos pour savoir où on en est.

Bosch comprit que Laffont se trompait sur l'identité de la personne avec laquelle Ballard passait du temps au téléphone. C'était avec Hastings, pas avec Pearlman.

— Hastings, oui, reprit-il. J'ai vu son nom dans le livre du meurtre. Peut-être que ça la lui bouclera.

— Merci Harry, dit-elle. C'est pour ça que je t'ai fait entrer dans l'équipe. Et tu t'es déjà montré à la hauteur.

— Pas encore, non. Voyons ce que dira le labo.

— Bien, je pense que tu peux reprendre l'affaire Gallagher si tu veux.

— OK. Je vais m'y mettre.

— Laisse-moi deviner... Tu as déjà copié tous les dossiers que tu n'avais pas encore ?

— Non, pas tous.

— Alors on se retrouve demain à l'Ahmanson ?

— À demain.

Elle raccrocha, appuya sur les boutons d'ouverture de la grille et entra dans le bâtiment.

Après avoir donné à manger au chien et enfilé un sweat, elle commanda un plat de cacio e pepe pasta au Little Dom's du bas de la rue. Elle allait devoir attendre une demi-heure avant de pouvoir aller le prendre, elle ouvrit son ordinateur sur la table de sa cuisine et se mit au travail : elle voulait trouver une affaire où de l'ADN avait été prélevé sur des empreintes digitales.

Une recherche ordinaire ne donnant rien, elle se sentit frustrée, attrapa son portable sur le comptoir et appela Darcy Troy, la technicienne ADN assignée aux dossiers de l'unité des Affaires non résolues.

— Salut, miss.

— Darcy, comment ça va ?

— Je n'ai pas à me plaindre à moins que tu te prépares à me coller quelque chose sur le dos.

— Pour l'instant, ce sera seulement une question.

— Vas-y, balance.

— Ça te dit quelque chose, de l'ADN qu'on aurait extrait d'une empreinte de doigt ou de paume de la main ?

— J'en ai entendu parler dans des conférences de médecine légale, mais de quoi parles-tu, toi ? De codes pénaux qui l'accepteraient ?

— Non, plutôt de la possibilité ou pas d'extraire de l'ADN d'empreintes digitales.

— Les empreintes digitales sont du gras sur les doigts. Soit du fluide corporel.

— Les empreintes de paume aussi ?

— Bien sûr. Et quand t'as des gens qui transpirent beaucoup, t'as probablement bien plus de chances d'en trouver.

— Qui suent comme quand ils sont sur le point de commettre un crime du genre meurtre ou viol ?

—- C'est cela même.

— Ça te dirait d'être la première technicienne du LAPD à essayer d'en extraire ?

— Passer à la vitesse supérieure ne me déplairait pas. T'as quoi exactement ?

— Je ne suis pas encore certaine d'avoir quoi que ce soit. Mais un de mes gars reprend une affaire de 94… violation de domicile, viol et assassinat… et une empreinte a été relevée sur un appui de fenêtre qui aurait servi de point d'entrée dans la maison.

— Comment l'empreinte a-t-elle été relevée ?

— Poudre grise et collée sur une carte blanche.

— Merde, ça ne va pas être facile. La poudre a pu absorber le fluide gras et le papier collant dont on se servait ne va pas aider non plus. Mais je peux y jeter un coup d'œil.

—- Dès demain matin, je passe au service des Latentes et je la prends.

— Si elle y est toujours, tu veux dire.

— Elle devrait. L'affaire est toujours active. Il n'y a pas d'ODP.

Le service n'envoyait des Ordres de destruction de pièces aux unités des preuves que lorsqu'une affaire était résolue et considérée comme menée à son terme.

— Bon, apporte-la-moi si tu la trouves. Je ne te la compterai même pas comme la faveur où tu as le droit de passer devant tout le monde une fois par mois. Mais seulement parce que c'est un truc nouveau.

— Ça m'a tout l'air d'un deal que je ne peux pas refuser. Je file avant que tu changes d'avis.

Les deux femmes éclatèrent de rire.

Ballard raccrocha et regarda l'heure. Il fallait qu'elle aille chercher sa commande. Elle attrapa la laisse, l'accrocha au collier de Pinto et gagna la porte. Le Little Dom's était à deux rues de là. Avec tous les repas qu'elle avait pris sur place et tous les plats qu'elle avait emportés, les employés la connaissaient bien. Elle n'était jamais allée voir ailleurs depuis qu'elle avait emménagé dans le quartier. C'était prêt et encore chaud, et il y avait même un biscuit pour Pinto.

Chapitre 5

Bosch quitta son domicile avant l'aube parce qu'il voulait arriver à destination lorsque le soleil serait encore bas dans le ciel. Il rejoignit la 210 et prit vers l'est. La circulation resta très légère jusqu'à ce qu'il atteigne la 15 et se joigne au flot de voitures se dirigeant vers Las Vegas au nord-est. Mais un peu avant la frontière du Nevada, il fila droit vers le nord et Death Valley Road et entra dans le désert de Mojave. La route coupait à travers des étendues stériles de sable et de broussaille avec au loin le lac salé scintillant de blancheur tel de la neige sous un soleil matinal.

Parvenu à l'Old Spanish Trail conduisant à Tecopa, il se rangea au bord de la route près d'un poste d'appel du shérif du comté d'Inyo et d'une antenne-relais à panneaux solaires. Il mit une casquette des Dodgers et s'avança en plein soleil. Il était 7 heures du matin et d'après son portable il faisait déjà vingt-sept degrés. Il dépassa le poste d'appel, parcourut une dizaine de mètres dans les broussailles et trouva l'endroit sans difficulté. Toujours là, le vieux mesquite solitaire jetait un peu d'ombre sur les quatre colonnes de pierres qu'on avait empilées les unes sur les autres afin de créer une vague sculpture marquant l'endroit où la tombe avait été découverte. À la suite de coups de vent du désert ou de tremblements de terre, trois de ces colonnes s'étaient effondrées au fil du temps.

Pour Bosch, c'était là encore un terrain sacré – l'endroit même où une famille entière avait péri. Le père, la mère, la fille et le fils, tous assassinés avant d'être enterrés dans le sable et la caillasse, et qu'on n'aurait jamais retrouvés sans la présence d'une équipe de géologues de l'université de Cal State étudiant le lac salé voisin afin d'y trouver des preuves du réchauffement climatique.

Il remarqua que des fleurs avaient poussé à profusion autour des cailloux et du tronc du mesquite, chacune s'ornant d'un cœur jaune entouré de pétales blancs[1]. De petite taille, elles devaient tirer l'eau et l'ombre de cet arbre qui, Bosch le savait, avait des racines plongeant jusqu'à vingt-cinq mètres de profondeur à travers le sable et la roche pour y trouver l'eau. Elles avaient été façonnées de façon à tenir fièrement dans les environnements les plus inhospitaliers.

Bosch n'avait pas l'intention de s'éterniser, mais il savait que c'était par là qu'il devait attaquer la tâche qui l'attendait. Avant d'encore une fois plonger dans l'abîme, il devait commencer par trouver ses marques, son centre émotionnel, et savait sans le moindre doute qu'il les avait là, devant lui. Tout le monde, médias compris, parlait de « l'affaire Gallagher ». Lui, jamais. Il ne pouvait absolument pas la réduire à cela. Pour lui,

1. *Monoptilon Bellioides*, nom savant de l'étoile du désert de Mojave.

c'était « l'affaire de la famille Gallagher ». Celle où une famille entière avait été assassinée. Arrachée à son domicile en pleine nuit et retrouvée par hasard à cet endroit un an plus tard.

Il s'accroupit au milieu des fleurs et se mit à reconstruire les colonnes de pierres, empilant et équilibrant solidement ces dernières. Vêtu d'un vieux jean et de grosses chaussures, il fit attention à ne pas se coincer un doigt sous une lourde pierre au fur et à mesure qu'il les réalignait. Il savait que la nature finirait par lui démolir son travail, mais il éprouvait le besoin de reconstituer le jardin de rocaille en même temps qu'il commençait à réétudier le dossier.

Il avait presque fini lorsqu'il entendit un véhicule sur la route derrière lui, puis des bruits de sable et de caillasse écrasés par les roues alors que le véhicule quittait les pavés et s'immobilisait. Il jeta un coup d'œil par-dessus son épaule et vit l'inscription portée sur le SUV blanc : Shérif du comté d'Inyo.

Un homme en uniforme se fraya un passage dans la broussaille pour le rejoindre.

— Harry ! s'écria-t-il. En voilà une surprise !

— Beto, dit Bosch. Je pourrais te renvoyer le compliment. Tu passais comme ça par hasard au milieu d'absolument nulle part ?

— Non. Il y a deux ans on a installé une caméra de surveillance sur le panneau solaire près de la route et ça m'envoie des alertes. J'ai vu une voiture se garer et je me suis aperçu que c'était toi. Ça fait une paie, frangin !

— Une paie en effet.

Beto Orestes était l'enquêteur du comté d'Inyo qui avait répondu le premier à l'appel signalant la découverte de cadavres dans le désert huit ans plus tôt, laquelle sinistre découverte les avait lancés dans un partenariat tant personnel qu'interservices tout à fait unique. Si les crimes perpétrés contre la famille Gallagher étaient du ressort de la police de Los Angeles, les corps, eux, avaient été trouvés dans le comté d'Inyo. Le LAPD avait donc pris le commandement des opérations, les premières constatations étant, elles, effectuées par les services du shérif placé sous la direction d'Orestes. Une enquête secondaire avait tenté de déterminer la raison pour laquelle cet endroit du désert avait été choisi, s'il s'agissait d'un pur hasard ou si cela résultait d'une décision permettant d'identifier un suspect. Ce travail n'avait conduit à aucune conclusion, mais rien n'avait été laissé au hasard et Bosch avait été impressionné par la manière dont Orestes s'était investi dans sa tâche.

Mais les semaines, puis les mois passant, l'implication du shérif du comté d'Inyo avait été de plus en plus faible, et les supérieurs d'Orestes avaient fini par considérer que c'était une affaire de Los Angeles inopportunément localisée dans leur juridiction. Orestes s'était vu confié d'autres enquêtes et responsabilités, Bosch avait perdu son statut d'enquêteur à temps plein sur le dossier, d'autres toujours non résolus lui étant ensuite attribués jusqu'au moment où il avait pris sa retraite. Les deux services ainsi dessaisis, puis l'unité des Affaires non résolues démantelée, l'affaire de la famille Gallagher était tombée aux oubliettes.

— J'ai appelé pour savoir où tu en étais il y a à peu près un an, et on m'a dit que tu avais pris ta retraite, enchaîna Orestes. Et voilà que je te retrouve dans ce petit jardin de pierres que nous avons fait il y a si longtemps !

— Je viens de reprendre l'affaire, Beto. Et je me suis dit que c'était ici que je devais commencer.

— Ils t'ont réintégré ?

— Comme volontaire.

— Tu sais comment me joindre si je peux faire quelque chose.

— Je sais, oui.

Bosch se releva et ôta la poussière de son pantalon. Il avait fini. Orestes se pencha en avant et cueillit une fleur.

— On a du mal à croire que quelque chose d'aussi beau puisse pousser dans un endroit pareil, lança-t-il. Et y a des gens pour dire que Dieu n'existe pas. Si tu veux mon avis, Dieu, il est juste là !

Il fit tourner la fleur entre ses doigts, elle y tourbillonna comme un moulinet d'enfant.

— Tu sais ce que c'est ? lui demanda Bosch.

— Bien sûr. C'est une étoile du désert.

Bosch acquiesça d'un hochement de tête. Il n'était pas convaincu que ce soit Dieu sur Terre, mais il apprécia la formule.

Ils repartirent vers leurs véhicules.

— Et McShane ? reprit Orestes. On a revu sa tête quelque part ?

— Non, pour ce que j'en sais. Mais je n'ai pas vraiment recommencé à chercher. Je m'y mets aujourd'hui.

— Ça veut dire quoi « comme volontaire » ?

— Que l'unité des Affaires non résolues est dirigée par un officier assermenté et que tous les autres membres de l'équipe travaillent à temps partiel ou comme volontaires.

— Tu sais que tu m'as toujours fait l'impression d'un type qui ferait ce boulot même si on ne le payait pas.

— Oui, bon, faut croire que c'est le cas.

Ils arrivèrent à la route et Orestes regarda la vieille Cherokee de Bosch.

— Et ce truc va tenir ? demanda-t-il. J'ai vingt litres d'eau si tu veux en remettre dans le radiateur.

— Non, ça ira, répondit Bosch. Le moteur est solide, mais côté clim… C'est pour ça que je suis parti tôt.

— Bon, tu me tiens au courant, d'accord ?

— Promis.

Orestes fit démarrer son SUV et y alla d'un dernier commentaire.

— J'aimerais assez voir cette affaire résolue avant d'y passer, lança-t-il par-dessus son épaule.

— Moi aussi, lui renvoya Bosch. Moi aussi.

Chapitre 6

Entrée aux Archives des homicides, Ballard comptait trouver Bosch en train d'éplucher les livres du meurtre de l'affaire Gallagher assis à son poste de travail. Elle mourait d'envie de lui parler de la visite qu'elle avait rendue à la Piper Tech, puis au labo ADN ce matin-là. Mais il n'y avait aucun Bosch en vue.

Paul Masser, Lou Rawls et Colleen Hatteras étaient, eux, bien à leur poste et elle les salua. Rawls s'y trouvait même un jour avant celui qui lui était assigné. Ballard y vit le signe qu'il avait découvert une piste sur laquelle il travaillait ou qu'il était plus simplement désireux de faire la connaissance de la dernière recrue de l'équipe, Harry Bosch. Elle décida que c'était plutôt ça, les efforts qu'il déployait ne faisant avancer son affaire qu'à un rythme glaciaire tant les nouvelles pistes se refusaient à lui. En fait, il était officiellement le premier membre de l'équipe, mais n'avait toujours pas résolu une seule affaire – même simple comme bonjour, dans le genre correspondance ADN dans un dossier.

— Je croyais qu'on allait rencontrer le nouveau dont tu parlais dans ton mail de dimanche, lança Masser.

— C'est le cas, répondit-elle. Enfin… ça l'était. Je ne sais pas trop où il est, mais il m'a dit qu'il allait venir. Et si on commençait par voir où on en est dans nos affaires avant de voir où en est avec lui ?

Elle passa l'heure suivante à écouter ses volontaires lui parler de leur travail et de ce qu'ils s'efforçaient de faire. Elle était bien plus que leur superviseuse. En sa qualité de seul officier assermenté travaillant à plein temps dans cette unité, elle n'en avait pas seulement la charge, elle était aussi la partenaire de chacun de ses membres lorsqu'il fallait prendre des décisions qui pourraient être remises en question un jour ou examinées par une cour d'appel. Si ces affaires devaient être jugées par un tribunal, ce serait vraisemblablement elle qui deviendrait l'enquêtrice et le témoin n° 1 de l'accusation.

Lou Rawls passa le premier et fit vite en déclarant seulement qu'il en était toujours à se familiariser avec la pile de dossiers que Ballard lui avait confiée trois semaines plus tôt et préparait une liste de demandes d'analyses ADN. C'était exactement le même rapport qu'il lui avait fait la semaine précédente. Vu qu'il était le seul membre de l'équipe qu'elle avait été obligée de prendre, Ballard n'hésita pas à lui exprimer sa déception devant la lenteur de ses progrès.

— Allons quoi, il faut les faire passer, ces analyses ! lui lança-t-elle à la fin de son compte rendu. Nous savons tous que le labo est surchargé de boulot, mais il faut faire rentrer nos affaires dans les tuyaux. Ni le service ni le conseil municipal ne vont attendre jusqu'à la fin des temps. Notre unité ne marche qu'aux résultats.

Clamer qu'on attend ceux du labo vaut nettement mieux que dire qu'on bosse encore la question.

— C'est que… si on progressait un tant soit peu dans l'affaire Pearlman, on nous mettrait tous moins la pression… à mon avis, la contra-t-il.

— Mais des progrès, on en fait ! lui renvoya-t-elle. Nous en reparlerons dès que Bosch sera là. Autre chose, Lou ?

— Non, c'est tout pour moi, lui répondit Rawls.

Il avait l'air agacé que Ballard l'ait repris sur son travail.

— Bon alors, à qui le tour ? lança-t-elle.

— Juste quelques trucs rapides pour moi, répondit Masser. J'ai rendez-vous cet après-midi avec Vickie Blodget au bureau du district attorney. Comme vous le savez tous, c'est elle l'officier de liaison avec les Affaires non résolues et je vais lui demander de clore les dossiers Robbins et Selwyn. J'espère vous les donner pour votre prochain rapport au service et au conseil de gestion.

Les affaires qu'il venait de mentionner avaient trait à de l'ADN ayant conduit à des coupables qui n'avaient pour autant jamais été poursuivis à cause de circonstances atténuantes du genre « le suspect est décédé » ou « a déjà écopé de perpète pour d'autres crimes ». Officiellement, ces dossiers ne pouvaient pas être déclarés résolus ou clos sans examen et approbation du bureau du district attorney et de son rapporteur désigné. Avec Vickie Blodget comme contact, le processus était simple comme un coup de tampon, mais il n'en fallait pas moins suivre le protocole. Vu qu'il n'y aurait pas de poursuites, ces dossiers seraient classés « clos pour d'autres raisons ».

Dans l'affaire Robbins, la correspondance ADN avait conduit à un individu décédé dans une prison du Colorado où il purgeait une peine de perpétuité pour un autre assassinat. Dans l'affaire Selwyn, il y avait aussi eu une correspondance ADN, qui avait conduit à un suspect toujours vivant à soixante-treize ans mais se trouvait au couloir de la mort de San Quentin. Il ne connaîtrait jamais la liberté. Ballard s'était bien rendue à la prison pour l'interroger et obtenir des aveux, mais l'assassin avait nié toute implication dans le meurtre. Son ADN ayant été découvert dans le corps même de sa victime âgée de treize ans, Ballard était restée sur sa position. Sa culpabilité ne faisant aucun doute à ses yeux, elle demandait au district attorney de l'inculper, mais de repousser le procès. L'assassin n'ayant aucune chance de quitter le couloir de la mort – en tout cas vivant –, c'était la façon la plus efficace de procéder. Cette décision avait été acceptée par les proches de la victime qui n'avaient aucune envie de revivre l'horrible mort de leur enfant chérie quarante et un ans après les faits.

— Dès que vous avez la signature de Blodget, je veux que les familles soient informées, reprit Ballard. Paul, vous voulez bien vous en charger ?

— Avec plaisir, lui répondit Masser. J'ai tous les contacts dans les dossiers.

Même si à première vue ceux qui avaient perpétré ces crimes avaient échappé à la justice, Ballard avait découvert qu'appeler les proches de la victime était tout à fait nécessaire. Donner une réponse finale au mystère et mettre un terme à une douleur qui dans bien des cas avait taraudé la famille pendant des décennies entières était la tâche la plus noble de l'unité. Elle avait donc dit aux membres de son équipe que tel était leur devoir et qu'il convenait de ne pas le prendre à la légère.

— Bien, enchaîna-t-elle. Colleen, où en est-on avec Cortez ?

— Je travaille toujours l'angle social, lui répondit Hatteras. L'arbre grandit. J'arrive au bout.

Ballard acquiesça d'un hochement de tête. C'était en recourant à la généalogie qu'Hatteras traitait une affaire de viol et de meurtre remontant à 1986, où de l'ADN retrouvé à l'aide du kit de viol n'avait donné lieu à aucune correspondance dans les bases de données locales et nationales. L'étape suivante consistait à entrer cet élément de preuve dans des bases de données généalogiques et à tenter ainsi d'identifier des proches du détenteur de l'ADN. Hatteras qualifiait ce processus « d'irrigation de l'arbre », cette manœuvre ayant pour l'instant conduit à une jeune femme de Las Vegas pouvant être une parente éloignée de l'assassin. Avant de la contacter directement, Hatteras s'était lancée dans une enquête sur les réseaux sociaux qui lui permettrait d'agrandir l'arbre familial et d'arriver ainsi à identifier le suspect en sautant de branche en branche.

— Quand pensez-vous entrer en contact direct avec la descendante ? lui demanda Ballard.

— Avant la fin de la semaine. Vous me payez un voyage à Vegas et je vous relie les pointillés.

— Dès que vous êtes prête, je lance la demande, répondit Ballard en mettant fin à la réunion. OK vous tous, c'est du bon boulot. Continuez et n'oubliez pas de me donner vos heures. Même si vous n'êtes pas payés pour votre travail, je dois les enregistrer pour les boss. Ils adorent savoir tout ce qu'ils obtiennent pour rien.

— C'est tout ? intervint Rawls. Faut qu'on attende l'arrivée du nouveau pour découvrir la nouvelle piste qu'ils ont trouvée au labo dans l'affaire Pearlman ?

Sa question révélait qu'il en avait déjà été averti par Nelson Hastings, le chef de cabinet de Pearlman que Ballard avait mis au courant en revenant du centre-ville. Dans son appel, elle lui avait seulement appris qu'il y avait une nouvelle piste et précisé qu'elle ne pouvait pas lui en dire plus avant d'avoir les résultats du labo. Elle fut tentée de répondre de façon à étaler au grand jour le lien direct et non autorisé entre Rawls et le bureau du conseiller, mais elle décida d'attendre un meilleur moment pour se lancer dans cette confrontation.

— Seule la suite nous le dira, répondit-elle. Mais grâce à notre dernière recrue, nous tenons une solide piste génétique. Ce matin aux Archives des empreintes de la Piper Tech, j'ai récupéré une carte contenant une partielle de paume de main que l'on pense, et ce depuis le premier jour, avoir été laissée par le suspect. Je l'ai apportée au labo, ils l'ont détachée du support, l'ont tamponnée et ont recueilli de l'ADN. Pas énormément, mais assez pour l'entrer dans la base de données. Nous espérons avoir de la chance.

— Waouh ! s'exclama Masser. Ce sera génial s'il y a correspondance !

L'attention de Ballard fut attirée au-delà de l'endroit où se tenait Masser, dans l'allée contenant les rayonnages de dossiers. Harry Bosch s'y dirigeait vers son poste de travail. Il était vêtu d'un jean couvert de poussière, de grosses chaussures montantes et d'une chemise elle aussi en jean et noire de taches de sueur aux aisselles.

— Quand on parle du loup…, dit Ballard.

Chapitre 7

Bosch s'avança sous les yeux de quatre personnes, dont trois qu'il ne connaissait pas.

— Harry ! lui lança Ballard. Je viens juste de mettre l'équipe au courant des derniers développements dans l'affaire Pearlman. On a donc de l'ADN provenant de l'empreinte de paume et on l'a mis en analyse urgente pour correspondance possible. On devrait savoir si c'est bon ou pas avant la fin de la semaine.

— Parfait, dit-il, et d'un geste de la main, il salua ses collègues qu'il n'avait pas encore rencontrés. Bonjour tout le monde.

— Ah, oui, reprit Ballard. Je vous présente Harry Bosch.

Tandis que celui-ci s'installait à son poste de travail, Ballard lui présenta Masser, Rawls et Hatteras. Masser et Rawls adressèrent un hochement de tête à Bosch, Hatteras, elle, se leva pour lui serrer la main par-dessus la demi-cloison. Puis, comme si elle essayait d'y lire quelque chose, elle la lui tint pendant deux secondes embarrassantes avant d'enfin la lâcher. Du coup, Rawls se leva à son tour et tendit, lui aussi, la main à Bosch.

— C'était drôlement bien pensé, le coup de l'empreinte de paume, dit-il.

— Oh, je suis sûr que quelqu'un d'ici y aurait pensé aussi, lui renvoya Bosch.

— Le conseiller va être très impressionné.

— Allons, allons, dit Ballard, ne nous emballons pas avant d'avoir les résultats.

Bosch se souvint alors que Rawls était le seul membre de l'équipe que Ballard n'avait pas choisi elle-même. Il s'assit calmement à son poste, Rawls et Hatteras l'imitant tandis que Ballard poursuivait :

— Et donc, on se faisait une réunion d'équipe. Ce que j'aimerais, c'est parler des affaires sur lesquelles nous travaillons parce que nous venons tous d'endroits, de services et d'agences des forces de l'ordre différents et que pour moi, tout mettre sur la table est une bonne chose. On ne sait jamais d'où peut sortir une bonne idée. Comme toi avec ta partielle de paume.

— OK, dit Bosch.

Il se sentait encore mal à l'aise sous les regards des autres. Il avait l'impression qu'on allait l'appeler au tableau et qu'il n'avait pas fait ses devoirs.

— Bien, enchaîna-t-elle, je sais que tu n'as pas encore attaqué l'affaire Gallagher, mais… et si tu nous faisais un résumé de la première enquête et nous disais dans quelle direction tu penses travailler ?

— Euh, d'accord, commença-t-il en hésitant. La première chose, enfin je crois, c'est que je ne parle pas de « l'affaire Gallagher ». Pour moi, c'est l'affaire de la « famille Gallagher » parce qu'il s'agit d'un quadruple meurtre, de l'assassinat d'une famille entière : la mère, le père, la fille de neuf ans et le fils de treize.

— C'est horrible, dit Hatteras.

— Oui, c'est pas très beau. Il n'y a qu'un certain type de tueurs pour anéantir toute une famille comme il l'a fait. (Il marqua une pause pour voir s'il y avait d'autres commentaires, puis il enchaîna.) Les Gallagher vivaient dans la Valley… non loin de la frontière entre Sherman Oaks et Van Nuys et au début, on a cru que leur disparition était volontaire. Aucun voisin ne les avait vus partir, mais dès qu'il a été établi qu'ils l'avaient fait, on s'est dit qu'ils avaient filé à cause de problèmes financiers. Vous savez bien, on fait ses valises et on s'installe ailleurs.

— Ils avaient une affaire familiale ? s'enquit Masser.

— Pas vraiment. M. Gallagher… Stephen Gallagher… était entrepreneur industriel. Il possédait deux ou trois hangars de bonne taille et un site de stockage de matériel sur la route de San Fernando à Sylmar, et il louait des grues, des élévateurs hydrauliques et toutes sortes d'engins dont on se sert dans le bâtiment. Un de ses hangars était même uniquement réservé aux échafaudages et autres.

— Et on les a retrouvés morts, maintenant je m'en souviens, dit Hatteras. Dans le désert. Et c'est là que vous étiez ce matin.

Bosch la regarda un instant et acquiesça.

— Oui, ils ont été retrouvés un an après leur disparition. Une géologue de Cal State, campus de Northridge, et ses étudiants se trouvaient dans le désert de Mojave où ils étudiaient le changement climatique et c'est là qu'ils ont découvert le corps du gamin. Enfin… ce qu'il en restait. La fosse avait été endommagée par des animaux. Des coyotes ou autres. Cela a conduit à la découverte des quatre cadavres qui ont fini par être identifiés comme étant ceux des Gallagher, d'après des dossiers dentaires… le garçon, Stephen Junior, avait un appareil.

— Mais ce n'était pas du ressort du comté de San Bernardino ? demanda Masser.

— En fait, c'était de celui d'Inyo et il y a eu deux enquêtes conjointes. Je faisais alors partie de la première unité des Affaires non résolues et nous avons hérité du dossier parce qu'au bout d'un an, la piste était considérée comme froide. Je dirigeais l'enquête et j'ai beaucoup travaillé sur cette affaire, mais je n'ai jamais réussi à la résoudre. Après, j'ai pris ma retraite et en gros, le dossier a atterri sur une étagère… Mais maintenant je suis de retour et je l'ai repris. Et oui, je suis allé dans le désert ce matin.

Il regarda Ballard pour voir s'il en avait dit assez.

— Pourquoi y es-tu allé ? demanda-t-elle.

Il savait qu'elle connaissait déjà la réponse. Il n'aimait pas être mis sur la sellette de cette façon… et devoir discuter de ses décisions, ou les justifier.

— Je me suis juste dit que c'était l'endroit où il fallait commencer, répondit-il. Pour essayer de retrouver de l'élan. Et pendant que j'y étais, l'enquêteur des services du shérif d'Inyo avec qui j'avais travaillé s'est pointé. Il n'y avait rien de neuf non plus de son côté.

— Tu pourrais nous parler de Finbar McShane ? reprit Ballard. Plus nous en saurons tous, plus nous pourrions avoir des idées.

— Stephen Gallagher était né en Irlande. À Dublin. Un jour, il a rencontré une Américaine de Los Angeles, Jennifer Clarke, et ils sont revenus ici, ont fini par se marier et il a monté sa boîte. À un moment donné, il a embauché un autre Irlandais du nom de Finbar McShane. Celui-là était de Belfast, en Irlande du Nord, et il n'a jamais été établi qu'ils se connaissaient d'avant. McShane n'était pas un associé, mais il faisait tourner l'affaire avec Stephen. Après la disparition des Gallagher, McShane a continué à faire marcher la société et, une pièce après l'autre, il a commencé à vendre l'équipement. En résumé, un an plus tard on a retrouvé les corps alors qu'ils n'étaient pas censés être découverts. Et devinez quoi ? Exemple classique de « je-liquide-tout-et-je-m'enfuis », McShane, lui, a disparu et les hangars et le site de stockage du matériel sont vides.

— Et ça signifie quoi, votre « je-liquide-tout-et-je-m'enfuis » ? demanda Hatteras.

— C'est un genre d'arnaque. Une escroquerie où on se débarrasse d'une affaire en commandant des trucs pour les revendre et, en gros, tout liquider jusqu'à ce qu'il ne reste plus rien et que la boîte ne s'effondre et laisse tous les fournisseurs le bec dans l'eau avec leurs factures.

— Vous avez déjà regardé *Les Soprano* ? demanda Rawls. Géniale, la série, et ils n'arrêtaient pas de faire ça.

— Ce qui fait que McShane est votre suspect, dit Masser en essayant de revenir au récit de Bosch. Une idée de ce que toutes ces ventes de matériel lui ont rapporté ?

— On a réussi à les tracer et il y en a eu pour un peu plus de huit cent mille dollars.

— Quatre vies pour huit cent mille, dit Rawls.

— Si c'est bien lui qui a fait le coup, fit remarquer Hatteras.

— Parle-leur de la lettre, dit Ballard.

— Un jour, on a reçu une lettre adressée au LAPD et censément envoyée par lui, reprit Bosch. Il y clamait son innocence et affirmait avoir filé parce qu'il ne voulait pas être accusé à tort.

— Tampon de la poste ? demanda Hatteras.

— Local. On a alerté la police des frontières. Ce qui veut dire que s'il a quitté les États-Unis et est retourné à Belfast ou ailleurs, il l'a fait sans passeport.

— Moi, je pense qu'il est encore ici, dit Hatteras. Je le sens.

Bosch la regarda, puis tourna les yeux vers Ballard.

— Parle-nous des éléments de preuve, dit-elle. Comment ont-ils été tués ?

— Ils ont été exécutés. Avec une cloueuse industrielle prise dans un des hangars de Gallagher. On l'a retrouvée avec les corps. Et certains éléments de preuve indiquent que la fosse a été creusée avec une excavatrice.

— C'est quoi exactement, une « excavatrice », bon sang ? demanda Masser.

— C'est un engin équipé de deux roues qu'on peut tirer à l'arrière d'un pick-up. J'en ai une photo quelque part que je pourrais vous montrer. L'important là-dedans, c'est que ce trou n'a pas été creusé avec une pelle. Les contours en sont bien trop précis et il est clair que de la roche a été fendue par quelque chose de beaucoup plus puissant qu'une pelle ou une pioche. La fosse était assez près de la route pavée pour que l'assassin puisse reculer avec son excavatrice et s'en servir pour faire ça rapidement et s'en aller. En plus de quoi, une des premières machines que McShane a vendues après la disparition de la famille n'est autre qu'une excavatrice. Et on peut le prouver.

Il ouvrit un des livres du meurtre posés sur son bureau et se mit à en feuilleter les pages pour y chercher une photo de l'excavatrice sans s'interrompre.

— On a été en mesure de remonter la vente, et l'acheteur nous a laissés examiner la machine. Il y avait encore un morceau de roche coincé dans la bande de roulement et il correspondait à la créosote du site funéraire.

— Et ils étaient tous les quatre dans une seule fosse ? demanda Rawls.

— Oui. C'était la façon la plus rapide de procéder. Le trou faisait environ deux mètres sur quatre pour une profondeur de un mètre dix. Les parents y ont été jetés en premier, les enfants étant ensuite balancés par-dessus. Avec la cloueuse.

Il trouva enfin une brochure de la Shamrock Industrial Rentals montrant l'excavatrice en question et la passa à Masser.

— Sauf que c'est le seul lien qu'on a jamais établi avec McShane et ce n'était pas assez pour qu'on puisse lancer un mandat d'arrestation contre lui, reprit Bosch.

— Parce que vous êtes allé voir le district attorney avec ça ? demanda Masser. Moi, j'aurais été tenté d'inculper.

— Oui, faut croire que j'aurais mieux fait d'aller vous voir. L'adjoint auquel j'ai apporté le dossier m'a dit qu'il en voulait plus. Que McShane ait vendu l'excavatrice ne prouvait pas qu'il s'en soit servi pour enterrer toute la famille. Il y avait des trous dans la chaîne des preuves. Le site de stockage des machines n'étant pas gardé la nuit, quelqu'un aurait pu se servir des clés de Gallagher pour l'ouvrir et emprunter l'excavatrice.

— Passablement tiré par les cheveux, tout ça, fit remarquer Masser.

— C'est ce que je pensais, moi aussi. Cela dit, je n'ai pas réussi à l'emporter. On m'a ordonné de trouver d'autres preuves… et je n'en ai pas trouvé. D'où le plan B : on coince McShane, on le colle dans une salle d'interrogatoire et on fait ce qu'il faut pour qu'il crache le morceau. Mais ça n'est jamais arrivé, il est toujours dans la nature, et c'est là qu'on en est.

Il avait terminé son résumé, il attendit d'autres questions et suggestions, il n'eut droit qu'à du silence jusqu'au moment où Hatteras finit par lui demander :

— Vous avez toujours la lettre dans laquelle McShane proclame son innocence ?

— Oui. Elle a été écrite à la main sur une feuille de papier à en-tête de la société.

— Non, je voulais dire : vous l'avez ici avec vous ou elle est aux archives ?

— Je l'ai ici.

Il ouvrit le livre du meurtre le plus épais parce qu'il le savait, c'était celui qui contenait les pochettes en plastique avec les photos de l'affaire. La lettre avait été glissée dans l'une d'elles. Il écarta les anneaux du classeur, sortit la pochette où était enfermée la lettre et la tendit à Hatteras.

Elle la regarda un long moment en tenant la pochette à deux mains.

— Je peux la sortir ? demanda-t-elle.

— Pourquoi ? C'est un élément de preuve.

— J'aimerais la tenir.

— Elle a été traitée à l'époque, non ? voulut savoir Ballard.

— Oui. Aucune empreinte, mais il y a eu correspondance avec la signature de McShane.

— Non, ce que je veux dire, c'est qu'elle peut la sortir parce qu'elle a été traitée.

— J'imagine que oui. Mais bon…

Il regarda Hatteras ouvrir la pochette, en extraire la lettre et la tenir toujours à deux mains, et toujours sans gants.

Bosch se tourna vers Ballard, l'air de ne pas comprendre, mais avant même qu'il puisse parler, Hatteras déclara :

— Je crois qu'il dit la vérité.

— Quoi ? demanda Bosch.

— McShane, répondit Hatteras. Je pense qu'il disait la vérité quand il a écrit qu'il était innocent, mais ne pouvait pas le prouver.

— Mais qu'est-ce que vous racontez ? s'exclama Bosch. Vous ne l'avez même pas…

Puis il se rappela, mais Ballard prit la parole avant qu'il puisse le faire.

— On met ça de côté pour l'instant, dit-elle. Je pense qu'il vaudrait mieux que tout le monde se remette à ses dossiers pendant que moi, je finis de faire faire le tour du propriétaire à Harry.

Masser rendit la brochure à Bosch, imité par Hatteras qui lui tendit la lettre de McShane bien remise dans sa pochette de protection.

Ballard se leva.

— Commençons par la salle d'interrogatoire, dit-elle, et elle se dirigea vers le couloir conduisant à l'entrée de la salle des archives.

Bosch remit la brochure et la lettre entre les anneaux du classeur, les ferma d'un coup sec, puis la suivit.

Chapitre 8

Ballard entra dans la salle d'interrogatoire en se préparant à ce que Bosch allait lui dire, et fit comme si tout était normal et de pure routine. Bosch la suivit et referma la porte derrière lui.

— T'as foutu un médium dans l'équipe ? s'écria-t-il. Tu te fous de moi ? Tu m'as fait venir pour bosser avec un médium ? On va se payer des petites séances de parlotte avec les morts pour leur demander qui a liquidé la famille Gallagher ?

— Calme-toi, Harry, lui renvoya-t-elle. Je savais que tu allais péter un câble pour Hatteras, mais je ne m'attendais pas à ce que ça arrive si vite. Et que ce soit clair : elle se qualifie d'« empathe », pas de « médium », d'accord ?

— Comme tu voudras, dit-il en hochant la tête. N'empêche que c'est des trucs de cinglé. Et tu sais que tu ne pourras jamais la faire témoigner devant un jury. Elle se fera laminer et ça bousillera tout. Bref, moi, je ne veux pas d'elle dans l'affaire de la famille Gallagher, ni de près ni de loin. Elle la pourrira avec ses âneries.

Ballard commença par ne pas répondre et attendit qu'il se calme et se taise. Puis elle tira une chaise près de la table d'interrogatoire et s'installa.

— Assieds-toi, Harry, dit-elle.

Il s'exécuta à contrecœur.

— Écoute, je n'ai appris ces trucs d'empathe qu'après qu'elle a été prise dans l'équipe. Ce n'est pas pour ça qu'elle en fait partie, ni non plus ce qu'elle y fait. Je te l'ai déjà dit : elle s'occupe de généalogie. Et ses talents de décodeuse d'individus… sa prétendue empathie… aident beaucoup dans l'aspect ingénierie sociale de ce genre de travail.

— C'est comme je t'ai dit, Renée. Je ne veux pas d'elle dans cette affaire, parce que McShane, moi, je vais le retrouver et que rien ne me pourrira mon dossier quand ce sera chose faite.

— Parfait. Je lui interdirai d'y toucher.

— Bien.

— Bon alors, tu peux te calmer un peu maintenant ?

— Je suis calme, très calme.

— OK. Tu te tiens à l'écart de Colleen, et moi, je veillerai à ce qu'elle en fasse autant avec toi. Mais n'oublie pas que comme toi, tous tes collègues sont volontaires. Qu'ils donnent leur travail et leur talent à cette entreprise et que Colleen y fait du bon boulot. Et que je ne veux pas la perdre.

— Compris. Je m'occupe de mes oignons, elle s'occupe des siens.

— Merci Harry. On y retourne.

Elle se leva. Mais Bosch n'en fit rien.

— Attends, dit-il. Parle-moi de l'empreinte de paume. Non, parce qu'il semblerait que tu en as déjà tout dit à l'équipe.

— Je l'ai fait et c'est la meilleure brèche qu'on ait jamais ouverte dans l'affaire. Darcy Troy, notre technicienne ADN, l'a tamponnée et m'a informée qu'il y en avait assez pour une analyse complète. Elle est gonflée à bloc. J'ai l'impression qu'elle nous a fait passer devant tout le monde parce qu'elle veut être la première à extraire de l'ADN d'une empreinte. On aura le résultat dans pas longtemps, mais il n'y a pas grand-chose à en dire avant qu'elle revienne vers moi. Dès qu'elle m'appelle, tu seras le premier au courant.

— OK.

— Bon alors, comment vas-tu t'attaquer à l'affaire de la famille Gallagher ?

— Je me plonge dans les livres du meurtre et je fais le tour des scellés et des éléments de preuve histoire de voir s'il en sort quelque chose après toutes ces années. Gallagher avait quatre autres employés en plus de McShane. Il est probable que je les réinterroge. Et maintenant que j'ai quelque autorité, je vais voir si je ne pourrais pas retrouver McShane. Pas que sa famille me le livrerait, mais il avait des parents à Belfast. Et peut-être qu'il y a refait surface. On ne sait jamais ce qui peut tomber de l'arbre quand on le secoue à nouveau après quelques années.

— Tu me dis si je peux t'aider. Je ne veux pas être que la patronne ici. J'ai envie de travailler sur des affaires. Surtout de ce genre. Sinon, je ne ferais que du baby-sitting.

— Content de le savoir.

— Et je ne plaisante pas.

— J'ai bien compris.

— Bon.

Ils regagnèrent la station de travail, l'un et l'autre s'asseyant à son poste sans rien dire. Bosch s'empara de la pile de livres du meurtre de l'affaire de la famille Gallagher et les étala devant lui de façon à bien en voir les étiquettes sur les couvertures. Il savait que le volume 1 contenait la chronologie de l'enquête, soit la bible de l'affaire, et qu'une page après l'autre, il y retrouverait toutes les décisions qu'il avait prises – chaque entrée y étant dûment enregistrée avec la date et l'heure et l'ensemble référencé dans un addendum renvoyant à tous les rapports de suivi plus importants.

Il comptait d'abord reprendre cette chronologie afin de retrouver ses marques dans l'affaire et d'y chercher tout ce qu'il vaudrait le coup de reprendre, faits qu'il aurait pu avoir loupés ou mal interprétés. Mais ce qu'il voulait revoir avant tout, c'était la photo d'Emma Gallagher au format 18x24 dans la pochette en plastique au début du classeur. C'était là qu'il l'avait rangée toutes ces années auparavant afin qu'on ne puisse pas l'éviter chaque fois que lui ou quelqu'un d'autre après lui ouvrirait le premier livre du meurtre pour vérifier la chronologie.

Il sortit la photo de la fillette de neuf ans de la pochette. Photo de classe. Vêtue d'une robe chasuble en tissu écossais vert qui disait son école catholique, elle affichait un sourire où une dent définitive commençait à peine à remplir un vide dans sa mâchoire du bas. La tristesse le prit. Il avait assisté à son autopsie ; cette dent n'avait jamais eu la chance de combler ce vide.

Il punaisa la photo sur la demi-cloison qui le séparait du poste de travail de Colleen Hatteras et au moment même où il se penchait en avant pour le faire, elle jeta un coup d'œil par-dessus.

— Inspecteur Harry ? lança-t-elle.

— Ne m'appelez pas comme ça, lui renvoya-t-il. Harry suffira amplement.

— Bon alors, Harry, enchaîna-t-elle, je voulais juste vous dire que je ne voulais pas vous fâcher avec ce que j'ai dit.

— Vous ne m'avez pas fâché, ne vous inquiétez pas pour ça. Tout va bien.

— Bon d'accord, mais je me permets d'ajouter que vous ne retrouverez pas Finbar McShane, à mon avis. Je pense qu'il est mort.

Bosch la regarda longuement avant de réagir.

— Et pourquoi pensez-vous ça ? demanda-t-il enfin.

— Je ne peux pas l'expliquer. C'est juste que j'ai des impressions et que les trois quarts du temps, elles sont justes. Mais… et vous ? Êtes-vous factuellement sûr qu'il est toujours vivant ?

Il coula un regard à Ballard à l'autre bout de la salle. Elle regardait son écran, mais il sentit qu'elle écoutait et il revint sur Hatteras.

— Factuellement, non, répondit-il. La dernière preuve de vie remonte à trois ans après les meurtres.

— Et cette preuve était ?…

— Stephen Gallagher avait une gestionnaire du nom de Sheila Walsh. C'était sa première et plus ancienne employée. Elle habitait à Chatsworth et trois ans après les meurtres elle a été cambriolée. Quelqu'un a fouillé dans les dossiers de son bureau et a laissé des empreintes en soulevant un presse-papiers.

— Finbar McShane.

Il acquiesça d'un hochement de tête.

— À l'époque, j'avais déjà pris ma retraite du LAPD et travaillais aux Affaires non résolues de San Fernando. Mais j'ai eu vent du cambriolage par mon ancienne partenaire, Lucy Soto. C'étaient les inspecteurs de la division du Devonshire qui avaient repris l'affaire et Sheila Walsh leur a dit qu'elle n'avait aucune idée de ce que McShane aurait pu chercher. Et elle ne pensait pas non plus qu'il lui avait pris quoi que ce soit de valeur.

— Bizarre, dit Hatteras.

— En effet. Et donc il était encore vivant. Qu'il le soit toujours aujourd'hui est juste une supposition.

— Mais moi, je me fie à mon instinct et je ne pense pas que vous le trouverez vivant.

— Parce que vous sentez quoi, là ?

— Que voulez-vous dire ?

— Que derrière vous, il y a la bibliothèque des âmes perdues. Soit six mille meurtres jamais résolus et… Et elles vous causent, ces âmes ? Elles vous envoient des messages ?

Avant même qu'Hatteras puisse formuler une réponse, Ballard s'en mêla.

— Harry ! lança-t-elle.

Rien de plus. Juste son prénom, mais sur le ton d'une mère qui avertit son enfant d'arrêter ça.

Bosch la regarda, puis revint sur Hatteras.

— J'ai du travail, dit-il.

Il se pencha sur son bureau, se plaçant hors de vue de Ballard et d'Hatteras, ouvrit le volume 1 des livres du meurtre et consulta la table des matières. Les interrogatoires et déclarations des témoins se trouvaient dans le volume 3. Il s'en empara et y trouva les résumés qu'il avait rédigés après trois interrogatoires distincts de Sheila Walsh.

Première employée que Stephen Gallagher avait embauchée au moment où, en 2002, il avait lancé sa société de location de matériel de construction, elle y était restée plusieurs années et en avait vécu l'expansion. Elle avait joué un rôle capital dans l'enquête de Bosch sur le fonctionnement de l'affaire en rouvrant la comptabilité et traçant les équipements vendus par McShane.

Il y avait trois autres employés à la Shamrock, mais Sheila Walsh avait été la plus importante dans l'enquête. Les trois autres, tous des hommes, travaillaient dans les hangars et sur le site de stockage, mais parce qu'elle travaillait dans la même suite de bureaux que Gallagher et McShane, elle connaissait, elle, les choses de l'intérieur.

Bosch relut ses résumés et porta ses nom, date de naissance et adresse sur une page de son carnet, puis il regarda Ballard.

— J'ai accès au DMV[1] ? demanda-t-il.

— Euh, non, répondit-elle. Seulement les officiers assermentés. De quoi as-tu besoin ?

1. Department of Motor Vehicles, équivalent de nos services des cartes grises.

Il déchira la page de son carnet et la lui tendit.

— Tu peux faire une recherche ? Je veux voir si elle habite toujours à cette adresse.

— OK, attends une seconde, dit-elle.

Il l'entendit taper sur son clavier pour entrer les nom et date de naissance de Sheila Walsh dans la base de données du DMV.

— Elle a toujours la même adresse sur son permis[1].

— Merci, dit-il.

Il se leva.

— Tu vas aller la voir ?

— Oui, répondit-il. Je me dis que c'est par là qu'il faut commencer.

— Tu te sens d'y aller tout seul ?

— Évidemment. Mais j'ai une question : à l'époque, j'ai envoyé aux scellés pas mal de trucs que j'avais trouvés chez Gallagher et à son bureau. Est-ce que je suis habilité à me les faire renvoyer ici ou est-ce toi qui dois le faire ?

— C'est probablement moi. Mais ça ira plus vite si on leur demande de les sortir et que toi ou moi, on aille les chercher. Tu les veux vite ? En allant directement aux scellés, tu pourrais avoir tout demain. Te les faire livrer ici risque de prendre jusqu'à une semaine.

— J'y passerai… si j'en ai le droit. Je n'ai toujours pas mes identifiants.

— J'ai le numéro de l'affaire. Je passe la commande et je leur dis que tu passeras les prendre demain matin.

1. Aux États-Unis, le permis de conduire doit être renouvelé au bout d'un certain nombre d'années variable selon les États.

T'auras juste à leur montrer ta carte d'ancien de la police. Ça suffira pour le moment. Passe à la réception et prends rendez-vous pour la photo et les empreintes. Après, tu auras ta carte.

— OK, merci. Une autre question : est-ce que j'ai accès au vestiaire ? Je veux me nettoyer et changer de chemise.

— Tu as toujours des habits de rechange dans ta voiture ?

— J'en ai pris aujourd'hui. Je savais que j'allais faire un tour dans le désert.

— Oui, tu as accès aux douches et au vestiaire. Mais je ne peux pas te promettre que tu auras un casier à toi.

L'Ahmanson Center servait d'abord de seconde académie de formation des jeunes recrues, celle de la pratique du terrain se trouvant toujours à Elysian Park. À l'Ahmanson on suivait essentiellement des cours – pour la seconde fois dans certains cas. Les archives contenant les livres du meurtre n'occupaient qu'une faible partie du campus.

— Tu pourrais laisser ton portefeuille ici et revenir le chercher quand tu seras propre, reprit Ballard.

— Non, ça ira.

— Alors, bonne chasse !

— Toi aussi.

Il se dirigea vers la porte en longeant les rayonnages. Collée à l'extrémité de chaque allée une carte de format 6 × 9 répertoriait les dossiers par numéros d'affaires, celles-ci toujours classées par année de commission du crime. Classification décimale des morts façon Dewey[1].

Bosch passa la main sur les bouts de rayonnages en avançant. Il ne croyait pas aux fantômes et pas davantage aux morts qui vous tendraient la main du fond de l'au-delà, mais il éprouva du respect et de l'empathie pour toutes ces victimes en se dirigeant vers la sortie.

1. Melvil Dewey, bibliothécaire américain inventeur d'un classement de documents selon dix disciplines différentes : philosophie, langues, beaux-arts, loisirs, etc.

Chapitre 9

Ballard terminait juste le résumé de l'affaire à soumettre à l'Ahmanson Foundation afin d'obtenir une subvention pour une demande d'analyse généalogique que Tom Laffont avait rédigée et travaillerait avec Hatteras.

— Colleen, Tom n'étant pas là, je vous envoie cette demande de subvention, dit-elle sans lever les yeux de son écran. Lisez ce résumé et vérifiez que j'ai bien tout saisi comme il faut.

— Je m'en occupe, lui répondit Hatteras.

— Je voudrais l'envoyer aujourd'hui. Pour obtenir une réponse rapide afin que Tom et vous puissiez vous mettre au travail.

— Je suis prête. Envoyez, envoyez.

Au moment même où Ballard mettait un point final à sa demande, son téléphone de bureau sonna. À l'écran, elle vit que c'était Darcy Troy qui l'appelait du labo ADN. Elle répondit tout en ouvrant un e-mail et envoyant la demande de subvention à Hatteras.

— Qu'est-ce que t'as pour moi, Darcy ?

— Eh bien, du bon et du mauvais pour Sarah Pearlman.

— Dis-moi.

— La bonne nouvelle, c'est qu'on a une correspondance ADN avec l'empreinte de paume. La mauvaise, c'est qu'on a une correspondance d'affaire à affaire.

Cela signifiait que le profil ADN de l'empreinte de paume correspondait bien à celui d'une autre affaire, mais où le suspect/propriétaire de l'empreinte était inconnu, ce genre de correspondances donnant alors lieu à des recherches généalogiques. D'où la déception de Ballard, qui aurait voulu avoir une enquête de terrain pour sortir en ville et aller frapper aux portes et trouver un individu dont l'ADN était dans les banques de données des forces de l'ordre. C'était à cette traque que se livrait Bosch avec McShane et elle voulait la même chose pour elle. Les vrais inspecteurs ne vivent que pour cela.

Elle prit un stylo sur son bureau et s'apprêta à écrire sur son bloc-notes grand format.

— Bah, dit-elle, c'est mieux que rien. Nom et numéro de l'affaire ?

Troy commença par lui donner le numéro. Il s'agissait d'un homicide remontant à 2005, ce qui voulait dire que onze ans séparaient l'assassinat de Sarah Pearlman de l'affaire qui lui était liée. La victime s'appelait Laura Wilson et avait vingt-quatre ans lorsqu'elle avait été tuée.

— Rien d'autre de ton côté ? demanda Ballard.

— Eh bien… c'est plutôt inhabituel côté scientifique, lui répondit Troy. Parce qu'être même seulement arrivé à recueillir de l'ADN dans une affaire de 2005 !

— Ah bon ? C'est-à-dire ?

— Tu connais la formule « Sécrétions, pas excrétions », non ? On extrait de l'ADN des fluides corporels… du sang, de la sueur et du sperme essentiellement. Pas des déchets corporels, parce que les enzymes détruisent l'ADN.

— Ni pisse ni merde.

— Normalement oui, mais dans cette affaire, il semblerait que notre ADN ait été extrait d'urine. Il faudra que tu demandes tous les détails quand tu auras le compte rendu, mais d'après les quelques notes que j'ai ici, de l'urine avait été recueillie sur la scène de crime parce qu'on espérait y trouver des petits nageurs. Si le gars avait violé la victime avant d'aller aux toilettes, il aurait pu y avoir du sperme dans l'urètre et il serait passé dans l'urine. Mais non, pas de nageurs. En revanche, du sang, ça, ils en ont trouvé.

— Du sang dans l'urine.

— Exact. L'extraction a été effectuée rapidement, ce qui n'a pas permis d'obtenir un profil complet, mais assez quand même pour que ce soit entré dans le CODIS.

Le Combined DNA Index System était une base de données nationale contenant des millions d'échantillons d'ADN collectés par les forces de l'ordre dans tout le pays.

— Comment ont-ils déterminé que l'urine teintée de sang provenait de l'assassin ? reprit Ballard.

— Je n'étais pas en poste ici à ce moment-là et je n'ai donc pas la réponse. Ça ne figure pas dans les notes que nous avons. Ce que j'espère, c'est que ce soit dans le livre du meurtre.

— OK. Tu me dis que le profil n'était pas complet. Cela signifie-t-il qu'il n'y a pas de correspondance totale avec l'affaire Pearlman ?

— Non, non, la correspondance est bien totale. Mais pour ce qui est d'aller au procès avec ça, il va falloir que je fasse les calculs et ça va me prendre du temps. Mais en gros, ça veut dire moins de zéros dans les probabilités. Ce n'est pas d'une correspondance sur treize mille milliards qu'il s'agit. C'est un peu moins, même si ça englobe la population du monde entier sur ces cent dernières années.

Ballard savait que Troy avait tendance à se perdre dans la merveille des chiffres. Elle avait néanmoins géré assez d'affaires d'ADN pour interpréter ce qu'elle disait.

— Tu vas donc être capable de déclarer que cet ADN est unique.

— Pour être exacte, je vais pouvoir affirmer qu'aucun autre individu sur cette planète, et ce depuis cent ans, n'a eu cet ADN-là.

— Compris. Je n'ai pas besoin de plus. Maintenant, il ne nous reste plus qu'à coincer le type. Je vais descendre le livre du meurtre. Merci pour ces trois minutes, Darcy.

— Ravie de t'aider. Tiens-moi au courant pour la suite.

— Ce sera fait.

Ballard raccrocha et se leva.

— Les nouvelles sont bonnes ? lui demanda Hatteras.

— Je crois. Ça pourrait même vous donner une autre affaire. Vous avez lu la demande de subvention ?

— Je l'ai lue et vous l'ai renvoyée. On peut y aller.

— OK, merci. Je fais ça dans une minute.

Ballard se rendit dans les rayonnages et y chercha la rangée 2005. Elle la trouva et tourna la roue pour en déplacer les étagères. À petits coups d'ongles sur le dos des livres du meurtre elle chercha l'affaire 05-0243 et la sortit. Le dossier de Laura Wilson était contenu dans un classeur qui débordait, Ballard comprenant alors qu'elle allait tout de suite le scinder en deux pour pouvoir en parcourir les documents plus facilement. Elle revérifia qu'il n'y avait pas de second classeur qu'on aurait rangé à la mauvaise place et constata que non, aucun autre livre du meurtre ne portait le même numéro d'affaire.

Elle sortit de la rangée et la referma de nouveau sans cesser de penser à la façon dont Bosch qualifiait les archives de « bibliothèque des âmes perdues ». S'il disait vrai, c'était une de ces âmes perdues qu'elle avait entre les mains.

De retour à son poste de travail, elle commença par envoyer la demande de subvention par mail, puis elle ouvrit l'épais classeur qu'elle avait rapporté des archives.

L'origine de l'ADN étant inhabituelle dans cette affaire, elle passa tout de suite à la partie médecine légale pour voir comment il se faisait qu'on en ait extrait dans de l'urine.

Un résumé de l'inspecteur qui avait chapeauté l'enquête lui révéla toute l'histoire. La victime avait été assassinée dans sa maison, où elle vivait seule. D'après les premières constatations, l'abattant du siège des WC de la salle de bains attenante à la chambre était relevé, ce qui indiquait qu'un homme s'était servi des toilettes. En l'examinant ainsi que la poignée de la chasse d'eau dans l'espoir d'y trouver des empreintes digitales, un criminologue avait remarqué de petites gouttes d'urine au bord du siège. De couleur brun-rouge, elles laissaient entendre qu'elles contenaient peut-être des cellules sanguines. Elles avaient été collectées, l'extraction d'ADN étant effectuée le jour même par peur de désagrégation. Un profil partiel avait alors été établi, puis entré dans la base du CODIS, manœuvre qui n'avait débouché sur aucune correspondance.

Le résumé disait encore qu'après consultation médicale et une analyse plus poussée, les enquêteurs avaient déterminé que cette urine provenait d'une personne atteinte d'une maladie de la vessie ou des reins – d'où « hématurie », terme médical désignant la présence de sang dans les urines.

Tout excitée par ce qu'elle venait de lire, Ballard mourait d'envie de savoir si les enquêteurs s'étaient appuyés sur cette confirmation pour modifier leur angle d'approche. S'étaient-ils lancés à la recherche d'un suspect soigné pour une maladie rénale ? Elle ouvrit le tiroir du bas de son bureau et en sortit deux classeurs vides. Elle ôta tous les documents et pochettes en plastique du livre du meurtre, en fit deux tas et les disposa chacun séparément dans un nouveau classeur. Puis elle se leva et gagna la cuisine pour s'y faire un café avant de s'installer pour lire la chronologie.

Jeune Afro-Américaine qui essayait de devenir actrice, Laura Wilson vivait seule dans un appartement que lui payaient ses parents, qui habitaient à Chicago. Elle avait emménagé à Los Angeles deux ans avant sa mort en se promettant, ainsi qu'à ceux qui la soutenaient, de subvenir à ses besoins en moins de cinq ans, sans quoi elle retournerait dans sa famille. Elle suivait des cours de théâtre et auditionnait régulièrement pour décrocher des petits rôles au cinéma ou à la télévision. Elle avait aussi rejoint une troupe qui officiait dans un théâtre de vingt places à Burbank. Son appartement se trouvait dans Tamarind Avenue, près du Scientology Celebrity Center de Franklin Avenue. Elle s'y était inscrite et y étudiait, ces cours étant eux aussi payés par ses parents : on espérait qu'elle y rencontre des gens qui l'aideraient à percer dans l'industrie du divertissement.

Elle avait été retrouvée morte le samedi matin du 5 novembre 2005, par une amie avec laquelle elle devait assister à un séminaire de scientologie. La porte de son appartement était entrouverte, l'amie était entrée et avait découvert la victime morte dans son lit. Strangulation manuelle – Laura avait encore un châle en soie noué autour du cou –, et le corps avait été mutilé post mortem.

— Qu'est-ce que c'est ?

Ballard était tellement plongée dans sa lecture qu'elle n'avait pas remarqué que Rawls avait fait le tour de son poste de travail et regardait par-dessus son épaule.

— L'ADN recueilli dans l'affaire Pearlman est relié à celle-ci qui remonte à 2005.

— Waouh, intéressant, ça ! s'écria Rawls.

Ballard referma le classeur et pivota dans son fauteuil pour le regarder.

— Quoi de neuf, Lou ? lui demanda-t-elle.

— Je file, répondit-il. Faut que j'éteigne un incendie à ma boutique d'Encino. Un client en colère qui prétend que nous avons perdu un paquet contenant une antiquité hors de prix.

— Ça doit faire mal. Vous pensez revenir cette semaine ?

— Pas sûr. Je vous le ferai savoir.

— OK, à la prochaine, alors.

Rawls s'éloigna, Ballard se replongeant aussitôt dans son classeur tellement elle était déjà prise par le meurtre de Laura Wilson.

Chapitre 10

Bosch reconnut la maison de Sheila Walsh depuis la dernière fois qu'il y avait frappé des années auparavant. Sheila lui ouvrit rapidement, mais ne se souvint clairement pas de lui. Il avait vieilli, il grisonnait et ne voyait peut-être pas aussi bien qu'à l'époque, mais au bout d'un long moment elle parvint à le situer, sans pour autant se rappeler son nom.

— Inspecteur, dit-elle en souriant. En voilà une surprise !

— Madame Walsh, répondit-il, j'espérais que vous vous souviendriez de moi.

— Arrêtez de dire des bêtises, bien sûr que je me souviens de vous. Et moi, c'est Sheila. Il y a une nouvelle piste dans l'affaire ?

— Je peux entrer… qu'on puisse parler ?

— Oui, oui. Entrez, je vous en prie.

Elle recula pour le laisser passer. Elle était exactement comme dans son souvenir. Elle approchait de la soixantaine et avait plus de rides aux coins des yeux, mais était toujours attirante ; elle avait l'air d'une femme qui ne mange qu'une fois par jour. Corps mince, épaules étroites et cheveux abondants, rien n'avait changé en elle, tout confirmant l'impression qu'il avait déjà eue : elle portait une perruque.

— Je vous offre un café ? de l'eau ? autre chose ? lui demanda-t-elle.

— Non, ça ira, dit-il. Mais si on pouvait s'asseoir à la cuisine… Je me rappelle que c'est là qu'on s'installait.

— Bien sûr. C'est derrière.

Elle lui fit traverser une salle à manger – dont elle se servait manifestement comme d'un bureau – et le conduisit à une cuisine équipée d'une petite table avec quatre chaises.

— Asseyez-vous, reprit-elle. Finbar McShane a-t-il enfin refait surface ?

— Euh, non, répondit-il. En fait, c'était même la première question que j'allais vous poser. Avez-vous entendu parler de lui récemment ?

— Oh, non. Si c'était le cas, je vous aurais appelé. Mais… vous ne m'avez pas dit que vous alliez prendre votre retraite la dernière fois qu'on s'est vus ?

— C'est exact, et je l'ai prise. Mais maintenant je suis de nouveau aux Affaires non résolues et… Je retravaille l'affaire de la famille Gallagher pour essayer de retrouver McShane.

— Ah, je vois. Bon, si vous voulez savoir, il est de retour à Belfast ou quelque part dans le coin.

— Oui, c'est ce que tout le monde dit, mais je n'en suis pas si sûr.

Il regarda derrière elle une porte coulissante ouverte sur le jardin et découvrit une terrasse et un petit bassin. Un potager cultivé dans de longs bacs en bois y était couvert de grillage afin de tenir à distance les cerfs, les coyotes et d'autres animaux. Depuis la maison, située à Chatsworth soit au nord-ouest de la Valley, on voyait des bêtes sauvages descendre des collines environnantes dès la nuit tombée. Plus loin encore, il aperçut les saillants rocheux de Stony Point Park.

— Je n'arrête pas de penser au cambriolage que vous avez subi trois ans après les meurtres, enchaîna Bosch. Ça me laisse perplexe. Que cherchait-il ici ?

— C'est un mystère et ça le restera jusqu'à ce que vous mettiez la main sur lui, répondit-elle. Je suis tout aussi déconcertée que vous. Je n'avais rien à lui. Et je ne savais rien de plus sur l'affaire que ce que j'en avais dit à la police.

Bosch glissa la main dans la poche intérieure de la veste de sport qu'il avait revêtue après avoir pris sa douche dans les vestiaires d'Ahmanson. Il en sortit un document, le déplia et l'étudia un instant avant de reprendre la parole.

— Voilà le compte rendu d'incident, dit-il. Il a été rédigé avant que les empreintes digitales n'aient été identifiées comme étant celles de McShane. On y lit que le cambrioleur a mangé de la nourriture trouvée dans le frigo, et qu'il a emporté une caisse de vieux microsillons, avant de vous prendre de l'argent et un iPhone dans votre sac à main.

— C'est exact, dit-elle.

— Il a aussi fouillé dans votre bureau, déplacé le presse-papiers… un globe en verre de Waterford… et lu vos mails.

— Oui, mais ce n'était pas un bureau. En fait, je me sers de ma table de salle à manger et j'y avais posé le presse-papiers sur la pile de mes trucs à faire. Des factures et du courrier. À l'époque, j'étudiais pour devenir agent de voyages en ligne. Vous savez, après la disparition de Shamrock, il fallait bien que je fasse quelque chose. C'est pour ça que j'avais aussi des documents et des brochures de croisières dans la pile. J'en avais besoin pour ma formation en ligne.

— Pourquoi McShane se serait-il intéressé à ça ?

— Je l'ignore. Je ne le savais pas à l'époque et je ne le sais toujours pas aujourd'hui. Sauf qu'il n'aurait pas su ce qu'il y avait dans la pile avant de regarder, non ?

Bosch acquiesça d'un hochement de tête et revint au rapport d'incident. C'était une des nombreuses questions qui l'avaient tarabusté dans cette affaire. Que cherchait donc McShane ?

— C'est le seul endroit où on ait trouvé ses empreintes, reprit-il. Il y avait les siennes, celles de votre fils et les vôtres, point final.

— Je ne l'ai pas oublié, dit-elle. Je me souviens que j'avais aussi une théorie et que je l'ai exposée aux policiers.

— À savoir ?…

— Le presse-papiers était en verre de Waterford, vous savez ? Et ce verre est fabriqué en Irlande. D'où il est originaire. C'est peut-être pour ça qu'il l'a pris dans sa main.

Bosch hocha la tête en réfléchissant.

— Oui, ça figure dans le rapport, dit-il. Mais Waterford est en Irlande et McShane était d'Irlande du Nord. Et donc s'il savait que ce presse-papiers était en verre de Waterford et qu'à ses yeux, il avait une espèce de valeur nostalgique, pourquoi ne l'a-t-il pas pris ?

—- Eh bien... je n'en sais rien. Il n'y a peut-être que lui qui le sait.

— Peut-être, oui... Et donc, comment va votre fils ?

— Il va bien. Il a emménagé à Santa Clarita et travaille au club de golf.

— Bien. Il est instructeur ou...

— Non, il ne joue même pas au golf. Il trouve ça trop rasoir. Mais il aime être dehors. Il s'occupe du green de Sand Canyon. C'est un bon boulot. Il démarre tôt et finit avant que la circulation ne dégénère.

Bosch hocha encore une fois la tête et décida de mettre fin aux petits bavardages.

— Madame Walsh, reprit-il, j'apprécie que vous me donniez de votre temps, surtout vu la façon dont j'ai débarqué chez vous, mais j'aimerais vraiment revenir à l'année des meurtres et vous réinterroger sur ce qui était en train de se jouer, et dans l'affaire et dans le bureau entre Stephen Gallagher et Finbar McShane. Cela vous dérangerait-il de m'accorder encore quelques minutes ?

— Si ça peut vous aider, dit-elle. Mais les souvenirs que j'en ai gardés ne sont sans doute pas aussi détaillés qu'à ce moment-là.

— Pas de problème. Il est même assez amusant de constater qu'après un bon bout de temps on se souvient de choses dont on n'a pas parlé au début et en oublie d'autres qu'on a mentionnées. Tout repasser au crible peut aider et je trouve que la famille, surtout les deux enfants, mérite qu'on le fasse.

— Bien sûr qu'ils le méritent et c'est pour ça que je suis prête à vous aider. Je n'arrête pas de penser à eux. C'est horrible.

— Merci. Je vais donc revenir à la période qui précède les meurtres, au moment où il semblait y avoir du grabuge entre Gallagher et McShane. Je me rappelle vous avoir entendu dire qu'ils se disputaient.

— Oui, ils se disputaient. Mais toujours derrière des portes closes. J'entendais bien des éclats de voix, mais pas vraiment ce qu'ils se disaient.

— Ces disputes étaient-elles fréquentes ?

— Eh bien, à un moment, elles semblaient même quotidiennes.

— Mais la société, en tout cas d'après les livres de comptes qu'on a consultés, marchait bien, non ? Avant la disparition des Gallagher, je veux dire.

— Ça marchait bien, oui. On croulait sous le travail et je sais que Finbar voulait embaucher plus de gens et développer la société, vous voyez ? Peut-être même ouvrir un autre site à remplir d'équipement. Il disait que plus on a de matériel, plus on fait des affaires.

— Mais Stephen, lui, ne voulait pas s'étendre.

— Non, il était très conservateur. Parti de rien, il était devenu très prudent alors que Fin voulait toujours en faire plus. Ils se disputaient, mais le propriétaire de la boîte, c'était Stephen, et il avait toujours le dernier mot. Cela dit, qui aurait pu croire qu'on en arrive là ? Les pauvres, pauvres enfants ! Non parce que si c'étaient des conflits professionnels, pourquoi a-t-il fallu qu'ils soient tués comme ça ?

Ils avançaient en terrain connu, mais Bosch avait besoin de le fouler à nouveau pour trouver ses marques. Il interrogea Walsh encore une demi-heure et jamais elle ne s'en plaignit ou tenta d'abréger leur entretien. Pour autant, elle ne lui fournit pas non plus d'autres informations significatives. Sa version des derniers jours de la Shamrock Industrial Rentals n'avait pas changé depuis que Bosch l'avait entendue des années plus tôt, et ça, c'était significatif.

Il termina son interrogatoire en lui posant des questions sur les mois qui avaient suivi la disparition de la famille Gallagher, ceux où elle et McShane avaient tenté de maintenir l'affaire à flot en attendant ostensiblement le retour de la famille et du propriétaire de la Shamrock. Encore une fois, elle l'informa qu'à l'époque elle ignorait que McShane passait des annonces sur Craiglist et vendait de l'équipement au lieu de le louer. Enfin… jusqu'au moment où lui aussi, il avait disparu en laissant à la société des hangars et un site de stockage quasiment vides.

— Il m'a trompée comme il a trompé tout le monde, dit-elle. Voir les échafaudages, les grues et tout l'équipement disparaître pendant de longues périodes, nous y étions habitués parce qu'ils servaient dans des projets de longue durée. Je n'avais aucune idée que tout ça, je ne le reverrais jamais parce qu'il l'avait vendu.

— Que vous rappelez-vous du jour où McShane a disparu ?

— Ce serait plutôt *des* jours. Un matin il ne s'est pas pointé et a appelé pour dire qu'il était malade. Et qu'il serait probablement hors service pendant deux ou trois jours.

— Sauf qu'il n'est pas revenu.

— Non. Deux ou trois jours plus tard, il n'était toujours pas de retour quand un client a eu un problème avec un engin de levage que, m'a-t-il dit, Fin lui avait vendu. Et comme Fin lui avait donné une garantie, il voulait que la machine soit réparée. C'est à ce moment-là que j'ai compris que Finbar vendait des trucs. Je l'ai appelé, mais son numéro n'était plus attribué. J'ai commencé à avoir des doutes, j'ai vérifié les comptes et je me suis aperçue qu'il n'y avait plus rien à la banque. Il avait tout pris avant de disparaître.

— Et vous avez appelé la police.

— J'ai appelé le type des personnes disparues que j'avais contacté quand la famille n'avait plus donné de ses nouvelles et il m'a dit qu'il allait s'en occuper. Et après, on a trouvé les corps dans le désert et c'est là que vous avez pris l'affaire. Avez-vous jamais découvert où McShane avait transféré l'argent ?

Bosch fit non de la tête. Il n'aimait pas être celui qui répond aux questions, mais celle-là, il y répondit.

— Le fric a été converti en cryptomonnaie. Les bitcoins étaient nouveaux à l'époque et on n'a pas pu tracer l'argent.

— Dommage, dit-elle.

— Oui, vraiment. Bon, je vais vous laisser. Merci de m'avoir accordé de votre temps. Si vous avez un bout de papier, je vous laisse mon numéro de portable au cas où vous penseriez à autre chose. Je n'ai pas de cartes professionnelles.

— Bien sûr.

— Des fois, une conversation comme celle que nous venons d'avoir peut raviver des souvenirs.

Walsh se leva de table et ouvrit un tiroir sous le comptoir de la cuisine. Elle en sortit un bloc-notes et un stylo et Bosch lui donna son numéro.

— Vous pensez l'attraper ce coup-ci ? demanda-t-elle.

— Je ne sais pas. J'espère qu'on y arrivera. C'est pour ça que j'ai repris du service.

— L'arc de l'univers moral est long, mais il penche vers la justice.

— Martin Luther King, non ? Espérons qu'il avait raison.

Il quitta la maison, elle en referma la porte, il s'arrêta sur la marche du haut. Lorsqu'il n'était encore qu'un jeune inspecteur qui se grillait deux paquets de cigarettes par jour à l'Homicide Special du centre-ville, il suivait une petite routine dès qu'il sortait de chez quelqu'un qu'il venait d'interroger. On ne sait jamais comment la visite inattendue d'un inspecteur de police peut affecter un témoin ou un suspect. Il restait donc juste devant la porte et sortait ses cigarettes. En allumait une avec un briquet qui mettait toujours un temps fou à produire une étincelle. Et là, il pivotait légèrement comme pour se protéger du vent, mais en fait pour tendre une oreille vers la porte et il écoutait dans l'espoir d'entendre une parole prononcée après son départ. Et plus d'une fois, il avait perçu des dialogues tendus, voire pleins de colère. Un jour, il avait même entendu quelqu'un déclarer : « Il sait que c'est nous ! »

Plusieurs décennies s'étaient maintenant écoulées depuis qu'il avait fumé sa dernière clope. Au lieu d'un paquet de cigarettes, il sortit son portable sans bouger du pas de la porte et vérifia s'il avait reçu des messages pendant qu'il procédait à son interrogatoire. Il n'en avait eu qu'un, et c'était un SMS de Ballard :

Y a du nouveau. Appelle-moi quand tu auras fini.

Il se tourna légèrement au cas il y aurait quelque chose à entendre, et capta la voix de Walsh. Une conversation à sens unique, indiquant qu'elle avait passé un coup de fil.

« L'inspecteur qui s'est occupé de l'affaire Gallagher vient de passer. Il a débarqué sans prévenir et… »

Et ce fut tout, la voix de Walsh diminuant d'intensité au fur et à mesure qu'elle s'enfonçait dans la maison et s'éloignait de la porte.

Il descendit de la véranda, se dirigea vers sa voiture et sourit en se rappelant cette ancienne affaire où il avait eu droit à des aveux, debout sur la première marche du perron. Il se demanda qui Sheila Walsh avait appelé et s'il s'agissait de Finbar McShane.

Chapitre 11

Ballard arriva au Birds avant Bosch. Il venait du coin le plus éloigné de la San Fernando Valley et cela lui prendrait du temps, même dans une circulation d'heure creuse. Elle commanda une bière, mais se retint de demander quelque chose à grignoter : elle allait reprendre la chronologie du livre du meurtre de Laura Wilson qu'elle avait photocopié avant de partir. En sachant qu'elle violait le règlement, mais se disant que ce règlement, c'était le sien.

Elle en était à sa troisième relecture de cette chronologie de quarante-cinq pages. Maintenant que le lien entre l'assassinat de Wilson et celui de Sarah Pearlman était confirmé, elle devait connaître l'affaire Wilson comme si c'était la sienne et l'endroit où obtenir cette connaissance n'était autre que cette chronologie qui détaillait méticuleusement tout le travail qu'avaient effectué les premiers enquêteurs. Que ce travail n'ait pas abouti à une arrestation suivie d'une mise en accusation n'empêchait pas que le chemin qu'ils avaient suivi soit des plus informatifs.

Jeune femme qui cherchait à devenir actrice, Laura Wilson avait des milliers d'interactions avec des gens d'un bout à l'autre de la ville alors qu'elle passait d'une audition ouverte à tout le monde à une autre dans les studios et boîte de production de Culver City, Hollywood et Burbank. C'était à elle qu'il revenait de se bâtir au sein même de l'industrie du divertissement un réseau capable de l'alerter sur de possibles boulots dans la profession qu'elle avait choisie. Deux fois par semaine, elle suivait aussi un cours de comédie réservé à douze personnes et une fois par mois sa troupe montait des spectacles dans son théâtre de Burbank. Toutes ces activités s'ajoutaient à nombre d'autres interactions personnelles, n'importe laquelle d'entre elles pouvant l'avoir fait côtoyer son assassin.

Comme prévu, la chronologie détaillait les efforts qu'avaient déployés les inspecteurs pour se faire une idée de ce à quoi ressemblait l'existence de la jeune femme. Ils avaient ainsi divisé ses interactions en trois groupes qu'ils avaient baptisés « Hollywood », « Scientologie » et « Autre ». Deux ex-petits amis, un à Los Angeles et l'autre à Chicago, avaient été interrogés et lavés de tout soupçon grâce à leurs alibis. Les inspecteurs avaient passé des semaines, puis des mois à procéder à ces interrogatoires, à vérifier des dossiers et à exercer de fortes pressions sur des amis et connaissances ayant un casier judiciaire. Il n'empêche : aucun suspect potentiel n'étant jamais sorti de tout cela, l'affaire avait fini par mourir.

Les dernières mentions portées à cette chronologie étaient les entrées de révision annuelle obligatoire signalant que l'affaire n'était jusqu'à plus ample informé toujours pas close.

Ballard referma les pages de la chrono et la laissa sur la table. Elle était certaine que Bosch voudrait l'emporter pour la lire chez lui. Elle sortait son portable pour l'appeler et voir s'il était encore loin lorsqu'elle reçut un appel de Nelson Hastings.

— Bonjour, inspectrice, lança celui-ci. J'ai entendu dire qu'il y avait une percée d'importance dans l'affaire Sarah Pearlman. Quelque chose que je pourrais partager avec le conseiller ?

— Qui vous a dit ça ? lui demanda Ballard.

Elle savait que c'était Rawls, mais elle voulait voir comment Hastings allait lui répondre. Ce serait à verser dans ce qu'elle appelait la « matrice de la confiance ». À savoir l'ensemble des détails, actes, réactions et déclarations de ceux avec qui elle entrait en contact lui permettant de déterminer le degré de confiance qu'elle pouvait accorder à tel ou tel, et elle en était toujours à rassembler des infos sur Hastings et son patron, le conseiller municipal Pearlman.

— J'étais juste en train de parler par hasard à Ted Rawls en rentrant chez moi en voiture quand il a mentionné ça. J'ai été surpris qu'il le sache, mais que moi, je n'en aie pas été « informé ». Je croyais que vous étiez d'accord pour me tenir au courant.

— Eh bien, pour moi, il est prématuré de parler de percée d'importance et c'est pour cela que je ne vous en ai pas informé. On a relié l'assassinat de Sarah à un autre meurtre commis onze ans plus tard. Sauf que cette nouvelle affaire n'est toujours pas résolue et que j'ai donc du mal à y voir une percée. À l'heure qu'il est, on a simplement deux victimes au lieu d'une.

— Comment ce lien a-t-il été établi ?

— Par l'ADN.

— Je pensais qu'on n'en avait pas retrouvé dans l'affaire Pearlman.

— Il n'y en avait pas jusqu'à hier, mais on en a trouvé et ça nous a conduits à cette nouvelle affaire.

— Comment s'appelle la victime ?

— Laura Wilson. Elle avait quelques années de plus que Sarah. Mais il y a des similitudes entre les deux affaires. Elle a, elle aussi, été victime d'une agression sexuelle et assassinée dans son lit.

— Je vois.

— Mais c'est vraiment tout ce qu'on a pour le moment, alors moi, à votre place, je ne m'emballerais pas, monsieur Hastings. S'il en sort quelque chose que le conseiller Pearlman devrait savoir, je vous appelle tout de suite.

— Merci, inspectrice.

Il raccrocha tandis qu'elle levait la tête et voyait Bosch entrer dans le restaurant. Elle attira son attention d'un petit signe de la main, il s'approcha et se glissa dans le box.

— Comment s'est passé ton interrogatoire ? lui demanda-t-elle.

— Rien de bien nouveau. Mais c'était le bon endroit où reprendre l'affaire. Elle a appelé quelqu'un dès après mon départ et ça, c'est curieux.

— La petite astuce dont tu m'as parlé ? Celle où on reste devant la porte et on tend l'oreille ?

— Des fois ça marche. Bon alors, du nouveau ?

— Eh bien, grâce à toi et à l'ADN qu'on a extrait de la partielle de paume, on a une correspondance avec un autre meurtre.

— Où ? Quand ?

— Ici, en 2005. Juste à côté, même, dans Tamarind Avenue.

— Je viens de m'y garer.

— Dès qu'on partira, j'irai y faire un tour histoire de voir à quoi ça ressemble. Tiens, voilà la chrono. Tu peux l'emporter chez toi si tu veux la lire ce soir.

— Parce que certaines photocopies pourraient sortir de l'Ahmanson, finalement ?

Elle sourit.

— Aucune pour toi. Mais moi, je suis la patronne. Et donc, je peux en faire.

— Je vois. Deux poids deux mesures… Tu iras loin au LAPD.

— Ce n'est pas aussi drôle que tu crois.

— OK. Alors qu'as-tu appris d'autre ?

Elle passa en revue les points qu'elle jugeait importants qu'elle avait lus dans le livre du meurtre de Laura Wilson.

— En un mot, s'il n'y avait pas eu de lien génétique entre les deux affaires, je ne les aurais jamais reliées. Une victime est blanche et l'autre est noire. L'une est ado et l'autre a plus d'une vingtaine d'années, et la première a été étranglée et la seconde poignardée. L'une chez ses parents et son frère, où elle habitait, l'autre dans un appartement où elle vivait seule.

— Mais les deux ont subi une agression sexuelle et ont été tuées dans leur lit, fit-il remarquer. As-tu vu la scène de crime ? L'assassin a-t-il couvert le visage de sa seconde victime ?

— Non, il ne l'a pas fait. Il faut croire que onze ans après avoir tué Sarah Pearlman, il n'avait plus honte de ce qu'il faisait.

Bosch acquiesça d'un hochement de tête. Un serveur s'approchant de la table, ils commandèrent tous les deux du poulet rôti, Bosch précisant qu'il prendrait la même boisson que Ballard. Puis, le serveur ayant noté leurs commandes, il reprit :

— Onze ans entre les deux affaires. C'est peu vraisemblable.

— Je sais, dit-elle. Il y en a forcément eu d'autres.

— Ces deux-là sont ses erreurs.

— Celles où il a laissé de l'ADN.

— L'autre truc, c'est que ce sont deux affaires séparées de onze ans, mais toutes les deux à L.A.

— Toutes les deux à Hollywood.

— Ce n'est pas un grand voyageur.

— Il est encore ici.

— C'est assez vraisemblable, dit Bosch en hochant la tête.

Leur repas terminé, ils quittèrent le restaurant et gagnèrent Tamarind Avenue. Ils remontèrent cette voie bordée d'immeubles d'appartements à un étage construits après la Seconde Guerre mondiale et affublés de noms tels que « Le Capri » et « La Royale ». Ballard repéra celui de Laura – « Le Warwick » – au milieu du bloc, côté est.

Ballard et Bosch s'arrêtèrent côte à côte et en contemplèrent la façade sans rien dire. De type Streamline

Moderne, la bâtisse était peinte en diverses teintes bleu et crème. Impression d'aérodynamisme et de sécurité. Rien ne laissait soupçonner les violences qui y avaient eu lieu tant d'années auparavant.

Ballard lui montra du doigt les fenêtres du premier étage, côté gauche.

— C'est là qu'elle habitait, dit-elle. Dans le coin, là-bas.

Il se contenta de hocher la tête.

— Je mets toute l'équipe dessus dès demain, reprit-elle. Faut qu'on coince ce type.

Il acquiesça d'un nouveau signe de tête.

— Tu es d'accord pour mettre McShane un peu en attente ?

— Non, répondit-il. Mais je le ferai.

Chapitre 12

De son poste de travail, Bosch regarda Ballard rallier l'équipe à la cause Sarah Pearlman/Laura Wilson. La veille, au Birds, elle lui avait dit son intention de demander à tout le monde de venir, sauf Rawls qu'elle ne voulait pas voir raconter tout ce qu'ils allaient faire à Nelson Hastings. Au lieu de ça, elle lui enverrait un SMS pour lui dire de prendre sa journée s'il avait toujours besoin de temps pour régler son problème à sa boutique. D'après ce qu'elle savait de son éthique de travail, elle escomptait qu'il lui enverrait un émoji pouce en l'air en guise de réponse et ne viendrait pas, et pour le moment, elle ne s'était pas trompée.

Elle assigna des tâches à chacun en espérant qu'avec tous ces regards nouveaux, une brèche permette de découvrir l'endroit où les deux victimes avaient croisé le même assassin. Âge, ethnie, statut financier et expérience, tout séparait les deux jeunes femmes, mais quelque part dans leurs styles de vie il y avait quelque chose qui les reliait. Elle mit Bosch sur l'analyse de la scène de crime, les autres membres de l'équipe devant reprendre les déclarations des parents, amis et témoins. Tom Laffont, lui, suivrait la piste scientifique, les premiers enquêteurs n'ayant visiblement pas travaillé l'angle que la découverte du sang dans l'urine leur avait ouvert. Cette présence indiquait qu'une maladie possible des reins ou de la vessie, qui avait ou été traitée ou atteint un point où elle aurait dû l'être.

— Ça pourrait aussi dire que notre suspect est décédé, lui fit valoir Laffont.

— C'est peut-être le cas, lui renvoya-t-elle, mais nous avons quand même toujours besoin de l'identifier et de clore l'affaire. Je ne pense pas vraiment utile de vous rappeler que M. Pearlman est notre saint patron à tous au conseil municipal[1] et que si nous arrivons à avoir des réponses sur ce qui est arrivé à sa sœur, nous pourrons garder cette unité en vie encore cinq ans.

S'il n'aimait guère les machinations politiques à l'œuvre dans l'affaire, Bosch comprenait parfaitement qu'un membre de la famille désire des réponses. Il lui avait lui-même fallu plus de trente ans pour en obtenir sur l'assassinat de sa mère quand il était gamin. Elles ne lui avaient pas permis de tourner la page, mais avaient apporté une résolution à ses efforts et il comprenait parfaitement ce que cherchait et dont avait besoin Jake Pearlman. S'il avait eu ce genre de pouvoir, il aurait fait la même chose pour sa mère. Au lieu de quoi, il avait usé de la force que lui conférait son badge.

Ballard était arrivée tôt et avait glissé dans des paquets individuels des copies de ce dont chaque enquêteur aurait besoin dans son travail. Elle les leur distribua

---

1. Aux États-Unis la police est municipale et la gestion, les fonds et la ligne politique dépendent du conseil municipal.

à la fin de la réunion, Harry ayant droit à un paquet de feuilles de trois centimètres d'épaisseur comprenant les rapports de médecine légale et les photos de scène de crime de l'affaire Wilson.

Avant de se mettre à la tâche, Bosch voulait faire quelque chose qui le tarabustait depuis qu'il avait interrogé Sheila Walsh. Il avait passé les trois quarts de sa nuit à se dire qu'il avait bousillé l'affaire de la famille Gallagher en ratant quelque chose dans la façon dont on était entré chez elle par effraction.

Dès que Ballard se fut rassise dans son poste de travail, il se leva et alla la voir.

— J'ai besoin de chercher des antécédents, dit-il. Tu peux me faire ça ?

— C'est pour l'affaire Wilson ? demanda-t-elle. Déjà ?

— Non, pour la famille Gallagher.

— Harry, je veux que tu travailles les dossiers Wilson et Pearlman. Je croyais qu'on s'était mis d'accord là-dessus hier et je viens juste de finir de dire à tout le monde combien c'est important pour nous.

— Je vais m'y attaquer dès aujourd'hui, mais je n'ai pas fermé l'œil de la nuit en pensant à quelque chose et j'aimerais juste enclencher le processus pour voir à quoi je vais devoir revenir après Wilson. D'accord ?

— Nom ?

Bosch tenait le rapport des empreintes retrouvées lors du bris de clôture chez Sheila Walsh. Ballard ouvrit la base de données du National Crime Information Center, et il lui lut le nom de la personne dont il voulait vérifier le passé criminel.

— Jonathan Boatman, dit-il, né le 1er juillet 1987.

Ballard le tapa et attendit que la base lui donne une correspondance.

— Qui est-ce ? demanda-t-elle.

— Le fils de Sheila Walsh, lui répondit Bosch. D'un premier mariage, c'est probable, et elle a changé de nom lorsqu'elle a divorcé ou s'est remariée.

— Et tu ne l'avais pas cherché dans la base de données ?

— Je l'ai fait à l'époque et il avait le nez propre. C'est consigné dans le livre du meurtre. Mais maintenant, ce que je veux savoir, c'est s'il a toujours le nez propre.

— Qu'est-ce qui te fait penser que ce ne serait pas le cas ?

— Parce qu'hier j'ai eu pour la première fois l'occasion de jeter un coup d'œil au rapport d'incident sur le cambriolage de la maison de Sheila. Les empreintes de McShane avaient été trouvées et on pensait que c'était lui qui était entré par effraction. J'avais déjà pris ma retraite et c'étaient les mecs du Devonshire qui géraient le dossier. J'avais entendu parler de ça par Lucy Soto et pour moi, c'était le signe que McShane était toujours vivant et toujours dans le coin. Mais hier, j'ai eu une autre idée.

— Pourquoi ?

— À cause de ce rapport d'incident. On y lit que de la nourriture a été prise dans le frigo, qu'un sac à main a été vidé et qu'un téléphone portable et une collection de vieux microsillons ont été volés. Du boulot d'amateur, donc. Le genre de truc que fait un accro pressé : on pique de la bouffe, du liquide et quelque chose qu'on peut revendre pour se faire un fix.

— Les disques. Je me rappelle qu'il y avait des boutiques qui achetaient des vinyles partout à Hollywood. Amoeba et quelques autres.

— Les empreintes du fils avaient bien été retrouvées, mais écartées parce que sa mère avait dit qu'il venait souvent lui rendre visite.

— Je vois où tu veux en venir. Au fait que les drogués ont l'habitude de dévaliser leurs parents avant de se lancer dans de vrais crimes parce qu'ils savent que papa et maman ne les poursuivront pas en justice. Au moins au début.

— Voilà.

— Ce qui fait que si l'auteur du cambriolage est son fils, qu'on ait retrouvé les empreintes de McShane à cet endroit prend un tout autre sens.

— C'est ce que je me suis dit. En plus du coup de fil qu'elle a passé hier après mon départ. J'espérais que ce soit à McShane, mais le fiston serait plus logique.

— Mais pourquoi signaler le cambriolage si elle pensait que son fils pouvait l'avoir commis ?

— Peut-être ne l'a-t-elle compris que plus tard. Beaucoup de gens dans cette situation ne veulent pas croire leur fils ou leur fille capable de faire un truc pareil.

Les résultats de la recherche commencèrent à s'afficher à l'écran de Ballard.

— Et voilà, Boatman a effectivement un passé judiciaire ! dit-elle.

Bosch s'appuya d'une main sur le bureau pour se pencher et lire. Jonathan Boatman avait un casier pour possession de drogue, conduite en état d'ivresse et désordre sur la voie publique. Toutes ces arrestations s'étaient produites aussi bien après l'assassinat de la famille Gallagher, époque où Bosch aurait naturellement entré son nom dans la base de données, qu'après le cambriolage. Depuis, Boatman avait suivi le chemin de l'addiction jusqu'au crime. La mise en accusation pour possession de drogue avait conduit à un plaider-coupable qui lui avait permis d'échapper à la prison en suivant six mois de désintoxication au LA County-USC Medical Center. Complet, le rapport du National Crime Information Center comportait des photos d'identité prises lors de son arrestation où l'on voyait clairement que Jonathan Boatman avait suivi la mauvaise pente. De cliché en cliché, il maigrissait jusqu'à en devenir émacié. Sur le dernier il avait la peau couverte de taches, une plaie purulente à la lèvre inférieure et, plus révélateur encore, un regard mort traduisant une absence de réaction totale à sa déchéance dans le circuit judiciaire.

— Rien qu'aux photos, je parierais pour la méthamphétamine, dit-elle.

— Ouais, lui confirma Bosch en lui montrant l'écran du doigt. Toutes ces arrestations ont eu lieu après le cambriolage. Peut-être que si j'avais toujours travaillé sur cette affaire à l'époque, je l'aurais remarqué.

— Mais tu n'y travaillais pas. Tu étais à la retraite. Alors, arrête de battre ta coulpe. Et peut-être que maintenant ça va nous conduire à quelque chose.

— Peut-être, oui.

Mais Bosch avait toujours l'impression d'avoir Dieu sait comment laissé tomber le dossier et trahi la famille Gallagher. S'il était resté sur l'affaire au lieu de prendre sa retraite, il aurait vu que McShane et le cambriolage n'avaient rien à voir et qu'il y avait une tout autre raison au fait qu'on avait retrouvé ses empreintes sur le presse-papiers en verre.

Comme si elle lisait dans ses pensées, Ballard essaya de l'absoudre encore plus.

— N'oublie quand même pas que Sheila n'a pas compris de quoi il s'agissait, elle non plus, et qu'elle a appelé la police. Tu n'es pas tout seul.

— C'est une mère, lui renvoya-t-il. Moi, je suis flic. Enfin… je l'étais.

— Je te dis de ne pas…

— Pourrais-tu juste m'envoyer ce rapport ? Avec les photos de l'identité ?

— Allons, Harry ! C'est exactement pour ça qu'on reprend ces dossiers. Pour les voir d'un œil nouveau. Pour repérer ce qui a été manqué. Alors contente-toi de cette petite victoire. Tu as un nouvel angle à travailler.

— Bon alors… tu vas me l'envoyer ?

— Oui, je te l'envoie. Mais arrête de courir après cette affaire. J'ai besoin de toi pour Pearlman et Wilson. Et je ne plaisante pas.

— T'inquiète pas. Tu auras mon avis sur la scène de crime et le rapport de médecine légale avant la fin de la journée.

Bosch retourna à son poste de travail pour y attendre son mail. Dès qu'il eut le rapport du NCIC à l'écran, il l'expédia à l'imprimante et remarqua que la dernière arrestation de Boatman remontait à deux ans. Il n'était pas impossible qu'il se soit soigné et tenu tranquille depuis lors – au regard de la loi, s'entend. Qu'il ait censément un job d'entretien de green de golf l'indiquait fortement.

Il regarda les photos d'inculpation comprises dans le paquet et grava le visage de Boatman dans sa mémoire. Puis il chercha l'adresse du country club de Sand Canyon et l'entra dans l'application GPS de son téléphone portable.

Il referma son ordinateur portable, se leva pour gagner l'imprimante et partit.

— Harry ? Tu t'en vas ? lui demanda Ballard alors qu'il passait derrière elle.

— Je vais à l'imprimante, répondit-il. Et après, je fais un tour en voiture.

— En voiture ? Pour aller où ?

— Ne t'inquiète pas, je vais revenir.

Il sentit que Ballard le fixait tandis qu'il continuait d'avancer.

Monté dans sa Cherokee, il bouclait sa ceinture quelques instants plus tard lorsqu'il reçut un SMS d'elle. Elle était en colère.

Tu me casses mon autorité quand tu
t'en vas comme ça. Je t'en prie, ne
le refais plus.

Il fut partagé entre contrition et agacement. Il essayait de résoudre l'assassinat d'une famille entière et pour lui, ça prenait le pas sur tout le reste. Il lui renvoya un SMS, mais s'abstint d'écrire quoi que ce soit qui aurait pu encore plus enflammer la situation.

Je suis vraiment désolé. Tu sais comment je peux m'emballer dans une affaire. Ça ne se reproduira pas.

Il attendit une réponse, qui ne vint pas. Il fit démarrer sa voiture et se dirigea vers la sortie du parking.

Quelques minutes plus tard, il se retrouvait sur la 405 direction nord dans la circulation modérée du milieu de matinée. L'autoroute étant aérienne à cet endroit, il avait une bonne vue sur les tours de Century City sur sa droite et les montagnes de Santa Monica droit devant. D'après son GPS, il arriverait au country club de Sand Canyon dans cinquante-huit minutes. Il alluma la radio, passa sur la station KJazz et tomba sur la version du Shelly Berg Trio de la chanson des Beatles « Blackbird ».

Il monta le volume. Il n'y avait pas meilleure musique pour rouler.

Chapitre 13

Ballard s'ordonna de ne pas s'énerver contre Bosch. Elle savait que le mettre dans une équipe n'en ferait pas un coéquipier. Cela n'était tout simplement pas dans son ADN. Elle se leva et gagna le bureau du rebelle. Le paquet qu'elle lui avait préparé pour l'affaire Wilson était toujours posé dessus. Il lui avait promis de lui donner son avis avant la fin de la journée, mais seulement s'il avait les documents à analyser. Elle reprit le paquet et retourna à son poste : elle ferait le travail elle-même si Bosch refusait.

Dans la répartition des tâches assignées à l'équipe, elle s'était gardé les réseaux sociaux de Laura Wilson. Les données récupérées dans son ordinateur et son téléphone portable avaient été téléchargées sur des clés USB glissées dans la poche du rabat de couverture du livre du meurtre. Elle avait étudié le contenu de chacune d'elles un peu plus tôt dans la journée et se préparait à s'y replonger, mais décida de mettre ce travail de côté et de commencer par jeter un coup d'œil à ce qu'elle avait donné à Bosch.

Elle avait déjà étudié, et sérieusement, les rapports de médecine légale et les photos de la scène de crime après avoir relié les affaires Wilson et Pearlman, elle décida de s'attaquer à cette tâche d'une autre manière. Qu'il se trouve sur la scène de crime en personne ou qu'il en étudie les photos, l'enquêteur se concentre toujours sur ce qui en constitue le cœur, soit le cadavre, et ces photos étaient tout aussi horribles à regarder que celles de Sarah Pearlman. Il s'agissait du corps d'une jeune femme violée et assassinée. D'une vraie nature morte de rêves et d'espoirs volés. Ballard décida de mettre ces clichés de côté et de travailler l'affaire de l'extérieur vers l'intérieur.

Le photographe de scène de crime s'était montré exhaustif en prenant des dizaines de clichés « environnementaux » de tout le foyer de la victime au moment des faits. Contenu des penderies, des armoires et des tiroirs en plus des photos encadrées accrochées aux murs, l'ensemble donnait aux enquêteurs un accès rapide à tout ce qui entourait le lieu du meurtre. Il leur permettait aussi d'avoir une meilleure compréhension de la jeune femme en leur révélant la manière dont elle avait aménagé son domicile et leur faisant découvrir les objets qui avaient compté le plus pour elle dans sa vie.

Bien que l'appartement de Wilson se réduise à une seule chambre, il s'y trouvait d'amples espaces où ranger habits et autres possessions. Ballard passa lentement en revue ces photos en s'arrêtant sur celles qui retenaient son intérêt au fur et à mesure qu'elle avançait. Les vêtements accrochés dans son dressing indiquaient qu'elle consacrait une grande partie de ses revenus à ce qu'elle portait ou que l'argent dédié à sa garde-robe provenait en partie de ses parents ou d'autres personnes de sa connaissance. Rien dans ces documents ne montrait qu'elle aurait eu un petit ami. À l'époque elle s'était fait connaître sur deux réseaux sociaux naissants (MySpace et Facebook), mais ce que Ballard en avait déjà analysé ne faisait pas d'elle une fêtarde d'Hollywood. Laura Wilson donnait l'impression de s'en tenir sérieusement à son plan de cinq ans, son bel assortiment de chaussures et de vêtements en faisant plus que probablement partie. Certains enregistrements de ses auditions conservés dans son ordinateur montraient qu'elle visait souvent des rôles de femmes jeunes mais sophistiquées aussi bien au cinéma qu'à la télévision. Elle s'habillait chaque fois en conséquence et c'était maintenant le dressing même où elle avait élaboré ces tenues que scrutait Ballard. Tout cela avait quelque chose de déprimant : la jeune femme avait eu des projets, elle avait travaillé dur pour les mettre en œuvre, elle s'était préparée, s'était tenue devant son miroir, s'était assurée d'avoir le look qui convenait au rôle qu'elle désirait, mais son ambition lui avait été dérobée lors d'une horrible nuit de violences. Ballard se jura de ne plus jamais laisser cette affaire moisir sur une étagère. Que quoi qu'il arrive, elle y travaillerait aussi longtemps qu'il lui serait donné de pouvoir le faire.

L'émotion qu'elle ressentit alors la frappa si fort qu'elle reprit le livre du meurtre pour y chercher la page des contacts. Les proches de Laura se réduisaient à Philip et Juanita Wilson, son père et sa mère originaires de Chicago. Philip y était brièvement décrit comme un membre du comité directeur de la 14e circonscription électorale et Juanita comme enseignante. Ballard savait qu'elle allait rouvrir de vieilles plaies en les appelant, mais savait aussi qu'un père et une mère ne surmontent jamais la mort d'un enfant de quelque âge que ce soit. Elle voulait qu'ils sachent que l'affaire ne dormait plus sur une étagère et qu'on y retravaillait.

Elle composa le numéro. Il était encore bon au bout de dix-sept ans, la voix d'une vieille femme lui répondit. Laura Wilson aurait-elle été toujours vivante qu'elle aurait eu plus de quarante ans et fait de ses parents au minimum des sexagénaires, et probablement plus.

— Madame Wilson ?

— Oui, c'est le LAPD ?

Ballard se rendit compte que son téléphone de bureau affichait sans doute une identification générique.

— Oui, madame. Je m'appelle Renée Ballard, je suis inspectrice à la police de Los Angeles et je dirige le service des Affaires non résolues.

— Vous l'avez attrapé ? L'homme qui a tué mon bébé ?

— Non, madame, pas encore. Je vous appelle pour vous dire que nous avons rouvert l'enquête et que nous suivons de nouvelles pistes. Je voulais juste que vous le sachiez.

— De nouvelles pistes ? Lesquelles ?

— Je ne peux pas vraiment en parler pour le moment, mais s'il y a du nouveau et que nous arrêtons quelqu'un, je vous appellerai, vous et votre mari, pour que vous soyez les premiers informés. Je voulais juste vous présenter mon…

— Mon mari est décédé. Du covid, il y a deux ans. Juste quand ça a commencé.

— Je suis désolée de l'apprendre.

— Il est avec Laura, maintenant. À la fin, il n'arrivait plus à respirer. Il est mort comme elle, parce qu'il ne pouvait plus respirer.

Ballard n'était pas très sûre de savoir comment mettre fin à son appel. Elle avait cru redonner de l'espoir aux parents de Laura, au lieu de quoi elle ne faisait que rappeler à sa mère le traumatisme qui les avait affectés.

— Mais je peux vous dire une chose, madame Wilson, ceci strictement entre nous pour l'instant. Nous avons relié l'affaire de votre fille à une autre et nous espérons qu'enquêter sur les deux à la fois nous aidera à trouver l'individu qui a fait ça.

— Quelle autre affaire ? Vous voulez dire un autre meurtre ?

— Oui, antérieur à celui de Laura, et il y a correspondance ADN.

— Vous voulez dire qu'avant que Laura ait été assassinée par cet homme, il avait tué quelqu'un d'autre ? Une autre fille ? Avez-vous émis un avis de recherche ?

— Le lien n'a été établi que par l'ADN et les caractéristiques de ces deux crimes sont assez différentes pour qu'aucune similitude n'ait été décelée à l'époque où ils ont été commis. Avez-vous quelque chose pour noter mon nom ? Je vais vous donner mon numéro de portable au cas où vous auriez des questions et s'il y avait du nouveau.

La transition était maladroite, mais Ballard espéra qu'elle conduise à la fin de l'entretien. Juanita Wilson prit son nom et son numéro de portable, Ballard termina son coup de fil en l'invitant à l'appeler si elle avait des questions ou pensait à quelque chose qui pourrait aider la nouvelle enquête.

Elle avait à peine raccroché que Colleen Hatteras passait la tête au-dessus de la demi-cloison.

— La mère ? demanda-t-elle.

— Oui, répondit Ballard agacée qu'elle ait entendu la conversation.

— Et le père est mort, reprit Hatteras.

— Oui. À ses yeux, jamais justice n'a été faite pour sa fille.

— Covid ?

— Oui.

Ballard la regarda en se demandant s'il s'agissait d'une supposition éclairée ou d'un sentiment d'empathie, et décida de ne pas poser la question.

— Comment ça se passe avec les déclarations des témoins ? demanda-t-elle à la place.

Hatteras avait hérité des déclarations des contacts socioprofessionnels de Laura Wilson afin de déterminer si elles étaient cohérentes ou nécessitaient un suivi d'enquête. Il y avait peu de chances que cela donne des résultats dans la mesure où le meurtre s'étant produit depuis bien longtemps, les gens interrogés risquaient de ne pas se rappeler grand-chose de cette époque.

— Rien qui saute aux yeux pour l'instant, lui répondit Hatteras, mais je n'ai pas tout revu.

— OK, dit Ballard. Tenez-moi au courant.

— Avez-vous demandé à voir les preuves aux scellés ?

— Oui, et je l'ai dit pendant le briefing. Elles devraient arriver ici aujourd'hui ou demain. Pourquoi ?

— Je pourrais en voir la liste ?

— Bien sûr.

Ballard la trouva facilement dans le livre du meurtre, ouvrit les anneaux du classeur et lui tendit la page par-dessus la demi-cloison.

— Qu'est-ce que vous cherchez ? lui demanda-t-elle.

Hatteras ne répondit pas avant d'avoir épluché la liste des biens et éléments de preuves déposés en 2005.

— Je voulais juste savoir ce qu'il y avait. Ils ont gardé sa chemise de nuit et les draps.

— C'est ça, lui confirma Ballard. Ces éléments de preuve auraient été présentés au tribunal si un dossier avait été constitué.

— J'arrive parfois à communiquer avec ce genre de preuves.

— Qu'entendez-vous par « communiquer » ?

— Je ne sais pas, en tirer une impression. Recevoir un message.

— Colleen, lui renvoya Ballard, je ne pense pas que nous allons suivre ce chemin. Il faut absolument que je blinde nos enquêtes afin qu'on ne puisse pas les mettre en doute en audience, vous comprenez ? Pour moi, suivre le chemin psychique – et je vous en prie, ne le prenez pas personnellement –, ce serait susciter des questions de crédibilité.

— Je sais, et je comprends. Ce n'est qu'une idée, quelque chose à envisager si nous finissions par aller dans le mur.

— OK, je vais garder ça à l'esprit, mais vous m'avez déjà dit avoir eu des messages à partir d'éléments de preuve de ce genre. Quand cela vous est-il arrivé ?

— C'est que… je n'ai jamais fait ça de manière officielle, mais il est arrivé que des familles fassent appel à moi après avoir entendu parler de mes dons. C'est d'ailleurs comme ça que j'ai découvert tout le domaine de la généalogie. À cause de familles qui voulaient des réponses.

Ballard se contenta de hocher la tête et regretta qu'Hatteras ne l'ait pas mentionné lors de son entretien d'embauche.

— Bien, dit-elle, je vais m'y remettre, Colleen.

— OK, moi aussi.

Hatteras disparut derrière la cloison, Ballard essayant d'écarter l'impression grandissante qu'elle avait fait une erreur en l'intégrant dans l'équipe. Elle reprit son analyse des photos de la scène de crime. Le dressing de Laura Wilson comportait une commode encastrée, juste à côté de l'étagère à chaussures. Le photographe en avait ouvert chacun des six tiroirs et pris des clichés de ce qu'ils contenaient sans rien déranger. Les quatre tiroirs inférieurs étaient bourrés de vêtements pliés, de sous-vêtements et de socquettes. Les deux petits tiroirs contigus au-dessus étaient, eux, essentiellement pleins de bijoux et de bandeaux pour les cheveux et autres accessoires vestimentaires. L'un de ces tiroirs semblait aussi ne contenir qu'un fatras de reçus, de sachets d'allumettes, de cartes postales, de petite monnaie, d'écouteurs, de chargeurs de portables, de bonbons d'Halloween et autres objets.

Mais l'un d'eux attira soudain, et très fortement, l'attention de Ballard. Il s'agissait d'un pin's orné du mot *JAKE !* imprimé en lettres orange au bas duquel étaient attachés deux courts rubans à rayures tricolores rouge-blanc-bleu.

L'objet la faisant réfléchir, elle chercha vite Jake Pearlman sur Google. Si le conseiller municipal n'avait rien d'un politicien de stature internationale, il avait quand même droit à un article Wikipédia détaillant son accession au pouvoir. On y découvrait sa première campagne au poste d'adjoint au maire en 2005. Il l'avait menée pour occuper le siège vacant d'un conseiller qui avait renoncé à son poste à la suite de sa mise en accusation pour violation des règles de financement de sa campagne. Jake Pearlman avait perdu l'élection, mais était resté actif en politique et plus d'une décennie plus tard, avait enfin gagné ce même siège au conseil municipal.

Ballard n'avait pas eu connaissance de cette première campagne de Pearlman, mais venait de reconnaître ce pin's parce que l'adjoint au maire avait apprécié sa simplicité et s'en était servi lors d'élections plus récentes.

Elle se renversa dans son fauteuil et réfléchit. L'élection de 2005 s'était déroulée le 8 novembre, soit à peine trois jours après l'assassinat de Laura Wilson. À un moment donné de cette campagne, celle-ci avait donc pris ou reçu un de ces pin's qui avait fini par atterrir dans son tiroir fourre-tout. Qu'est-ce que cela pouvait bien signifier si tant est que cela voulût dire quoi que ce soit ? Était-ce donc une simple coïncidence qu'elle ait porté un pin's pour soutenir un candidat dont la sœur avait péri quelque onze ans plus tôt sous les coups d'un homme qui devait finir par la tuer, elle aussi ?

Ballard devait envisager qu'il ne s'agisse pas d'une coïncidence, mais que ce lien ait un sens dans l'affaire. D'où la nécessité de suivre cette piste et d'obtenir plus de renseignements.

Et bien sûr, d'en parler à Harry Bosch.

Chapitre 14

Bosch ne jouait pas au golf. C'était un sport qui exigeait plus d'argent qu'il ne pouvait en débourser quand il était jeune, et l'adulte qu'il était devenu avait toujours été trop pris par son travail pour se lancer dans des sorties de cinq heures sur un parcours. Sans parler du fait que qualifier de sport une activité impliquant pas mal de boisson et de tabagie lui posait problème. Tout cela mis de côté, il en connaissait néanmoins assez sur le sujet pour deviner que les greenkeepers travaillaient tôt et s'acquittaient de l'essentiel de leurs tâches sur le green avant que les golfeurs n'y arrivent avec leurs voiturettes électriques, leurs clubs et leurs cigares.

Il se présenta au country club de Sand Canyon un peu avant 11 heures et trouva rapidement l'enceinte cachée où l'on rangeait l'équipement nécessaire à l'entretien du terrain et où les greenkeepers disposaient d'une longue table sous la vaste ramure d'un pin des sables. Il ne portait pas la tenue adéquate, les ouvriers surent tout de suite qu'il ne débarquait pas devant eux pour chercher une balle perdue. Il repéra le visage de Boatman au milieu des nombreux qui s'étaient tournés vers lui et adressa un salut de la main à son propriétaire.

— Jonathan, dit-il, je me demandais si je ne pourrais pas vous parler quelques instants.

— Me parler, euh… de quoi ? lui répondit celui-ci. Qui êtes-vous ?

— Harry Bosch. J'ai parlé avec votre mère hier et je pensais qu'elle vous aurait averti de la visite que je voulais vous rendre aujourd'hui.

— Ma mère ? Elle m'a dit que dalle. Et je suis en pause, mec. Et vous pouvez pas vous pointer ici comme ça.

Bosch regarda autour de lui comme s'il cherchait une issue, faisant en sorte que le badge clipsé à sa ceinture soit bien visible sous sa veste entrouverte. Il était authentique, mais portait la mention « honoraire » au lieu de celle d'« inspecteur » apposée au bas de son écusson pendant de nombreuses années. Cela étant, Bosch pensait être assez loin de la table pour que Boatman ne puisse pas s'en apercevoir.

— Bon d'accord, reprit-il. Je croyais nous faire économiser du temps, mais je vais monter au bureau du club-house et organiser ça comme il faut.

Sur quoi il tourna les talons et se dirigea vers le portail qu'il avait franchi pour entrer. Comme il fallait s'y attendre, Boatman l'arrêta net. Il n'avait aucune envie que la direction soit au courant de ce qui se tramait, quoi que ce fût.

— OK, minute, minute ! lança-t-il.

Bosch se retourna et vit que Boatman glissait de son banc, faisait le tour de la table et le rejoignait. Il remarqua aussi qu'il avait la peau nette et le visage plus rempli que sur les photos de l'identité judiciaire. Selon le rapport d'arrestation qu'il avait lu, Boatman était âgé de trente-cinq ans. Qu'il ait cessé de se droguer ou pas, son addiction l'avait fait vieillir tant dans son aspect que dans son comportement. Il donnait l'impression d'avoir quarante ans, avançait les épaules voûtées et commençait à perdre ses cheveux bruns. Et même s'il avait les bras bien bronzés à force de travailler au soleil, son teint restait jaunâtre. Plus révélateur encore, il avait le regard toujours aussi mort.

— De quoi s'agit-il ? demanda-t-il. Y a pas besoin de mettre la direction dans le coup.

— Il y a un coin tranquille où on pourrait parler ?

— Pas vraiment, mais allons ailleurs. C'est la merde, mec. Je veux dire, c'est ici que je bosse, et j'ai vraiment pas besoin que la police se pointe, bordel !

Il pilota Bosch dans l'enclos réservé à l'entretien et l'amena sous une toile qui gonflait sous le vent et empêchait du jeune gazon d'être brûlé par le soleil. Il y en avait là des carrés empilés sur des palettes en bois jusqu'à un bon mètre de hauteur et prêts à être replantés aux endroits nécessaires.

Soudain, Boatman se tourna vers Bosch.

— Bon alors, c'est quoi ce plan ? exigea-t-il de savoir. Je suis parfaitement clean et je le suis depuis deux ans, quatre mois et six jours.

— Que vous soyez ou ne soyez pas clean ne m'intéresse pas, Jonathan, lui renvoya Bosch. Ça n'a rien à voir avec votre passé de drogué.

— Alors de quoi on parle, et qu'est-ce que ma mère vient foutre là-dedans ?

— Vous vous rappelez le cambriolage chez elle ? J'en parlais avec elle hier et votre nom ayant fait surface, je me suis dit que ça vaudrait le coup de vérifier avec vous, histoire de voir de quoi vous vous souvenez.

Boatman mit les mains sur les hanches et prit un air qu'il croyait intimidant. Il faisait cinq centimètres de plus que Bosch et pensait, à tort, que sa taille et son âge lui donnaient l'avantage.

— Et vous avez fait tout ce chemin pour me parler de ça ?! s'exclama-t-il. Un cambriolage vieux de dix ans où un putain de téléphone a été volé ?

— Je dirais plutôt six, le corrigea calmement Bosch. Et il y a eu bien plus qu'un téléphone de pris.

— Peu importe… On s'en fout ! Je n'étais même pas là. Alors pourquoi vous venez me voir au boulot pour me demander ça ? Vous essayez de me faire virer, espèce de fils de pute ? Je me fous de savoir quel âge vous avez, je vais vous casser la figure comme il…

Avant même qu'il ait fini de le menacer, Bosch lui balança son poing gauche sous la mâchoire et le lui enfonça dans la gorge. Boatman avala son dernier mot et se courba en avant pour essayer de reprendre son souffle. Bosch lui posa une main sur l'épaule pour le stabiliser.

— Ça va aller, lui dit-il. Détendez-vous et ça reviendra. Relax, mec.

Ses jambes le lâchant, Boatman tomba sur les fesses, Bosch l'accompagnant doucement dans sa chute jusqu'à ce qu'il repose sur le dos.

— Vous avez seulement cessé de respirer, c'est tout, reprit Bosch. Ne vous emballez pas et ça reviendra.

Boatman était presque violet, mais Bosch vit sa peau virer au rouge et sa respiration redevenir normale.

— Et voilà, dit-il. Ça va déjà mieux. Continuez de respirer.

— Va te faire foutre ! lui lança Boatman d'une petite voix étranglée.

— Vous me menaciez, fallait bien que j'arrête ça.

— J'étais pas en train de te…

Il cessa de parler en se rendant compte que c'était encore trop tôt. Bosch s'était agenouillé à côté de lui, prêt à le frapper à nouveau si jamais il était assez fou pour essayer de lui rendre la pareille.

Il ne le fit pas. Il se calma et finit par tourner la tête pour voir si l'un de ses coéquipiers l'avait vu se faire étaler par un vieux.

— Mais qu'est-ce que tu veux ? finit-il par demander.

— Je veux juste savoir si c'est pas vous qui auriez fait ce cambriolage ?

— Et pourquoi j'aurais dévalisé ma propre mère ?

Sur quoi, il se mit en devoir de se relever, mais Bosch lui appuya une main sur la poitrine et le rallongea par terre.

— On ne bouge pas, dit-il. Vous l'avez dévalisée pour vous payer de la drogue. C'était bien de la méthamphétamine en cristaux, non ?

— J'te cause pas, mec. J'te dis plus un mot.

— Vous êtes sûr ? Non parce que ça n'a aucune importance. On a dépassé tous les délais de prescription, et de loin. Si j'avais été encore flic à l'époque, ç'aurait pu être différent. Mais vous avez eu de la chance, vous vous en êtes sorti sans encombre et on ne peut plus vous accuser aujourd'hui. Alors vous pourriez tout aussi bien me dire la vérité.

— Je te dis plus un mot, répéta Boatman et il se détourna de Bosch pour ne pas lui montrer ses yeux.

— Pas de problème, Jonathan. C'est vous qui avez fait le coup, point barre.

— T'as tout faux, connard !

— À propos… qu'est-ce qu'elle vous a dit, votre mère, hier soir quand elle vous a appelé après mon départ ?

— Elle m'a dit que t'étais qu'un connard.

— Non, vraiment ? Ça fait mal, ça.

— Parfait.

Bosch lui tapota la joue.

— Sois sage, Jonathan, dit-il.

Ses genoux craquèrent lorsqu'il se leva. Il vacilla un peu avant de retrouver son équilibre, tenta de masquer son propre épuisement, se détourna de Boatman et reprit le chemin du parking.

— Va te faire mettre, le vieux ! lui hurla Boatman.

Il avait crié fort, mais sans grande conviction. Bosch ne se donna même pas la peine de se retourner. Pour lui montrer qu'il avait bien entendu, il se contenta de lui faire un petit signe de la main, et disparut à sa vue.

Il savait que Boatman allait très probablement appeler sa mère en moins de cinq minutes. Mais ça non plus, ça ne le gênait pas. Au contraire, il voulait que Sheila Walsh comprenne bien que rien de tout cela n'était fini. Tant s'en fallait.

Chapitre 15

Ballard voulait s'éloigner de l'Ahmanson pour réfléchir. Elle gagna Abbot Kinney Boulevard à Venice et se commanda un harvest bowl[1] au Butcher's Daughter[2]. Depuis qu'elle avait rompu avec l'infirmier Garrett Single, elle avait tendance à manger végétarien quand elle était seule. Composante essentielle de leur relation, Single s'enorgueillissait de ses talents de maître du barbecue et elle avait passé ces trois derniers mois à se purifier de lui et de toutes les viandes rouges. Depuis, elle préférait le radis pastèque à la pointe de bœuf et comme ladite « fille du boucher », elle ne se voyait pas retourner à la viande.

Décontractée, elle était en train de dresser une liste en mangeant lorsqu'elle reçut un appel d'un de ceux qui y figuraient tout en haut : Nelson Hastings.

— Je vous téléphone juste pour voir s'il n'y aurait pas quelque chose à mettre sous les yeux du conseiller, lança-t-il.

1. Littéralement « bol de la récolte ». Genre de salade estivale à base de patate douce, de courge et de chou-fleur.

2. « La fille du boucher », un restaurant végan.

— J'allais vous appeler, lui renvoya-t-elle.

— Vraiment ? Il y a du nouveau ?

— Je voulais vous demander jusqu'à quand remontent ses archives de campagne.

— Si vous voulez dire nos RDC trimestriels, sachez que nous les avons depuis le premier jour. De quoi s'agit-il ?

— C'est quoi, un RDC ?

— Un Relevé des dons de campagne. Nous les remplissons comme l'exige la loi. Mais encore une fois, de quoi parlons-nous, inspectrice ?

Il y avait de l'urgence dans sa voix bien plus aiguë que d'habitude. Ballard se dit que ce devait être du côté de l'argent que les élus allaient à l'encontre de la loi. Elle tenta vite de dissiper son inquiétude.

— Cela n'a rien à voir avec des contributions à ses campagnes, dit-elle. Je me posais des questions sur le personnel qui a été engagé, sur les bénévoles, enfin… ce genre de choses. Jusqu'à quand remontent vos archives ?

— C'est que… nous en gardons certaines, lui répondit Hastings. Il faudrait que je vérifie. Quelque chose de précis que je devrais chercher ?

Ballard remarqua que le ton de sa voix était redevenu normal et modulé.

— Laura Wilson, dit-elle. Elle avait un pin's de campagne *JAKE !* dans un tiroir et je me demandais si elle n'aurait pas fait partie des bénévoles. Je ne pense pas qu'elle aurait eu assez d'argent pour faire un don, mais ses parents étant politiquement très actifs à Chicago, je me disais qu'elle aurait pu s'impliquer quand elle est venue ici.

— Mais vous ne m’avez pas dit qu’elle a été tuée onze ans après Sarah ? lui demanda Hastings. Ce qui nous amènerait en quoi ? 2005 ? 2006 ? Et Jake est arrivé au conseil municipal il y a six ans de ça seulement.

— C’est juste. Mais en 2005 il a perdu une élection spéciale pour obtenir le siège même qu’il occupe aujourd’hui. Et comme Laura habitait dans la circonscription où il faisait campagne, je me disais…

— C’est que… tout ça, c’est avant mon époque. Il faudrait que je voie les archives qu’il nous reste et… Qu’est-ce que cela voudrait dire si on découvrait qu’elle a participé à sa campagne ?

— Je ne le sais pas encore. Nous cherchons des liens entre les victimes et si elle a travaillé pour Jake, cela en constitue un de passablement intéressant. Il faudrait qu’on découvre où ça mène.

— Je vois ce que vous voulez dire. Je vais regarder ce qu’on a dans nos archives et je reviens vers vous dès que je peux. D’accord ?

— Ce serait génial. Je ne suis pas au bureau pour l’instant, mais dès que j’y arrive, je vous envoie une photo d’elle, si ça peut vous aider.

— Ça pourrait, mais je pense que le conseiller la reconnaîtra. Il n’oublie jamais le visage d’un supporter.

— Parfait. Si vous pouvez donc lui rappeler ce nom…

— Ne vous inquiétez pas, je le ferai.

— Merci.

Elle raccrocha et appela tout de suite Darcy Troy au labo ADN. Elle savait qu’elle risquait de marcher sur les plates-bandes de Tom Laffont étant donné qu’elle lui avait assigné de travailler l'angle médico-légal, mais elle voulait continuer d'avancer.

— Darcy, lança-t-elle, c'est Renée. Des nouvelles de Tom Laffont aujourd'hui ?

— Euh, non. J'aurais dû en avoir ?

— Pas nécessairement, mais je pensais qu'il aurait pu t'appeler. As-tu été en mesure de vérifier s'ils ont toujours les tampons d'où ils ont tiré l'ADN dans l'affaire Wilson ?

— Je peux aller voir. Ils devraient être encore là, à moins que le bureau du district attorney n'ait ordonné leur destruction, ce qui n'est censé se produire que lorsqu'une affaire est close.

— Bien. Tu peux voir ce qu'il y a ? Et après, j'aimerais te demander un service.

— Tu veux une analyse plus poussée.

— Voilà. Je veux en savoir plus sur le sang. En 2005, on ne s'intéressait qu'à l'ADN et je veux voir pourquoi ce type avait du sang dans les urines. Les rapports consignés dans le livre du meurtre sont très vagues. Il pourrait s'agir d'une maladie des reins ou de la vessie et je me dis qu'après toutes ces années, on devrait pouvoir en savoir plus avec la sérologie, non ?

— Si, si, et je vais aller voir ce qu'on a.

— Et ça prendra ?…

— Ce n'est pas mon domaine, mais je devrais pouvoir pousser à la roue. À condition qu'il y ait encore du matériau. Il arrive qu'on utilise tout ce qu'on a pour extraire l'ADN.

— Je croise les doigts. Merci, Darcy.

— Pas de problème.

Ballard raccrocha et se rappela de prévenir Laffont qu'elle avait déjà mis les choses en route. Elle remballa tout ce qu'elle avait sur sa table dans son sac à dos, paya sa note et quitta le restaurant.

Il lui fallut vingt minutes pour rejoindre l'Ahmanson Center. Elle descendait de sa voiture lorsqu'elle reçut un nouvel appel de Nelson Hastings.

— Vous avez trouvé quelque chose ? lui demanda-t-elle.

— Rien qui pourrait aider l'enquête, à mon avis. Les archives d'embauche, relevés de dons et listes des donateurs sont complets jusqu'à l'élection de Jake Pearlman au conseil municipal il y a six ans. Avant ça, il semblerait que rien n'ait été gardé parce qu'il avait perdu l'élection. J'ai demandé au bureau et même au conseiller en personne si quelqu'un se rappelait Laura Wilson et ça n'a rien donné.

— Ce n'était pas gagné. Le conseiller avait-il un directeur de campagne en 2005 ? Peut-être qu'il ou elle pourrait se rappeler si Wilson s'est portée volontaire pour la campagne.

Elle était en train de poser sa question lorsqu'elle vit la Cherokee verte de Bosch entrer dans le parking du centre.

— Je vous trouve le nom et les contacts, mais je crois que le conseiller se rappellerait si quelqu'un de sa campagne avait été assassiné. Et pour être tout à fait honnête, personne n'aurait oublié une bénévole afro-américaine.

— Vous avez sans doute raison, acquiesça Ballard en hochant la tête. Merci d'avoir essayé. Et ce serait génial si vous pouviez m'envoyer un mail avec les nom et numéro du directeur de la campagne de 2005.

Elle vit Bosch ouvrir le hayon arrière de sa voiture et se mettre à en sortir des boîtes. Aux rubans rouges qui les ceinturaient, elle sut qu'il s'y trouvait des éléments de preuve qu'il avait pris aux scellés et se dirigea vers lui.

— Inspectrice Ballard, reprit Hastings au téléphone, est-ce que je pourrais vous parler de quelque chose de délicat ?

— Euh... bien sûr, répondit-elle. Qu'est-ce qu'il y a ?

— Vous semblez vouloir relier la mort de cette femme au conseiller ou à sa campagne, et j'aimerais juste vous prévenir d'y aller prudemment. Toute idée tendant à suggérer que le conseiller pourrait être impliqué dans cette affaire est ridicule et je suis certain que vous en convenez, mais si jamais ça fuitait dans les médias, ça pourrait exploser. Alors, faites attention, inspectrice Ballard. Ce que vous avez se réduit à un pin's de campagne de quatre sous comme il en a été probablement fabriqué des centaines, voire des milliers.

Ballard s'immobilisa au milieu d'une allée du parking pour lui répondre et vit que, s'étant rendu compte qu'elle venait vers lui, Bosch l'attendait à l'arrière de sa Cherokee.

— Il est évident que nous procédons avec soin et précaution, Nelson. Et ma question n'implique aucun jugement sur le conseiller, vous pouvez le lui dire.

— Je le ferai, inspectrice.

Hastings raccrocha et Ballard continua d'avancer vers Bosch qui lut ce qu'elle pensait sur son visage.

— Quoi ? lui lança-t-il.

— Rien, lui répondit-elle. Encore des conneries du chien de garde du conseiller. Je vois que tu es passé aux scellés.

— Oui, et ils m'ont filé les cartons de l'affaire Wilson. Ils m'ont dit que tu les avais commandés et que je pouvais économiser la livraison si je m'en chargeais moi-même. Tu pourrais prendre une boîte ?

— Bien sûr.

Elle passa son sac à dos par-dessus son épaule et se pencha à l'intérieur de la Cherokee pour y prendre le carton contenant les éléments de preuve de la première enquête. Soixante centimètres de large sur soixante centimètres de long et de haut, et pas lourd du tout. Elle le souleva, puis l'appuya sur le pare-chocs et regarda Bosch.

— Tu as causé à l'accro à la meth ? lui demanda-t-elle.

— Oui, répondit-il. Il est clean, mais il a quasiment reconnu avoir cambriolé sa mère. Maintenant que je sais que c'est lui, ça me fait voir McShane sous un autre jour. Il aurait pu se trouver dans cette maison à n'importe quel moment compris entre le meurtre et le cambriolage.

— Écoute, Harry, tu ne peux pas faire ça.

— Pas faire quoi ?

— T'occuper tranquillement de ton affaire chérie quand je t'ai dit, et très précisément, que j'avais besoin de toi pour Wilson.

— Mon affaire « chérie » ? Quatre personnes… une famille entière… assassinée et enterrée dans un trou dans le désert… et ce serait mon affaire « chérie » ?

— Écoute, oui, c'est une grosse affaire, et importante. Mais celle de Wilson doit être prioritaire en ce moment. Je ne t'interdis pas de travailler le dossier Gallagher, mais à court terme j'ai besoin de toi pour Wilson. Et je n'ai pas envie d'être une espèce de mégère qui te persécute avec ses ordres. Tu ne pourrais pas faire ça pour moi ? Tout simplement ?

— Je suis ici, et prêt à travailler. Ce que j'ai fait aujourd'hui va pousser Sheila Walsh à se demander : « Qu'est-ce que fabrique Bosch ? Qu'est-ce qu'il a derrière la tête ? » Je vais laisser infuser pendant que je bosse sur Wilson et après, j'y reviendrai. Je joue le coup sur la durée, avec elle. Et donc, qu'est-ce que tu attends de moi ?

— Rentrons tout ça, et après on cause.

— Parfait.

— Bien.

Elle souleva sa boîte et fit un pas en arrière pour permettre à Bosch, ses deux autres cartons dans une main, de rabattre le hayon.

— On dépose ça au poste de travail et toi et moi, on va ailleurs, pour parler. J'ai besoin de ton opinion sur deux ou trois trucs.

— Reçu cinq sur cinq.

— Va falloir que t'arrêtes de dire ça. Toi et tous les autres.

— Qu'est-ce qu'il y a de mal à ça ?

— Quand les influenceurs disent ça sur TikTok, ça veut dire que c'est foutu.

— Je ne comprends pas un mot de ce que tu racontes.

— Ça vaut mieux. Tu t'en sors ?

Elle avait l'impression qu'il peinait sous le poids de ses deux boîtes.

— Tout va bien, répliqua-t-il.
— Tu veux prendre un café ?
— Tu lis dans mes pensées.
— Bon d'accord. Au premier, il y a une salle de repos que personne ne connaît. C'est pour les formateurs de l'académie, mais aujourd'hui ils sont tous à l'Elysian pour la remise des diplômes. On n'a qu'à s'y installer.
— Reçu cinq sur cinq.

Chapitre 16

Après s'être débarrassés de leurs boîtes de scellés, ils montèrent à la salle de repos du premier. Devant un café, elle le mit au courant des derniers développements dans l'affaire Wilson. Elle lui montra la photo du tiroir fourre-tout dans son dressing et lui demanda ce qu'il en pensait. Il comprit que sous la neutralité avec laquelle elle lui faisait part de cette information, il y avait de l'excitation.

— Moi, je ne crois aux coïncidences que lorsqu'il n'y a plus d'explications plausibles, dit-il. Va falloir vérifier. Est-ce que tu as…

— J'ai demandé au chef de cabinet de Pearlman d'y mettre son nez. Il n'a trouvé aucune archive concernant son premier échec au poste de conseiller. Pearlman dit lui-même ne pas se souvenir de Laura et dans son équipe actuelle personne ne remonte aussi loin en arrière. Hastings a promis de me donner le nom du directeur de campagne en 2005, et je suivrai cette piste. J'ai dans l'idée que cette première campagne a été menée un peu au pif, qu'il savait dès le début qu'il n'avait aucune chance de l'emporter, et que son but était surtout de se faire connaître.

— Et Wilson ? Autre chose chez elle qui montrerait qu'elle était impliquée dans la campagne, ou même seulement motivée ?

— Dans l'appartement, non. Mais son père est mentionné dans le livre du meurtre et décrit comme membre d'un comité de quartier à Chicago. Il y a donc eu de la politique dans l'éducation de Wilson. Elle aurait pu s'y intéresser en arrivant ici et comme son appartement se trouvait dans le quartier où Pearlman faisait campagne…

Bosch garda le silence. Il but une gorgée de son café et réfléchit à la manière de procéder s'ils suivaient cette piste, et se demanda si elle valait le temps qu'il faudrait y passer. Cela étant, comme Ballard, ce pin's de campagne l'intriguait. Onze ans après que la sœur de Pearlman est assassinée, le pin's de campagne de ce dernier est retrouvé au domicile d'une autre femme assassinée par le même homme ?

Ç'aurait très bien pu être une coïncidence. Ballard avait elle-même fait remarquer que des centaines d'autres pin's avaient été distribués à l'époque. Mais ça n'en donnait pas l'impression et Bosch ne comprenait que trop le pressentiment de Ballard.

— Peut-être que lorsque tu lui parleras, le directeur de campagne se rappellera combien de ces trucs ont été fabriqués, reprit-il. Et puisque le père de Wilson faisait de la politique, tu pourrais peut-être lui demander si sa fille a jamais mentionné s'être impliquée ici.

— Son père est mort, dit Ballard. Covid. J'ai parlé avec la mère de Laura, mais avant que je découvre tout ça. Je vais la rappeler et lui poser des questions sur la politique. Je lui demanderai aussi qui s'est chargé de nettoyer l'appartement de sa fille après sa mort. Ça paraît peu probable, mais il n'est pas impossible que quelqu'un ait récupéré toutes ses affaires.

Bosch acquiesça d'un signe de tête. Il n'y avait pas pensé. Les parents qui perdent un enfant s'accrochent souvent à tout objet qui le leur rappelle.

— Bonne idée, dit-il. Du nouveau côté sang et ADN ?

— Pas encore. Mais en revenant de déjeuner, j'ai reçu un mail de Darcy Troy. Elle a vérifié la chambre froide et les tampons de l'affaire Wilson – ceux des toilettes – y sont toujours et il en reste assez pour effectuer de nouveaux tests. Elle espère pouvoir me rappeler demain avec d'autres infos sur ce qui n'allait pas chez notre bonhomme.

— Bien vu.

— Ce n'était pas des pistes qu'on suivait dans le temps.

— On devait être juste assez content de pouvoir en tirer de l'ADN.

— Et cette lacune pourrait tourner à notre avantage. Il est clair que la technologie a fait des progrès depuis 2005 et qu'on devrait pouvoir déceler des choses qu'on ne pouvait pas trouver à l'époque.

— Tiens-moi au courant.

— Reçu cinq sur cinq. Ah, merde ! Et maintenant, c'est moi qui l'ai dit !

Il sourit tandis que Ballard se levait pour aller jeter son gobelet vide dans la poubelle. Ils prirent l'escalier et redescendirent au poste de travail. Ils s'en approchaient lorsque Bosch s'aperçut que la boîte des scellés que

Ballard avait posée sur son bureau était ouverte que, penchée dessus, Colleen Hatteras tenait ce qui ressemblait à une chemise de nuit rose dans sa main. Et qu'elle était seule dans la pièce.

— Colleen, lança Ballard, qu'est-ce que vous faites ?

— J'avais juste besoin de la regarder. D'en sentir le tissu.

— Et d'un, vous n'auriez jamais dû faire ça alors que nous en avons déjà parlé. Et de deux, et c'est le plus important, vous auriez dû mettre des gants.

— Avec des gants, ça ne marche pas.

— Quoi ?

— J'ai besoin de sentir la victime.

— Remettez-moi ça dans la boîte. Tout de suite. (Hatteras s'exécuta.) Et retournez à votre bureau.

L'air renfrogné, Hatteras regagna son bureau.

Ballard coula un regard à Bosch. Jamais encore celui-ci ne l'avait vue aussi contrariée. Il vérifia les rubans rouges fermant les boîtes de l'affaire de la famille Gallagher et vit qu'ils n'avaient pas été touchés. Il s'assit, mais remarqua que Ballard était toujours trop agitée pour l'imiter.

— Colleen, vous rentrez chez vous ! lança-t-elle.

— Quoi ?! s'écria Hatteras. Je suis en plein dans mes recherches généalogiques.

— Je m'en moque. Je ne veux plus vous voir aujourd'hui. Vous partez et moi, je vais réfléchir.

— Réfléchir à quoi ?

— Je vous ai dit ce matin même que je ne voulais pas prendre ce chemin, mais vous l'avez fait. Nous formons une équipe, c'est vrai, mais c'est moi qui la commande et vous avez désobéi à un ordre.

— Je ne pensais pas que c'en était un.

— C'en était un. Et donc, vous partez. Tout de suite.

Ballard s'assit à son bureau, disparaissant à la vue. Il ne pouvait pas voir Hatteras, mais il l'entendit ouvrir et refermer sèchement un tiroir de bureau avant de remonter brutalement la fermeture Éclair de ce qu'il pensa être son sac à main. Puis elle se leva et prit la direction de la sortie, Ballard ne soufflant mot lorsqu'elle la frôla en partant.

Hatteras était à mi-chemin de l'allée qui conduisait à la sortie lorsqu'elle pivota sur les talons et revint vers Ballard.

— Pour ce que ça vaut, dit-elle, sachez qu'il est près d'ici. Son assassin est tout près d'ici.

— Ben voyons, mais comme vous avez déjà dit la même chose pour McShane… J'en prends bonne note.

— Je n'ai jamais dit que McShane était près d'ici. C'est typique, ça !

— Rentrez chez vous, Colleen. On en reparlera demain.

Hatteras pivota de nouveau sur les talons et se dirigea vers la sortie. Dès qu'elle fut partie, Ballard se redressa sur son siège de façon à voir Bosch par-dessus la cloison.

— Qu'est-ce que je vais faire d'elle ? lui demanda-t-elle.

— Je ne sais pas, lui répondit Bosch en hochant la tête. Je ne sais pas si son truc de généalogie vaut le coup.

— Si, ça vaut vraiment le coup.

— Tu pourrais trouver quelqu'un d'autre ? Lilia ?

— Colleen connaît son boulot comme pas deux. Mais ce truc de médium me fait suer. Elle a ouvert tes boîtes ?

— Non, elles sont toujours scellées.

— Tout ça prend une mauvaise tournure. Ce truc de direction d'équipe est pénible. La seule chose qui m'intéresse, moi, c'est de résoudre des affaires.

— Je comprends.

Elle se tassa hors de vue, mais ne mit pas longtemps à se redresser.

— Faut que je sorte d'ici, Harry, dit-elle. Je monte à la Valley et j'ai besoin d'un coéquipier.

Bosch se leva, prêt à la suivre.

Chapitre 17

Ils prirent la voiture de service de Ballard et avaient déjà roulé jusqu'à la 405 vers le nord lorsque Bosch voulut savoir ce qu'ils faisaient.

— J'ai dressé une liste des choses à vérifier au déjeuner et il y a un interrogatoire dont j'aimerais bien me débarrasser, dit-elle. Il s'agit de vérifications plus qu'autre chose, et c'est aussi bien de le faire maintenant qu'un autre jour. J'avais besoin de prendre l'air.

— Cool. Qui on interroge ?

— Un certain Adam Beecher. Laura et lui fréquentaient le même groupe de théâtre à Burbank. À l'époque, les OD faisaient pression sur le directeur du théâtre, un dénommé Harmon Harris, parce qu'ils avaient entendu dire que Wilson et lui s'étaient fréquentés un an avant la mort de Laura. Ils pensaient qu'il y avait peut-être des tensions entre eux. Harris a nié l'aventure et ils ont laissé tomber lorsqu'il leur a offert Beecher en guise d'alibi.

Ballard savait que Bosch reconnaîtrait ces initiales faisant référence aux « original detectives » ou « premiers enquêteurs » en argot des affaires non résolues.

— Et Beecher a confirmé qu'il était avec lui le soir du crime, dit-il.

— Voilà. Et j'aurais laissé tomber si je n'avais pas fait une recherche internet sur ces deux gars et découvert qu'il y a quelques années de ça Harmon Harris s'est fait rattraper par #MeToo. C'était mentionné dans une série d'articles du *L.A. Times* sur le milieu du divertissement. Les plaintes pour agression sexuelle et harcèlement contre lui venaient aussi bien de femmes que d'hommes. Pour moi, ce devait être un gros bonnet d'Hollywood et ça, ça vous écorche salement la défense je-suis-innocent-parce-que-je-suis-gay.

— Exact.

— De sources anonymes, le *Times* tenait aussi qu'Harris rackettait des acteurs homosexuels qui assistaient à ses cours et n'étaient pas encore sortis du placard. Il menaçait de leur bousiller leur carrière en faisant courir le bruit qu'ils étaient gays.

— Tu penses donc que cette confirmation d'alibi a été extorquée à Beecher. Harris dirige-t-il toujours ce théâtre ?

— Non, il est mort. Accident de voiture l'année dernière… un mois après que ç'a été révélé. Il s'est pris un poteau sur la 101.

— Suicide ?

— Très vraisemblablement. De toute façon, comme je te l'ai dit, je ne fais que rayer ça de ma liste. Je ne veux pas d'un « classé pour d'autres raisons » dans cette affaire. Je n'ai pas envie de dire à Jake Pearlman que nous avons trouvé l'assassin, mais qu'il est hors d'atteinte de la loi terrestre.

— Je comprends. Mais… et les OD dans le dossier Wilson ? Tu leur as parlé ? Dans la chrono Pearlman, j'ai lu qu'ils étaient morts.

— J'ai essayé pour Wilson. L'un d'eux est mort et l'autre ne m'a pas rappelée. Il vit dans l'Idaho.

Bon nombre d'officiers du LAPD à la retraite déménageaient dans des coins aussi lointains et abordables que possible de l'endroit où ils avaient travaillé. L'Idaho était un de leurs lieux favoris, certains parlant de « Paradis bleu » en raison de son faible taux de criminalité, mais aussi de la qualité de l'air, du conservatisme politique ambiant et d'une philosophie de vie générale à la « ne-t'avise-pas-de-me-marcher-dessus ». Une des raisons pour lesquelles Ballard adorait Bosch était qu'il avait, lui, décidé de ne pas quitter la ville à laquelle il avait donné tant d'années.

— Je lui ai laissé deux messages, mais j'ai l'impression que c'est un de ces types qui ne rappellent pas. Genre « si je n'ai pas résolu l'affaire, personne d'autre n'y arrivera ». Je déteste ça.

Ce n'était pas la première fois qu'elle rencontrait ce problème en travaillant sur des affaires non résolues et elle ne comprenait pas l'attitude qui consiste à faire passer sa fierté d'inspecteur avant la justice à rendre à une victime et à une famille qui avait perdu un être cher. Elle pensait aussi que cela avait quelque chose à voir avec le sexe de l'enquêteur. Certains de ces vieux taureaux ne supportaient pas l'idée qu'une inspectrice puisse reprendre leur enquête et résoudre l'affaire. Du coup, elle devait également admettre que c'était en partie pour cette raison qu'elle ne suivait pas des plus vigoureusement la piste Dubose.

— Comment s'appelle ton type de l'Idaho ? lui demanda justement Bosch. Il n'est pas impossible que je l'aie connu à l'époque.

— Dale Dubose, répondit-elle.

— Je ne me souviens pas de lui. Mais laisse-moi essayer. Je vais en parler autour de moi et voir s'il n'y aurait pas quelqu'un qui le connaît et pourrait lui passer un coup de fil auquel il répondra.

— Merci. Je ne sais pas trop ce que ça nous rapportera, mais on ne sait jamais. Des fois, il y a des vieux qui emportent des trucs chez eux quand ils partent à la retraite. Ils ne devraient pas, mais ils le font.

— Très drôle. Bon alors, ce Dubose était à Hollywood ou aux Vols et Homicides ? Ce nom ne me dit rien du tout.

— Non, l'affaire avait été passée aux flics de Northeast. Il semblerait qu'Hollywood ait hérité de deux homicides un peu plus tôt dans la journée, qu'ils aient mis tout le monde sur le coup et que le lieutenant ait alors décidé de balancer le dossier à ceux de Northeast.

Les divisions d'Hollywood et de Northeast étant contiguës, il n'était pas rare qu'une affaire soit assignée à l'une ou à l'autre en fonction du cahier des charges et du personnel disponible.

— Bon, OK, je vais voir si je peux atteindre ce Dubose, dit Bosch. Je veux savoir pourquoi ils n'ont rien fait avec ce sang dans l'urine.

— Je le leur ai presque pardonné, reprit Ballard. Ils ne pouvaient pas faire merveille vu l'état de la sérologie à l'époque. Et même s'ils avaient eu la liste de tous les individus malades des reins ou de la vessie, qu'est-ce qu'ils auraient pu en faire ? Ç'aurait été des milliers de gens.

— Ils auraient pu au minimum en réduire le nombre en cherchant des antécédents criminels, des agresseurs sexuels, des…

— C'est vrai. Mais n'oublie pas qu'ils bossaient à Northeast, pas à l'Homicide Special du centre-ville. Ils n'étaient donc pas du premier cercle.

— Aucune importance. Moi non plus, je n'en étais pas et pour moi tout le monde compte. Tu sais de quoi il s'agit vraiment ? Elle était noire, alors ils n'ont pas suivi la piste. Ce gars du « Paradis bleu », envoie-moi son numéro. Je vais l'appeler.

— Pour lui dire quoi ? Tu n'auras que sa messagerie.

— Je vais lui dire que s'il ne me rappelle pas, je monte le voir. Et ça ne lui plaira pas.

— OK, Harry. Merci. Je t'envoie son numéro après cet interrogatoire.

Elle s'engagea dans la 101, longea la montée nord des montagnes de Santa Monica avant de sortir à Studio City et se dirigea vers l'adresse trouvée dans le permis de conduire d'Adam Beecher, une maison de Vineland Avenue, au pied des collines.

Et comprit soudain quelque chose.

— Ah, zut ! s'écria-t-elle. Je suis désolée, Harry. Je viens juste de me rendre compte qu'on aurait dû y aller séparément. On est quasiment dans ton quartier et maintenant, tu vas être obligé de refaire tout le chemin jusqu'à l'Ahmanson pour récupérer ta voiture.

— Ce n'est pas grave ! lui renvoya-t-il. Fallait que tu me mettes au courant de l'affaire.

— Et que je te foute en colère contre Dubose. Voilà ce qu'on va faire : après l'interrogatoire, je te ramène chez toi et je passerai te prendre demain matin.

— Bon mais… on verra ça quand on aura fini. Je me demande si je vais avoir besoin de ma voiture ce soir.

— D'accord. Un rendez-vous galant ?

— Euh, non. Mais puisqu'on parle de ça, je voulais te demander : comment ça marche avec ton pompier ?

— En fait, il est ambulancier, et c'est fini.

— Désolé, je ne savais pas. J'espère que c'est toi qui as décidé de rompre.

— C'est moi, oui.

— Trop de moments de séparation ?

— Non, en fait, tout le contraire. Il était de service trois jours à la file, en avait quatre de liberté et tout ce qu'il voulait faire quand il n'était pas d'astreinte, c'était cuire de la pointe de bœuf au barbecue et rester assis sur son cul à se repasser des épisodes de *Chicago Fire*.

— Hmm, dit Bosch.

Ballard savait pouvoir lui en dire plus, mais s'en abstint. Elle ne voulait pas dévier de l'affaire et de cet interrogatoire avec Adam Beecher.

Elle s'arrêta devant une maison construite dans un lotissement en pente si abrupte qu'un côté du bâtiment avait deux étages et l'autre seulement un. La porte d'entrée se trouvait en haut d'un escalier en pierre montant en courbe jusqu'à l'étage supérieur.

— Harry, tu vas y arriver ? demanda Ballard à Bosch.

— Aucun problème, lui répondit-il. Et ce mec est toujours acteur ?

— Non, plus maintenant. J'ai vérifié dans IMDb[1] et il a encore décroché quelques rôles à la télé il y a dix ou douze ans de ça. Les dernières infos le concernant indiquent qu'il travaille dans le repérage de sites pour diverses séries tournées à L.A.

— Il doit se débrouiller plutôt bien, le mec. Les maisons du coin vont chercher dans les millions de dollars facile.

— Il pourrait n'être que locataire. On y va ? demanda-t-elle en ouvrant sa portière.

La pente était si sévère que celle-ci se referma aussitôt violemment sous son poids. Ballard essaya de nouveau en sortant le pied pour la pousser à fond et la bloquer. Bosch se débattit lui aussi pour descendre du véhicule et le contourna par l'arrière.

— Il sait qu'on vient ? demanda-t-il.

— Nan. Je voulais que ça lui tombe de nulle part.

Bosch acquiesça d'un hochement de tête.

— J'espère qu'il est chez lui, reprit Ballard. C'était nettement plus facile d'attraper les gens chez eux pendant le confinement.

Arrivée à la porte, elle attendit que Bosch la rejoigne. Il avait monté les marches lentement et soufflait fort quand il s'arrêta.

— Ça va ?

— On ne peut mieux, répondit-il.

1. Internet Movie Database, base de données sur le cinéma, la télé et les jeux vidéo du monde entier.

Elle sonna en sachant qu'ils étaient filmés. Il ne fallut pas longtemps pour qu'un homme en pantalon et chemise en jean leur ouvre la porte.

— Monsieur Beecher ? lui lança Ballard.

— Exact, dit-il. Vous désirez ?

Elle lui montra son badge, s'identifia et lui présenta son coéquipier.

— Nous aimerions vous poser quelques questions, enchaîna-t-elle.

— À quel sujet ? Je suis en plein travail et dans vingt minutes j'ai une visioconférence à laquelle je dois me préparer.

— Ça ne prendra pas longtemps, monsieur. Vous permettez ?

— Ben, faut croire que oui.

Il fit un pas en arrière et leur ouvrit la porte. Ils entrèrent dans un beau séjour richement meublé avec un coin salle à manger et au-delà, une cuisine, et un couloir conduisant à l'arrière de la maison. De grands tableaux dans des cadres en bois étaient accrochés aux murs, tous représentant des hommes.

— C'est pour le cambriolage ? demanda-t-il.

— De quel cambriolage parlez-vous ? lui renvoya Ballard.

— Celui des Tilbrooks, à côté. Leur maison a été visitée il y a plusieurs nuits de ça. C'est la première fois qu'ils vont au cinéma depuis plus de deux ans et leur maison est cambriolée pendant leur absence. Sacrée ville, non ?

— Il s'agit donc d'un cambriolage, mais nous, c'est sur un homicide que nous enquêtons.

— Un homicide ? Merde alors ! Qui est la victime ?

— On pourrait s'asseoir, s'il vous plaît ?

— Bien sûr.

Il leur montra le canapé et des fauteuils disposés autour d'une table basse apparemment taillée dans une planche de séquoia de cinq centimètres d'épaisseur. Une petite sculpture était posée sur ce plateau : un ange assis au repos, une de ses ailes cassée à ses pieds. Ballard prit place au milieu du canapé, tout au bord du coussin, et sortit un petit carnet de sa veste de sport Van Heusen. Bosch, lui, porta son choix sur un fauteuil en cuir à un coin de la table basse, laissant ainsi le deuxième du lot à Beecher.

Ballard attaqua :

— Monsieur Beecher, nous venons de rouvrir une enquête sur le meurtre de Laura Wilson en 2005. Vous la connaissiez, n'est-ce pas ?

— Oh, Laura, oui, nous avons fait du théâtre ensemble. Ah, mon Dieu, je n'arrête pas de penser à elle. Qu'est-ce que ça a pu me chagriner qu'on n'ait jamais attrapé personne. Je n'arrive même pas à imaginer ce qu'ont dû vivre ses parents.

— À l'époque, vous avez été interrogé par l'inspecteur Dubose. Vous vous rappelez ?

— Oui, je m'en souviens.

— Et vous avez dit à cet inspecteur que vous étiez avec Harmon Harris le soir du meurtre.

Elle vit son visage s'assombrir et ses yeux papillonner. Il n'éprouvait manifestement pas la même affection pour Harmon Harris que pour Laura Wilson.

— Je l'ai dit, oui, répondit-il.

— Nous sommes venus ici pour vous donner la possibilité de vous rétracter si vous le désirez.

— Que voulez-vous dire ? Que j'aurais menti ?

— Je veux dire que s'il n'est pas vrai que vous étiez avec lui, c'est le moment de rétablir les faits, monsieur Beecher. Il s'agit d'un homicide non résolu et nous avons besoin de savoir la vérité.

— Je n'ai rien à rétablir.

— Faites-vous toujours du théâtre, monsieur Beecher ? Êtes-vous toujours acteur ?

— Rarement. Je suis maintenant bien trop occupé avec mon autre travail.

— Que faites-vous ?

— Je cherche des sites de tournage pour des productions basées à Hollywood. Et la vérité, c'est que ça représente bien plus de boulot que je ne peux en gérer.

Ballard remarqua qu'il était incapable de reconnaître qu'il n'avait jamais vraiment réussi comme acteur. Il préférait prétendre que quelque chose l'avait arraché à ce métier.

— Vous savez qu'Harmon Harris est mort, n'est-ce pas ? reprit Ballard.

— Oui, répondit-il. Une vraie tragédie.

— Il est rentré dans un pilier en béton de l'autoroute un mois après avoir été viré pour agressions à l'encontre de ses étudiants et employés du théâtre. Ç'a été rapporté dans un article du *Los Angeles Times*. Le saviez-vous aussi ?

Beecher acquiesça vigoureusement. Il serrait fort les poings sur ses genoux.

— Oui, je le savais, dit-il.

— L'article citait, mais sans révéler leur nom, trois hommes différents aux dires desquels Harris menaçait de révéler à toute l'industrie du divertissement qu'ils étaient gays s'ils refusaient d'avoir des relations avec lui. Ça aussi, vous l'avez lu, n'est-ce pas ?

— Oui, oui.

— Et vous êtes gay vous-même, monsieur… exact ? L'alibi que vous avez fourni à l'inspecteur Dubose était que vous aviez passé la nuit ensemble le soir où Laura Wilson a été assassinée.

— Oui, tout cela est vrai, mais je ne vois pas le rapport avec votre nouvelle enquête.

— Avez-vous été en quelque façon que ce soit contraint par Harris de lui fournir cet alibi ?

— Mais non !

— Êtes-vous une des sources anonymes citées dans l'article du *Times* ?

— Absolument pas ! Je crois vraiment que vous feriez mieux de partir, maintenant. Ma visioconférence va commencer.

Il se leva, au contraire de Ballard et de Bosch qui restèrent assis.

— Je vous prie de vous rasseoir, monsieur Beecher, lui ordonna Ballard. Nous avons d'autres questions à vous poser.

— Ma conférence est dans quoi ?… Cinq minutes ? se plaignit Beecher.

— Plus vite vous vous rassiérez, plus vite vous pourrez y assister.

Beecher s'était posté derrière son fauteuil et y avait posé les mains comme pour se soutenir. Il baissa la tête, puis la releva, en colère.

— J'exige que vous partiez, dit-il.

— Asseyez-vous ! lui lança Bosch. Tout de suite.

Ces premiers mots de Bosch le secouant, Beecher le regarda comme s'il avait peur.

— Je vous en prie, insista Ballard.

— Oh, et puis… après tout, dit Beecher.

Il refit le tour de son fauteuil et s'y laissa tomber.

— Le père de Laura est mort du covid l'année dernière, enchaîna Ballard. Il n'a jamais vu que justice ait été faite pour sa fille. Sa mère, elle, est toujours vivante et cette justice, elle l'attend. Nous avons besoin de votre aide, monsieur Beecher. Nous avons besoin de savoir la vérité.

— Vous vous trompez de cible, dit-il.

Ballard se pencha en avant de quelques centimètres. Il n'y avait là ni déni ni aveu qu'il aurait menti, mais elle y vit une autre histoire attendant d'être racontée.

— Comment ça ? demanda-t-elle.

— Harmon n'a pas tué Laura. Il est absolument impossible que ça se soit passé comme ça.

— C'est pour ça que vous lui avez donné un alibi ?

— Il en avait un, mais il ne pouvait pas s'en servir.

— Et c'était…

— Qu'il se trouvait avec quelqu'un d'autre, pas avec moi, mais que cette personne ne pouvait pas aller voir la police. C'était quelqu'un de célèbre et qui ne pouvait pas courir le risque qu'on découvre qu'il n'était pas hétéro. Sa carrière aurait été foutue.

— Vous connaissiez cet homme ?

— À l'époque, j'en avais entendu parler. Comme des tas d'autres gens. Harmon m'a donc forcé à dire que c'était moi qui me trouvais avec lui cette nuit-là, fin de l'histoire.

— Qui donc se trouvait vraiment avec lui cette nuit-là ?

— Je ne vous le dirai pas. Le risque est le même aujourd'hui qu'à ce moment-là. Cet homme est toujours une star et je ne vais pas détruire sa carrière.

— Ça resterait entre nous. Nous pourrions même ne rien consigner par écrit.

— Non. Rien ne reste secret éternellement et si je vous le disais, ce serait le trahir. Et pas seulement lui. Nous tous.

Ballard hocha lentement la tête. D'instinct elle avait compris qu'ils étaient arrivés au bout de ce qu'ils pourraient tirer de Beecher. Il avait admis avoir menti, mais confirmé l'alibi d'Harmon Harris.

— Bien. Permettez donc que je vous demande ceci, reprit-elle. Si vous n'étiez pas avec Harris, comment savez-vous qu'il était avec cette autre personne ? Ce M. X, star du cinéma.

— Parce que je lui ai posé la question.

— À M. X ?

— Oui. Je n'allais quand même pas me contenter de prendre ce que me racontait Harmon pour argent comptant et mentir aux flics. Je suis donc allé voir ce type et je le lui ai demandé. Fin de l'histoire, et maintenant vous partez.

— Vous savez que nous pourrions vous accuser de nous avoir menti à l'époque.

— Au bout de dix-sept ans ? J'en doute fort.

Ballard comprit que sa menace s'était retournée contre elle quasi au moment même où elle la proférait et ne vit aucun autre moyen d'obtenir de lui le nom qu'elle voulait.

— Êtes-vous toujours en contact avec M. X ? demanda-t-elle.

— Non, pas vraiment. Il est devenu si important qu'on ne peut même plus l'approcher d'assez près pour lui demander : « Hé, tu te souviens de moi ? »

— Pourriez-vous le joindre et l'amener à nous appeler de manière anonyme ? Je veux juste confirmer tout ça et passer à autre chose dans cette enquête.

— Non. Il lui est impossible d'être anonyme. Vous sauriez à qui vous êtes en train de parler en moins de dix secondes.

Elle acquiesça et coula un regard à Bosch. C'était le signal qu'il pouvait poser toutes les questions qui lui seraient venues à l'esprit, mais il ne lui adressa qu'un petit hochement de tête. Il n'avait rien à demander de plus qu'elle.

— Bien, monsieur Beecher, dit Ballard, nous vous remercions de votre coopération. Je vais vous laisser ma carte de visite professionnelle et j'espère que vous voudrez bien m'appeler si vous avez d'autres renseignements à partager avec moi.

— Très bien, dit-il, mais je ne pense pas vous rappeler.

Tous se levèrent et se dirigèrent vers la porte. Beecher l'ouvrit et recula d'un pas pour laisser sortir Ballard et Bosch. Au moment où celui-ci passait devant lui, il lui lança :

— Vous n'êtes pas très causant, n'est-ce pas ?

— En général, ce n'est pas nécessaire, lui renvoya Bosch.

Chapitre 18

Bosch écoutait l'album de King Curtis enregistré en live au Fillmore West à peine quelques mois avant que ce dernier ne soit assassiné en 1971. Il monta le volume de deux crans avant la piste de « A Whiter Shade of Pale » et songea à toute la musique que ce saxophoniste n'avait jamais enregistrée à cause de son décès prématuré au cours d'une bagarre devant son appartement new-yorkais. Parker, Coltrane, Brown, Baker, la liste des musiciens qui avaient quitté la scène en pleine gloire était longue. Cela le fit penser à la famille Gallagher et à tout ce qui avait été perdu avec elle. Les enfants n'avaient même pas eu une chance de laisser la moindre chanson derrière eux.

Un petit coup de Klaxon ayant retenti devant chez lui, il ôta l'aiguille du disque, éteignit la platine, s'empara de ses clés et gagna la porte. Ballard l'attendait dans son véhicule de fonction garé le long du trottoir, la portière côté passager déjà ouverte. Il en déduisit qu'elle avait quelque chose d'urgent à faire ce matin-là. Il monta vite dans la voiture et attacha sa ceinture.

— B'jour, lança-t-il.

— Bonjour. C'était Procol Harum que tu te passais ?

Elle avait dit ça avec de la surprise dans la voix ; elle déboîta et prit la descente vers Cahuenga.

— Tu brûles. C'était une prise de King Curtis.

— Mon père adorait cet air. Il s'asseyait sur la plage après une séance de surf et le jouait au pipeau.

— Moi, la première fois que je l'ai entendu, c'était à l'harmonica. Un type au Vietnam. Ça m'a fait l'effet d'une musique d'enterrement. Et ce type n'est jamais rentré chez lui.

Cela mit fin à la conversation – Bosch se sentit mal à l'aise en se rendant compte qu'il l'avait tuée dans l'œuf. Ballard le sauva en lui tendant un bout de papier qui, il le savait, provenait de son calepin.

— Qu'est-ce que c'est ? demanda-t-il.

— Ma liste de trucs à faire. Regarde-la et choisis quelque chose. Et pas qu'une seule.

Il examina la liste. Elle comportait plusieurs entrées, mais certaines étaient déjà barrées parce qu'elle s'était acquittée de ce qu'il fallait faire.

— « Photo à NH » ? demanda-t-il.

— J'étais censée en envoyer une de Laura Wilson à Nelson Hastings, répondit-elle. Mais comme il m'avait déjà posé des questions sur elle avant que je puisse le faire…

— Je l'enverrais quand même. On se souvient souvent mieux d'un visage que d'un nom.

— C'est vrai, mais personne dans son état-major d'aujourd'hui n'a participé à cette première campagne. Faut que je rappelle à Hastings de me donner le nom du directeur. Je verrai s'il veut toujours la photo à ce moment-là.

— « Juanita… » ? C’est le nom de la mère de la victime ?

— Oui, elle est à Chicago. Faudrait savoir ce qu’il est advenu des affaires de Laura pour voir si on ne pourrait pas mettre la main sur son pin’s de campagne.

— C’est juste. Et si je lui parlais, moi, en plus de contacter Dale Dubose ?

— Génial.

— Quoi d’autre ?

— Dès qu’on arrive au bureau, je veux appeler Darcy Troy. Elle m’a envoyé un SMS. Elle a des premières infos sur la santé de notre suspect. Je ne voulais pas faire ça en roulant et je voulais que tu l’entendes aussi.

— C’est pour ça que tu es si pressée ?

— Je n’ai pas dit ça, mais euh… oui. Je veux savoir ce qu’elle a trouvé et je veux que tu sois là. On pourrait monter à la salle d’interrogatoire pour l’appeler. Et après, tu peux t’occuper de Juanita ? Ça te va ?

— Ça me va.

Ils étaient arrivés à la 101 et roulaient plein sud, les grandes tours du centre-ville se dessinant dans le brouillard devant eux. Ils allaient devoir prendre trois autoroutes de plus pour rejoindre Westchester et l’Ahmanson Center.

— Bon alors, reprit Bosch. Vu que tu as eu toute ta nuit pour y réfléchir, tu me dis ce que tu penses de Beecher ?

— C’est que… ça ne me plaît pas de ne pas pouvoir confirmer son histoire, répondit-elle. Mais comme il n’avait aucune intention de nous donner son M. X et qu’on n’avait rien pour l’y forcer…

— Ton instinct te dit quoi ?

— Que c'est vrai. Et que je te dise : la nuit dernière, je me suis tapé toute une descente internet dans le terrier du lapin blanc pour trouver des liens et croisements possibles entre Harmon Harris et des stars du spectacle du calibre dont parlait Beecher.

— Et tu vas m'annoncer que Brad Pitt est gay ?

— Non, je vais t'annoncer que j'ai perdu deux heures dont j'aurais pu me servir pour dormir. Je n'ai rien trouvé, pas même quelqu'un sur qui je pourrais parier. Et toi, que te dit ton instinct ?

— Pour citer Beecher, je pense qu'on se trompe de cible. On a bien fait de vérifier, mais je ne vois pas Harmon Harris jouer à ça, et pour moi, Beecher est crédible.

— Eh bien, l'affaire est close. Passons à autre chose.

Ils arrivèrent à l'Ahmanson Center avant 8 heures et furent les premiers de l'unité des Affaires non résolues à rejoindre leur bureau. Après un petit arrêt au coin repos, ils emportèrent leur café à la salle d'interrogatoire et en fermèrent la porte afin de pouvoir parler tranquillement avec Darcy Troy.

— Tu crois que Colleen va revenir aujourd'hui ? demanda Bosch.

— Ça m'est égal du moment qu'elle ne touche pas aux boîtes des scellés.

Elle passa l'appel avec son portable et le mit en haut-parleur. Troy décrocha aussitôt.

— Salut, Renée ! lança-t-elle.

— Darcy ! Merci de t'être occupée de ça. Je suis avec Harry Bosch, un des enquêteurs qui travaillent avec moi aux Affaires non résolues.

— Bonjour Harry, dit Tracy.

— Salut, lui renvoya-t-il. Ravi de faire votre connaissance.

— Mais c'est qu'on s'est déjà rencontrés. Il y a des années de ça, quand j'ai débarqué au labo ADN pour la première fois.

— Ah bon, dit Bosch légèrement embarrassé. Alors… ravi de vous retrouver.

— Tu as du nouveau pour nous ? enchaîna Ballard.

— Oui. Ce ne sont que des préliminaires, parce qu'on peut faire plus, mais comme je savais que tu étais pressée… Voilà ce qu'on a pour l'instant. Comme tu le sais, on n'a pas fait grand-chose côté médico-légal quand l'affaire nous est arrivée la première fois il y a… quoi ? dix-sept ans de ça ? Mais il restait assez de l'échantillon qu'on avait gardé pour procéder à des analyses plus poussées.

— On a de la chance, commenta Ballard.

— Oui. On a donc procédé à un test de cytologie sur ce qu'on avait et ça nous donne un fort taux d'albumine et de cellules rénales épithéliales. D'où des signes clairs de lésions quelque part dans les reins, la vessie ou le conduit urinaire. Les trois quarts du temps, il s'agit de ce qu'on appelle un carcinome à cellules rénales. Ce type devait avoir une tumeur dans un rein, peut-être même dans les deux, mais bien sûr, on ne peut pas en être certain vu qu'il n'y a pas moyen d'examiner le bonhomme.

— Aurait-il su qu'il avait un cancer ? demanda Ballard.

— Il aurait fini par le savoir, mais il est impossible d'avoir une idée de ce qu'il savait à partir de ce qu'on a aujourd'hui.

— Et ce cancer l'aurait tué ?

— Oui, s'il n'avait rien fait. Cela dit, c'est soignable si on s'y prend tôt. Et s'il n'y a qu'un rein d'atteint, on peut l'ôter. Après tout, des reins, on en a deux.

— Et côté greffe ? demanda Bosch.

— Y a aussi ça. Mais en cas de cancer, on n'envisage une greffe que si on peut s'y prendre très tôt. Normalement, cette option n'est retenue que lorsqu'il ne s'agit pas d'un cancer et je dois avouer que je ne suis en aucun cas experte en la matière. Tout ce que je vous dis ou à peu près, je l'ai trouvé hier soir.

— On apprécie vraiment, Darcy, lui dit Ballard.

— Renée, lui renvoya Troy, nous autres les filles devons nous serrer les coudes. Ceci sans vouloir vous offenser, Harry.

— Aucune offense là-dedans, dit-il. Quelle pourrait être la cause de ce cancer ?

— Oh, alors là, c'est une autre histoire. Encore une fois, le sujet est inconnu et nous ignorons tout de ce qu'il a vécu. Nous pourrions avoir affaire à une prédisposition héréditaire ou à une exposition à un produit toxique. Je sais que vous essayez d'identifier ce type et je dirais que ce pourrait être quelqu'un qui travaillait dans une industrie à forte exposition à des produits carcinogènes. Je sais que ça ne vous aide pas vraiment, mais c'est ce que je peux faire de mieux vu ce qu'on sait vraiment… et ce n'est pas grand-chose.

— Peut-être, mais nous en savons déjà beaucoup plus qu'avant de t'avoir appelée, dit Ballard. Et tu dis qu'on pourrait faire d'autres choses avec cet échantillon ?

— Oui, l'étudier de manière plus approfondie… pratiquer d'autres analyses. On pourrait réduire le nombre des possibilités et trouver exactement de quoi il souffrait. Mais ça, ça prendra du temps. Il faudrait que je trouve un labo d'oncologie où l'envoyer. Je vais passer des coups de fil, mais ce sera probablement à County-USC.

— On apprécie vraiment, Darcy, répéta Ballard.

— Pas de souci.

Ils se dirent tous les trois au revoir et raccrochèrent, Ballard buvant une gorgée de café avant de demander à Bosch ce qu'il pensait de ces nouvelles infos.

— C'est bien, mais ça vient un peu tard, dit-il. Dubose et son collègue ont raté l'occasion de dresser une liste d'individus atteints d'une maladie rénale au moment du meurtre et je ne vois pas comment on pourrait y arriver aujourd'hui. On pourra s'en servir quand on l'arrêtera, mais à ce moment-là on en sera déjà capables rien qu'avec l'ADN.

— Il n'y a donc aucun moyen de se servir de ça pour l'identifier ?

— C'est difficile dans la mesure où l'on ne sait pas à quel moment il a cherché à se faire soigner, si même seulement il l'a fait. Il n'est pas impossible qu'il n'ait jamais rien su, soit tombé malade et en soit mort.

Elle acquiesça d'un hochement de tête.

— Et toi ? la pressa Bosch.

— Je pense juste qu'il doit bien y avoir un moyen de se servir de ça comme d'un outil de recherche. Les autres pourraient avoir des idées quand on les mettra au courant.

— Colleen pourrait même nous dire si le mec est mort ou toujours vivant.

— Harry, je t'en prie. Ce n'est pas drôle. Je ne sais pas ce que je vais faire d'elle et je me demande si je ne vais pas demander à Lilia de la remplacer pour la partie hérédité.

— Mais tu dis qu'Hatteras est la meilleure de l'équipe.

— C'est vrai, mais je ne peux pas garder quelqu'un qui désobéit à mes ordres. Quand je lui dis de ne pas toucher à des objets et des éléments de preuve des scellés et qu'elle le fait quand même, il faut bien que je fasse quelque chose.

— J'imagine, dit-il. (Ballard se leva, prête à partir.) Bon, moi, je vais appeler Juanita Wilson. Tu as son contact ?

— J'ai son numéro, oui. Je te l'envoie par SMS.

Ils quittèrent la salle d'interrogatoire et regagnèrent leur bureau. Hatteras, Masser, Aghzafi et Laffont avaient tous rejoint les leurs. Bosch se dit qu'ils venaient travailler plusieurs fois par semaine parce qu'ils savaient l'importance de cette affaire pour la longévité de l'unité. Il s'assit à son bureau et appela Chicago dès que Ballard lui eut envoyé le numéro de Juanita Wilson. Celle-ci décrocha aussitôt.

— Madame Wilson ?

— Oui.

— Je m'appelle Harry Bosch et je travaille à l'unité des Affaires non résolues du LAPD. Vous avez parlé avec ma collègue hier.

— Oui. Vous avez arrêté quelqu'un ?

— Pas encore, madame Wilson, mais nous travaillons dur sur cette affaire et je me demandais si je ne pourrais pas vous poser deux ou trois autres questions.

— Bien sûr. Je vous suis vraiment reconnaissante qu'il y ait toujours une enquête. Je me disais que vous aviez peut-être abandonné.

— Non, madame, nous n'avons pas renoncé. Je sais combien cela doit vous être pénible de repenser à ces moments d'horreur, mais vous rappelez-vous ce qu'il est advenu des affaires de votre fille qui se trouvaient ici, à Los Angeles, après sa mort ?

Un long silence s'ensuivit avant que Juanita Wilson ne lui réponde.

— Eh bien… laissez-moi réfléchir, dit-elle. Mon mari et moi sommes allés à Los Angeles pour la ramener à la maison. Et quand nous étions là-bas, la police nous a autorisés à entrer dans son appartement après avoir fini son travail. Nous avons mis toutes ses affaires dans des caisses et les avons renvoyées ici. Et pour une partie de son mobilier, nous l'avons posé devant chez elle comme pour un vide-grenier et nous l'avons vendu.

Bosch essaya de dominer son excitation : cette première réponse de Juanita lui avait donné de l'espoir.

— Combien de caisses avez-vous expédiées à Chicago ? demanda-t-il. Vous en souvenez-vous ?

— Oh, il y en avait pas mal. C'est pour ça que nous les avons expédiées. Il y avait beaucoup trop de choses pour qu'on les prenne avec nous dans l'avion.

— Et qu'est-il arrivé à ces caisses une fois qu'elles sont arrivées à Chicago ?

— Vous savez, pendant longtemps je n'ai pas supporté l'idée de les ouvrir et de fouiller dans ses affaires. Elles sont donc restées très longtemps dans la penderie de sa chambre. Après, j'ai commencé à y jeter des coups d'œil de temps en temps, juste pour avoir une impression d'elle.

— Avez-vous toujours ces caisses ?

— Bien sûr. Je n'ai jamais pu jeter ces affaires. C'étaient celles de ma fille.

— Je comprends. Madame Wilson, le photographe de la scène de crime a pris ce qu'on appelle des « clichés environnementaux » de tout l'appartement de votre fille. En fait, il ne s'agissait pas de photos de la scène de crime, mais du reste de son logement. Du genre ce qu'il y avait dans le frigidaire de Laura, dans les tiroirs de son bureau, des choses comme ça. Et nous en avons une où l'on voit un pin's de campagne pour quelqu'un qui à ce moment-là briguait un poste de conseiller municipal ici, à Los Angeles, et nous pensons que ça pourrait avoir son importance.

— En quoi ?

— Eh bien, je ne peux pas vous en dire plus pour le moment, mais je me demandais si vous seriez disposée à fouiller dans les caisses que vous avez pour voir si vous retrouvez ce pin's. Le succès n'est pas garanti, mais ça pourrait nous aider si vous le trouviez. Si vous voulez bien me donner une adresse mail, je pourrais vous en envoyer la photo qui a été prise à l'époque. Pensez-vous pouvoir faire ça pour nous ?

— Oui, je pourrais.

— Et dans combien de temps ?

— Dès que je raccroche. Si vous pensez que ça peut vous aider dans votre enquête, je fais ça tout de suite.

Elle lui donna son adresse mail, il la nota.

— Donnez-moi dix minutes avant de regarder votre courrier. Je vous envoie la photo et je vous y entoure le pin's afin que vous sachiez exactement ce que nous cherchons, reprit-il en lui décrivant l'objet dont il contemplait la photo.

— Envoyez-moi le cliché, dit-elle. Je l'attends.

— Encore une chose, madame Wilson, reprit Bosch. Si nous avons la chance que ce pin's soit encore là, je vous demande de ne pas y toucher. Vous l'identifiez, vous m'appelez et nous parlons de la meilleure façon de le préserver. Pour l'instant, je veux seulement que vous le cherchiez, mais surtout que vous ne le touchiez pas, d'accord ? C'est important.

— OK. Vous m'envoyez le mail ?

— Oui. Je dois d'abord scanner la photo et ça pourrait me prendre quelques minutes.

— Bien.

— Merci.

Il raccrocha, se dit qu'il n'y avait guère de chances que Juanita trouve ce pin's, mais se sentit tout ragaillardi par l'empressement qu'elle mettait à vouloir coopérer. Pour lui, pareille énergie positive payait souvent.

Chapitre 19

Ballard avait conduit Hatteras à la salle d'interrogatoire pour lui parler en privé du flou qui séparait son travail de généalogiste et ses prétendus dons d'empathie. C'était la première fois qu'elle exerçait une fonction d'autorité, mais elle comprenait d'instinct le paradigme qui régit les relations patron-employé : on ne tarit pas d'éloges en public et on critique en privé. Elle savait avoir transgressé cette règle tacite en renvoyant Hatteras chez elle en présence de Bosch, mais elle s'était enfin calmée et jouait le coup comme il convient.

— Ces affaires sont trop importantes, lança-t-elle. C'est avec des victimes et des familles que nous travaillons et vous m'en voyez navrée, mais je ne peux pas courir le risque de bousiller ces dossiers. Si vous voulez rester dans l'équipe, j'ai besoin que vous mettiez ces trucs de médium et d'empathie de côté.

— Je ne comprends pas, protesta Hatteras. De quel risque parlez-vous ?

— Oh allons, Colleen, vous le savez très bien. Si nous résolvons une affaire par recherche généalogique, l'enquêteur… et ce sera plus que probablement vous… devra témoigner devant un jury et lui expliquer comment ont été établis les liens et l'identité du suspect. Or vous n'êtes qu'une civile. Vous n'avez jamais fait partie des forces de l'ordre et même le plus nul des avocats de la défense essayera de détruire votre crédibilité. Et s'il arrive à vous perdre, l'affaire sera perdue elle aussi. Ça s'appelle « tuer le messager ».

— Vous êtes donc en train de me dire que je ne suis pas crédible parce que je sens ces choses-là ?

— Non, je suis en train de vous dire qu'un avocat de la défense mettra votre crédibilité en doute. Et que même si ce que vous ressentez n'a rien à voir avec l'affaire, ça n'aura aucune importance : cet avocat vous zigouillera avec ces questions. Tenez, en voici une : Répondez donc à cette question, madame Hatteras : avez-vous communiqué avec la victime dans cette affaire ?

Hatteras mit un moment à formuler une réponse.

— Non, pas dans cette affaire, dit-elle.

— Mais vous vous qualifiez bien de médium, n'est-ce pas ? la pressa Ballard.

— Non, je ne le fais jamais.

— Vraiment ? Mais alors, vous ne recevez pas des messages des morts ?

— Des messages, non.

— Des impressions… ?

— Eh bien…

— Avez-vous eu une impression psychique quand vous avez tenu la chemise de nuit que portait la victime de cette affaire la nuit de son assassinat ? Pourriez-vous la partager avec les jurés ?

Hatteras pinça les lèvres et ses yeux se firent de plus en plus vitreux au fur et à mesure que les larmes y affleuraient. Pleine de sympathie, Ballard poursuivit calmement :

— Colleen, dit-elle, je ne veux pas que ça, ça vous arrive. Et je ne veux surtout pas que ça arrive dans une affaire où la famille attend que justice soit faite depuis des années. C'est vous aussi bien qu'elle que je protège. Vous devez absolument séparer cette partie de vous-même de votre travail ici. Vous êtes géniale en généalogie et c'est de ça que j'ai besoin. Me comprenez-vous ?

— J'imagine.

— J'ai besoin d'un oui ou d'un non clair, Colleen.

— Oui. Oui.

— Parfait. Je vous suggère donc de vous remettre au travail pendant que moi, je reste ici pour passer un coup de fil.

— Bien sûr.

Hatteras se leva, quitta la pièce et referma la porte derrière elle. Ballard consulta sa liste de choses à faire qu'elle avait posée sur la table, y barra toute la ligne consacrée à Hatteras et regarda ce qu'il lui restait. La première entrée lui enjoignait de parler à l'individu qui avait dirigé la campagne de Jake Pearlman en 2005. Elle prit son téléphone pour appeler Nelson Hastings, mais on frappa à la porte avant que la communication ne soit complètement établie. Elle raccrocha.

— C'est ouvert ! lança-t-elle.

C'était Bosch. Il entra et referma la porte derrière lui.

— Qu'est-ce que tu lui as fait ? lui demanda-t-il.

— À qui ?

— À Colleen. Elle est sortie d'ici toute raide et semblait au bord des larmes.

— Je lui ai dit qu'elle devait oublier ses trucs de médium sinon c'était la porte.

Il acquiesça comme pour reconnaître qu'il fallait le faire.

— Ça doit être sympa d'être patron, dit-il.

— On s'éclate, répondit-elle. De quoi as-tu besoin, Harry ?

— D'aller à Chicago. Juanita a trouvé le pin's.

— Ah, nom d'un chien ! Où ça ?

— Son mari et elle sont venus ici après l'assassinat de Laura et ont vidé son appartement. Ils ont emballé tous ces effets personnels dans des caisses qu'ils ont envoyées à Chicago et en gros, le pin's est resté dans l'une d'entre elles depuis ce moment-là.

— L'a-t-elle touché ?

— Pas aujourd'hui, non. Je lui avais dit de ne pas le faire et elle ne se rappelle pas l'avoir touché autrefois. Bref, il est là-bas et je veux le voir.

— Pourquoi ? Y a qu'à demander à un flic de Chicago de passer le prendre.

— Parce qu'il faudra un temps fou, un, pour faire en sorte qu'ils se mettent en branle et deux, pour qu'ils nous l'expédient. Je sais qu'il est peu probable qu'on y trouve une empreinte utilisable, voire un rien d'ADN, mais s'il y a quelque chose, tu vas te retrouver avec des problèmes de suivi de traçabilité au procès. Il faudra faire venir et témoigner tous les flics de Chicago qui auront pris part à la collecte et à l'expédition de ce pin's. Alors que si j'y vais, tu auras juste à m'appeler.

Donc c'est la meilleure façon de faire. Sans compter que rien de tout ça n'a d'importance vu que Juanita m'a dit qu'elle ne laisserait jamais un flic de Chicago entrer chez elle pour lui prendre ce pin's. Elle habite dans la quatorzième circonscription et tu te rappelles ce qui s'y est passé ?

— Non, quoi ?

— C'est là que Laquan McDonald a été abattu par un policier il y a quelques années de ça. Tu te rappelles ? Seize coups de feu dans le dos. Les flics ont tout couvert jusqu'à ce qu'une vidéo ne sorte et n'expédie le mec en taule.

— Encore un pourri qui nous pourrit notre image.

— J'ai vérifié pour les vols. Je pourrais y arriver ce soir, aller voir Juanita demain matin et être de retour ici dans l'après-midi.

— Je ne réussirai jamais à faire approuver ça et à obtenir un bon de voyage aujourd'hui même, Harry. Si j'en fais la demande, j'aurai de la chance qu'on me réponde avant la fin de la semaine.

— Je sais. Je vais donc y aller sur mes deniers. Et j'ai déjà réservé mon vol.

— Minute, Harry. Je ne veux pas que tu te serves de ton argent pour…

— J'y vais, je récolte le pin's et toi, tu fais une demande de frais. Si ça t'est accordé, je m'y retrouve. Sinon, c'est le risque que j'ai pris et je l'assumerai.

Elle garda le silence, réfléchit et finit par conclure que c'était la meilleure façon de procéder.

— Bon, si j'y vais, faut que je sois à l'aéroport dans une heure, reprit-il.

— Ça ne te laissera pas assez de temps pour rentrer chez toi, préparer tes affaires et retourner à l'aéroport.

— J'ai un sac de prêt dans la voiture.

— Harry, tu as quoi ?… Soixante-dix ans ? Et tu te balades avec un sac de voyage prêt dans ta voiture ?

— Je l'y ai mis cette semaine. Pour ce boulot. On ne sait jamais où une affaire peut vous emmener. Bon alors… ça marche ? Je vais avoir besoin de gants, de ruban et de sachets à éléments de preuve. Et probablement d'un kit d'empreintes.

— On se calme, Harry. Je veux être sûre que c'est légal, dit-elle en se levant et gagnant la porte.

Elle appela Paul pour lui demander de venir à la salle d'interrogatoire.

Masser entra, Ballard l'invitant aussitôt à prendre place sur la dernière chaise et lui détaillant le plan de Bosch. Puis elle demanda à l'ancien adjoint au district attorney qu'il était s'il n'y voyait pas des failles de procédure au niveau de l'accusation.

— Laissez-moi réfléchir une minute, dit Masser. À première vue, ça me paraît… conforme. Harry est un membre bénévole de cette unité. Il a une énorme expérience dans ces affaires et dans la façon de trouver et de recueillir des éléments de preuve. Si la défense s'amusait à mettre tout cela en doute, je devrais être capable de m'appuyer sur son expérience pour écarter toute idée d'impropriété ou d'incompétence de sa part. Vous partiriez tout seul ?

Ballard et Bosch se regardèrent et Ballard acquiesça.

— Oui, dit-elle. Tout seul. Je n'ai pas envie de perdre deux personnes là-dessus. Parce que franchement, pour moi, c'est un coup d'épée dans l'eau.

— Bon, OK, alors je vous demande de bien documenter la collecte. Avec une vidéo, et en notant la date, l'heure et le reste.

— Pas de problème, dit Bosch.

— Bien, je pense que vous pouvez y aller, conclut Masser.

— Génial, dit Ballard. Merci, Paul.

Masser se leva et quitta la salle.

— J'ai les gants et les autres trucs dans ma voiture, reprit Ballard. Je t'accompagne.

Son portable sonna, à l'écran elle vit que c'était Nelson Hastings.

— Mais je commence par prendre ça, dit-elle.

— Je serai à mon bureau, dit Bosch, mais n'oublie pas qu'il faut que j'y aille.

— Nelson, dit-elle, j'allais vous appeler quand j'ai..., dit-elle tandis que Bosch franchissait la porte.

— Le conseiller est en route. Visite surprise, l'interrompit Hastings, puis il raccrocha.

— Merde ! s'écria Ballard.

Une des choses qui avaient aidé Jake Pearlman à se faire élire et à conserver son poste pendant un deuxième mandat avait été sa petite routine consistant à rendre des visites prétendument surprises à des gens dans divers lieux de son district. Il s'agissait bien évidemment de séances photo offertes aux médias qu'il ne manquait jamais d'inviter et Ballard savait que si Hastings l'avait prévenue, ce n'était que pour lui laisser le temps de se préparer pour ce qui, dans les faits, n'avait rien d'une visite surprise.

Elle quitta la salle d'interrogatoire pour avertir l'équipe de ce qui allait arriver.

Chapitre 20

À cause d'un énorme chantier de construction devant permettre au métro d'accéder à la grande boucle des terminaux de LAX, deux des parkings étaient fermés et Bosch dut sortir du périmètre de l'aéroport, laisser sa voiture dans un autre parking de Century Boulevard et prendre une navette pour rejoindre le terminal d'American Airlines. Il eut ensuite droit à une longue file d'attente pour passer le contrôle de sécurité et lorsqu'enfin il arriva à sa porte, l'embarquement ayant commencé depuis longtemps, il fut le dernier passager autorisé à monter à bord.

Il avait espéré se détendre dans le terminal, pouvoir y passer quelques coups de fil, se réserver une chambre d'hôtel pour la nuit et voir un peu la panoplie de musiciens qui allaient jouer dans les clubs de jazz de Chicago.

Son siège se trouvait au milieu de la cabine économique, et il n'y avait plus de place pour son bagage à main dans aucun des compartiments en hauteur. Il le poussa sous le siège devant le sien près du hublot, ce qui ne lui laissa guère de place pour ses pieds. Coincé et serré comme il l'était, il dut se tourner de côté pour repêcher son portable dans sa poche. Cela faisait pratiquement trois ans qu'il n'était plus monté dans un avion, il se rendit compte que cela ne lui avait absolument pas manqué.

Sa fille prenant son service en milieu de journée, il se disait qu'elle devait être réveillée, mais pas encore au travail, et s'apprêtait à l'informer de ce voyage lorsqu'il reçut l'appel d'un inconnu.

— Bosch, dit-il.

— Laissez mon fils tranquille.

C'était une voix de femme, il sut tout de suite à qui elle appartenait. Il se tourna vers le hublot et parla doucement pour que personne ne l'entende.

— Madame Walsh. Il…

— Vous le laissez en dehors de tout ça, c'est compris ? Vous l'avez frappé ! Vous avez frappé mon fils !

— Je l'ai frappé parce qu'il fallait le frapper. Écoutez, je sais très bien que c'est lui qui vous a cambriolée. Ou bien il vous l'a avoué, ou bien c'est vous qui avez fini par le comprendre, mais comme vous aviez déjà appelé la police… Ce qui fait que lorsque les empreintes de McShane ont débarqué dans le tableau, vous avez été toute contente de lui coller le cambriolage sur le dos et d'empêcher la police de se lancer à la recherche de votre fils.

— Vous ne savez pas de quoi vous parlez.

— Je crois que si, Sheila. Je suis en plein milieu d'un truc, mais nous allons nous reparler très bientôt. Je veux savoir comment les empreintes de McShane sont arrivées là.

— Ne vous avisez pas de vous approcher ni de moi ni de mon fils. J'ai un avocat et il vous collera un tel procès aux fesses qu'il ne vous en restera plus.

— Écoutez-moi, Sheila…

Elle avait raccroché.

Il envisagea de la rappeler, mais décida de laisser tomber. Qu'il ait approché son fils l'avait manifestement perturbée et c'était exactement ce qu'il voulait. Il allait donc la laisser mijoter un moment avant de frapper à nouveau à sa porte, avocat ou pas.

Il regarda autour de lui. L'avion n'avait toujours pas bougé et il n'y avait aucun agent de bord dans l'allée pour lui dire de ne plus se servir de son portable. Il appela vite sa fille.

— Bonjour papa !

— Comment ça va, Mads ?

Pile à ce moment-là les haut-parleurs hurlèrent une annonce : le pilote avait commencé à donner les détails du plan de vol et l'heure d'arrivée à Chicago.

— Désolé, dit Bosch, attends un peu. (Le pilote précisa que le vol durerait quatre heures et que l'appareil atterrirait à Chicago O'Hare à 20 heures, heure locale). Bon, désolé, répéta-t-il.

— Tu es en avion ?

— Oui, je vais à Chicago. Et suis sur le point de décoller.

— Qu'est-ce qu'il y a à Chicago ?

— C'est pour une affaire. J'ai été comme qui dirait recruté par Renée Ballard pour relancer l'unité des Affaires non résolues.

— Tu plaisantes ? Pourquoi tu ne me l'as pas dit ?

— C'est que… je viens juste de commencer cette semaine. Je voulais d'abord savoir comment ça allait marcher avant de t'appeler.

— Papa, tu es vraiment sûr de vouloir faire ça ? C'est dommage que tu ne m'en aies pas parlé avant d'accepter.

— J'en suis sûr, oui. C'est ce que je fais, Mads, tu le sais bien.

— Et elle t'expédie déjà à Chicago pour une affaire ?

— En fait, c'est juste une commission. Je dois récupérer un élément de preuve. Je serai parti une nuit, mais je voulais t'appeler pour savoir comment ça va.

— Renée est avec toi ?

— Non, je suis tout seul. Je ne fais que collecter un truc avant de rentrer. Rien de dangereux là-dedans. Je n'ai même pas pris une arme.

— Peut-être, mais tu ne devrais quand même pas faire ça tout seul. La police de Chicago ne pouvait pas te l'envoyer ?

— C'est une longue histoire, mais c'est vraiment pas grand-chose, Maddie. Je ne ferai que passer. Je ne serais même pas resté dormir à Chicago si j'avais pu m'y prendre plus tôt, alors t'inquiète pas pour moi. Qu'est-ce qui se passe dans ta vie ? Et la SPU ?

Elle avait été récemment assignée à la Special Problems Unit de la division d'Hollywood. Cette unité suivait une stratégie de maintien de l'ordre consistant à s'attaquer aux points chauds de la ville en augmentant les patrouilles au point de submerger ces endroits, et autres tactiques visant telle ou telle autre variété de crimes. Ce poste qui n'impliquait pas d'être toujours en tenue et comprenait aussi bien de la surveillance que des opérations sous couverture était très apprécié des jeunes recrues. Bosch savait que sa fille était particulièrement fière d'avoir décroché ce boulot moins d'un an après sa sortie de l'académie de police.

— C'est tout bon, reprit-elle. J'ai pas arrêté de suivre des gens toute la semaine dans Melrose Avenue. Y a un problème d'arrachages de sacs. Mais ça n'a rien donné pour l'instant.

Bosch se représenta sa fille en train d'arpenter les trottoirs de cette zone de magasins super chics un sac à main jeté négligemment par-dessus son épaule côté chaussée et attendant qu'un voleur arrive, s'en empare et file.

— Cool, dit-il. Tu fais ça toute seule ou il y a des collègues avec toi ?

— Que moi et deux ou trois équipes pour rattraper le malfaiteur.

Il fut heureux de savoir qu'elle était la seule à jouer les appâts. Il ne voulait surtout pas que les équipes de poursuite se concentrent sur quelqu'un d'autre.

L'avion cahota en commençant à sortir de sa porte en marche arrière.

— Faut que j'y aille, dit-il. On roule.

— OK, papa. Fais attention à toi et appelle-moi quand tu seras de retour.

— Je le ferai.

Ils raccrochèrent.

Il passa vite un nouveau coup de fil, à l'inspecteur en retraite Dale Dubose à Coeur d'Alene, Idaho, que lui avait communiqué Ballard. Il se doutait que son appel resterait sans réponse et ne s'inquiéta donc pas d'entamer une conversation alors que l'appareil s'apprêtait à décoller. Les trois quarts des avions partant de

LAX roulaient pendant au moins un quart d'heure avant d'avoir l'autorisation de s'envoler.

Comme il s'y attendait, son appel termina dans une boîte vocale. Il mit une main en coupe au-dessus de sa bouche et de son portable de façon que personne n'entende son message.

— Dale Dubose. Ici Harry Bosch de l'unité des Affaires non résolues du LAPD. J'ai besoin que vous me rappeliez concernant l'assassinat de Laura Wilson, sans quoi vous allez me trouver devant votre porte. Je vous donne vingt-quatre heures avant de me pointer chez vous, et je serai d'assez mauvais poil si je dois me taper tout ce chemin en avion pour une conversation qu'on pourrait avoir par téléphone.

Il lui répéta deux fois son numéro avant de raccrocher en espérant que le ton qu'il avait pris pour lui transmettre ce message lui ferait comprendre que ne pas y répondre n'était pas une option.

Enfin il éteignit son portable et le rangea dans sa poche.

Un quart d'heure plus tard, l'appareil prenait son envol, Bosch se mettant alors à contempler les étendues froides et sombres du Pacifique par son hublot tandis que l'avion s'inclinait pour filer vers l'est.

Chapitre 21

Alertée par la réception, Ballard gagna l'entrée des Archives pour accueillir le conseiller Jake Pearlman et son entourage. Ils arrivèrent dans le couloir central en rang serré – deux hommes et deux femmes de front – en plus de deux journalistes et d'un vidéaste attitré. Elle n'avait jamais rencontré Pearlman en personne, l'essentiel de ses interactions avec lui ayant consisté en coups de fil, visioconférences et contacts avec Nelson Hastings.

— Inspectrice Ballard ? lança Pearlman en s'approchant.

Il lui tendit la main, elle la serra. Rasé de près, cheveux noirs bouclés, poignée de main ferme, il était plus grand et plus svelte que ce à quoi elle s'attendait, l'impression qu'elle avait tirée de ses vidéos en ligne étant qu'il serait trapu et bas sur pattes. Sans doute parce qu'il s'était fait filmer en plongée. Blue-jean, sneakers noirs, chemise blanche à col boutonné et manches négligemment retroussées jusqu'aux coudes, il portait sa tenue de campagne habituelle.

— Bienvenue à l'Ahmanson Center et aux Archives des homicides, lui dit-elle. Merci d'être venu.

— Il fallait bien que je voie ça ! lui renvoya-t-il. Et que je finisse par vous rencontrer en personne.

Il lui présenta son entourage. Elle connaissait déjà Hastings. Cheveux bruns coupés court, celui-ci était légèrement plus petit que Pearlman et avait un maintien militaire. Les femmes s'appelaient Rita Ford et Susan Aguilar, la première étant son analyste politique et la seconde sa conseillère. Milieu de la trentaine et séduisantes toutes les deux, elles portaient des tailleurs discrets et professionnels. Ballard songea que la politique et la définition de la ligne à suivre étaient peut-être la même chose, à tout le moins qu'elles devaient se confondre côté conseils, mais garda la question pour elle.

— Eh bien, si vous voulez bien avancer, je vais vous montrer ce que nous faisons, reprit-elle.

— Bien sûr, lui répondit Pearlman. Et je veux être mis au courant des dernières avancées de l'enquête pour Sarah. Vous n'imaginez pas tout ce que ça représente pour moi de savoir qu'on fait des progrès.

— Je serai ravie d'en parler avec vous après cette visite.

— Alors je vous en prie, conduisez-nous.

Ils s'enfoncèrent dans le bâtiment, Ballard dirigeant lentement le groupe dans les allées où s'alignaient les rayons de livres du meurtre et leur récitant les actes et statistiques lugubres qu'ils connaissaient déjà : c'était grâce aux pressions qu'ils avaient eux-mêmes exercées sur la police que l'unité des Affaires non résolues avait rouvert.

Enfin ils arrivèrent aux postes de travail, Ballard leur présentant alors tous les enquêteurs de l'équipe et leur détaillant les spécialités de chacun. Elle leur montra aussi la place vide de Bosch et leur fit remarquer que leur enquêteur le plus expérimenté se trouvait sur le terrain, sans préciser que ce terrain s'étendait jusqu'à Chicago.

Elle effectuait ces présentations lorsqu'elle vit Hastings se placer derrière le fauteuil de Ted Rawls et lui poser brièvement les mains sur les épaules. En plus du fait que Rawls était arrivé fort opportunément à peine quelques minutes avant Pearlman, cela lui confirma ce qu'elle savait déjà : il était comme cul et chemise avec Hastings, et par voie de conséquence avec Pearlman. Hastings avait probablement averti Rawls de la même façon qu'elle, mais le premier.

Le conseiller posa quelques questions aux enquêteurs, essentiellement pour la caméra, puis Hastings déclara qu'il n'y avait pas de temps à perdre.

— L'emploi du temps du conseiller est très serré, dit-il, et je sais qu'il veut s'entretenir en tête à tête avec l'inspectrice Ballard afin d'être mis au courant des derniers développements de l'enquête.

Ballard tira le fauteuil vide de Bosch et invita Pearlman à s'y asseoir. Toujours à tout surveiller, Hastings resta quelques pas derrière eux tandis que Ford et Aguilar engageaient une discussion avec Hatteras sur son rôle de généalogiste génétique dans l'équipe.

Ballard craignait que celle-ci se mette à leur parler de ses empathies, mais décida de ne pas se laisser distraire pour se concentrer sur le briefing à donner à Pearlman.

— Avant que je vous dise où nous en sommes dans l'enquête, lança-t-elle, j'aimerais commencer par vous poser deux ou trois questions. Vous n'avez aucun souvenir d'une jeune Laura Wilson qui se serait impliquée dans votre campagne de 2005, n'est-ce pas ?

— Non, et je l'ai dit à Nelson, lui répondit Pearlman. Ce nom ne me dit rien et je ne me rappelle aucune Afro-Américaine faisant partie de nos bénévoles à l'époque. Cela étant, j'ai beaucoup de soutien dans la communauté noire, mais bon… cette première campagne n'a été ni bien pensée ni bien exécutée.

Ballard ouvrit le livre du meurtre de Wilson, où elle avait glissé une des photos de studio 18x24 de l'actrice avec son CV au verso, et la tendit à Pearlman.

— Voilà. C'est elle.

Pearlman la lui prit, Ballard attendant de voir la réaction qu'il aurait en la découvrant, mais il n'y eut aucun signe de reconnaissance dans ses yeux et il fit lentement non de la tête.

— Ce que c'est triste ! dit-il. Elle était belle, mais non, je ne la reconnais pas.

— Qui dirigeait votre campagne à l'époque ?

Hastings s'approcha du poste de travail, se pencha en avant et parla doucement.

— Je pensais que vous alliez mettre le conseiller au courant des derniers développements de l'enquête, dit-il à Ballard. Pas que vous lui poseriez des questions. Le conseiller doit être de retour à City Hall dans une heure.

— Je m'excuse, répondit-elle. C'était ma dernière question et après, je vous mets au courant.

— Mettez-nous au courant maintenant, insista Hastings.

— Ne vous inquiétez pas, Nelson, dit Pearlman. Je ne dirais pas que ce fut une grande campagne, mais c'est notre ami Sandy Kramer qui a dirigé le peu qu'il y en a eu.

— Kramer ne travaille plus avec vous ? demanda Ballard.

— Non, il a laissé tomber la politique il y a un bon moment. Aux dernières nouvelles, il vendait des smokings à Century City.

— Vous auriez encore un numéro où le joindre ?

— Je suis sûr qu'on pourrait vous en retrouver un. Je vais demander à Nelson d'aller vérifier dans le vieux Rolodex. Bon et maintenant, êtes-vous loin de la solution et quand pensez-vous rendre justice à ma sœur et à ma famille ?

Ballard ne lui dit pas tous les progrès qu'ils avaient faits, mais lui fournit assez de détails pour qu'il sache qu'elle avait déjà ce qu'il y a de plus important : de l'élan.

— Nous avons plusieurs fers au feu et j'ai bon espoir de pouvoir identifier un suspect dans peu de temps, conclut-elle.

À peine avait-elle dit ces mots qu'elle comprit qu'elle venait de lui faire une promesse politique et qu'il y aurait très probablement un châtiment si elle ne la tenait pas.

— Voilà qui est bon à entendre, dit Pearlman. J'attends votre coup de fil avec impatience. Cela fait tellement d'années que je l'attends.

Hastings revint au bureau et posa une main sur l'épaule de Pearlman : sans un mot, il lui rappelait que la pendule tournait. Le conseiller l'ignora et posa une autre question.

— Bon, et ce pin's de campagne, reprit-il. C'est juste une coïncidence ? Non parce que c'est quand même assez bizarre, vous savez ?

— On ne peut pas encore l'éliminer, dit-elle. En fait, on l'a localisé et nous verrons bien ce qu'on pourra en tirer. Mon enquêteur de terrain s'en occupe en ce moment même.

— Fantastique ! s'écria Pearlman. Vous me tenez au courant et en attendant… avez-vous tout ce dont vous avez besoin ici ? Que puis-je faire pour vous ?

— J'apprécie vraiment beaucoup, monsieur le conseiller, dit Ballard. La seule chose à laquelle je peux penser, c'est que nous avons besoin d'un lieu de stockage sûr. Nous ramenons des biens et éléments de preuve d'anciennes affaires et n'avons aucun endroit où les garder en sécurité. Nous nous servons de la salle d'interrogatoire pour y entreposer certaines choses et bien sûr, comme nous sommes dans un bâtiment de la police, ça devrait être assez sûr, mais les trois quarts des brigades ont des endroits où stocker des affaires en toute sécurité.

Avant que Pearlman ne puisse répondre, Hastings se pencha vers lui pour le presser, et de façon audible cette fois :

— Jake, il faut vraiment y aller, dit-il.

Pearlman se leva et Ballard l'imita.

— Vous voulez dire comme un coffre-fort ? demanda-t-il.

— Oui, un coffre-fort où ranger des éléments de preuve nous irait bien, répondit-elle.

— Nelly, lança Pearlman en se tournant vers Hastings, n'oubliez pas. Il faut leur installer un coffre-fort ici.

— Je m'en souviendrai, dit Hastings.

Pearlman se retourna vers Ballard et lui tendit la main, le caméraman faisant un gros plan sur leur poignée de mains.

— Je vous remercie de ce que vous faites, inspectrice, dit Pearlman. Ça compte beaucoup pour moi, mais plus important encore, ça compte beaucoup pour cette ville et cette communauté. On ne doit pas oublier nos victimes, jamais.

— Oui, monsieur, répondit consciencieusement Ballard.

Elle raccompagna le groupe jusqu'à la sortie, puis revint à son poste de travail en s'attendant à ce que tous les autres membres de l'équipe s'agglutinent autour d'elle pour lui poser des questions sur cette visite des puissants, mais seule Hatteras passa la tête au-dessus de sa cloison.

— Alors, comment ça s'est déroulé ? demanda-t-elle.

— Bien, j'imagine. Faut juste qu'on résolve l'affaire de sa sœur et on sera on ne peut mieux.

— On y arrivera.

— Du nouveau côté généalogie ?

— J'ai une correspondance par la base GEDmatch. Un cousin éloigné de notre suspect inconnu. Je vais pousser la recherche aujourd'hui, mais j'espère qu'on trouvera quelque chose de mieux. De plus proche.

— Bien. Vous me tenez au courant.

Hatteras disparaissant à sa vue, Ballard se mit au travail. Persuadée qu'Hastings ou quelqu'un d'autre de l'équipe Pearlman ne se presserait pas pour lui trouver les coordonnées de Sandy Kramer, elle commença à chercher de son côté et se dit que Sandy devait être un surnom ou le diminutif d'un prénom du genre Alexander. Comme elle s'y attendait, les archives du DMV ne l'aidèrent pas. Il y avait tout simplement trop d'Alexander Kramer pour qu'elle tombe sur le numéro gagnant. Il y avait aussi plusieurs entrées « Sandy » ou autres, telles « Sandor » ou « Sundeep ».

Tentative suivante, elle chercha tous les magasins de smokings de Century City dans Google et commença à donner des coups de fil. Lorsqu'elle eut épuisé toutes les références internet sans découvrir un seul vendeur du nom de Kramer, elle passa à Beverly Hills juste à côté de Century City.

Elle décrocha le gros lot au troisième appel, celui-là à destination d'un Tux by Lux, un magasin sis dans Beverly Drive, où on l'informa qu'un certain Alexander Kramer était de congé ce jour-là, mais qu'il serait de retour le lendemain matin à 10 heures. Ballard songea que vendre des smokings à Beverly Hills exigeait d'avoir un prénom un rien plus formel que Sandy.

Elle raccrocha et décida d'être à Beverly Hills dès le lendemain matin, au moment où Kramer reprendrait le travail.

Chapitre 22

Forte lumière du matin et légère gueule de bois, Bosch plissait les yeux en cherchant le numéro d'une petite maison en brique jaune au croisement de South Keeler Avenue et de la 43e Rue Ouest. Il était déjà loin du Double Tree voisin du lac où il avait passé sa nuit. Et encore plus loin de Los Angeles. Il avait pris place à l'arrière d'un Uber roulant dans un quartier de petites maisons, d'entrepôts de plain-pied et de fabriques.

— C'est forcément là, lança le chauffeur.

— Je ne vois pas de numéros, dit Bosch.

— C'est vrai, mais c'est forcément là, répéta le chauffeur. C'est ce que dit mon GPS et c'est ce que je vais pouvoir faire de mieux pour vous, monsieur.

— OK, je descends. Vous voulez bien m'attendre ? J'aurai fini dans moins d'une demi-heure et après, je file au terminal American Airlines d'O'Hare. Je vous paierai votre attente. Je n'ai aucune envie de rater mon avion.

— Non, mec, j'attends pas ici.

— Vous êtes sûr ? Cinquante dollars, rien que pour attendre une demi-heure. Et après, la course pour rejoindre l'aéroport.

Bosch vit les yeux du chauffeur dans le rétro. Il pesait le pour et le contre. D'après l'application Uber, il s'appelait Irfan et Bosch ne comprenait pas très bien pourquoi il rechignait à l'attendre. Le quartier disait certainement des revenus modérés à faibles, mais rien n'y indiquait un danger possible. Il n'y avait ni graffitis, ni membres de gangs traînant dans les environs.

— Irfan, dit-il, je monte à quatre-vingts. Cash.

Le chauffeur le regarda dans le rétro.

— Cent. Plus une note cinq étoiles.

— Marché conclu, dit Bosch en hochant la tête. Bon et maintenant, vous voulez que je vous déchire un billet de cent dollars en deux comme dans les films ? Je vous en file une moitié et je garde l'autre ?

— Non, mais vous me payez dès que vous remontez dans la voiture. Cash. Sinon, je vous laisse ici et bonne chance à vous pour retrouver un Uber. Personne ne viendra ici et vous raterez votre avion.

— D'accord. De toute façon, je n'ai que des billets de vingt.

Irfan n'eut pas l'air de bien saisir l'humour de cette repartie. Bosch entrouvrit la portière et était sur le point de descendre du véhicule avec son sac à dos lorsqu'il hésita.

— Irfan, reprit-il, qu'est-ce qu'il a ce quartier pour qu'aucun chauffeur n'y vienne ?

— Trop de flingues.

Bosch songea que c'était un problème propre à presque tous les quartiers des grandes villes, mais laissa filer et descendit.

Façade, pelouse et buissons, tout était clair et net. La brique jaune donnait au bâtiment une impression de solidité affirmée, comme s'il s'agissait d'une forteresse contre le chaud et le froid.

Juanita Wilson l'attendait et lui ouvrit avant même qu'il n'arrive à la porte. Elle était âgée et lui sourit faiblement.

— Madame Wilson ? Harry Bosch. Nous nous sommes parlé au téléphone.

— Juanita... c'est moi, dit-elle. Entrez, je vous prie.

Il s'exécuta et lui serra légèrement la main. Elle semblait maigre et frêle et portait une robe de maison ample pour le cacher. Elle dissimulait ses cheveux sous un foulard en forme de turban taillé dans un tissu à rayures rouges, noires et vertes. Même ainsi, Bosch lui trouva une ressemblance avec la photo de Laura Wilson. Elles avaient les mêmes yeux.

Il la remercia de son aide et de lui avoir permis de venir la voir aussi abruptement. Il lui expliqua encore que plus vite il serait de retour à Los Angeles, plus vite on pourrait chercher de l'ADN et d'éventuelles empreintes digitales sur le pin's de campagne et faire ainsi progresser l'enquête. C'était pour cette raison qu'il avait pris un vol qui le ramènerait à L.A. avant le milieu de l'après-midi.

— En d'autres termes, reprit-il, je suis un peu pressé. Je veux rapporter cet objet pour que les techniciens l'examinent aussi vite que possible.

— Je comprends, dit-elle.

Elle le précéda dans sa petite maison et le conduisit à l'arrière, jusqu'à la chambre qui avait été celle de sa fille. La pièce n'était pas grande, mais brillait doucement dans la lumière du jour qui passait par la fenêtre aux rideaux ouverts.

Bosch eut l'impression qu'une moitié avait été conservée dans l'état où Laura l'avait quittée, l'autre étant réaménagée en bureau. Sur une table pliante équipée d'un fauteuil se trouvaient un tas de courrier entouré d'un ruban élastique et d'autres papiers assortis.

— Mon mari s'est installé là quand Laura est partie pour L.A., dit Juanita. Mais on a gardé le reste pour quand elle reviendrait nous voir ou si elle renonçait à son rêve et voulait rentrer. Et après… on a tout laissé comme ça.

Bosch lui fit signe qu'il comprenait. Puis il vit un carton sur le lit et le lui montra du doigt.

— C'est là-dedans que vous avez trouvé le pin's ? lui demanda-t-il.

— Oui. Il y avait des vêtements par-dessus et des scripts qu'elle devait travailler à ce moment-là. Mais quand je les ai soulevés, j'ai tout de suite vu le pin's dans la boîte à chaussures.

Bosch sortit son portable et le mit en mode vidéo.

— Madame Wilson, dit-il, pouvez-vous me montrer ce pin's sans le toucher ?

Il la suivit tandis qu'elle s'approchait du carton, en écartait les rabats et le lui désignait à l'intérieur. Bosch se déplaça afin qu'on voie bien qu'il y avait une boîte à chaussures dans le carton. Le couvercle étant ouvert, il découvrit qu'elle était pleine de petits objets comme ceux du tiroir fourre-tout photographié sur la scène de crime. Il baissa son portable et zooma sur le *JAKE !* du pin's.

— Madame Wilson, reprit-il, pourriez-vous me filmer en train de prendre ce pin's ?

— Si vous voulez, répondit-elle. Je ne suis pas très adroite avec les portables.

— Ça ira, dit-il. Je veux juste documenter la chaîne de traçabilité.

— La chaîne de traçabilité ?

— Oui, pour qu'on sache toujours qui avait cet article et à quel moment. Et qu'une fois qu'il a été recueilli, il est effectivement resté sous le contrôle de la police.

— Je comprends.

Il lui tendit son portable, elle le filma en train de sortir des gants en caoutchouc de son sac à dos et d'ouvrir un sachet à éléments de preuve. Il plongea ensuite la main dans la boîte, en sortit le pin's, le glissa dans le sachet, qu'il ferma et rangea dans la poche latérale de sa veste de sport.

Enfin il reprit son portable, énonça clairement la date et l'heure qu'il était, arrêta l'enregistrement, puis s'en repassa le début pour vérifier que Juanita avait bien filmé ce qu'il voulait.

— Ça devrait faire l'affaire, conclut-il. Merci.

— Que puis-je faire d'autre ? lui demanda-t-elle.

Il hésita. Il avait un kit d'empreintes et une trousse d'écouvillons dans son sac à dos. Ballard les lui avait donnés lorsqu'elle l'avait accompagné jusqu'à la sortie de l'Ahmanson Center et il savait que selon le protocole à suivre pour les éléments de preuve, il devait prendre les empreintes digitales de Juanita et lui prélever de l'ADN afin de pouvoir la mettre hors de cause pour tout ce qui pourrait être découvert sur le pin's de campagne.

Mais il hésitait à faire subir tout cela à cette femme si frêle et qui sait ? à lui donner ainsi l'impression d'être brutalisée par l'enquête sur l'assassinat de sa propre fille. Il décida d'oublier le protocole.

— Vous m'avez bien dit que vous n'avez pas touché à ce pin's ? lui demanda-t-il.

— Oui. Je l'ai vu à cet endroit et je ne m'en suis pas approchée comme vous l'aviez demandé, lui répondit-elle. Quelque chose ne va pas ?

— Non, non, pas du tout. Tout va bien. Je pense qu'on en a fini et que vous n'aurez plus à vous faire des cheveux blancs avec mes questions.

— Que va-t-il se passer maintenant ?

— Eh bien, je rentre à Los Angeles et, comme je vous l'ai dit, je confie ce pin's à la Scientifique aujourd'hui même, et si nous avons de la chance, on y trouvera une empreinte qui n'appartiendra pas à votre fille après avoir vérifié dans la base de données pour voir qui l'a manipulé et qui le lui a donné. Ce sera ou l'inspectrice Ballard ou moi qui vous tiendrons au courant de nos progrès.

— OK. Parce que je ne suis pas sûre de pouvoir attendre encore très longtemps, vous savez ?

— C'est dur, je sais. Vous attendez depuis vraiment longtemps et croyez-moi, je sais ce que c'est.

— Non, vous ne comprenez pas. Mes jours sont comptés, inspecteur Bosch. J'ai le cancer. Un cancer incurable et je voudrais savoir avant… la fin.

Bosch comprit alors que ce n'était pas une vieille femme qu'il avait cru voir en elle. Juanita Wilson était malade. Il songea que le turban qu'elle avait autour de la tête cachait la perte de ses cheveux due à la violence du traitement qu'elle suivait et fut immédiatement embarrassé par la gaffe qu'il venait de faire en lui disant qu'elle n'allait plus avoir à se faire des cheveux blancs avec ses questions.

— Je suis vraiment désolé, murmura-t-il.

— J'avais abandonné et je me préparais à mourir, reprit-elle. Mais cette inspectrice m'a appelée et m'a redonné espoir et maintenant, je vais m'accrocher, inspecteur Bosch, jusqu'à ce que vous puissiez me donner une réponse.

— Je comprends, dit-il. On va faire vite. C'est tout ce que je peux vous promettre.

— Je n'ai pas besoin de plus. Merci.

Il hocha la tête, elle le raccompagna à la porte, ils se serrèrent la main et se dirent au revoir. Et là, sur le seuil, il vit qu'aucune voiture ne l'attendait dans la rue.

— Merde ! chuchota-t-il. Pas d'étoiles pour toi, Irfan.

Il descendit les marches du perron et sortit son portable pour y ouvrir son application et essayer d'appeler une autre voiture. Puis il aperçut un mouvement du coin de l'œil, releva la tête et vit la voiture d'Irfan qui, vitre baissée, se garait lentement le long du trottoir.

— Fallait que je reprenne de l'essence, dit le chauffeur.

Bosch s'installa sur le siège arrière et lui tendit cinq billets de vingt par-dessus la banquette.

— Attendez une seconde, dit-il.

Irfan fit ce qu'on lui demandait. Bosch mit ses écouteurs et enclencha la musique qu'il avait téléchargée dans son portable la veille au soir. Il était allé écouter le Pharez Whitted Quintet au Winter's Jazz Club, près de la jetée Navy. Le set étant consacré à Miles Davis, il s'était régalé et était resté debout trop tard, mais il avait envie d'entendre la musique de Whitted et en avait téléchargé trois albums une fois revenu à l'hôtel. Enfin un air intitulé « The Tree of Life » passa dans ses écouteurs tandis qu'il se retournait pour regarder la maison de Laura Wilson qu'il venait de quitter.

La qualifier de modeste aurait tenu de l'euphémisme. Il songea aux humbles débuts de Laura Wilson dans cette maison en brique jaune et au rêve qui ne l'avait conduite à Los Angeles que pour voir tout ce qu'elle possédait et espérait lui être arraché, et cela le mit en colère. Le feu qu'il connaissait si bien commença à reprendre en lui.

— OK, Irfan, dit-il enfin. Conduisez-moi à l'aéroport.

Chapitre 23

Le Tux by Lux se trouvait dans Beverly Drive, au sud de Wilshire Boulevard, soit du côté moins exorbitant de Beverly Hills. Le magasin semblait écouler beaucoup de marchandises, à l'opposé des salons « uniquement sur rendez-vous » de Rodeo Drive fréquentés par des clients se rendant aux Oscars et à la réception de *Vanity Fair* ensuite.

Ballard s'installa dans son véhicule de fonction et sirota son café de chez Go Get Em Tiger en attendant que quelqu'un déverrouille la porte en verre de la boutique pour que commence la journée. Il était 9 h 50.

Son téléphone sonna, elle vit que c'était Bosch. Elle prit l'appel, mais garda les yeux fixés sur la porte.

— Juste pour te dire bonjour, lança Bosch. J'ai le pin's. Je suis à l'aéroport, prêt à embarquer.

— Parfait. Comment va Juanita ?

— Coopération maximale, mais elle est malade. Elle est en train de mourir.

— Quoi ?!

— Cancer incurable. Je ne sais pas combien de temps il lui reste, mais je n'ai pas l'impression qu'il y en a beaucoup. Elle ne nous met pas la pression, mais elle résiste parce que tu lui as redonné espoir. Elle veut vivre jusqu'au moment où quelqu'un sera inculpé.

— Génial, ça. Aucune pression donc. C'est quoi, son cancer ?

— Je ne le lui ai pas demandé, mais… Celui qui vous flétrit complètement à la fin.

— Ah, mon Dieu ! Tout ce qu'on peut faire, c'est tout notre possible. J'espère qu'on pourra monter un dossier d'inculpation et qu'elle sera toujours vivante quand on le lui annoncera.

— Tu es en voiture ? J'entends des bruits de circulation.

Elle lui dit ce qu'elle était en train de faire et, alors même qu'elle parlait, elle vit un homme d'une quarantaine d'années arriver devant la porte en verre du magasin de smokings, la déverrouiller par le bas et entrer.

— J'ai l'impression qu'il vient juste d'ouvrir, dit-elle. Vaudrait mieux que j'y aille avant l'arrivée des clients.

— Je te laisse, dit-il. Et si tu avertissais les techniciens de la Scientifique de ce qui va arriver dès que tu seras rentrée à l'Ahmanson ? Peut-être pourraient-ils envoyer une équipe pour qu'on sache tout de suite si on n'a pas perdu notre temps.

— C'est ce que je vais faire.

— Bonne chance.

Ils raccrochèrent et Ballard descendit de voiture, toute contente de ne pas lui avoir servi un « Reçu cinq sur cinq » lorsqu'il lui avait formulé sa demande.

Elle entra dans le magasin, un dossier contenant deux photos à la main. Des rangées de smokings s'alignaient le long du mur de droite, des rayons entiers de chemises blanches montant du sol au plafond sur sa gauche. Au fond se trouvait une cabine d'essayage équipée d'une glace et devant, la caisse, encadrée par deux vitrines pleines l'une de nœuds papillon et l'autre de boutons de manchettes assortis.

Aucun signe de l'homme qu'elle avait vu entrer dans le magasin.

— Il y a quelqu'un ? lança-t-elle d'une voix forte.

— Y a quelqu'un, lui renvoya-t-on. J'arrive dans une seconde.

Ballard gagna la vitrine et regarda les boutons de manchettes. Ils allaient d'un goût raffiné au plus criard et répugnant. Elle se pencha sur une paire ornée d'une silhouette de femme les bras tirés en arrière et la poitrine en avant, comme celles qu'on voit sur les garde-boue des quinze tonnes.

— Que puis-je faire pour vous ?

Ballard se retourna et découvrit l'homme qu'elle avait vu déverrouiller la porte. Elle décrocha son badge de sa ceinture et le lui montra.

— Renée Ballard, LAPD. Je cherche Sandy Kramer.

— Vous l'avez trouvé ! s'exclama-t-il en levant les mains en l'air.

Puis il baissa les bras et réunit les poignets pour qu'elle le menotte, Ballard lui décochant un sourire pour la forme. Ce n'était pas la première fois qu'on jouait au petit malin lorsqu'elle montrait son badge.

— J'ai besoin de vous poser quelques questions pour une enquête sur un meurtre, dit-elle.

— Oh zut, je n'aurais pas dû, dit-il. J'aurais peut-être mieux fait de ne pas plaisanter, non ? Qui est mort ?

— Y a-t-il un endroit où nous pourrions parler tranquillement ? J'aimerais assez qu'un client ne débarque pas au milieu de notre entretien.

— Euh, nous avons une salle de repos au fond. Mais c'est plutôt petit.

— Ça ira.

— Je n'ai aucun rendez-vous avant 11 heures. Je pourrais fermer et mettre un panneau sur la porte. Combien de temps cela prendra-t-il ?

— Pas très longtemps.

— OK, allons-y.

Il passa derrière le comptoir, prit un bloc-notes où porter les retouches à effectuer, y écrivit : *DE RETOUR À 10 h 45*, sortit une bande d'ourlet d'un panier à outils, s'en servit pour fixer son affiche à la porte en verre et se baissa pour la reverrouiller.

— Si voulez bien me suivre, dit-il.

Ils passèrent derrière le coin essayage et arrivèrent dans une pièce faisant office à la fois de salle de repos et d'espace de stockage. Il s'y trouvait une table et deux chaises, Kramer en montra une à Ballard qui la tira à elle et s'y assit, Kramer faisant de même.

— Bon, dit ce dernier, de quel meurtre s'agit-il ?

— Nous y viendrons, lui répondit-elle. Mais commencez par me dire quand vous avez parlé à Jake Pearlman pour la dernière fois.

— Ah, mon Dieu ! Jake est mort ?! s'écria-t-il, sa surprise paraissant authentique à Ballard qui voulait savoir si Pearlman ou quelqu'un d'autre l'avait averti de l'enquête en cours.

— Non, il n'est pas mort, dit-elle. Vous rappelez-vous la dernière fois où vous lui avez parlé ?

— Euh, c'est que… ça fait un moment. Je l'ai appelé quand il a gagné l'élection, ce qui devrait faire… Dans les quatre ans de ça ?

— Il a été élu il y a six ans.

— Waouh, ça passe vite. Enfin bref, je l'ai appelé à ce moment-là pour le féliciter. Je me rappelle lui avoir dit qu'il allait se taper des tas d'événements costume-cravate et je lui ai offert une réduction dans ce magasin, mais c'est tout. Et il ne m'a jamais pris au mot.

— Et Nelson Hastings ? Lui avez-vous parlé récemment ?

— Hastings ? On oublie tout de suite. Je n'ai aucune raison de lui parler. Et je ne me rappelle plus la dernière fois que je l'ai fait.

— Mais vous le connaissez.

— Ce serait plutôt que je l'ai connu. On était au lycée ensemble. À Hollywood High… et pour être « high »… !

Il rit de sa petite plaisanterie, mais d'un rire nerveux et dans la façon dont il parlait de Nelson Hastings, Ballard lut presque de l'hostilité.

— Vous aviez un problème avec lui ?

— Ce serait plutôt lui qui en avait un avec moi. Il voulait Jake pour lui tout seul et a fini par m'éjecter. Et comme je ne suis pas aussi compétitif… Du coup, c'est lui qui gère le Jake show aujourd'hui et moi, je suis ici.

Ballard acquiesça d'un signe de tête.

— Bien, dit-elle, revenons à 2005. C'est vous qui dirigiez sa campagne, exact ?

— Oui, c'était moi. Mais je ne sais pas trop si on pourrait parler d'une « campagne ». Ça décrirait quelque chose de trop important et planifié… tout ce que la nôtre n'était pas.

— Une petite opération, donc ?

— On avait probablement mieux quand Jake a cherché à être président de notre promo à Hollywood High. Non parce que, en 2005, notre campagne ne tenait qu'avec des bouts de ficelle. Nous ne savions pas ce que nous faisions et nous avons échoué comme nous le méritions. Jake est resté en politique, a retravaillé ses outils, est revenu et a remporté le siège, mais moi, j'avais disparu depuis longtemps. Alors, dites-moi donc qui est mort et ce que ç'a à voir avec moi. Ça commence à m'inquiéter.

— Laura Wilson. Elle a été assassinée. Ce nom vous dit-il quelque chose ?

— Laura Wilson… Je ne crois pas, non. Laissez-moi réfléchir une minute.

— Bien sûr.

Il donna l'impression de chercher ce nom, mais ne prit pas la minute de réflexion qu'il avait demandée.

— Êtes-vous en train de me dire qu'elle aurait eu quelque chose à voir avec la campagne ? reprit-il.

— C'est ce que j'essaie de savoir. Connaissiez-vous tous les bénévoles ?

— À l'époque, oui. C'est moi qui les avais recrutés. Mais il n'y en avait pas beaucoup et je ne me rappelle aucune Laura Wilson.

— Permettez que je vous montre quelque chose.

Elle ouvrit son dossier sur la table et lui montra le portrait 18x24 de Laura Wilson. Kramer se pencha en avant pour le regarder sans le toucher.

— Non, je ne la reconnais pas, dit-il.

— Est-il possible qu'elle ait compté au nombre des volontaires ? le pressa Ballard.

— Une femme noire, je m'en souviendrais. Ça nous aurait aidés d'en avoir une, mais non, on n'en avait pas.

— Vous en êtes sûr ?

— Elle n'a pas fait partie de la campagne, répondit-il en montrant la photo d'un doigt énergique. C'est moi qui ai recruté les équipes de volontaires et elle n'a pas été du nombre.

— OK, et maintenant, regardez cette photo, lui dit Ballard en faisant glisser le cliché du tiroir fourre-tout de Laura en travers de la table. Vous voyez le pin's ?

— Oui, je le vois. Une vraie beauté.

— C'est vous qui les avez fait fabriquer ?

— Évidemment. Modèle de luxe… avec des rubans de la liberté attachés. Je me rappelle que nous avons discuté des frais supplémentaires, mais Jake aimait bien ces rubans. Ils faisaient ressortir le pin's.

— Qui en a eu ?

— Eh bien, on en avait au bureau pour ceux qui passaient. Et aussi quand on faisait du porte-à-porte dans la circonscription. On n'en donnait pas à tout le monde, seulement à ceux qui nous disaient soutenir Jake.

— Combien en avez-vous fait fabriquer ?

— Mille, je crois, mais on n'a pas tout donné. Je me souviens que quand tout a été fini, il nous en restait deux ou trois sacs et que nous les avons bazardés. En fait, je me rappelle même que la dernière fois où j'ai parlé à Nelson, c'est quand il m'a appelé pour me les demander parce que Jake allait retenter sa chance. Je lui ai dit que je les avais jetés des années auparavant et là, il m'a raccroché au nez. Super, ce Nelly !

— Vous rappelez-vous si en 2005, la campagne a envoyé des gens faire du porte-à-porte dans la région de Franklin Village ? Et plus précisément, dans Tamarind Avenue… enfin, dans ce quartier ?

— Si c'était dans la circonscription, je suis certain que oui. On faisait ça tous les soirs. Toute l'équipe et tous les volontaires qu'on pouvait trouver. On se retrouvait au delicatessen de Sunset Boulevard… je ne me rappelle plus le nom, mais il devait avoir dans les cent ans d'âge et il a fermé pour de bon pendant la pandémie.

— Chez Greenblatt's.

— C'est ça. Chez Greenblatt's… c'est vraiment dommage. J'adorais cet endroit. Il y avait une salle au premier et c'était là qu'on se réunissait tous à 18 heures. On se commandait des sandwichs et une bière à mettre sur les comptes de campagne et après, on se répartissait les quartiers pour qu'il n'y ait pas de doublons. On distribuait les pin's et les formulaires de dons et on se séparait pour aller frapper aux portes. Tout partant de la base. Sauf qu'en vérité, je n'avais aucune idée de la manière de conduire une campagne. Mais qu'est-ce que c'était bien !

— Qui s'occupait de Tamarind Avenue ?

— Alors là, je ne m'en souviens pas. Tout ce que je peux vous dire, c'est qu'on a essayé de toucher tous les quartiers au moins deux fois. Mais je n'en ai aucune trace et ça remonte à bien trop loin pour que je me rappelle qui allait à tel ou tel endroit ou s'occupait de quelle rue. Êtes-vous en train de me dire que ce serait quelqu'un de la campagne qui a tué cette femme ?

— Non, ce n'est pas ce que je dis. Je ne fais qu'enquêter sur un truc qui ne colle pas. Cette photo a été prise à l'intérieur de l'appartement. C'est là qu'elle a été assassinée le samedi avant l'élection et ce pin's se trouvait dans son tiroir et moi, ça me dit que quelqu'un de la campagne a frappé à sa porte à un moment ou à un autre avant l'élection. Il est possible que ça ne veuille rien dire, mais nous devons poser des questions et suivre des pistes où qu'elles nous mènent.

— Je comprends et j'aimerais pouvoir vous aider plus.

Ballard remit les photos dans le dossier et le referma.

— J'imagine que vous avez déjà parlé à Jake et à Hastings, reprit Kramer.

— Oui, nous l'avons fait. Je les ai vus tous les deux hier. Mais vous n'aimez vraiment pas Hastings, n'est-ce pas ?

— C'est si évident que ça ?

— Oui. Mais à un moment donné, vous étiez tous de bons amis.

— Oui, nous l'étions. On avait l'habitude de dire qu'on était comme les doigts de la main. Mais Nelson s'est mis entre Jake et moi et nous a séparés. Ça a commencé pendant la campagne et après, quand on a perdu, c'est moi qui ai été accusé. Pas par Jake, par Nelson, et ça m'a toujours rebroussé le poil parce que lui, ce n'était que le chauffeur. Il n'écrivait aucun texte et ne décidait pas des priorités dans les médias. Il ne faisait que conduire et après, il me colle tout sur le dos et prétend que c'est à cause de moi qu'on a perdu ?!

Ballard se figea. Elle tenta de ne rien montrer de ce qui se jouait dans sa tête, mais elle était certaine qu'au moment où elle lui avait parlé de la campagne de 2005 et du pin's dans le tiroir de Laura, Hastings lui avait répondu que l'élection avait eu lieu avant qu'il ne soit dans l'équipe de Pearlman.

— Une seconde, dit-elle. Nelson Hastings était le chauffeur de Pearlman pendant la campagne de 2005 ? Et donc dans les parages à cette époque ?

— C'est bien ça, répondit Kramer. Il revenait d'Afghanistan, n'appartenait plus à l'armée et Jake avait mentionné avoir besoin d'un chauffeur. On ne le payait pas. C'était un volontaire.

— A-t-il participé au porte-à-porte à un moment ou à un autre ?

— Nous y avons tous participé. Jusqu'à Jake. C'était exigé.

Ballard sentit l'adrénaline commencer à lui courir dans les veines. Elle avait repéré une contradiction, voire un mensonge caractérisé dans le filet qu'elle avait tendu et sentit que l'enquête venait soudain de prendre une nouvelle direction, et des plus fermes.

— Je vais vous poser une dernière question avant de partir, reprit-elle. Connaissiez-vous la sœur de Jake quand vous étiez au lycée ?

— Évidemment. On la connaissait tous. Sarah. Tout ça est horrible, parfaitement horrible.

— Vous fréquentiez sa famille quand elle a été assassinée ?

— Oui, je suis allé les voir. Jake était mon ami. Mais qu'est-ce qu'on peut dire, vous savez ? C'était un vrai cauchemar.

— Qui d'autre de ses amis a été là pour le soutenir ?

— Eh bien… moi. Et Nelly. Et un autre type du nom de Rawls, qui est devenu flic et faisait aussi partie de notre groupe.

— Ce Rawls était-il un des doigts de la main dont vous m'avez parlé tout à l'heure ?

— Oui. Et donc, oui, on a essayé de faire ce qu'on pouvait, mais on ne savait pas comment l'aider. On n'était que des gamins.

— Je comprends. La police vous a-t-elle parlé à tous à ce moment-là ?

— Je crois que oui. Elle m'a parlé à moi, ça, c'est sûr. J'étais sorti une fois avec Sarah et c'était bien avant, mais la police m'a quand même interrogé à mort. Parce que… il y aurait un lien entre ces affaires ? Entre la mort de Sarah et celle de la fille au pin's ?

— Nous ne le savons pas. Il ne s'agit probablement que d'une sinistre coïncidence. Mais ça m'a paru curieux. Et ça compte toujours énormément pour Jake.

— Et ça comptera toujours, j'en suis sûr. Sarah était géniale. Intelligente et belle, elle avait tout pour elle. Je n'ai jamais compris pourquoi quelqu'un aurait voulu lui arracher tout ça.

Ballard acquiesça d'un signe de tête.

— Bien, dit-elle. C'est presque l'heure de votre rendez-vous. Je vais vous laisser. J'apprécie que vous m'ayez donné de votre temps, monsieur Kramer. Pourriez-vous faire quelque chose pour moi ?

— Bien sûr. De quoi avez-vous besoin ?

— Que vous gardiez cette conversation pour vous. Ça vous poserait problème ?

— Pas du tout, inspectrice.

Elle lui donna son numéro de portable et lui demanda de l'appeler s'il pensait à quelque chose d'autre qu'elle devrait savoir. Elle en était presque à hyperventiler lorsque enfin elle retrouva sa voiture. Elle la mit en route, monta la clim, se calma et tendit la main vers le siège passager pour y reprendre sa liste de choses à faire. Elle l'étudia un moment en essayant d'apaiser sa respiration et se concentra sur une entrée :

Hastings... envoyer photo de LW

Elle se rendit alors compte qu'elle ne l'avait jamais fait. Et ça, ça soulevait une question d'importance.

Elle consulta la pendule du tableau de bord, fit le calcul, s'aperçut qu'Harry Bosch était dans son avion et qu'elle devrait encore attendre quelques heures avant de pouvoir lui parler. Elle savait qu'elle avait des tas de choses à faire avant, passa en prise et déboîta du trottoir.

Chapitre 24

Bosch entra dans le parking nord du centre commercial d'Hawthorne Boulevard au volant de sa Jeep et n'eut aucun mal à repérer la voiture de fonction de Ballard. C'était la seule présente dans l'énorme étendue d'asphalte entourant les bâtiments abandonnés. Il roula droit vers elle et se gara de façon que leur vitre côté chauffeur se trouvant en face l'une de l'autre, ils puissent se parler sans avoir à descendre de leur véhicule. En argot LAPD, cela s'appelait une rencontre « en 69 ».

Bosch avait déjà baissé sa vitre, la clim de la vieille Cherokee ayant un effet tout relatif sur la température dans sa voiture. Celle de Ballard s'abaissa dès qu'il arriva à sa hauteur.

— Harry, comment s'est passé ton voyage ?

— Bien. J'ai écouté de la bonne musique. Bon, c'est pour quoi, ce code 69 ?

— Je ne voulais pas parler à l'Ahmanson. Rawls y était et c'est un vrai pipeline au service de Hastings et de Pearlman. Il s'est pointé plein de fois au boulot cette semaine et pour moi, c'est parce qu'Hastings veut savoir ce qu'on est en train de faire.

— Vraiment ? Hastings ne peut donc pas t'appeler toutes les fois qu'il en a envie ?

— Il le peut, si. Mais il veut nous cacher toute l'attention qu'il nous porte parce que notre gars, c'est lui.

— Comment ça ? Ce serait l'assassin ?

— J'en parierais mon badge, Harry. On récolte son ADN et il y aura correspondance.

— Dis-moi comment tu es arrivée à cette conclusion.

Elle lui fit un résumé de sa conversation avec Sandy Kramer ce matin-là et lui rapporta comment l'une des dernières questions qu'elle avait posées au vendeur de smokings lui avait révélé qu'Hastings lui avait menti en lui affirmant que l'assassinat de Laura Wilson s'était produit avant qu'il entre au service de Pearlman.

— Il a toujours été avec lui, dit-elle, et ça, ce n'est pas un petit mensonge. C'était destiné à m'égarer et ça en fait un énorme mensonge.

— OK, je comprends. C'est effectivement douteux, mais c'est un peu maigre pour lui passer les menottes. Tu as autre chose ?

— Oui. Après avoir parlé avec Kramer, j'ai commencé à revoir mes interactions avec Hastings dans cette affaire. Il était toujours au milieu et n'arrêtait pas de m'appeler pour me demander où on en était, censément pour en informer Pearlman. Mais maintenant, je pense qu'il cherchait à savoir si on était à deux doigts de le coincer.

— Je ne vois toujours pas de raison de le menotter dans tout ça.

— Tiens, regarde, dit-elle en lui tendant un bout de papier arraché à un bloc-notes.

— C'est ta liste. Je l'ai déjà vue.

— Je sais, lui renvoya-t-elle. Sauf que je n'ai jamais envoyé de photos de Laura Wilson à Hastings et que je n'ai pas rayé cette entrée de ma liste.

— Et donc ?

— J'ai parlé deux fois de l'affaire Wilson avec Hastings cette semaine et je viens de me repasser notre première conversation. Je lui avais demandé si le nom de Laura Wilson lui disait quelque chose et de vérifier dans les archives de la campagne si elle n'aurait pas pu y travailler comme bénévole, y faire un don ou autre. Je lui avais aussi demandé de vérifier avec l'équipe, Pearlman compris, et je suis certaine à quatre-vingt-quinze pour cent de ne lui avoir jamais dit que Laura était noire, mon plan étant de lui scanner une photo d'elle et de la lui envoyer. Et je ne l'ai jamais fait. J'ai oublié.

— D'accord.

— Et voilà que dans notre seconde conversation, il m'affirme qu'il n'y a pas d'archives et que personne, Jake compris, ne se rappelle une Laura Wilson qui aurait été bénévole. Et pour le souligner, il déclare que Jake lui a dit qu'il se serait souvenu d'une Afro-Américaine travaillant pour lui en qualité de volontaire.

— Et tu es certaine de ne pas lui avoir dit que Laura était noire.

— Exact. Et après, quand il est passé au centre hier, Jake m'a dit la même chose : il se serait rappelé une Afro-Américaine dans son équipe de campagne.

Bosch acquiesça d'un signe de tête. Avant qu'il ne parte pour l'aéroport, Ballard lui avait effectivement dit avoir été avertie que Pearlman s'était mis en route pour rendre une visite surprise à l'unité.

— Hastings aurait-il pu deviner tout seul que Laura était noire ?

— Tout est possible, mais moi, je ne le lui ai pas dit et j'en suis sûre.

— En dehors de ça, comment s'est passée cette visite surprise ?

— Pearlman et son entourage sont restés une trentaine de minutes max. Je leur ai fait faire le tour des lieux, ils ont filmé des trucs et j'ai eu environ cinq minutes avec Pearlman pour lui poser des questions sur Laura. Et justement, il y a autre chose : Hastings n'a pas arrêté de nous interrompre pour nous dire que Jake avait un emploi du temps serré et qu'il fallait qu'il parte. Encore un signe comme quoi il essaie de bloquer l'enquête. Il ne voulait très clairement pas que je pose des questions à Pearlman.

Rien qu'à l'urgence qu'il entendait dans sa voix, Bosch devina qu'elle planait à l'adrénaline. Et lui aussi commençait à la sentir monter en lui.

— Harry, dit-elle, qu'est-ce que t'en penses ? Et on fait quoi ?

— C'est simple. On récolte son ADN, c'est bien à ça que tu penses, non ? S'il y a correspondance, c'est *game over* et on lui passe les menottes.

Elle acquiesça.

— On y va en douceur, reprit-elle. Son ADN, on le recueille subrepticement. Personne ne doit être au courant. Rawls balance tout à Hastings et plus il y aura de gens qui savent, plus il y aura de chances que ça tourne mal. C'est pour ça que je voulais te voir hors du centre.

— Compris, dit-il.

Ils gardèrent tous les deux le silence un bon moment avant que Bosch ne reprenne la parole.

— Je m'en charge.

— De quoi ?

— De suivre Hastings et de prélever son ADN.

— Tout seul ?

— Toi, tu ne peux pas le faire. Tu dois diriger l'unité et Hastings te connaît. Moi, non : je n'étais pas là lors de la visite surprise. Je vais le surveiller et relever son ADN. Et s'il y a correspondance, on lui joue la comédie. On le fait venir pour le mettre au courant des derniers développements de l'affaire et on lui fait dire qu'il ne connaissait pas Wilson et ne s'est jamais rendu chez elle, tout ça enregistré comme il faut.

— Bon. Ça me paraît bien. Mais comment je vais lui expliquer que tu n'es pas là à travailler l'affaire à ton poste ? Quand tu ne te pointeras pas, les autres me demanderont pourquoi.

— Il faudra les feinter eux aussi. J'ai le pin's. Je te l'apporte et toi, tu pètes les plombs parce que je suis allé à Chicago sans ta permission. Et comme tu as déjà montré que tu n'as peur de renvoyer quelqu'un chez lui quand il merde…

Ballard marqua une pause pour se passer ce scénario dans la tête.

— Tu sais que ça pourrait marcher, dit-elle.

— Minute. Masser sait que tu m'as envoyé à Chicago.

— Mais il n'est pas là. Il avait quelque chose à régler et il est parti.

— Alors allons-y. Je veux m'occuper d'Hastings avant qu'il ne parte en week-end.

— Il y a encore autre chose.

— Quoi ?

— Quand ça a commencé à se mettre en place pour Hastings, j'ai effectué une recherche sur lui. Pearlman a un site web pour ses électeurs, dont une partie consacrée à son équipe. Photos, mini-biographies, étendue de leurs tâches, tout y est. La bio d'Hastings en fait un ancien combattant invalide et j'ai tout de suite pensé au sang dans l'urine et au cancer. Et Kramer m'a dit que lorsqu'il s'est joint à la première campagne, Hastings venait tout juste de quitter l'armée.

Bosch réfléchit. Cela pouvait conduire à une autre façon de relier Hastings à l'affaire.

— Je connais un gars aux Archives militaires de Saint Louis, dit-il. Il pourrait nous sortir son dossier pour qu'on voie ce qu'il y a dedans.

— Et donc, tu te charges aussi de ça ? lui demanda Ballard.

— Je pense que tout ce qui concerne Hastings doit être géré hors du centre.

— Oui.

— Autre chose ?

— C'est tout pour l'instant.

— Alors retourne à l'Ahmanson et moi, je m'y pointe après, tranquille. Je m'installe et je commence par appeler Saint Louis. On a une date de naissance pour Hastings ?

— Je vais te l'envoyer. Je l'ai sortie du DMV aujourd'hui parce que je voulais avoir son adresse personnelle.

— Le type des smokings t'a-t-il dit dans quelle branche de l'armée était Hastings ?

— Il m'a juste dit qu'il était dans l'armée.

— Je dirai à mon contact de partir de là.

Ballard baissa les yeux sur son portable et y lut la date de naissance de Hastings. Après l'avoir envoyée à Bosch, elle releva la tête et regarda par le pare-brise. Le centre commercial s'étendait devant elle, complètement à l'abandon.

— C'est quoi, le problème de ce truc ? demanda-t-elle.

— C'est abandonné depuis plus de vingt ans. Quand les boîtes d'aérospatiale ont déménagé d'ici et de LAX, tout a été très dur. Ils ont fermé le centre et depuis, il est là, complètement vide. On s'en sert dans des films.

— C'est bizarre… un grand centre commercial tout vide comme ça.

— Ouais.

— Je te retrouve à l'Ahmanson.

— J'y serai.

Elle mit en prise et traversa le parking vide pour rejoindre la sortie.

Bosch prit son portable, et y chercha le numéro de Gary McIntyre, un enquêteur du NCIS[1] au National Personnel Records Center du Missouri. Il l'avait déjà

1. Le Naval Criminal Investigative Service est un service d'enquêtes criminelles de la marine.

contacté pour plusieurs affaires au fil des ans et savait qu'il serait d'accord pour l'aider s'il y était toujours.

Ce fut une femme qui lui répondit.

— Pourriez-vous me passer Gary McIntyre ? lui demanda Bosch.

— Gary est parti, lui répondit-elle. Enquêtrice Henic à l'appareil. Que puis-je faire pour vous ?

— Harry Bosch, LAPD. D'habitude, je m'adresse à Gary et j'ai besoin du dossier d'un type suspecté d'un double meurtre.

— Ça fait longtemps que Gary n'est plus ici. C'est quoi, votre nom, déjà ?

— Harry Bosch.

— Laissez-moi vérifier que vous êtes bien dans les contacts qu'il nous a laissés.

— Je devrais y être.

Il l'entendit taper sur un clavier, puis il y eut quelques instants de silence avant qu'elle lui rapporte ce qu'elle avait trouvé.

— Je vous ai trouvé, mais comme inspecteur au commissariat de San Fernando.

— J'y ai passé deux ou trois ans, puis je suis revenu au LAPD. Où je travaille aux Affaires non résolues.

— Qu'est-ce que je peux faire pour vous ? répéta-t-elle.

— Je voudrais le dossier d'un certain Nelson Hastings. Date de naissance : 16 mars 1976.

— OK, c'est noté.

Venait le moment compliqué. Bosch, qui avait besoin du renseignement plutôt maintenant que plus tard, allait devoir la jouer fine.

— Vous m'avez bien dit vous appeler Henic ? demanda-t-il. Je voudrais mettre à jour mes contacts.

— Oui, monsieur, répondit-elle.

— Vous pourriez m'épeler votre nom ? Je veux être sûr de ne pas me tromper.

— Hotel-Echo-November-India-Charlie.

— Merci. Et votre prénom ?

— Sarah, avec un h.

— Et donc Sarah avec un h, de quel délai parlons-nous pour ça ? Je suis pressé.

— Eh bien, vous êtes déjà dans la liste et en général, nous nous occupons des gens au fur et à mesure de leurs appels. Vous êtes pressé à quel point ?

— Si nous ne nous trompons pas sur ce type, c'est un tueur en série et il faut qu'on l'arrête avant qu'il assassine quelqu'un d'autre. J'ai besoin de ses antécédents militaires pour voir si on l'a à tel ou tel endroit à tel et tel autre moment. Dès qu'on a ça, on peut commencer à resserrer le filet et le virer du paysage avant qu'il ne fasse du mal à quelqu'un d'autre. Personne n'a envie d'avoir ça sur la conscience si vous voyez ce que je veux dire.

Il y eut un instant de silence avant qu'elle ne réagisse.

— Je vois, oui, dit-elle enfin. Donnez-moi vingt-quatre heures et je reviens vers vous. Gary avait votre numéro et votre adresse mail. Ils sont toujours bons ?

— Toujours, répondit Bosch. Et donc... demain, c'est samedi. Vos vingt-quatre heures courent jusqu'à lundi ou vous pensez pouvoir me dire quelque chose demain ?

— Demain, je suis de service et vous devriez avoir de mes nouvelles.

— Mille mercis, Sarah avec un h.

Il raccrocha, mit le contact et traversa le parking pour rejoindre l'Ahmanson Center.

Chapitre 25

Ballard était de retour à son poste de travail et rédigeait des notes sur sa conversation avec Kramer lorsque Bosch passa derrière son fauteuil et déposa son sachet à éléments de preuve contenant le pin's de campagne sur son bureau.

— C'est quoi ? demanda-t-elle.

— Un élément de preuve. Faut que tu donnes ça au labo des empreintes aussi vite que possible.

— Je sais bien ce que c'est, mais… comment l'as-tu obtenu ?

— Comme je ne voulais pas attendre que les rouages de la bureaucratie se mettent enfin à tourner, je suis allé à Chicago et je l'ai récupéré moi-même.

— Tu es allé à Chicago ? dit-elle en haussant la voix.

— C'est ce que je viens de te dire.

Ballard jeta son stylo sur son bureau. Avec le ton qu'elle avait pris, elle était certaine d'attirer l'attention.

— Harry, tu me suis ! lança-t-elle en se levant et se dirigeant vers la salle d'interrogatoire pour une petite conversation en privé.

Bosch s'exécuta, tête baissée comme un condamné. Ils entrèrent dans la pièce et Ballard en referma bruyamment la porte. Et porta tout de suite la main à sa bouche pour étouffer un rire.

— C'était génial ! Ils nous regardaient tous ! s'écria-t-elle.

— Bon, mais faut que tu passes ce pin's à la Scientifique, dit-il.

— Je le ferai. Tu as appelé ton type à Saint Louis ?

— Oui, mais il n'y est plus. C'est une femme qui l'a remplacé. Je lui ai parlé et elle a promis de me rappeler sous vingt-quatre heures. Nous verrons. Mon type, lui, aurait tout lâché pour moi et il me faisait assez confiance pour ne pas censurer des trucs. On verra bien pour la nouvelle.

— OK. Tu me tiens en courant. Tu es prêt à regagner ton poste ?

— Oui. Mais tu ne crois pas que tu devrais hausser la voix encore un coup ?

Elle sourit et porta de nouveau la main à sa bouche avant de se remettre à rire.

— Et maintenant, tu rentres chez toi ! cria-t-elle assez fort pour qu'on l'entende de l'autre côté de la porte. Tout de suite !

Bosch acquiesça d'un hochement de tête et murmura :

— Ça devrait suffire.

Il ouvrit la porte, toujours dans son rôle de condamné. Ballard le regarda longer son poste de travail et se diriger droit vers la sortie. Elle hocha la tête comme si elle n'en pouvait plus de frustration après une telle infraction au règlement.

Dès qu'il eut disparu, elle regagna son bureau et glissa son ordinateur portable et le sachet à éléments de preuve dans son sac à dos. Elle savait qu'Hatteras l'observait.

— Colleen, dit-elle, si quelqu'un me demande, dites-lui que je suis partie au labo du centre-ville.

— OK, lui répondit Hatteras. Vous allez revenir ?

— Probablement pas.

— Je voulais vous parler de la GGI.

— Vous avez établi un lien ?

— Non, pas encore.

— Bon, alors on verra où vous en êtes lundi matin. Je dois aller au labo. (Hatteras fronça les sourcils : elle voulait ce moment à elle.) Peut-être qu'il y aura une avancée d'ici là, Colleen. On en parle lundi matin à la première heure.

— Bien, mais... Vous venez de virer Bosch ? laissa-t-elle échapper.

— Je ne sais pas encore, répondit Ballard, ravie de voir que la scène de la salle d'interrogatoire avait marché.

— Je pense qu'il veut bien faire, dit Hatteras. Je le sens.

— Peut-être, mais il va falloir qu'il fasse preuve d'esprit d'équipe, ou il dégage.

— Je suis sûre qu'il le fera. Et je sens qu'il le sait.

— Bon, OK.

Ballard passa une bretelle de son sac sur son épaule et regarda tous les autres à leurs postes. Ils avaient baissé la tête et faisaient semblant d'être plongés dans leur travail et de ne pas avoir entendu l'escarmouche avec Bosch.

— Salut tout le monde, lança-t-elle. Je voulais juste vous dire que j'apprécie toutes les heures et tous les jours que vous m'avez donnés cette semaine. C'est bien au-delà de ce qu'il faut et sachez que ç'a été remarqué. Bonne soirée à tous.

Sur quoi elle tourna les talons et se dirigea vers la sortie.

Chapitre 26

Bosch se gara le long du trottoir de Los Angeles Street, à un demi-pâté de maisons du parking de City Hall. Ballard avait vérifié la carte grise de Nelson Hastings à l'ordinateur du DMV et lui avait transmis les identifiants et numéro de plaque de son véhicule personnel. Malheureusement pour lui, il attendait donc une Tesla noire Model 3 de 2020 et avait bien conscience que couleur, marque et modèle, ce qu'il cherchait était très courant dans les rues de L.A. Il allait donc devoir confirmer qu'il avait la bonne voiture en vérifiant le numéro de chaque plaque, en avait déjà suivi deux qui sortaient du garage et ne les avait rattrapées que pour mieux avoir à les éliminer.

Il était maintenant 18 h 40. Cela faisait deux heures qu'il planquait et il avait peur d'avoir loupé la sortie d'Hastings. Il prit son portable, effectua une recherche internet et lança un appel. Ce fut une femme qui lui répondit.

— Bureau du conseiller Jake Pearlman, comment puis-je vous aider ?

— Nelson est encore là ? lança-t-il d'un ton assez désinvolte pour suggérer qu'il ne connaissait que lui.

— Oui, il est là, mais il est en réunion avec le conseiller, répondit-elle. Pourriez-vous me donner votre nom et me dire de quoi il s'agit ?

— Euh, c'est juste pour un problème de feu rouge. Il est au courant. Je le rappellerai lundi.

Il raccrocha. Au moins savait-il qu'il n'avait pas raté sa voiture. Il s'installa pour une attente encore plus longue et garda un œil sur son rétro extérieur : un flic de la circulation lui avait déjà dit une fois qu'il se trouvait dans une zone de stationnement interdit et qu'il devait dégager.

Vingt minutes de surveillance plus tard, il reçut un coup de fil et reconnut l'indicatif 208 de Coeur d'Alene, Idaho. Il accepta l'appel.

— Bosch, dit-il.

— Dubose à l'appareil. Vous m'avez laissé un message.

— En effet. Et mon associée vous en avait laissé deux avant moi. Être à la retraite vous prend tellement de temps que vous ne prenez même pas la peine de rappeler quelqu'un de votre ancien service de police ?

— Rien à foutre de mon ancien service de police, Bosch. Il n'en a jamais eu rien à foutre de moi non plus et je rappelle quand je veux. Qu'est-ce que vous voulez ?

— Résoudre l'affaire Laura Wilson.

— On y a travaillé dur, mais y a des fois où les pistes ne mènent nulle part. On n'a jamais résolu l'affaire, fin de l'histoire.

— Pas pour la famille : pour elle, l'histoire n'a jamais de fin.

— Ouais, et c'est dommage. Mais tout ce qu'on a fait et tout ce qu'on a appris sur l'assassinat est dans le livre du meurtre et j'ai rien à ajouter. Salut.

— Ne raccrochez pas.

— Je ne peux pas vous aider, Bosch.

— Ça, vous ne le savez pas. Vous ne le saurez que lorsque vous m'aurez entendu. Il y a eu un autre assassinat.

Dubose garda le silence et Bosch attendit.

— Quand ça ? demanda enfin Dubose.

— Vingt ans avant celui de Laura, en fait. On vient d'établir le lien par l'ADN.

— Où ?

— Division d'Hollywood. Dans le bas de son secteur, comme Wilson.

— Une femme noire ?

— Non, blanche. Ça change quelque chose ?

— Non, j'essayais juste d'avoir les détails.

— Pensiez-vous que sa couleur de peau avait quelque chose à voir dans l'assassinat de Wilson ?

— Pas que nous sachions.

— Cela a-t-il compté dans l'enquête ?

— Qu'est-ce que vous êtes en train de me dire, Bosch ?

— Rien. Je ne fais que poser des questions. Dites-moi quelque chose qui ne figurerait pas dans le livre du meurtre.

— Y a rien de tel.

— Il y a toujours quelque chose. Des rapports qui n'ont pas été rédigés, des impasses non expliquées.

Pourquoi n'avez-vous pas suivi la piste du sang dans les urines ?

— Du quoi ?

— Vous avez bien entendu. Vous avez extrait l'ADN du sang des urines. Ce qui voulait dire que le sujet était malade, sauf qu'il n'est mentionné aucune enquête de suivi là-dessus dans le livre du meurtre.

— Vous vous foutez de moi ? Qu'est-ce qu'on était censés faire ? Ça aurait pu vouloir dire n'importe quoi. Un bon coup de poing dans le ventre vous colle du sang dans la pisse. On aurait dû courir tous les hôpitaux et centres de dialyse de la ville pour leur dire : « Bon et maintenant, on veut la liste de tous vos patients ? » Allez vous faire foutre, Bosch ! On a fait ce qu'il fallait et…

— Nelson Hastings. Ce nom a-t-il jamais fait surface ?

— Nelson… quoi ?

— Hastings. Son nom ne figure pas dans le livre. Il avait dans les trente ans à l'époque et il venait de quitter l'armée. Ce nom vous dit-il quoi que ce soit ?

— Non, jamais entendu parler de ce type.

— Pensez-vous que vous vous en souviendriez s'il était apparu ?

— S'il était apparu, son nom serait dans le livre. On n'a rien laissé en plan. On a terminé ?

— Oui, bien sûr, Dubose. On a terminé.

— Parfait.

Et Dubose raccrocha.

Durant tout l'appel, Bosch n'avait pas lâché la sortie du garage des yeux et n'avait toujours pas vu une seule Tesla noire en sortir. Il commença à se repasser sa conversation avec Dubose. Qu'il ait parlé d'aller faire un tour dans tous les hôpitaux et centres de dialyse de la ville prouvait que lui et son coéquipier avaient probablement envisagé d'explorer cette voie avant de la rejeter. Sa colère contre Bosch avait sans doute pour origine la culpabilité de ne pas l'avoir suivie. La pierre qu'on n'a pas retournée… Bosch savait que les enquêteurs en ressentent une culpabilité et des regrets jusque dans la tombe.

Il était sur le point d'appeler Ballard pour lui parler de l'appel de Dubose lorsqu'il vit toute une file de voitures sortir rapidement du garage de City Hall, la troisième du lot étant une Tesla noire. Il reposa son portable, déboîta et la prit en chasse. Il y avait un feu au croisement de la 1re Rue, il l'y rattrapa et vérifia le numéro de la plaque. C'était bien le véhicule de Hastings, mais les vitres étaient trop teintées pour qu'il puisse confirmer que le chauffeur était l'homme dont la photo se trouvait sur la page web consacrée à l'équipe du conseiller.

La Tesla prit à droite dans la 1re Rue et fila vers le nord, loin du centre-ville, son conducteur choisissant les voies de surface plutôt que le Hollywood Freeway engorgé à cette heure de pointe. Suivre un véhicule à une voiture de distance est toujours difficile, surtout au volant d'une Cherokee vieille de trente ans avec une forme carrée reconnaissable entre toutes. Bosch se tenait aussi loin que possible, mais il savait qu'un seul feu rouge suffirait à lui faire perdre Hastings. Il avait bien eu son adresse personnelle par Ballard, mais il espérait qu'à un moment donné, Hastings ferait une pause et laisserait de l'ADN sur une tasse de café, un emballage de nourriture ou une croûte de pizza. Les cellules de peau qu'on perd contenant tout ce qu'il faut d'ADN, la seule chose qu'il aurait à faire pour qu'on puisse le recueillir serait de tenir un objet dans sa main et de le laisser en partant.

La Tesla finit par monter jusqu'à Sunset Boulevard, puis se dirigea vers l'ouest et le soleil couchant. D'après les infos que Ballard lui avait communiquées, Bosch savait qu'Hastings habitait dans Vista Avenue, près de l'entrée de Runyon Canyon Park, et fut déçu de constater qu'Hastings semblait rentrer directement chez lui. Cela voulait dire qu'il n'y aurait probablement pas d'ADN à collecter ce soir-là.

Mais c'est alors que la Tesla dépassa Vista Avenue sans prendre le virage. Et que quelques pâtés d'immeubles plus loin, elle se gara le long du trottoir de l'Almor Wine & Spirits, un magasin de vins et spiritueux. Bosch s'arrêta lui aussi, un demi-pâté d'immeubles plus bas, et regarda un type sauter de son véhicule et entrer vite dans la boutique. Bosch se gara dans le parking du côté où le conducteur de la Tesla ne pourrait pas voir sa voiture en sortant. Il se mit une casquette des Dodgers sur la tête, descendit de la Cherokee et entra dans le magasin à son tour. Sa casquette lui assurerait un peu de camouflage, mais il espérait surtout qu'Hastings ne l'ait jamais vu avant ou n'ait pas cherché une photo de lui lorsque Ballard lui avait parlé de sa dernière recrue à l'unité des Affaires non résolues. Cela étant, même s'il en avait trouvé une, ça en aurait été une vieille sortie de son dossier LAPD.

Une fois dans les lieux, Bosch put confirmer que le chauffeur était bien Hastings et fut soulagé de ne pas avoir raté sa surveillance.

Hastings étudiait les vins rouges. Bosch s'avança et alla se planter devant un étalage de blancs, par-dessus lequel il vit Hastings se saisir d'une bouteille pour en lire l'étiquette. Puis il la reposa sur son étagère et s'empara d'une autre. En lut aussi l'étiquette, donna l'impression d'être satisfait, se retourna et gagna la caisse.

Bosch nota l'emplacement de la première bouteille qu'avait manipulée Hastings. Il pourrait revenir la prendre plus tard, mais il voulait d'abord continuer à suivre Hastings et quitta le magasin pour regagner sa voiture.

Il savait qu'il y avait toutes les chances qu'Hastings reprenne tout simplement le chemin de son domicile pour y attaquer le week-end avec une bonne bouteille, mais il ne pouvait pas courir le risque de le perdre si ce n'était pas le cas. Il était important de savoir où se trouverait Hastings si la décision était prise de le confronter, voire de l'arrêter pendant le week-end. Bosch devait poursuivre sa filature.

Quelques minutes plus tard, Hastings quitta le magasin en tenant sa bouteille par le goulot et sauta dans sa voiture sans un seul regard pour Bosch, celui-ci ne voyant que l'arrière de la Tesla après le coin du magasin. Dès que celle-ci disparut au moment où Hastings se fondait à nouveau dans la circulation, Bosch sortit du parking et le suivit.

Hastings ne rentra pas chez lui, mais continua vers l'ouest dans Sunset Boulevard, traversa Fairfax Avenue et Crescent Heights, puis parcourut lentement tout le Strip jusqu'à Sunset Plaza avant de reprendre vers les collines dans le Nord. Enfin il tourna dans St Ives Street et se gara aussitôt le long du trottoir devant une maison.

Bosch longea la rue, dépassa plusieurs autres demeures avant de faire demi-tour et de redescendre doucement jusqu'au coin de la voie. Il se positionna dans un endroit où il voyait en partie la Tesla et l'entrée de la bâtisse devant laquelle il s'était garé. Il attendit, regarda, mais Hastings ne descendant pas de son véhicule, il se demanda si ce n'était pas une astuce lui permettant de voir s'il était suivi.

Mais la porte du garage de la maison commença à s'ouvrir et Bosch vit une voiture remonter Sunset Plaza son clignotant allumé. Il abaissa vite son pare-soleil et se frotta le front en le cachant d'une main tandis que juste devant lui, le véhicule entrait dans Saint Ives Street. Il se concentra sur la plaque d'immatriculation au moment où la voiture passait devant lui pour entrer dans le garage. Hastings descendit de la Tesla et, sa bouteille de vin à la main, se dirigea lui aussi vers le garage. Il y entra, la porte se refermant derrière lui quelques instants plus tard.

Bosch attrapa vite un bloc-notes et un crayon dans sa console centrale, nota le numéro de plaque de la voiture inconnue et appela Ballard.

— Harry, dit-elle.

— Où es-tu ?

— Chez moi. Quoi de neuf ?

— Tu pourrais vérifier un numéro de plaque ? Hastings n'est pas rentré chez lui. Il s'est acheté une bouteille de vin et l'a emportée jusqu'à une maison de Sunset Plaza, où j'ai vu une voiture entrer dans le garage et j'ai relevé sa plaque.

— Donne-la-moi et je te rappelle.

Bosch raccrocha après lui avoir lu le numéro. Il regarda la maison et ne vit aucun signe d'activité derrière les rideaux tirés. Son instinct lui disait qu'Hastings se préparait à un petit dîner romantique et passerait probablement la nuit à cette adresse. Bosch savait aussi qu'il n'était pas impossible que Ballard lui demande de continuer sa surveillance jusqu'au matin, peut-être même tout le week-end durant.

Il se rappela qu'il y avait une boîte de location de voitures près de la librairie Book Soup. Il en chercha les coordonnées avec son portable et téléphona pour réserver une voiture : il savait que ce serait tenter le diable que de continuer à suivre Hastings avec une Cherokee vert chasseur de 1992. Il fallait faire plus moderne.

Ballard l'avait appelé pendant qu'il était au téléphone avec le loueur de voitures et il ne lui avait pas répondu. Il la rappela après avoir confirmé sa réservation.

— La maison dont tu me parles est bien dans St Ives Street ? lui demanda-t-elle.

— Oui. Qu'est-ce que tu as trouvé ?

— La carte grise est au nom de Rita Ford. C'est la conseillère politique de Pearlman. Petite, blanche, longs cheveux noirs… C'est elle ?

— Je ne l'ai pas vue parce qu'elle est entrée tout de suite dans son garage. J'ai juste eu son numéro de plaque.

— On dirait bien qu'on a une petite relation au travail et je me demande si Pearlman est au courant. Ça pourrait lui péter au nez si jamais ça tournait de travers ou si c'était révélé au public.

Bosch n'y alla d'aucune opinion. Il n'avait rien à faire de quelque chose qui, pour lui, se réduisait à des commérages.

— D'instinct, reprit-il, je dirais qu'il va y passer la nuit. Il pourrait rentrer chez lui plus tard, mais je ne pense pas qu'il le fera. Pas s'ils s'éclusent une bouteille de vin.

— Bien vu, dit-elle.

— Bon alors, tu veux que je reste ou que je reprenne demain matin ? Je viens de louer une voiture et ça changera tout, si ma Cherokee t'inquiète.

— Malin, ça. Mais c'est à toi de voir. Tu peux partir si tu veux.

— Je l'ai vu tenir une bouteille de vin au magasin. Je pourrais retourner la prendre et te la laisser pour que les types du labo y cherchent une empreinte de paume demain matin.

— Waouh ! Ah, oui ! Va me chercher cette bouteille, Harry, et espérons que personne ne t'aura coiffé au poteau.

Il hésita un instant, puis il mit des mots sur quelque chose qu'il envisageait.

— Et tu sais, dit-il, vu qu'il est là avec elle…

Il s'arrêta.

— Quoi ?

— Je pensais à sa maison à lui. Peut-être que je pourrais essayer de voir s'il n'y a pas des trucs dedans.

— Harry, non, n'y pense même pas. Tu n'es plus détective privé et nous devons faire ça dans les règles, et il y en a pour la collecte subreptice d'éléments de preuve. L'article collecté doit avoir été jeté sur la voie publique. Tu n'entres pas dans cette maison, et je ne plaisante pas.

— Et si je ne faisais que passer et jetais un coup d'œil dans ses poubelles ? D'après les tribunaux, on peut le faire avec les déchets.

— Seulement s'ils sont sur la voie publique. Et donc non, Harry, ne t'approche pas de sa maison et je veux t'entendre me dire que tu ne le feras pas.

— Je ne passerai pas devant sa maison, OK ? C'était juste une idée.

— Mauvaise.

— D'accord. Et donc, tu seras chez toi ? Je vais aller chercher cette bouteille de vin.

— J'y serai.

Vingt-cinq minutes plus tard, Bosch se garait devant le complexe d'appartements de Ballard à Los Feliz. Elle l'attendait dans la rue parce qu'il l'avait avertie de son arrivée. Elle avait Pinto, son chien, en laisse à côté d'elle.

Bosch lui tendit la bouteille de Portlandia pinot noir par sa vitre. Elle était emballée dans un sac en papier de l'Amor Wine & Spirits.

— Dis-leur qu'il pourrait y avoir une empreinte sur l'étiquette de devant, lui lança-t-il. Il tenait la bouteille dans la paume de sa main en lisant celle au dos.

— Compris.

Elle ouvrit le sac en papier, en sortit la bouteille par le goulot et l'examina.

— Ça n'a pas l'air mal du tout, dit-elle.

— Et comment ! lui confirma-t-il. Mais c'était trop cher pour lui. Il a acheté quelque chose un cran en dessous.

— Rita Ford ne vaut donc pas le premier choix… Je me demande si elle le sait.

— Ce ne serait pas le premier truc qu'elle ignore à son sujet.

— Merci, Harry. Je vais voir qui est de service demain matin et je l'emporte là-bas tout de suite. Peut-être qu'ils auront déjà quelque chose sur le pin's à ce moment-là.

— Tiens-moi au courant.

— Et j'ajoute la bouteille à ta note de frais, dit-elle en souriant.

Il acquiesça d'un hochement de tête.

— C'est ça, ajoute-la.

Elle recula et Bosch s'éloigna.

Il se trouvait dans le quartier de sa fille, il décida de passer devant chez elle, même s'il pensait qu'elle n'avait pas fini son service de jour. La petite maison qu'elle partageait avec son copain était plongée dans le noir. Il resta au point mort quelques instants, se remit en route et sortit son portable pour l'appeler.

Il tomba sur la boîte vocale.

— Hé, Mads ! Je voulais juste te dire que je suis de retour à L.A. et que je serai dans les parages si tu as besoin de quoi que ce soit ou envie de prendre un petit café ou une bière, ou de dîner avec moi. Prends bien soin de toi. Je t'aime fort.

Il raccrocha en sachant qu'elle ne le rappellerait probablement pas et ne le prendrait pas au mot pour ses invitations. Il continua de s'enfoncer dans la nuit.

Chapitre 27

Ballard monta dans la voiture, abaissa sa vitre et se calma.

— Merde, dit-elle.

Elle sortit son portable et appela Bosch. Il décrocha aussitôt, elle entendit des bruits de circulation en arrière-plan.

— Harry, c'est moi. Où es-tu ?

— Dans ma voiture de location, je file Hastings. Il va à City Hall.

— À City Hall… Tu es sûr ? On est samedi.

— Je n'en serai sûr que lorsqu'il y sera, mais il a l'air de descendre en centre-ville. Il est parti de chez Rita vers 8 heures, est rentré chez lui et en est ressorti un peu plus tard. Tenue relax du samedi.

— Ce qui veut dire ?

— Veste, chemise habillée, mais pas de cravate.

— Pas d'autres arrêts ?

— Pas pour l'instant. Des nouvelles du labo ?

— Je viens juste d'en partir. Et ce n'est pas bon.

— Pas d'empreintes sur le pin's ?

— Si, il y en a une. Mais c'est celle de Laura Wilson.

— D'accord. Et pour la bouteille de vin. Tu as…

— Ça a bavé. Inutilisable.

— Et côté ADN ?

— Je viens de donner le pin's et la bouteille au labo de sérologie. Darcy est de repos, mais je l'ai appelée. Elle m'a dit qu'elle allait passer pour l'écouvillonnage. Mais ne t'emballe pas. Elle m'a dit qu'on avait eu de la chance avec l'empreinte de paume sur l'appui de fenêtre parce que le gars devait être nerveux et beaucoup transpirer et je doute fort qu'Hastings ait sué comme une vache en choisissant une bouteille de vin.

Bosch ne réagit pas.

— Harry ? Toujours là ?

— Oui, je réfléchis. Comme tu ne veux pas qu'on fouille dans ses poubelles avant qu'il les mette sur le trottoir, peut-être qu'on devrait le faire venir.

— Quoi ? Pour l'arrêter ? On n'a rien contre lui.

— Non, le faire revenir à l'Ahmanson. Je ne sais pas, moi… On invente quelque chose et on lui dit qu'on a besoin qu'il revienne pour nous mettre au courant.

— Et tu penses qu'il va courir jusqu'à Westchester un jour de congé.

— Tu lui dis qu'il doit s'y présenter en personne parce qu'on a découvert quelque chose de délicat sur le conseiller et comme on sait que sa priorité n° 1 est de protéger Pearlman… Il viendra et nous, on l'installe dans un fauteuil et on aura ses empreintes de paumes quand il se relèvera. On lui prépare une tasse de café avec des amuse-gueules et un paquet de chewing-gum sur la table. On lui colle un document ou un autre à lire, pas à garder. Tu vois le genre, on joue la comédie jusqu'à ce qu'il s'en aille et avec de la chance on récupère une empreinte et son ADN.

Ballard réfléchit quelques instants.

— Qu'est-ce que tu en penses ? la pressa Bosch.

— Ça pourrait marcher, mais il saura tout de suite si on lui raconte des conneries. Il faut trouver quelque chose d'assez important pour le faire sortir de sa coquille, et il faudra aussi qu'il croie ce qu'on lui raconte.

— Tu m'as bien dit qu'Hastings et le type des smokings ne se parlaient pas, hein ?

— Kramer. Et oui, ils ne se parlent plus depuis des années. Hastings l'a viré de l'univers de Pearlman et Kramer en est toujours amer.

— OK, c'est donc là-dessus qu'on monte notre histoire. À partir de quelque chose que t'a dit Kramer. Une accusation ou seulement un truc politique qui ferait du mal à Pearlman si jamais ça se savait. Et là on concocte une déclaration sous serment de Kramer.

Ballard acquiesça en hochant la tête alors même qu'ils se parlaient au téléphone.

— Et il y a peu de chances qu'Hastings vérifie avec Kramer vu qu'ils ne se parlent pas, reprit-elle. On pourrait lui raconter que Kramer a gardé des documents de la première campagne et qu'il y a quelque chose qui relie Pearlman à Laura Wilson. Une note, un message téléphonique, n'importe quoi. On y réfléchit à fond avant de se revoir.

Elle mit le contact et reprit le chemin de l'autoroute 10.

— Tu t'en occupes ? lui demanda Bosch.

— Je vais essayer de le faire venir à l'Ahmanson aujourd'hui même. Et ça tombe bien que ce soit un samedi. Il n'y aura personne autour et je lui dirai qu'il faut garder ça entre nous.

— Mais… et s'il veut que ce soit toi qui ailles le voir ? C'est quoi, notre position de repli ?

— Je lui dis non, c'est tout. Et un samedi, Pearlman pourrait vouloir passer. D'où, uniquement à l'Ahmanson. Et s'il renâcle, je lui propose une cafète. Où j'arriverai en retard de sorte qu'il ait commencé à boire son café et jette sa tasse quand on aura fini de parler.

— Bien. Il vient juste d'entrer dans le garage de City Hall. Tu veux que je lui colle aux fesses au cas où il ressortirait ?

— Non, retrouvons-nous à l'Ahmanson pour travailler notre histoire. Et organiser le rendez-vous.

— Je ne pense pas qu'il m'ait vu le suivre. Mais juste au cas où, il vaudrait mieux que je ne participe pas à ta réunion avec lui. J'attendrai.

— C'est ça : on joue la sécurité.

— D'accord, à tout à l'heure.

Ballard raccrocha. Elle mit quarante minutes pour traverser le centre-ville, en sortir et gagner Westchester. Lorsque enfin elle arriva à son poste, elle découvrit Colleen Hatteras assise au sien.

— Mais Colleen, s'écria-t-elle, on est samedi ! Qu'est-ce que vous faites ici ?

— Je voulais juste travailler là-dessus avant la mise à jour de lundi.

— Quelle mise à jour ?

— Vous vous rappelez qu'on doit se retrouver dès le début de la matinée pour parler de la GGI dans l'affaire Pearlman-Wilson, non ?

— Ah, oui !

— Et vous, qu'est-ce que vous faites ici ?

— Du boulot, rien de plus. J'ai dû passer au labo ce matin et je voulais rédiger un ou deux rapports et vérifier des trucs. Je vais me prendre un café et on pourra parler de votre GGI. Et après, je vous mets dehors pour que vous puissiez profiter de votre week-end.

— Euh, d'accord. J'aurais probablement eu plus de renseignements lundi, mais aujourd'hui, ça ira aussi. Comment ça s'est passé au labo ? Des bonnes nouvelles ?

— Non, pas de bonnes nouvelles. C'est pour ça que j'espère que la GGI nous aidera.

— Et Harry ? Il va revenir ?

— En fait, oui. Je lui ai parlé et il voit plus clair. Tout va bien maintenant.

— OK. Je l'aime bien, moi. C'est une bonne âme.

— Oui. Je reviens. Préparez ce que vous voulez me montrer.

Ballard laissa son sac à dos sur le sol à côté de son fauteuil et se rendit à la salle de repos. Personne n'avait fait de café et c'était une bonne chose : cela lui donnait une raison légitime de rester loin d'Hatteras et de son poste. Elle mit une cafetière en route et sortit son portable pour envoyer un SMS à Bosch.

Attends un peu, Harry. Colleen est au bureau.
Je vais essayer de m'en débarrasser.
Je t'envoie un SMS dès que c'est bon.

Une fois la cafetière pleine, elle se servit une tasse de café et regagna son poste. Colleen lui avait déjà tiré un second fauteuil pour qu'elle puisse s'asseoir à côté d'elle et regarder son écran.

— Donnez-moi encore une minute, dit Ballard. Il faut que j'écrive un mail vite fait.

Elle sortit son ordinateur portable de son sac à dos, l'ouvrit sur son bureau et rédigea son message pour appâter Hastings en espérant que ça conduise à une rencontre en personne.

Nelson, il y a du nouveau. Je sais qu'on est samedi, mais j'ai trouvé des archives de la première campagne de JP et il y a quelque chose dont il vaudrait mieux qu'on parle.
Y a-t-il une chance que vous puissiez passer à l'Ahmanson ou qu'on se retrouve quelque part ailleurs qu'à City Hall ?
Vous me dites ?
RB

Elle relut son mail et se rendit compte que parler de City Hall lui ferait comprendre qu'elle savait qu'il y travaillait le samedi. Elle le corrigea et le lui envoya. Puis elle prit un stylo et un bloc-notes à emporter au briefing GGI avec Hatteras. Mais avant même qu'elle puisse se lever de son fauteuil, Hastings l'appelait de son portable.

— Inspectrice Ballard, lança-t-il, de quoi parlons-nous ?

— Euh, c'est que… je ne veux pas en discuter au téléphone. On peut se rencontrer aujourd'hui ?

— Aujourd'hui je travaille. Il faudra que vous descendiez en centre-ville.

— Non, je ne veux pas aller à City Hall pour ça. Il pourrait y avoir des gens autour et je ne…

— Je comprends. Je peux partir d'ici à deux heures. Vous connaissez le Grand Central Market dans Broadway ?

— Bien sûr, et je peux vous y retrouver.

— Il y a un G&B Coffee côté entrée Hill Street. On dit à 14 h 15 ?

— OK.

— Vous êtes certaine qu'on ne peut pas discuter de ça au téléphone maintenant ?

— Je n'aimerais mieux pas et vous comprendrez pourquoi.

— Bon, OK. 14 h 15 au G&B.

Il raccrocha. Ballard resta encore assise un moment et sentit monter la pression : elle avait trois heures pour inventer une histoire qui ne pousserait pas Hastings à douter de la nécessité de lui parler en face à face.

— Vous êtes prête ? lui lança Hatteras.

— J'arrive ! lui cria Ballard en se levant de son poste.

Elle s'assit à côté d'Hatteras qui avait connecté un écran LG de 28 pouces à son ordinateur portable. Cela lui permettait d'étudier plus confortablement ses arbres généalogiques et de sauter d'un graphique codé couleur à un autre affichant des chromosomes et une estimation de l'ascendance géographique de tel ou tel.

— Vous m'avez l'air tendue, dit Hatteras.

— N'essayez pas de lire dans mes pensées, Colleen ! lui renvoya Ballard, hérissée. Je ne suis pas d'humeur à ça. Contentez-vous de me dire ce que vous avez.

Hatteras acquiesça d'un signe de tête, visiblement blessée.

— Bien, dit-elle. Nous avons donc déjà parlé des bases de la GGI, d'accord ? Centimorgans, correspondances partagées, ancêtres communs les plus récents… Tout ce dont nous nous servons pour trouver des parents potentiels au porteur de notre échantillon d'ADN, OK ?

— Oui, et je n'ai rien oublié. Mais je ne suis ni généticienne ni généalogiste et donc, faites simple et dites-moi si vous avez rétréci le champ des parents possibles de notre suspect.

— Eh bien, on s'en rapproche.

Les vingt minutes qui suivirent virent Hatteras lui détailler ses découvertes et ce qu'elles pouvaient vouloir dire. Le profil ADN obtenu à partir de l'empreinte de paume de main découverte sur l'appui de fenêtre de la chambre de Sarah Pearlman avait été téléchargé dans la base de données de GEDmatch, laquelle avait généré des comparaisons avec des centaines de milliers d'autres utilisateurs de données ADN, données elles-mêmes téléchargées dans diverses plateformes spécialisées telles que 23andME, AncestryDNA, etc.

Pour l'heure, il y avait quatre correspondances avec des utilisateurs partageant de l'ADN avec l'individu qui avait laissé une partielle d'empreinte de paume de la main sur l'appui de fenêtre.

— Cela signifie que nous avons maintenant quatre pistes possibles pour notre suspect, conclut Hatteras.

Normalement, la procédure suivante serait de commencer à établir des arbres généalogiques afin de voir comment ces individus pourraient lui être reliés, mais c'est là que nous avons eu de la chance. Une de ces personnes a déjà commencé à faire le sien et nous pouvons en disposer. Et il semblerait que les trois autres individus avec correspondance y sont répertoriés. Il faut savoir que lorsqu'un utilisateur commence un arbre généalogique, il peut ou le garder pour lui ou le publier pour d'autres utilisateurs des plateformes qui pourraient le chercher. Et celui-là est public… pour le moment.

Hatteras lui montra son grand écran du doigt. En fait, un arbre généalogique génétique ressemble plus à un organigramme de corporation qu'à un arbre proprement dit. La partie « Arbre de la famille Laughlin » qu'Hatteras avait agrandie avait la forme d'un sablier composé d'icônes d'ancêtres mâles et femelles avec leurs patronymes, leurs dates de naissance et de décès, leurs lieux d'habitation et un portrait miniature pour quelques-uns. Certaines de ces icônes étaient vierges, indiquant ainsi que des parents n'avaient pas encore été identifiés sur les branches éloignées. Il s'agissait clairement d'un travail en cours qui avait calé faute de nouvelles connexions.

— Ça n'a pas l'air de nous montrer des gens de L.A., fit remarquer Ballard.

— J'ai dit qu'on avait eu de la chance, mais pas tant que ça, lui répondit Hatteras. Cet arbre nous montre une famille de colons manifestement installée dans le Middle West. On y voit des parents génétiques reconnus dans le Kansas, le Missouri, l'Ohio et d'autres endroits au milieu de tout ça. Mais ne pas renoncer pour autant, tout n'est pas perdu. Au vu des centimorgans que partagent ces individus, je dirais que nous sommes en présence de cousins germains ou issus de germains de notre suspect. Et certains de ces inconnus que vous voyez en haut de l'écran pourraient bien être ceux qui ont gagné la côte Ouest.

— Mais vous auriez dû avoir une correspondance ici, non ?

— Seulement si un de ses parents d'ici avait donné son ADN et permis qu'il soit recensé dans GEDmatch. Nous ne pouvons travailler qu'avec ce qui a été entré dans les plateformes ADN. C'est pour ça qu'avoir un lien personnel est si important. On peut alors demander si dans les histoires familiales, Untel ou Unetelle n'aurait pas entendu parler d'un grand-père ou d'un grand-oncle qui serait venu dans la région il y a longtemps.

— Et vous avez établi un contact avec l'une de ces personnes ?

— J'ai envoyé un message à quatre de ces correspondances par le portail de la GEDmatch et trois m'ont répondu. C'est vraiment bon parce que vous seriez étonnée de voir combien ne répondent pas ou ne répondent qu'une fois avant de vous éviter quand ils apprennent que vous avez des liens avec les forces de l'ordre. C'est plutôt ironique dans la mesure où sur la plupart de ces plateformes, il faut cocher une case qui autorise la police à se servir des données. Sauf que quand vous vous ramenez pour les appeler, certains vous ignorent. Ce qui fait que trois sur quatre, ce n'est pas mal du tout.

— Bon alors, ces trois qui vous ont répondu… que vous ont-ils dit quand vous leur avez parlé de la côte Ouest ?

— C'est ce que je vérifiais tout à l'heure. Pour l'instant, je n'ai obtenu qu'une réponse à cette question et c'est un non.

— Ce qui signifie ?…

— Que cette personne n'avait entendu parler d'aucun parent à Los Angeles ou en Californie. Mais elle a ajouté qu'elle allait essayer d'en trouver.

— Ça ne nous aide quand même pas beaucoup.

— En fait si, d'une certaine façon. On peut tirer des infos de ce qu'on a déjà. Ces quatre parents ADN se trouvent dans une zone géographique assez restreinte. Il n'y a pas eu beaucoup d'éparpillement dans tout le pays au fil des décennies comme c'est généralement le cas. Et ça, ça me dit que nous cherchons très vraisemblablement un parent qui a déménagé sur la côte Ouest il y a au minimum une génération ou deux de ça. Et parce que nous avons affaire à deux crimes à onze ans d'écart, j'en conclus qu'il ne s'agit pas d'un touriste, mais bien plutôt de quelqu'un qui réside ici et a des racines dans le Middle West.

— OK. Et comment la personne qui vous a répondu va-t-elle s'y prendre pour en savoir plus s'il n'y a rien sur le tableau ?

— Regardez l'arbre, c'est cette personne, Shannon Laughlin, qui m'a répondu. Et ici on voit que du côté de sa mère elle a une grand-mère encore en vie, Edith McGrath. C'est vers elle qu'elle va probablement se tourner pour lui demander si frère, cousin ou autre, elle connaît quelqu'un de sa lignée qui a déménagé dans l'Ouest.

Ballard sentit son portable vibrer dans sa poche.

— Donnez-moi une seconde, dit-elle.

Elle sortit son téléphone et consulta le message. Il émanait de Bosch.

Je suis arrivé. Ai des nouvelles de Saint Louis.
Faut qu'on cause.

Elle lui envoya vite une réponse :

Monte à la salle de repos du premier.
On s'y retrouve dans cinq minutes.

Elle rangea son portable et concentra de nouveau son attention sur Hatteras.

— Et donc, vous allez suivre la piste de la grand-mère avec Shannon Laughlin ?

— C'est ça.

— Et en attendant, la seule chose qu'on sait de manière certaine, c'est que notre suspect à des ancêtres dans le Middle West, dit Ballard en montrant l'écran.

— Correct. Et je ne vais pas lâcher le morceau.

— Mais… comment vous identifiez-vous auprès de ces gens ?

— Je leur dis que je suis généalogiste et que je travaille sur des affaires non résolues pour la police. Comme vous le savez, il y a pas mal de sentiments anti-police depuis peu et j'essaie d'y aller doucement et de rester aimable dans l'espoir de gagner leur confiance.

Pour moi, ça vaut mieux que de déclarer d'entrée de jeu que je suis du LAPD.

— Ça me semble bien. Mais n'oubliez pas que vous n'êtes effectivement pas du LAPD. Seulement une volontaire de la société civile.

— Je comprends.

— OK, Colleen, c'est du bon boulot. Continuez et avertissez-moi dès que vous avez le lien suivant.

La rencontre avec Hastings devant avoir lieu en centre-ville, Ballard ne voyait plus la nécessité de mettre Hatteras à la porte de l'Ahmanson. Elle pouvait continuer à y travailler toute la journée si elle voulait.

— Ce sera fait, dit Hatteras. Et hmm… Renée ?

— Quoi ?

— Y a-t-il d'autres développements que le reste d'entre nous devrait connaître ? Ça ressemble un peu au lycée, la façon dont vous et Harry avez formé une équipe et passez votre temps à marmonner. La bagarre d'hier, ça n'aurait pas été un petit show que vous nous auriez monté ?

— Non, Colleen, il n'y a rien d'autre que vous devriez savoir. C'est juste qu'il y a des choses dans cette affaire qui sont un rien sensibles… politiquement parlant. En plus de quoi, Harry et moi travaillant ensemble depuis plusieurs années, nous avons nos habitudes et un haut niveau de confiance mutuelle. Ça vous va ?

— Euh, oui, bien sûr. Simple curiosité. Je ne voulais pas…

— OK, bon, contentez-vous de continuer ce que vous faites et donnez-moi des résultats, Colleen. Et merci de m'avoir tenue au courant. Je vais filer.

— Je croyais vous avoir entendu dire que vous aviez des rapports à rédiger…

— J’ai changé d’avis. Je les ferai chez moi. Et vous aussi, vous devriez rentrer chez vous. C’est le week-end, Colleen.

Ballard se leva, regagna son poste de travail, remit son portable dans son sac à dos et se dirigea vers la sortie. Elle ne se retourna pas vers Hatteras, mais eut la nette impression que celle-ci ne la lâchait pas des yeux.

Chapitre 28

Bosch s'était assis à la table et regardait son téléphone lorsque Ballard entra dans la salle de repos à l'étage. Ce fut lui qui parla le premier.

— Tu as appâté Hastings ? Il arrive ?

— Non, on se retrouve en centre-ville à 14 h 15, au Grand Central Market. Qu'as-tu sorti des archives militaires ?

— Je viens de t'envoyer deux dossiers. Regarde celui intitulé « St Louis ».

Elle se posa, ouvrit son ordinateur et pendant qu'elle y entrait son mot de passe et ouvrait sa boîte mail, Bosch lui dit ce qu'Henic lui avait communiqué en essayant de contenir toute l'énergie qu'il sentait monter en lui.

— La nouvelle aux Archives militaires de Saint Louis a appelé le type avec qui je travaillais, dit-il. Il s'est porté garant pour moi et lui a dit que j'étais un mec bien. Ça m'a permis d'avoir tout le dossier Hastings sans aucune modification.

— Bon, qu'est-ce que je dois chercher ? demanda Ballard.

— Ça commence par ses années de garnison et après, à la page 4, on a ses états de service. Il a perdu un bout de son pied en Afghanistan et c'est ça qui lui a valu son statut d'ancien combattant invalide. Libéré de ses obligations avec les honneurs en 2004.

— Il était donc ici pour Wilson.

— C'est ça.

— Il lui manque la moitié du pied…

— Il doit avoir une prothèse : d'après ce que j'ai vu hier soir et aujourd'hui, il ne boite pas.

Ballard clignant des paupières en regardant son écran, il ajouta :

— Et toi, tu as besoin de lunettes, Renée.

— Pas du tout, lui renvoya-t-elle. À cause de quoi : engin explosif improvisé ?

— Ça n'est pas dit dans le rapport. Quand j'étais au Vietnam, il y avait des types qui se tiraient dans le pied pour pouvoir dégager de cet enfer.

— Dans le pied ? répéta-t-elle.

— La plupart du temps.

— Ils devaient avoir sacrément envie de partir. Et pour toi, c'est ce qu'a fait Hastings ?

— Aucune idée. Je ne faisais que parler du Vietnam.

— Mais qu'il l'ait fait ou pas, qu'est-ce que ç'a à voir avec Sarah Pearlman et Laura Wilson ?

— Rien. Ouvre le deuxième dossier.

Pendant qu'elle le faisait, il lui raconta comment il l'avait obtenu.

— Tu te rappelles que j'ai obtenu son passé militaire sans aucune modification ? Ses numéros de pension de retraite et d'immatriculation militaire se trouvant dans le premier dossier, je m'en suis servi pour avoir accès à sa fiche d'ancien combattant et c'est ça que tu as sous les yeux.

— Mais putain, Harry, on ne devrait pas avoir tout ça ! Il aurait fallu commencer par avoir un mandat de perquisition !

— Personne ne saura jamais qu'on l'a et ça ne ressortira jamais au tribunal. Fais défiler jusqu'à 2008.

— Mais merde ! J'arrive pas à croire qu'on est en train de faire ça !

Ce fut sa dernière protestation avant qu'elle suive ses instructions. Il se leva et fit le tour de la table pour voir son écran.

— OK, 2008, dit-elle. Et... il est mentionné qu'il est allé à l'hôpital des anciens combattants de Westwood pour une analyse d'urine. Je suis incapable de comprendre les résultats.

— Ils ne veulent rien dire. Sauf que depuis 2008, il y est repassé tous les ans pour une analyse d'urine.

— Ça veut dire maladie des reins ?

— Non, ceci, répondit-il en se penchant par-dessus son épaule et lui montrant du doigt une indication de traitement rédigée en 2008.

— Néphrectomie ? Qu'est-ce que c'est ?

— J'ai dû chercher. Ça désigne une ablation de rein.

Ballard se détourna de l'écran pour regarder Bosch.

— Harry, dit-elle. C'est lui.

Chapitre 29

Debout sur le trottoir de la 1re Rue, près de Grand Central Market, Ballard s'était postée dans un endroit où Hastings ne pourrait pas la voir. Il était 14 h 25 et elle attendait le feu vert de Bosch. Dans un SMS qu'il lui avait envoyé plus tôt, celui-ci l'avait informée qu'il était en place et surveillait Hastings qui avait commandé un café, avait été servi et regardait son portable en attendant qu'elle arrive.

La clé de l'affaire était de s'assurer qu'Hastings ne file pas avec sa tasse de café. C'était de son ADN qu'ils avaient besoin.

Ballard se mit à faire les cent pas près du mur du Market en revoyant son scénario dans sa tête. Apprendre qu'Hastings s'était fait ôter un rein en 2008 avait insufflé un nouvel élan à l'enquête souterraine qu'elle menait avec Bosch. Les enjeux avaient grandi de manière exponentielle depuis quelques heures et elle savait maintenant que dans très peu temps, elle allait boire un café avec un tueur en série. Elle devait veiller à ne pas susciter ses soupçons, à ne rien faire qui le pousse à s'enfuir ou à passer à l'acte après leur conversation.

À 14 h 31, Bosch lui donna le feu vert par SMS.

Il a bu la moitié de son café.
Tu peux y aller.

Elle rangea son portable et tourna tout de suite dans Hill Street. L'entrée permettant d'accéder aux masses d'étals de nourriture et de boissons et toutes les boucheries et magasins de primeurs se trouvait sur la gauche. De l'autre côté de la rue on voyait la station d'embarquement d'Angel's Flight, le grand funiculaire qui fait monter et descendre ses passagers tout le long de Bunker Hill. Ballard repéra Hastings assis à une petite table en acier inoxydable. Il lui tournait le dos.

— Navrée d'être en retard, dit-elle en lui donnant une petite tape sur l'épaule. Pas mal de circulation à l'aéroport. Vous voulez une rallonge ?

Elle ne pouvait pas ne pas lui poser la question alors même qu'elle espérait un non de sa part.

— Je ne devrais même pas boire de café aussi tard dans la journée, lui répondit-il. Je ne vais pas fermer l'œil de la nuit.

— OK, je reviens tout de suite, dit-elle.

Personne ne faisait la queue pour se payer un café en milieu d'après-midi. Elle en commanda vite un au comptoir. Elle attendit, regarda négligemment autour d'elle et vit que Bosch s'était installé à une table près de la fresque murale du mur est du marché. Même si rien ne suggérait qu'il sache qui était Bosch, Hastings ne pouvait pas le voir.

Son café à la main, Ballard s'assit à la table d'Hastings et remarqua que sa tasse en carton était presque vide.

La barista ayant écrit « Nelson » dessus, il serait facile de l'identifier si Hastings la jetait à la poubelle, mais comme la sienne, elle était entourée d'une bande de papier ondulé. Cela rendrait plus difficile un relevé d'empreintes, mais elle se dit qu'on pourrait quand même récupérer son ADN à partir de sa salive et de ses cellules épithéliales.

— Merci d'avoir accepté de me voir dans de si brefs délais, dit-elle.

— Pas de problème, répondit-il. Bon alors, qu'est-ce qu'il y a de si important que vous ne puissiez me le dire qu'en face ?

Ballard hocha la tête et but une gorgée de café brûlant pour gagner du temps en revoyant mentalement le scénario qu'elle avait élaboré avec Bosch.

— Comme je vous l'ai dit, commença-t-elle, c'est délicat. J'ai tout à fait conscience que l'unité des Affaires non résolues ne doit son existence qu'au conseiller Pearlman et qu'aussitôt connu le moindre soupçon de scandale pourrait lui causer du tort… à lui et à nous.

— De quel soupçon de scandale perçu parlons-nous, inspectrice ?

— Je viens de m'entretenir avec Sandy Kramer. Et s'il est clair que vous ne vous aimez guère, il reste fidèle à Jake Pearlman.

— C'est parfaitement exact : nous ne nous aimons guère, mais… Pourquoi parler à ce connard ?

— C'est une enquête pour homicide que je mène. Elle conduit où elle conduit.

— Vous lui avez parlé de la fille au pin's de campagne dans son tiroir ?

— La femme, oui. Laura Wilson.

— Bon, OK, la femme. Et qu'a dit Kramer ?

— Eh bien, quand je lui ai posé des questions sur Laura et lui ai montré la photo, il m'a dit qu'il se souvenait d'elle.

— C'est tout ?

— Non. Il m'a aussi dit qu'elle aurait pu se porter volontaire dans la campagne et que je devrais poser la question à Jake parce qu'il la connaissait, lui aussi.

Hastings poussa aussitôt sa tasse sur le côté de la table comme s'il avait fini son café. Et hocha la tête.

— Impossible, dit-il. Je l'aurais remarquée. Je ne sais pas comment il est aujourd'hui, mais à l'époque, Kramer était un poivrot. C'est pour ça qu'il a dû disparaître quand Jake s'est intéressé sérieusement à la politique.

— Comment pouvez-vous en être certain ? lui demanda-t-elle. Vous n'étiez pas là à cette époque.

— Si, j'y étais, et que je vous dise : il n'y avait pas de Laura Wilson dans le tableau.

— Mais… vous m'avez dit que l'élection de 2005, c'était avant que vous ne soyez avec Pearlman.

— Non, ce que j'ai dit, ou voulais dire en tous les cas, c'était avant que je sois son chef de cabinet. Mais à cette époque, j'étais déjà avec lui. Je lui servais de chauffeur. Je venais de quitter l'armée, j'avais besoin de recommencer ma vie et lui disait avoir besoin d'un chauffeur. Croyez-moi, si Laura Wilson avait fait partie de la campagne, je l'aurais su parce que un, cette campagne n'était qu'une petite opération et que deux, Laura était noire.

Ballard marqua une pause. Elle ne se rappelait plus les termes exacts qu'il avait eus au téléphone un peu plus tôt dans la semaine lorsqu'il avait utilisé l'expression « à mon époque ». Cela dit, il avait corrigé son histoire et elle correspondait avec ce que Kramer lui avait raconté. C'est ce qui la fit dévier un instant du scénario monté avec Bosch.

— Quand je lui ai parlé de Laura, le conseiller m'a dit qu'il ne la connaissait pas, reprit-elle. Mais Dieu sait comment il savait qu'elle était noire avant même que je lui montre sa photo.

— C'est parce que je le lui avais dit.

— Bon d'accord. Mais vous, comment le saviez-vous ? Je n'ai jamais eu le temps de vous envoyer sa photo.

— Je sais. Mais j'ai fait ce que ferait tout bon chef de cabinet qui se respecte. Je n'assiste jamais à une réunion avec mon boss sans me préparer. Comme vous ne m'aviez pas envoyé la photo de Laura, je suis allé sur Google et j'ai cherché « assassinat Laura Wilson Los Angeles ». Et qu'est-ce qui est sorti ? Une photo d'elle parue dans le *Times*. La pauvre enfant a fini par connaître la célébrité, mais comme victime d'un meurtre. Il y avait tout un article là-dessus.

Ballard avait vu la coupure du journal, photo comprise, dans le livre du meurtre. Hastings venait encore une fois de se dépêtrer d'une incohérence qui avait éveillé ses soupçons. Elle sentit que l'entretien tombait en miettes et qu'Hastings faisait exactement ce qu'elle ne voulait pas : il commençait à avoir ses propres soupçons. Elle essaya encore une fois de le mettre sur la défensive.

— Quand je vous ai demandé si Pearlman avait un chef de campagne la première fois, vous m'avez dit que vous me trouveriez son nom et ses coordonnées, dit-elle. Mais vous saviez déjà que c'était Kramer et vous ne me l'avez pas dit. Pourquoi ?

— Je viens de vous le dire ! Kramer est un connard. Qui boit. Et j'avais peur qu'il devienne vindicatif vu la façon dont on l'avait éjecté du tableau. Il s'avère que mes inquiétudes étaient fondées. Il vous a servi tout un plat de conneries qui vous a fait perdre complètement le fil.

— Je vous l'ai dit : l'enquête mène où elle mène. Si Kramer m'a menti, je m'occuperai de lui.

— De quoi s'agit-il vraiment, Ballard ? Êtes-vous en train d'essayer d'atteindre Jake ? De le menacer ? Et… c'est vous ou ça vient de plus haut ?

— Je peux vous assurer que personne n'essaie d'atteindre personne. Il n'y a aucune menace. J'essaie seulement de mener une enquête de terrain. De bien retourner toutes les pierres. Pourquoi pensez-vous donc que j'aie voulu vous rencontrer loin de mon équipe et de la vôtre ? Je croyais que vous apprécieriez…

— Alors que veut Sandy Kramer ?

Avant qu'elle ne puisse lui répondre, un homme arriva à la table. Il portait un tablier et des gants et tenait une poubelle à la main. Il s'était mis un masque sur la figure et le nez comme le faisaient encore d'autres employés du marché.

— Vous avez terminé, monsieur ? demanda-t-il en montrant la tasse de café de Hastings.

Ballard leva les yeux et découvrit que l'individu masqué n'était autre que Bosch.

— Oui, prenez-la, répondit Hastings en le regardant à peine.

Et d'ajouter « On en reste là » à l'attention de Ballard.

Bosch prit la tasse dans sa main gantée et s'éloigna de la table tandis qu'Hastings fusillait Ballard des yeux.

— Vous savez quoi ? reprit-il. J'en ai même rien à faire de ce que veut Kramer. Qu'il aille se faire foutre, et vous avec, si vous pensez vous en prendre à Jake ou à moi. Tout ça est bien faiblard et je m'en vais.

Il se leva et commença à s'éloigner.

— Vous avez tout faux ! cria Ballard dans son dos.

Il continua de marcher.

Chapitre 30

Bosch s'empara de la clé laissée sur le pneu arrière du Defender de Ballard, déverrouilla le véhicule et posa le sachet à éléments de preuve sur le plancher de la banquette arrière. Il reverrouilla le 4x4, remit la clé à sa place et reprenait le chemin du marché lorsqu'il reçut un appel de Ballard.

— Il est parti, dit-elle. Où es-tu ?

— À côté de ta voiture. J'y ai déposé la tasse.

— J'ai dévié du scénario et il s'est mis en colère. Il est reparti par le marché. Tu peux le rattraper ?

— Ne quitte pas.

Il changea de direction dans la 3e Rue. Au lieu de remonter vers Hill Street, il descendit jusqu'à Broadway et attendit au croisement pour voir si Hastings allait sortir du côté sud de l'aire de restaurant longue d'un pâté d'immeubles.

— Je ne l'ai pas en vue, dit-il.

— Il devrait arriver bientôt. Il est parti il y a moins d'une minute.

Bosch savait qu'il n'y avait pas d'allée permettant de traverser le marché de bout en bout. Celui-ci se composant d'un dédale de boutiques et de concessions alimentaires débordant de monde, Hastings n'allait pas pouvoir faire autrement que de passer d'une allée à une autre pour arriver à l'autre extrémité, et il ne s'était pas encore écoulé assez de temps pour qu'il atteigne Broadway.

— Qu'est-ce qui s'est passé ? demanda-t-il.

— Je te le dirai plus tard. Voyons juste si…

— Je le vois.

Hastings venait de quitter le marché et traversait Broadway en dehors des clous. Bosch vit qu'il parlait, puis portait la main à son oreille. Il repéra son écouteur et comprit qu'il avait passé un appel.

— Il est en train de téléphoner à quelqu'un, reprit-il.

— Il essaie probablement de trouver Kramer. Tout ce truc a explosé en vol.

— Il a l'air sacrément remonté.

— Tu lui colles au train ? Il pourrait tenter de s'en prendre à Kramer.

— Je le tiens. Où qu'il aille.

— OK, je retourne au Defender et je file au labo. Avec un peu de chance, je devrais pouvoir attraper Darcy pendant qu'elle est là. Tu ne lâches pas Hastings et je te rappelle.

Elle raccrocha sans attendre la réponse de Bosch. En restant pratiquement une demi-rue en arrière, celui-ci suivit Hastings sur quatre croisements tandis qu'il rejoignait son bureau. Parvenu à Spring Street en descendant la 3e Rue, il tourna à gauche. Bosch le vit porter à nouveau la main à son oreille : quelqu'un l'appelait.

Il accéléra l'allure et gagna le croisement au petit trot. Tourna à son tour et sans tarder rattrapa Hastings d'assez près pour entendre son côté de la conversation.

Arrivé au croisement de la 2e Rue, Hastings dut s'arrêter au feu et attendre qu'il passe au vert. C'était le week-end, tous les tribunaux et bureaux de la mairie étaient fermés et le Civic Center assez largement désert, mais Bosch put se servir du camouflage que lui procuraient deux piétons attendant au passage clouté lorsqu'il arriva au niveau d'Hastings.

Au début, ce dernier garda le silence, comme s'il écoutait ou attendait que quelqu'un se mette à parler. Puis il attaqua à petites explosions de colère rapprochées. Mais conscient que d'autres personnes attendaient de traverser avec lui, il baissa tellement la voix que Bosch n'entendit plus rien. Jusqu'à ce que le feu changeant enfin, il emprunte le passage et que sa voix retrouve la sécheresse des ordres qu'on donne.

Alors Bosch put entendre pratiquement tout ce qu'il disait.

— Écoute un peu, espèce d'enfoiré, tu la rappelles et tu lui dis que tu as menti.

S'ensuivit une pause pendant laquelle il lança un bras en avant en un geste dédaigneux.

— Des conneries, oui !… Le menteur, c'est toi. Tu la rappelles et tu lui dis ce que je lui ai dit ou je te détruis. T'as compris, petit con ?

Il y eut un nouveau moment de silence, puis Hastings mit fin à la conversation avec un seul mot :

— Parfait.

Il porta son doigt à son oreille pour raccrocher et continua de marcher en direction de City Hall. Bosch resta encore une fois en arrière et n'arrêta sa filature qu'en voyant Hastings monter les marches en pierre conduisant à l'entrée du bâtiment historique. Alors il rappela Ballard pour lui rapporter ce qu'il avait vu et entendu.

— Il est de retour à City Hall, dit-il. Je pense qu'il a demandé à quelqu'un de lui trouver Kramer et a appelé ce dernier pour lui ordonner de te recontacter. Il n'a jamais prononcé son nom, mais il était en colère et a dit à son interlocuteur de « la rappeler » et de « changer son histoire ».

— C'était Kramer, dit-elle. Il vient de m'appeler et m'a dit qu'il venait juste de parler à Hastings. Il était fou furieux.

— Comme Hastings. T'as remis Kramer dans la bonne voie ?

— Oui. Je lui ai expliqué qu'on essayait juste d'énerver Hastings et je crois que ça lui a plu. Il n'aime pas trop ce mec, tu te rappelles ?

— Jusqu'où as-tu dévié du scénario ?

— Je suis en train d'arriver au labo et Darcy Troy m'attend. Je dépose la tasse et je te rappelle. Mais si tu veux, on peut se retrouver quelque part.

— Manger quelque chose ne me ferait pas de mal. Rendez-vous au Traxx.

— Ils ont rouvert ?

— Oui. Tu veux quelque chose ?

— Je prendrai un truc à boire en arrivant. J'ai déjà déjeuné.

Bosch mit dix minutes pour rejoindre la gare de Union Station avec son restaurant au milieu de son énorme salle d'attente. L'heure de pointe ayant pris fin, l'établissement n'était plus bondé au contraire de la salle d'attente où, menace de pandémie terminée ou pas, les voyageurs accueillaient un univers post-pandémie à bras ouverts.

Bosch était arrivé à la moitié de son sandwich au fromage grillé avec une portion de frites en accompagnement lorsque Ballard se glissa dans le box vitré en face de lui. Et d'un geste tout aussi fluide lui piqua une frite dans son assiette, que Bosch poussa au milieu de la table.

— Pioche donc ! Je ne mangerai jamais tout ça, dit-il.

Elle prit une autre frite au moment où la serveuse arrivait à la table.

— Du thé glacé et un peu de ketchup, ce sera tout, lui dit Ballard.

Bosch lui laissa le temps de s'installer avant d'aller droit au but.

— Darcy a la tasse ?

— Elle l'a, oui, et elle va faire accélérer la procédure. J'ai l'impression d'avoir déjà pris mes trois mois de petites faveurs à venir. Surtout en lui demandant de passer aujourd'hui.

— Ça les vaudra bien quand on prendra ce type. Quand aura-t-elle le résultat ?

— Elle espère que le séquençage sera terminé demain. Après quoi, on passe ça au CODIS et on voit si ça nous donne une correspondance.

— Elle ne peut pas comparer ce qu'on aura sur la tasse directement avec ce qu'ils ont eu à partir de l'empreinte de paume ?

— Non, répondit-elle en hochant la tête. Merci au protocole légal pondu par le bureau du district attorney.

Ça rend plus difficile de mettre le résultat en doute devant un tribunal quand on n'outrepasse pas les limites de la procédure habituelle. Passer outre et invoquer une comparaison directe pourrait donner à penser que l'arnaque était déjà là. Un avocat de la défense comme ton frère Mickey pourrait démolir tout ça en salle d'audience.

— Mon demi-frère. Et donc, on ne saura que demain.

— Si on a de la chance.

Bosch acquiesça d'un signe de tête, mordit dans son sandwich et parla la bouche pleine.

— Et donc, tu as dévié du scénario avec Hastings…

— Oui. Il a, disons… commencé à m'agacer en me démolissant les trois trucs que j'avais contre lui.

— Quels trucs ?

— Il a corrigé ce qu'il voulait dire en déclarant que l'assassinat de Wilson s'était produit avant qu'il soit avec Pearlman. Il prétend avoir voulu dire que c'était avant qu'il ne soit son chef de cabinet et a reconnu avoir été son chauffeur à l'époque. C'est là que j'ai dévié du scénario en lui demandant comment il savait que Wilson était noire alors que je ne le lui avais pas dit.

— Et ?…

— Il avait une réponse. Comme je ne lui avais pas envoyé la photo, il aurait cherché sur Google et en aurait trouvé une dans un article du *Times* sur son assassinat. Et c'est vrai. On a la coupure dans le livre du meurtre.

— Écoute. Rien de tout ça n'a d'importance vu son histoire de rein manquant. La correspondance ADN va arriver et on se le fera.

— Je sais, je sais, mais il est fort. Il a fait dérailler la conversation et quand j'ai retrouvé le fil de mon scénario, lui ai parlé de Kramer et l'ai accusé de ne pas m'avoir donné le nom du directeur de campagne alors que très clairement il le savait, il est devenu fou furieux.

— Oui, et moi, j'ai eu droit à la version d'Hastings sur cette histoire. Qu'est-ce que Kramer t'a dit avoir dit à Hastings quand celui-ci l'a appelé ?

— Qu'il avait nié avoir dit que Pearlman connaissait Laura Wilson, mais qu'Hastings ne l'avait pas cru. Qu'il s'est juste mis à hurler et a menacé de le détruire.

— Tu devrais l'appeler, à mon avis.

— Qui ?

— Hastings. Dis-lui que Kramer vient de t'appeler et qu'il a changé son histoire. Peut-être que ça le calmera. On lui a comme qui dirait laissé le cul à l'air dans ce truc. Hastings doit savoir qu'il n'y a pas de menaces.

— Quoi… là, tout de suite ?

— Oui. Appelle-le, histoire de voir s'il répond. Il faut couvrir un peu Kramer.

Ballard sortit son portable et appela Hastings. Il répondit, Ballard lui expliquant vite qu'elle savait maintenant que l'info selon laquelle Pearlman connaissait Wilson était fausse. Elle s'excusa de ne pas l'avoir confirmée ou infirmée avant de la lui rapporter et écouta presque une minute durant Hastings lui dire son fait et raccrocher sans lui laisser la moindre chance de répondre.

— Ça m'a l'air d'avoir bien marché, dit Bosch.

— C'est ça. Disons seulement que j'espère avoir ces résultats ADN avant qu'il ait pu me faire virer lundi[1].

---

1. Aux États Unis, le recrutement et le licenciement des officiers de police dépendent de la municipalité.

Bosch acquiesça d'un signe de tête.

— Espérons que Darcy sera à la hauteur, dit-il.

Ballard se renversa en arrière et regarda la salle d'attente par sa vitre. Union Station était un des plus beaux bijoux de la ville.

— Pense un peu à tous les gens qui sont passés ici pour venir à Los Angeles, dit-elle. Des gens comme Laura Wilson, avec leurs espoirs et leurs rêves.

— Elle est venue de Chicago en train ? demanda-t-il.

— Elle tenait un journal. Il figure dans le livre du meurtre. Elle a pris le train pour économiser de l'argent. Elle a mis deux jours et a vu les Rocheuses. Et arrivée ici, elle a été tuée. C'est tellement injuste !

— Un meurtre n'est jamais juste. J'aimerais bien le lire, moi, ce journal.

— Il est sur mon bureau à l'Ahmanson.

Bosch se joignit à elle pour observer la salle d'attente. Des dizaines de personnes de tous les milieux déambulaient sur le sol en carrelage de style espagnol pour partir loin de L.A., ou y arriver, valises et rêves à la main. Il s'imagina Laura Wilson avançant dans ce superbe hall les yeux grands écarquillés pour gagner les portes ouvrant sur la Cité des Anges. Jamais elle n'aurait pu imaginer que ce serait sa destination ultime.

Chapitre 31

L'océan était aussi lisse qu'un drap-housse dans un lit. Ballard avait apporté ses deux planches, celle de surf et celle de paddle, afin d'être prête à affronter n'importe quel type de vagues. Elle avait trouvé à se garer le long du Pacific Coast Highway, à l'extrémité ouest de La Costa Beach à Malibu, et se trouvait maintenant assez près de l'eau pour voir que ce serait une journée paddle. Cela lui plut : Pinto pourrait glisser avec elle plutôt que de rester attaché à un piquet de tente pendant qu'elle affronterait des creux plus importants.

C'était dimanche, mais assez tôt dans la matinée pour que la plage ne soit pas bondée. Elle ouvrit le hayon du Defender et s'assit au bout pour enfiler sa combinaison, Pinto restant dans sa caisse de voyage à côté d'elle.

Elle allait glisser son portable dans son compartiment imperméable lorsqu'il se mit à vibrer. C'était Darcy Troy, elle sentit son pouls accélérer.

— Darcy, donne-moi vite la bonne nouvelle ! lança-t-elle.

Elle n'eut droit qu'à du silence.

— Darcy ? Allô ?

— Je suis là, mais je n'ai pas de bonnes nouvelles, Renée. On a bien eu un bel échantillon à partir de la tasse, mais je suis désolée de te dire qu'il n'y a aucune correspondance avec les deux autres affaires.

Ce fut à Ballard de garder le silence. Elle avait tout misé sur Hastings.

— Renée ? Toujours avec nous ?

— Je ne comprends pas. C'est lui. Il a perdu un rein. Il cafouille dans ses histoires. Je n'arrive pas à y croire. Tu en es sûre, Darcy ? Il ne pourrait pas y avoir une erreur ?

— Non, aucune erreur. Mais c'est quoi, cette histoire de rein qu'il aurait perdu ?

— On a ses états de service militaires et trois ans après l'assassinat de Laura Wilson, il a eu une néphrémachinchouette.

— Une néphrectomie. Ablation d'un rein. Mais ça ne signifie pas qu'il aurait eu une maladie de rein. Il aurait pu faire un don. Enfin… il faudrait que je jette un coup d'œil à son bilan santé ou que quelqu'un de qualifié voie ça de plus près, mais…

— Oh merde ! On n'a pas… Faut que j'appelle Harry Bosch. Darcy, tu es un génie ! Je te rappelle plus tard. Et un grand merci pour avoir renoncé à ton week-end pour ça.

Ballard raccrocha. Elle appela aussitôt Bosch et commença à ôter sa combinaison étanche en attendant qu'il décroche.

— Ballard. Quoi de neuf ?

— De bonnes et de mauvaises nouvelles. L'ADN de Hastings ne correspond pas à notre affaire.

— Et c'est la bonne ou la mauvaise nouvelle ?

— La mauvaise. La bonne, c'est qu'il aurait pu faire don d'un rein à un ami ou à un parent. Et cette personne pourrait être celle qui a une maladie de rein et donc être notre nouveau suspect.

Bosch garda le silence.

— Harry ?

— Je réfléchissais. On n'a pas beaucoup le choix. Faut qu'on voie Hastings.

— Pour filer le rein.

Elle sourit, mais n'entendit aucune réaction de Bosch.

— C'était censé être drôle, Harry, dit-elle.

— Oui, je sais. Et donc, où es-tu ?

— Eh bien, j'allais faire du paddle. Je suis à Malibu.

— Tu veux attendre jusqu'à demain ?

— Pas vraiment, non. On a un nouvel élan. Allons le voir.

— Si on arrive à le retrouver.

— Hé mais ! On sait où il habite, où il travaille et où il crèche. Je pourrais aussi l'appeler, tout simplement.

— Je crois que ça serait mieux s'il ne savait pas qu'on arrive. On ne sait jamais, il pourrait appeler quelqu'un.

— D'accord.

— À quelle heure ?

— Je peux être de retour dans une heure. Je me change, je laisse le chien au refuge et je passe te prendre. On dit midi ?

— Je serai prêt.

Ils raccrochèrent, elle finit d'ôter sa combinaison et regarda Pinto dans sa caisse.

— Désolé, fiston, dit-elle. Maman doit aller bosser. On reviendra glisser sur l'eau la semaine prochaine. Promis.

Elle jeta sa combinaison à l'arrière du SUV et renfila son sweat par-dessus son maillot une pièce. Puis elle se retourna, regarda l'océan et vit l'île de Catalina émerger à l'horizon à travers les brumes de la couche limite marine. La journée allait être claire et chaude.

— Et merde ! dit-elle.

Chapitre 32

Ballard et Bosch passèrent d'abord par la maison d'Hastings, mais n'y trouvèrent personne. De là, ils prirent vers l'ouest jusqu'à Sunset Plaza et le domicile de Rita Ford. La Tesla noire que Bosch avait filée était bien garée au même endroit du trottoir de St Ives Street qu'avant.

— Bingo ! lança Ballard.

Ils entrèrent dans l'allée et se garèrent. Rita Ford leur ouvrit.

— Inspectrice Ballard ! s'écria celle-ci. En voilà une surprise ! Qu'est-ce qui vous amène ?

— Nous devons parler à Nelson Hastings, lui répondit Ballard.

— Pourquoi pensez-vous qu'il serait ici ?

— Parce que c'est sa voiture, là, dit Ballard en lui montrant la rue du doigt. Et parce qu'on sait qu'il est chez vous. Il faut qu'on lui parle, Rita. C'est important.

— Une minute.

Rita referma la porte. Ballard regarda Bosch. Ils ne s'attendaient pas à un accueil chaleureux.

La porte se rouvrit, Hastings était bien là.

— Qu'est-ce que vous fabriquez ici ? exigea-t-il de savoir.

— On a besoin de votre aide, lui répondit Ballard.

— Vous voulez que je vous aide ? Mais bon sang, un coup vous me prenez pour votre suspect n° 1 et maintenant vous voulez que je vous aide ?

— Qu'est-ce qui vous fait dire qu'on vous soupçonnait ?

— Oh, allons, inspectrice ! Tout ce cirque hier où vous me racontez des conneries que Kramer aurait dites, après avoir essayé de me coincer dans des mensonges que j'aurais proférés lors de mes déclarations précédentes ? Je ne suis pas idiot. Vous vous êtes mis dans le crâne que c'est quelqu'un du cercle de Jake qui a tué Laura Wilson et Sarah et que ce quelqu'un, c'était moi. Et vous, reprit-il en montrant Bosch du doigt, vous m'avez suivi depuis le G&B. Oui, je vous ai vu, et je parie que vous êtes Bosch. Eh bien, sachez que vous avez merdé, Bosch ! Comme elle. Et que demain, vous et elle serez finis, tous les deux.

— Moi, j'ai merdé, oui, dit Bosch. Mais pas Renée. Et si vous nous laissiez entrer, on pourrait vous expliquer et vous, nous aider à coincer l'assassin de la sœur de votre ami.

Hastings passa de Bosch à Ballard, mais ne bougea ni ne dit quoi que ce soit. Puis il revint sur Bosch. Hocha la tête comme s'il n'arrivait pas à croire ce qu'il allait faire et recula d'un pas.

— Dix minutes, dit-il. C'est tout ce que vous avez pour me convaincre de ne pas vous faire virer de votre boulot, voire poursuivre en justice.

Bosch faillit lui renvoyer qu'il ne pouvait pas être viré vu qu'il n'était que bénévole et que toute tentative visant à les accuser, lui ou elle, d'un crime quelconque ne déclencherait que les rires au bureau du district attorney et que ce serait lui qui se ferait virer.

Mais il laissa filer. Ils suivirent Hastings à l'intérieur. Celui-ci les conduisit jusqu'à un salon tout en jaunes et orange vifs. Rita Ford y avait pris place sur un canapé à rayures blanches et jaunes.

— Nous devons lui parler en privé, lança Ballard à l'adresse de Rita.

— Bien, dit-elle, l'air clairement insultée.

Elle se leva et quitta la pièce. Hastings leur montra le canapé maintenant vide et ils s'y assirent. La pièce était équipée d'une paroi en verre donnant sur le haut des magasins de Sunset Boulevard une rue en dessous et ce, jusqu'à West Hollywood.

Hastings resta debout, les bras fermement croisés sur la poitrine.

— Alors, dit-il. Que ce soit bien clair entre nous : vous m'avez suivi tous les deux et vous enquêtez sur moi parce que vous me soupçonnez d'avoir assassiné la sœur de mon meilleur ami. Le reconnaissez-vous ?

— J'aimerais seulement savoir comment vous, vous savez tout ça ? lui rétorqua Ballard d'un ton égal.

— Qu'est-ce que ça change ? C'est vrai, ou allez-vous rester assis là à le nier ?

— Hastings, et si vous vous asseyiez et vous calmiez un peu ? lui suggéra Bosch.

— Toi, le vieux, tu ne me dis pas ce que j'ai à faire, lui renvoya Hastings.

— Écoutez, on est désolés si ça vous a hérissé le poil qu'on se contente de faire notre boulot, dit Bosch. Bien sûr qu'on s'intéressait à vous, et pour de bonnes raisons dont on pourra vous parler si ça vous intéresse de les entendre. Et donc encore une fois, pourquoi ne pas vous asseoir et nous aider à serrer un assassin ? Ce n'est pas ce que voudrait votre meilleur ami ?

Hastings leva la main pour arrêter toute discussion, ferma brièvement les yeux et se lança dans une sorte d'exercice d'apaisement interne. Puis il rouvrit les yeux et s'assit dans un fauteuil muni de coussins rembourrés de couleur orange.

— Qu'est-ce que vous voulez ? demanda-t-il.

Bosch se tourna vers Ballard et hocha la tête : c'était elle qui dirigeait les opérations.

— Vous vous êtes fait ôter un rein en 2008, dit-elle. Pourquoi ?

Hastings remua la tête comme s'il n'arrivait pas à comprendre ce que cette question avait à voir avec le sujet.

— Comment le savez-vous ? répliqua-t-il.

— Nous sommes inspecteurs de police, monsieur Hastings, lui répondit-elle. On trouve des choses. Vous avez perdu un rein. Pourquoi ?

— Bon d'accord, écoutez, je n'ai pas « perdu » un rein. J'en ai fait don à quelqu'un.

— Mauvais choix de mots, désolée. Vous avez donc « donné » un rein à quelqu'un. C'est très généreux à vous. Ce quelqu'un devait être très proche de vous. Un parent ?

— Je suis surpris que vous ne le sachiez pas déjà, dit-il. Je l'ai donné à Ted Rawls.

Au cinéma, les inspecteurs se coulent toujours un petit regard pour faire comprendre au spectateur toute l'importance d'une révélation. Ballard et Bosch ne purent s'empêcher de le faire, Hastings en déduisant alors toute la signification.

— Quoi ? dit-il. Vous seriez en train de me dire que c'est Ted ? Certainement pas.

— Nous ne le disons pas, lui fit remarquer Ballard. C'est tout simplement que j'ignorais qu'il avait ce genre de problème de santé. Si je l'avais su, je me serais demandé pourquoi le conseiller aurait voulu qu'il soit dans notre équipe.

— Il voulait être flic depuis toujours. Le LAPD refuse de le prendre, Santa Monica l'accepte, mais c'est là qu'il tombe malade et doit renoncer à son métier de rêve. Alors oui, je lui ai donné un rein. J'en avais un autre.

— Quel genre de problème avait-il ? demanda Ballard.

— Cancer. On lui avait enlevé les deux reins et la rate. Il en est presque mort, mais il s'est battu, a lancé une petite affaire et l'a fait grandir. Mais il n'avait jamais renoncé à son rêve d'être flic et quand il a vu la conférence de presse où Jake annonçait la renaissance de l'équipe des Affaires non résolues à la télé, il est venu me voir et m'a dit : « Mets-moi dedans. » J'en ai parlé à Jake et nous avons dit oui. Et Jake est allé vous voir.

— Et a très opportunément laissé ses antécédents médicaux de côté, le reprit Ballard. Vous deviez savoir que le LAPD n'aurait jamais accepté de prendre pareille responsabilité.

— Jake ne voulait pas vous donner la moindre raison de le rejeter et c'est comme ça que Ted a été ajouté à votre équipe. Et maintenant vous me racontez qu'il a quelque chose à voir avec les meurtres de Sarah et de Wilson ? C'est ridicule.

— Encore une fois, nous ne disons rien de tel, lui renvoya Ballard.

— Alors, qu'est-ce que vous me dites ? Pourquoi toutes ces questions sur Ted ?

Ballard marqua une pause et regarda Bosch. Il savait qu'elle essayait de décider si oui ou non il fallait faire assez confiance à Hastings pour qu'il n'aille pas répéter ce qu'elle venait de lui dire à ses amis Jake Pearlman et Ted Rawls. Bosch acquiesça d'un signe de tête et lui donna le feu vert de son point de vue à lui.

— Je vous ai dit que l'ADN recueilli dans l'affaire de Laura Wilson correspondait à celui de l'assassin de Sarah Pearlman, reprit-elle.

— Oui, vous me l'avez dit. Et aussi que Wilson avait un pin's *JAKE !*. Mais c'est un peu maigre, inspectrice Ballard.

— L'ADN recueilli dans l'affaire Wilson provenait de taches de sang retrouvées dans l'urine laissée sur le siège des WC de son appartement. Et ce sang nous a dit autre chose. À savoir que l'assassin avait une maladie des reins.

Aussi farouche défenseur de Rawls qu'il fût, Hastings cilla à cette révélation. Il garda le silence un instant, puis il parla d'un ton mesuré.

— Et donc, quand vous avez découvert qu'il me manquait un rein…, lança-t-il sans finir sa phrase.

— En plus de quoi, je pensais que vous m'aviez menti en affirmant que la campagne de 2005, c'était « avant votre époque ».

Hastings hocha la tête.

— Et je savais que Laura Wilson était noire avant que vous me le disiez, poursuivit-il.

Ballard le laissa mijoter quelques instants, puis enchaîna :

— Quand avez-vous parlé avec Ted Rawls pour la dernière fois ?

— Euh… hier, répondit-il. Il m'a… Je l'avais appelé parce que notre conversation m'avait mis en colère. Il m'a dit que c'était probablement un coup monté et que vous étiez en train de recueillir mon ADN. Alors je me suis rappelé le type qui est apparu là-bas et m'a pris ma tasse de café. Vous, non ? demanda-t-il en regardant Bosch droit dans les yeux.

Bosch acquiesça.

— Je suis désolé de vous avoir traité de « vieux », reprit Hastings. Ça n'était pas cool du tout.

— Vous inquiétez pas pour ça. Vieux, je le suis.

— Qu'est-ce que Ted vous a dit d'autre ? demanda Ballard.

— Je ne m'en souviens pas vraiment. Ç'a été comme qui dirait le trou noir quand il m'a lâché : « C'est toi qu'elle a dans le viseur, mec, et vaudrait mieux que tu fasses gaffe. »

— Autre chose que vous vous rappelleriez ? le pressa-t-elle.

— Non, tout ce que je voulais, c'était mettre fin à cet appel. J'étais fou de rage quand j'ai compris autour de quoi tournait vraiment notre rencontre.

— À qui d'autre avez-vous parlé de tout ça ? lui demanda Bosch. Au conseiller ?

— Non, j'allais le faire demain pour lui dire de vous virer, répondit-il. J'en ai parlé à Rita, mais elle n'en a parlé à personne, ajouta-t-il en regardant longuement Ballard droit dans les yeux.

— Vous ne pouvez en parler à personne d'autre, lui enjoignit-elle. Pas au conseiller et encore moins à Ted Rawls. Même chose pour Rita.

— Et donc, nous la bouclons pendant que vous, vous faites quoi ? reprit Hastings.

— Pendant que nous, nous poursuivons l'enquête, lui répondit-elle. Nous ne sommes pas loin du but et le conseiller et vous serez les premiers avertis quand nous y serons.

— Et si Ted m'appelle ? Qu'est-ce que je lui dis ?

— Vous ne prenez pas son appel, lui répondit Bosch. Si vous parlez avec lui, il pourrait très bien deviner que vous savez quelque chose.

— Mon Dieu ! s'écria Hastings. Je n'arrive pas à le croire.

Ballard se leva et Bosch l'imita. Elle comprenait, et il le savait, qu'ils devaient faire vite pour serrer Rawls… si ce n'était pas déjà trop tard.

Hastings était resté assis dans son fauteuil et semblait plongé dans ses pensées.

— Je viens de me rendre compte de quelque chose, dit-il.

— Oui, quoi ? lui demanda Ballard.

— Que j'ai donné un rein au type qui a tué Sarah, répondit-il. Et Laura Wilson et Dieu sait qui d'autre. J'ai aidé ce type à rester en vie pour qu'il fasse ça.

— Nelson, le reprit Ballard, ça, nous ne le savons pas encore. On y va une étape après l'autre. Vous nous avez beaucoup aidés, mais maintenant il faut qu'on continue le boulot et je vous promets de vous tenir personnellement au courant de nos avancées.

Il continua de regarder dans le vide.

— Ça va ? lui lança Ballard.

— Oui, ça va, répondit-il d'un ton monocorde. Ça va même super bien.

Ils le laissèrent à ses pensées. Bosch chercha Rita des yeux tandis qu'ils quittaient les lieux, mais ne la vit pas. Tout semblait indiquer qu'Hastings allait devoir se débrouiller seul.

Chapitre 33

La première chose que fit Ballard après avoir rejoint sa voiture de fonction avec Bosch fut d'appeler Paul Masser sur son portable.

— Paul, dit-elle, j'ai besoin de vous voir.

— Vraiment ? dit-il. On est dimanche… qu'est-ce qui se passe ?

— J'ai besoin d'un mandat de perquisition en béton armé. Pas question que ça nous revienne en pleine figure au tribunal.

— Et vous en avez besoin aujourd'hui ?

— J'en avais déjà besoin il y a dix minutes. Vous pouvez venir ? Je vous en prépare les grandes lignes. Promis juré, vous ne ferez que passer.

— Vous ne pourriez pas m'envoyer la demande par mail ? Je pourrais la revoir sur mon portable.

— Non, je vous veux au poste de travail pour qu'on puisse faire ça ensemble.

— Euh… d'accord. Donnez-moi une heure et j'arrive.

— Merci. Et Paul… vous ne dites à personne de l'équipe que vous êtes en train d'arriver. Absolument personne.

Elle raccrocha avant qu'il puisse lui redemander ce qui se passait, et commença à descendre la colline jusqu'à Sunset Boulevard.

— Tu n'as pas besoin de moi pour ça, si ? lui demanda Bosch. Paul et toi le rédigerez ensemble.

Elle se tourna vers lui.

— J'imagine, dit-elle. Sauf que tu as écrit plus de demandes de mandat de perquisition que Paul et moi réunis. Où dois-tu encore filer ?

— Je pensais aller chercher ma voiture et suivre Rawls, répondit-il. Si j'arrive à le trouver.

Elle acquiesça d'un signe de tête : c'était ce qu'il fallait faire.

— Bonne idée, dit-elle. Je pourrai te trouver son adresse dans les dossiers de l'équipe. Il a aussi un bureau au-dessus d'un de ses magasins, le premier qu'il a ouvert à Santa Monica. C'est son navire amiral et c'est de là qu'il dirige tous les autres. Tu trouveras l'adresse. Ça s'appelle « DGP Mailboxes and More[1] ».

— Compris. Mais « DGP ? »

— Un jour, je l'ai entendu dire aux autres que c'étaient les initiales de « Don't Go Postal[2] », mais ça, personne n'est censé le savoir.

— Joli. Profond, même. Et sa voiture ?

— J'ai des copies de toute la paperasse qu'il a remplie pour rejoindre l'équipe, dont une description de sa

1. Soit « Poste restante DGP et plus ».

2. Soit « Ne pétez pas les plombs ». Expression qui a pour origine des tueries de patrons de la poste par des employés en colère, phénomène apparu dans les années 70.

voiture avec son immatriculation, pour la sécurité de l'Ahmanson.

— Bien. Envoie-moi aussi ça. Et lâche-moi à Sunset Boulevard, je prendrai un Lyft pour rentrer chez moi. Ça t'économisera du trajet.

— Tu es sûr ?

— Ma voiture est tout à l'opposé de l'Ahmanson et toi, tu as besoin d'y être et de commencer à rédiger ta demande.

Le feu passant au vert, elle tourna de Sunset Plaza dans Sunset Boulevard et se gara le long du trottoir d'une agence immobilière. Bosch marqua une pause avant de descendre et regarda la vitrine de l'établissement.

— Quoi ? lui demanda Ballard.

— Rien. J'ai travaillé sur une affaire de meurtre ici même à l'époque où c'était une bijouterie de luxe. Deux frères qui se sont fait assassiner dans l'arrière-boutique.

— Oh, mais je m'en souviens !

— Et là encore, il s'agissait de flics pourris.

Il posa le pied par terre et se retourna vers Ballard avant de refermer la portière.

— Je t'appelle dès que j'ai Rawls dans le viseur.

— Reçu cinq sur… Je voulais dire « bonne idée ».

— T'as failli…

— Me suis rattrapée juste à temps.

— Bonne chance pour le mandat.

Il referma la portière, Ballard se réinséra dans la circulation et eut droit à un coup de Klaxon d'un conducteur qui trouvait qu'elle lui avait coupé la route. Elle vérifia dans son rétro et vit Bosch en train de regarder son portable debout sur le trottoir. Il cherchait un véhicule pour rentrer chez lui.

Une heure plus tard, Ballard avait rejoint son poste de travail à l'Ahmanson et mettait la touche finale à l'énoncé des « causes raisonnables » à inclure dans la demande de mandat de perquisition qui l'autoriserait à prélever de l'ADN dans la bouche de Ted Rawls.

Paul Masser arriva, en short et chemise de polo rentrée dedans.

— Ah, merde ! s'écria Ballard. Je vous ai arraché à votre partie de golf ?

— Pas grave, dit-il. J'étais au dix-septième trou du green de Wilshire quand vous m'avez appelé et j'aurais dû me taper le trajet à pied. J'ai donc fait mon dernier trou, pris vite une douche et suis venu ici directement.

Sur quoi il lui montra sa tenue de golf du doigt avant d'ajouter :

— Je l'ai achetée à la boutique parce que je n'avais rien à me mettre dans mon casier.

— Bon alors, j'ai la déclaration des causes raisonnables. Je vais l'imprimer et vous pourrez commencer tout de suite.

Tout est dans la déclaration des causes raisonnables quand on veut obtenir un mandat de perquisition. Elle doit convaincre le juge qu'il y a là suffisamment de raisons juridiques pour qu'il autorise la perquisition et la saisie d'un bien ou d'une personne. Tout le reste n'est en gros que du texte standard que le juge auquel on le soumet ne fera probablement que survoler pour aller droit aux causes raisonnables.

— Qui est d'astreinte aujourd'hui ? demanda Masser. Vous avez vérifié ?

— Non, répondit-elle. Vous vous en chargez pendant que je passe ça à l'imprimante ?

C'était le nom du juge de service pénal après les heures ouvrées des tribunaux de la division que Masser voulait avoir. La question était capitale dans la mesure où chaque juge avait une vision et des pratiques particulières qu'on connaissait dans le milieu à force d'étudier les avocats de l'accusation qu'il engageait et les officiers de police qui allaient le voir pour qu'il accepte leurs demandes de mandats. Certains défendaient farouchement le quatrième amendement qui protège les citoyens contre toute perquisition et saisie illégales. D'autres, plus dans la ligne « que force reste à l'ordre et à la loi », ne voyaient jamais rien à redire au moindre mandat de perquisition. En plus de quoi, tous les juges étaient élus. S'ils avaient pour tâche d'user de leur pouvoir sans le moindre biais personnel ou politique, il n'était pas rare que certains risquent un coup d'œil sous le bandeau de la justice aveugle en songeant aux ramifications électorales de tel ou tel de ses arrêts – du genre autoriser ou défendre à l'État de prélever un échantillon d'ADN sur la personne d'un ancien flic soupçonné de meurtre.

Ballard revint de l'imprimante et tendit à Masser sa déclaration de causes raisonnables longue de deux pages pile à l'instant où il raccrochait son téléphone de bureau.

— C'est le tour de Canterbury, dit-il, et ça, c'est pas bon. Il est tout ce qu'il y a de plus strict sur les questions de fouille et de saisie.

— C'est ce que j'ai entendu dire, mais je pourrais avoir un autre moyen.

Les trois quarts des inspecteurs prenaient soin d'établir de bonnes relations avec un juge sur la sympathie duquel ils pourraient compter côté causes raisonnables. Cela revenait bien à choisir son juge, mais cela se pratiquait couramment. Toutes les années qu'elle avait passées au service de nuit de la division d'Hollywood avaient vu, et plus d'une fois, Renée Ballard réveiller un juge en pleine nuit pour lui faire signer un mandat de perquisition. Dans sa liste de contacts, elle avait ainsi plusieurs noms à appeler si ni elle ni Masser ne voulaient passer par Canterbury.

Elle montra du doigt le document que Masser tenait dans sa main.

— Vous allez être sacrément choqué par ce que vous allez lire, l'avertit-elle, et je vous interdis d'en parler à quiconque. Est-ce clair ?

— C'est clair, oui, répondit-il. Mais maintenant, je meurs d'envie de savoir.

Elle le laissa à son poste, rejoignit le sien et pendant qu'il parcourait sa déclaration, elle ouvrit un des livres du meurtre de Sarah Pearlman et se plongea dans la lecture des comptes rendus d'interrogatoires menés par les premiers inspecteurs affectés à l'affaire. Sa mémoire ne l'avait pas trompée. Il semblait bien qu'il n'y ait jamais eu le moindre interrogatoire de Nelson Hastings ou de Ted Rawls. Et cela valait aussi pour tous les rapports de laboratoire de l'époque. Ni l'un ni l'autre, ils n'avaient eu la moindre empreinte de paume comparée à celle retrouvée sur l'appui de fenêtre de la chambre de Sarah Pearlman.

Il s'agissait là d'une faille d'importance dans la première enquête. Hastings et Rawls étaient de grands amis de Jake Pearlman et connaissaient sa sœur. Ils auraient dû être interrogés – comme Kramer l'avait été – et leurs empreintes prises. Qu'il n'en ait rien été contredisait ce que Ballard avait cru être une enquête solide et exhaustive. Et vu que les enquêteurs d'origine n'étaient plus disponibles, elle songea qu'il n'y avait qu'une seule personne à laquelle elle pouvait parler pour clarifier la situation.

Elle appela Nelson Hastings.

— Vous l'avez arrêté ? lui demanda-t-il aussitôt.

— Non, et nous n'en sommes pas là, répondit-elle. Nous avançons prudemment.

— Mais alors qu'attendez-vous de moi ?

— Je suis en train de relire les transcriptions des interrogatoires menés lors de la première enquête et je vois que ni vous ni Rawls n'avez été interrogés. Je ne comprends pas. Vous étiez amis avec Jake et j'imagine que tous les deux, vous connaissiez Sarah. Vous en souvenez-vous ? Pourquoi personne ne vous a-t-il interrogé ?

— Je n'étais pas à Los Angeles. J'étais avec mes parents quand le meurtre a eu lieu. Les inspecteurs ont parlé à mon père et à ma mère et ont confirmé mon alibi, ce qui fait qu'ils ne m'ont jamais parlé, à moi. Et Ted, lui, n'était pas dans le tableau à l'époque.

— Que voulez-vous dire ?

— Qu'il était dans les parages, mais pas aussi proche que Jake, Kramer et moi. C'était, disons, le petit nouveau. Nous étions en dernière année de lycée et allions tous décrocher notre diplôme de fin d'études secondaires. Nous avions déjà reçu nos affectations en fac et tous les trois, nous avions été acceptés à UCLA[1]. Mais après, pendant l'été, nous avons appris que Ted y avait lui aussi été accepté et on a commencé à, disons… l'inclure dans des trucs. On l'a pris sous notre aile parce qu'on allait fréquenter la même fac. Sauf que ça n'est jamais arrivé.

— Pourquoi ?

— Eh bien, pour commencer, j'ai changé d'idée et je me suis engagé dans l'armée et n'ai donc jamais fréquenté UCLA. Et Ted non plus. Il s'est passé quelque chose et il a fini par aller au Community College[2] de Santa Monica. Avant de rejoindre les flics du coin.

— Aurait-il pu mentir en disant qu'il avait été accepté à UCLA ? Ne faire que le déclarer pour pouvoir être dans votre groupe ?

— Peut-être, je ne sais pas. Vous voulez dire qu'il nous aurait collé aux fesses pour savoir des trucs sur Sarah et sur l'enquête ? C'est tordu.

— Mais possible. Sauf qu'à l'époque du meurtre, il n'était pas assez proche de Jake pour que les inspecteurs veuillent lui parler ?

— Voilà, exactement.

— Connaissait-il Sarah ?

— Il aurait pu. Comme elle fréquentait une école de filles, elle venait à nos soirées et à nos fêtes pour

1. Université de Californie, campus de Los Angeles.
2. Équivalent états-unien de nos IUT.

rencontrer des garçons. C'était Jake qui l'amenait. Alors oui, Ted aurait pu la connaître, en tout cas savoir qui elle était.

Ballard remarqua que Masser se tenait maintenant tout à côté d'elle et vit qu'il avait souligné en rouge des passages de sa déclaration de causes raisonnables. Elle leva un doigt pour lui indiquer qu'elle avait presque fini de téléphoner.

— Encore une question, reprit-elle. En 2005, Rawls était flic à Santa Monica. Il ne faisait pas partie de la campagne de Pearlman, n'est-ce pas ?

Il y eut un autre silence avant que Hastings ne lui réponde.

— Vous pensez au pin's, dit-il. Et la réponse est si. Il s'était porté volontaire. C'est Kramer qui l'avait recruté. Il faisait son service à Santa Monica et après, il venait nous retrouver chez Greenblatt's où on rassemblait tous les bénévoles avant d'aller faire du porte-à-porte. Il a fait ça plusieurs fois.

— Il aurait donc très bien pu frapper à celle de Laura Wilson et lui donner le pin's.

Ce n'était pas une question.

— Oui, dit Hastings.

— Je vous remercie du temps que vous m'avez accordé, dit-elle. On reste en contact.

Elle raccrocha et tendit la main pour que Masser lui donne le document.

— Désolé, dit-il, mais vous n'avez pas ce qu'il faut.

Elle regarda la sortie d'imprimante. Il avait entouré sa déclaration d'un gros rond rouge.

— Qu'est-ce qui ne va pas ?

— C'est faible. L'ADN recueilli dans l'affaire Wilson indiquait une maladie des reins. Rawls en a reçu un de Hastings parce qu'il était effectivement malade, mais il n'y a aucun lien entre Rawls et Wilson. Qu'elle ait eu un pin's de Pearlman n'est rien. Ç'aurait pu être un hasard. Des pin's comme celui-là, il y en avait probablement des milliers et moi, je crains que Canterbury, ou n'importe quel autre juge, ne voie les choses ainsi. Vous demandez un prélèvement de son ADN, et encore la permission de fouiller sa maison, et sa voiture et même son bureau ici ? Vous demandez la lune, Renée, et je suis désolé, mais si j'étais encore assistant du district attorney, je ne vous laisserais jamais aller voir un juge avec ça.

— C'est justement pour ça que vous êtes là.

— Voyons un peu rien que l'ADN. Avez-vous songé à une collecte subreptice ?

— Rawls est flic et comme il sait qu'on a déjà fait ça avec Hastings, il sera bien trop prudent. Regardez un peu son bureau. Il est tellement propre qu'on a l'impression que personne ne s'y assied jamais. Il est probablement passé ici hier pour le nettoyer après avoir compris ce qu'on fabriquait avec Hastings.

— Eh bien, moi, j'ai du mal à comprendre tout ça. Vous êtes sûre d'avoir la bonne personne ?

— Ce dont on est sûr, c'est qu'il est suspect, mais c'est justement pour ça qu'on a besoin de ce mandat. Pour rassembler des éléments qui prouveront ou infirmeront nos soupçons.

— « Nous » ?

— Harry Bosch travaille sur ce dossier avec moi. Il doit être en train de surveiller Rawls en ce moment même. Et donc… Et si…

Elle ne termina pas sa phrase parce qu'elle ne faisait que réfléchir tout haut.

— Et si quoi ? insista Masser.

— C'était à Hastings que je parlais à l'instant, dit-elle. Il m'a confirmé que Rawls avait bien travaillé comme volontaire dans la campagne de 2005. Qu'il avait frappé aux portes et distribué ces pin's.

— Hastings vous a-t-il dit si Rawls a frappé à la porte de Laura Wilson ou s'il s'est même seulement trouvé dans son immeuble ? A-t-il lâché quelque chose qui relie directement Rawls à Wilson ?

— Non, rien d'aussi net. Mais il a rejoint le cercle de Jake Pearlman presque aussitôt après l'assassinat de sa sœur.

Masser hocha la tête.

— Il y a du bon dans votre déclaration, dit-il. Mais pas assez pour montrer ça à Canterbury. Avez-vous un juge coulant à qui l'apporter ? Le mien a pris sa retraite il y a deux ans.

Ballard réfléchit un instant avant de répondre. Elle en avait bien un à l'esprit, mais c'était compliqué. Le juge Charles Rowan s'intéressait souvent plus à la femme qu'à l'inspectrice qu'elle était. Aller chez lui pour qu'il lui signe un mandat impliquerait de danser un petit tango qui ne la ravissait pas et lui ferait honte. Avant Rowan, elle avait eu une juge avec laquelle il n'y avait rien à faire de pareil, mais Carolyn Wickwire avait perdu sa réélection lorsqu'un ancien procureur populaire s'était présenté contre elle en arguant qu'elle n'était pas assez ferme dans la répression des crimes.

— J'en ai un que je pourrais aller voir, dit enfin Ballard.

— Bien. Ajoutons ce que vous avez tiré de Hastings, gonflons un peu tout ça et on voit ce que ça donne.

Chapitre 34

Le navire amiral DGP de Ted Rawls se trouvait à Santa Monica, dans Montana Avenue. Bosch longea lentement l'établissement et vit quelqu'un ouvrir une boîte aux lettres avec une clé dans la salle de devant. Il jeta un coup d'œil dans son rétroviseur et s'arrêta un instant pour voir. Il avait déjà surveillé la maison de Ted Rawls, mais avait eu l'impression que personne ne s'y trouvait.

La boutique était située au rez-de-chaussée d'un bâtiment d'un étage intitulé des plus simplement « The Montana Shoppes & Suites » et qui abritait des rangées de magasins de détail au niveau zéro et des petits bureaux au premier. Des escaliers installés à ses extrémités est et ouest permettaient d'accéder à ces derniers.

La DGP était divisée en deux. Juste derrière la baie vitrée se trouvait le mur de boîtes aux lettres accessibles vingt-quatre heures sur vingt-quatre et sept jours sur sept par une porte verrouillée à l'aide d'une carte-clé. Au-delà de cette pièce s'étendait la salle des envois et de l'emballage des paquets avec un comptoir et des étalages de boîtes en carton et de matériel d'expédition.

Bosch regarda le type sortir un petit paquet de sa boîte aux lettres, refermer cette dernière et s'en aller. Puis il en vit un autre arriver du fond de la salle et s'installer au comptoir. Ce n'était pas Rawls, mais cela ne signifiait pas qu'il ne soit pas là, ou dans le bureau juste au-dessus du magasin.

Bosch passa et repassa devant la DGP, puis il tourna à gauche dans la 16e Rue, et reprit encore à gauche pour arriver derrière le centre commercial. Il roula lentement pour lire les noms des commerces inscrits au stencil sur les portes. Il n'y avait pas de voitures dans l'allée, des panneaux « Stationnement interdit » s'y trouvant tous les quinze ou vingt mètres entre les bennes à ordures poussées contre les murs des commerces. Il chercha des caméras de surveillance, mais n'en vit aucune.

Arrivé à la porte barrée du sigle DGP, il ralentit encore plus et regarda les fenêtres du bureau au premier étage. Rien n'y indiquait la présence de Rawls. Les jalousies avaient été tirées derrière les vitres.

Il accéléra et poursuivit sa route jusqu'au croisement de la 17e Rue, tourna à gauche et repartit vers Montana Avenue. Il vit une place de parking se libérer le long de la chaussée et gara la Cherokee derrière un van compact. L'endroit lui donnant enfin une vue dégagée sur les boutiques et les bureaux du premier, il décida que c'était ce qu'il pouvait faire de mieux pour l'instant dans la mesure où il lui était impossible d'entrer dans la DGP ou dans le bureau du suspect sans se faire remarquer. Il allait attendre que Ballard lui dise ce qu'il en était de sa demande de mandat de perquisition et lui apprenne ce qu'ils feraient ensuite.

Il alluma la radio, passa sur KJazz et tomba sur une version Ed Reed de la vieille chanson de Shirley Horn « Here's to Life ». Reed la chantait lentement, sa voix chargée de toute l'expérience des années.

Bosch dut baisser le son lorsque son portable se mit à vibrer : c'était Ballard.

— Harry, dit-elle, on en est où ?

— Toujours pas de Rawls, répondit-il, et j'ai eu l'impression qu'il n'y avait personne chez lui. Pas de voiture, pas le moindre signe de vie et maintenant, je surveille son bureau de Montana Street et je ne l'ai pas plus vu que sa voiture. Et toi ? On dirait que tu es en train de rouler.

— Je me dirige vers Brentwood.

— Qu'est-ce qu'il y a à Brentwood ?

— Charlie Rowan. J'ai la demande de mandat. Masser m'a aidée à la rédiger.

Bosch savait que c'était du juge de la Cour supérieure du comté de Los Angeles Charles Rowan qu'elle parlait.

— Il est de garde, ou c'est juste ton juge coulant ? lui demanda-t-il.

— Mon juge coulant, répondit-elle. Masser pense qu'il va falloir batailler et j'espère pouvoir user de mon charme pour le pousser jusqu'à la ligne d'arrivée.

— Ouais, je me souviens que déjà à l'époque il avait une certaine réputation. Tu veux que je te rejoigne là-bas ?

— Merci, Harry, mais tu n'es pas mon père. Me débrouiller de types comme lui n'a rien de nouveau pour moi. Je peux gérer.

— Désolé de te l'avoir proposé.

— Je pourrais te retrouver après. Brentwood est dans ton coin.

— Il faut qu'on sache si Rawls est même seulement dans les parages. Après ce que Hastings lui a raconté, il pourrait bien avoir compris qu'on n'est plus qu'à deux ou trois manœuvres de le coincer.

— C'est ce que je me disais. Dès que Rowan me signe ce truc, on ira frapper aux portes pour voir si l'oiseau s'est envolé.

— OK. Je reste ici.

Ils raccrochèrent. Bosch regarda le magasin de l'autre côté de la chaussée. Par la vitrine, il voyait le comptoir des envois, où il lui sembla que l'employé était en train de lire un livre en attendant l'arrivée du client suivant.

Bosch aimait bien l'angle de vue qu'il avait et ne savait pas trop si sa place de parking serait toujours libre s'il la quittait pour faire encore une fois le tour du bâtiment. Montana Avenue comptait beaucoup de commerces et les places ne restaient pas libres bien longtemps. Il ne savait pas non plus s'il y avait un escalier intérieur reliant le magasin au bureau au-dessus. De toute manière, il était impossible à une seule paire d'yeux de surveiller correctement l'un et l'autre. Il espéra que Ballard arrive vite avec son mandat signé.

Chapitre 35

Les yeux du juge Charles Rowan s'illuminèrent lorsqu'il vit Ballard à la porte de son bureau.

— Renée ! s'exclama-t-il. Mon inspectrice préférée dans toute la Cité des anges ! Comment nous portons-nous, ma chère ?

— Je me porte bien, monsieur le juge. Et vous ?

— Bien mieux depuis que vous êtes là. Que m'apportez-vous donc ?

Et de faire même un pas en arrière pour mieux la jauger, son regard s'égarant sur elle un peu trop longtemps. Ballard en fut dégoûtée, mais conserva son maintien professionnel.

— Je pense que vous le savez, lui répondit-elle. J'ai une demande de mandat de perquisition dans une affaire qui commence à prendre forme en ce moment même. Pourrais-je vous en parler ?

— Mais bien sûr ! Entrez, entrez !

Il ouvrit la porte juste assez pour qu'elle soit obligée de le frôler. Le malaise qu'elle ressentait monta encore d'un cran.

Rowan avait la soixantaine bien sonnée, soit deux bonnes décennies de plus qu'elle, une belle tignasse de cheveux poivre et sel et la barbe qui va avec. Et dans les oreilles, des masses prodigieuses de poils de la même couleur.

Ballard était déjà allée chez lui plusieurs fois et savait qu'il vivait seul après plusieurs mariages qui avaient capoté. Elle savait aussi comment prendre à droite côté salle à manger plutôt qu'à gauche côté salon où il pourrait essayer de s'asseoir un peu trop près d'elle sur le canapé.

— Vous ne voulez pas vous mettre à l'aise au salon ? lui demanda-t-il.

Mais elle avait déjà pris le chemin opposé.

— Cette table fera parfaitement l'affaire, monsieur le juge, lui renvoya-t-elle. Mon coéquipier est tout seul en planque et je ne veux pas l'abandonner trop longtemps. Ça pourrait être dangereux. Plus vite je vous présente ceci, plus vite je pourrai retourner là-bas.

— Bien sûr, dit Rowan. Mais commençons par le commencement. Qu'est-ce que je peux vous offrir ? Un verre de thé glacé ? Un chardonnay ? Qu'aimeriez-vous ?

— Non, vraiment, monsieur le juge, ce que j'aimerais, c'est que vous lisiez cette demande et trouviez que tout ça fait beaucoup et tient la route.

Elle lui adressa le sourire le plus enjôleur dont elle était capable dans ces circonstances avant de poser sa demande sur la table et de lui tirer une chaise. Elle avait décidé de rester debout.

Rowan la regarda et parut comprendre le message : rien de tout cela n'allait virer à la visite amicale. Il s'assit.

— Bien, dit-il, voyons voir ce que vous avez.

— Je peux vous le résumer, dit-elle. Mais si vous préférez le lire, tout est là.

— Vous êtes déjà allée voir le district attorney avec ?

— Pas exactement, non. Je suis aux Affaires non résolues maintenant, monsieur le juge, et nous avons dans notre unité un adjoint au D.A. à la retraite qui nous aide à rédiger nos demandes de mandats. Il est passé au bureau aujourd'hui pour travailler sur celle-ci parce qu'il savait que le temps nous était compté.

— Vraiment ? Et comment s'appelle cet ex-adjoint ?

— Paul Masser. Au bureau du district attorney, il travaillait aux Major Crimes.

— Je le connais. Très capable comme procureur.

— Absolument.

— Et donc… voyons un peu…

Le juge commença à lire la première page et Ballard sentit son estomac se nouer. Les quatre premières de la demande n'étaient que baratin juridique standard comme toutes celles soumises à n'importe quel juge. Rowan aurait pu parcourir le document d'un trait avant d'arriver au plat de résistance, à savoir le résumé de l'affaire et la déclaration des causes raisonnables, mais il n'en fit rien. Ballard savait qu'il faisait cela parce qu'elle l'avait empêché de transformer sa visite officielle en quelque chose de plus amical.

Il n'empêche. Elle garda le silence de peur de le mettre si fort en colère qu'il rejette sa demande. Elle passa d'un pied sur l'autre et continua de regarder.

Rowan ne souffla mot qu'après avoir tourné la troisième page et parla sans même lever les yeux du document.

— Vous êtes sûre que je ne peux rien vous offrir, Renée ? s'enquit-il.

— Non merci, monsieur le juge, tout va bien, répondit-elle. Mon coéquipier m'attend et…

— Je comprends. Et je fais aussi vite que possible : je me dois d'être exhaustif. Je ne veux pas que ça me revienne à la figure en cour d'appel après avoir signé votre mandat et vous avoir renvoyée à vos affaires.

— Bien sûr, monsieur le juge.

— Charlie. Nous sommes de vieux amis, Renée.

— Bon d'accord… Charlie.

Enfin, il arriva au résumé des faits et à la déclaration des causes raisonnables. Ballard jeta un coup d'œil à sa montre. Elle s'inquiétait de savoir ce qui se passait avec Bosch qui l'attendait dans Montana Avenue.

— Regarder votre montre ne va pas nous aider, reprit Rowan. Vous êtes peut-être pressée, mais moi, je ne peux pas l'être. Pas quand il s'agit d'examiner une demande de mandat de fouille et de saisie de biens, voire d'un individu.

— Je comprends, monsieur le juge, répondit-elle. Enfin je voulais dire… Charlie.

Elle était maintenant certaine qu'il allait rejeter sa demande parce qu'elle l'avait rejeté, lui. Elle courait après un tueur en série et ce juge était assez mesquin pour saper ses efforts parce que sa fierté en avait pris un coup. Elle regretta de ne pas avoir tenté sa chance avec Canterbury.

— Renée, on passe au salon ? lui demanda-t-il soudain.

— Euh… pourquoi, Charlie ?

— Parce qu'au salon, il y a une porte qui donne sur mon bureau. Et que sur mon bureau vous trouverez mon tampon et son encreur. Pourriez-vous aller me les chercher afin que je puisse signer et tamponner ce mandat ?

— Bien sûr.

Surprise et soulagée, elle traversa vite l'entrée et gagna une double porte donnant sur un bureau. Elle y repéra le tampon orné du sceau de la Cour supérieure posé sur son encreur.

Elle revenait à la salle à manger lorsqu'elle entendit vibrer son portable. C'était Bosch. Elle ne prit pas l'appel. Elle voulait que son mandat soit signé et tamponné pour pouvoir filer. Elle rappellerait Bosch après.

Chapitre 36

Le présentateur de KJazz souhaita bon anniversaire à Ron Carter qui venait d'avoir quatre-vingt-cinq ans et avait été fêté au Carnegie Hall de New York la semaine précédente. Puis il passa « A Song for You », un air de l'album *At His Best* que le contrebassiste de génie avait enregistré lorsqu'il n'était qu'un très jeune homme de cinquante-neuf ans.

La chanson faisait huit minutes et lorsqu'elle se termina, Bosch éteignit la radio pour appeler Ballard et voir si elle avait enfin pris la direction de Montana Avenue. Mais avant qu'il puisse le faire, il vit la lumière changer à l'intérieur de la DGP. Les profondeurs du magasin derrière le comptoir des expéditions s'illuminant un instant, il comprit que quelqu'un venait d'ouvrir la porte de derrière. Il mit aussitôt le contact et quitta sa place de parking tant convoitée.

Cette fois, il longea l'entrée ouest de l'allée plutôt que de s'y engager. Cela lui permit d'en entrevoir l'enfilade deux secondes durant et d'y repérer une voiture garée à peu près au milieu, soit dans les parages immédiats de la DGP. Mais le coffre du véhicule étant ouvert, il ne put ni identifier la marque ni vérifier si son immatriculation correspondait à celle de Rawls.

Il continua de rouler jusqu'à Idaho Avenue, prit à gauche, traversa un quartier résidentiel et rejoignit la 17e Rue, où il tourna de nouveau à gauche pour arriver à l'autre extrémité de l'allée. Cette fois il vit bien la calandre caractéristique de la BM et le bleu de son capot. Ballard lui avait envoyé un peu plus tôt un SMS avec le signalement d'une BMW Série 5 de 2021 de cette couleur avec DGP1 comme plaque d'immatriculation personnalisée. Le véhicule se trouvait trop loin dans l'allée pour qu'il puisse en lire la plaque, mais constatant que celle-ci ne contenait que quatre caractères, il fut assez sûr qu'il s'agissait bien de celui de Rawls et que celui-ci était dans son établissement.

Le nez de la BM pointant vers l'est, Bosch se dit que Rawls quitterait l'allée dans cette direction en sortant de son commerce. Il enclencha la marche arrière, recula dans la 17e Rue et se gara dans l'allée de la maison la plus proche, cet endroit lui offrant une vue imprenable sur la sortie.

Il venait juste de mettre sa voiture au point mort lorsque Ballard l'appela.

— Rawls est là, lui lança-t-il. Je pense qu'il ne va pas tarder à filer. Où es-tu et… as-tu le mandat ?

— Oui, et signé, répondit-elle. Je démarre.

— Si Rawls s'en va, ça va être difficile de le suivre à une voiture alors qu'il se méfie.

— Je comprends. J'arrive.

Bosch raccrocha et concentra son attention sur la sortie de l'allée. Ne pas avoir les yeux droit sur la BM ne lui plaisait pas, mais il ne voulait pas quitter son véhicule et risquer d'être vu par Rawls, ou de le perdre si jamais celui-ci dégageait alors qu'il était, lui, loin de sa voiture.

Parce qu'il regardait à droite à travers son pare-brise, il ne vit pas le type arriver sur sa gauche et taper du poing sur le toit de sa Cherokee. Il sursauta et se tourna vers l'inconnu.

— Je ne voulais pas vous faire peur, mais ça vous ennuierait de me dire ce que vous fabriquez ici ?

— Euh, j'attends quelqu'un, lui répondit Bosch qui se détourna pour regarder dans l'allée avant de revenir sur lui.

— Quelqu'un du quartier ?

— C'est pas vraiment vos oignons, lui renvoya Bosch.

— Eh bien, mes oignons, je vais m'en occuper. Vous êtes garé dans mon allée, et je veux savoir pourquoi.

— Je m'excuse. Je vais repasser dans la rue, lui répondit Bosch en mettant le contact.

— Ça ne suffira pas, insista le type. Vous traînez dans le coin et moi, je veux savoir pourquoi sinon j'appelle la police.

— La police, c'est moi, monsieur !

Sur quoi, il se détourna encore de l'inconnu, mit en prise, repassa sur la chaussée, tourna à droite et dépassa le bout de l'allée en roulant lentement avant de jeter un petit coup d'œil dans la direction de la BM.

Elle avait disparu.

Son regard étant alors attiré par la lumière d'un stop s'allumant au bout de l'allée, il vit un véhicule tourner à droite dans la 16e Rue.

— Merde ! gronda-t-il.

Il écrasa le champignon pour regagner Montana Avenue. Arrivé au feu, il s'engagea lentement dans le carrefour et regarda à gauche. Et vit la BM bleue passer dans Montana Avenue et se diriger vers l'ouest. Il en fit autant et commença à la suivre en restant un demi-bloc en arrière. D'après lui, Rawls allait rejoindre Lincoln Boulevard, ce qui le conduirait à l'autoroute 10 et à tous les endroits où il voudrait filer.

Il rappela Ballard.

— Il s'est mis en route, dit-il. J'ai l'impression qu'il se dirige vers l'autoroute.

— Où veux-tu que j'aille ?

— S'il arrive à la 10, il pourra prendre vers la 405.

— Je suis tout près.

— Alors fonce plein sud. Je te rappelle dès que nous, on roulera dans cette direction. Si on réussit notre coup, tu prends les devants. Je crois qu'il m'a repéré.

— Comment le sais-tu ?

— Il a fait demi-tour dans l'allée pour ne pas avoir à passer devant l'endroit où j'étais.

— Merde.

— Filature à une voiture, que veux-tu que je te dise ?

— Je sais, c'est ma faute.

— Non, ça n'est pas ta faute. C'est juste ce à quoi on a droit.

— Et s'il ne faisait que rentrer chez lui ?

— Ce serait parfait, mais je ne crois pas que ce soit le cas. Les rues du quartier de la fac sont à l'est d'ici. Il ferait un gros détour si c'est là qu'il va.

Un peu plus loin, Rawls, comme prévu, prit Lincoln Boulevard. Arrivé au croisement, Bosch fit de même, mais ne vit pas la BM devant lui. Il traversa l'intersection suivante et ralentit pour regarder vite d'un côté puis de l'autre : la BM restait invisible.

— Merde, répéta-t-il. J'ai l'impression de l'avoir perdu.

— Quoi ? Où ça ?

— Il a tourné dans Lincoln Boulevard et quand j'ai voulu le suivre, il avait disparu. Je suis en train de vérifier les rues adjacentes, mais je ne le vois nulle part.

— Il nous faut ce prélèvement.

— Je sais. Ce qui fait que maintenant, c'est ma faute.

— Je ne t'accuse pas, Harry. Je suis seulement furieuse. Où penses-tu qu'il allait ?

— Vers l'autoroute et après, Dieu sait où. Peut-être a-t-il décidé de rejoindre l'aéroport. Ou de rouler vers le sud jusqu'au Mexique, ou vers le nord jusqu'au Canada, répondit-il alors qu'il avait déjà franchi trois carrefours et n'avait toujours pas revu la BM bleue.

— Où veux-tu que j'aille ?

— Continue vers la 405 et prends vers le sud. Je vais…

Il n'acheva pas sa phrase. Son portable s'envola alors qu'un grand choc à l'arrière de sa voiture la fit soudain tourner dans le sens contraire des aiguilles d'une montre, traverser un croisement en glissant de côté, écorner un panneau de stop et s'écraser contre une voiture garée avant d'enfin s'arrêter brutalement.

Il en resta sonné un instant, puis une vive douleur se déclenchant dans son genou droit, il sortit du brouillard et retrouva ses esprits. Il s'attrapa le genou et regarda autour de lui pour prendre ses repères et comprendre ce qui venait de se produire. Par le pare-brise, il vit la BM bleue qu'il cherchait. Elle s'était arrêtée au milieu de Lincoln Boulevard et avait le phare avant droit en mille morceaux à la suite de l'impact.

Bosch se fit vite une idée de ce qui était arrivé. Rawls l'avait percuté par l'arrière dans une manœuvre d'immobilisation – une tactique de poursuite destinée à stopper un véhicule en le frappant au coin arrière droit pour inverser la direction qu'il a prise et le faire tournoyer sur lui-même jusqu'à ce que le chauffeur en perde le contrôle.

À peine endommagée, la BM ne disparut pas, mais resta immobile au milieu de la rue jusqu'à ce que la portière côté conducteur s'ouvrant à toute volée, Rawls en descende. Puis en fasse le tour, Bosch croyant d'abord qu'il allait vérifier les dégâts. Sauf que Rawls ne regarda même pas l'avant de sa voiture et se mit très calmement à marcher vers la Cherokee.

Bosch vit alors clairement qu'il avait une arme au côté.

— Non, c'est une blague ! marmonna-t-il en se penchant en travers de la console centrale et sentant la douleur irradier dans ses côtes.

Il ouvrit la boîte à gants, tendit la main à l'intérieur et l'enroula autour de son pistolet. Puis il se renversa en arrière sur son siège en tenant son arme sur la cuisse : il n'avait aucune idée de l'affrontement qui s'annonçait.

Rawls continua d'avancer et soudain, il leva son arme dans la position du tireur prêt à faire feu.

— Non ! Non, non, non ! s'écria Bosch en levant son pistolet pour viser.

Mais ce fut Rawls qui tira le premier, Bosch sentant aussitôt une douleur fulgurante lui traverser le crâne.

Chapitre 37

La voix de Bosch fut coupée par un bruit fracassant suivi par des hurlements de pneus sur l'asphalte et le grincement du métal qui se rompt.

— Harry ! hurla Ballard dans son portable.

Pas de réponse.

— Harry ? Tu es là ?

Toujours pas de réponse, puis elle entendit sa voix, mais si étouffée et lointaine qu'elle ne saisit pas les mots qu'il prononçait.

— Harry ? Est-ce que tu m'entends ?

Puis elle l'entendit clairement, mais il lui fut vite évident que ce n'était pas à elle qu'il parlait.

— Non ! Non, non, non !

Et soudain, ce furent des coups de feu. Clairs, nets. D'abord un, suivi par des bruits de verre qui se brise, puis une grêle de plomb. Bien trop de tirs en bien trop peu de secondes pour qu'on puisse les compter. Enfin ce fut le dernier, étouffé et venant bien assez longtemps après les autres pour que ce soit le coup de grâce, celui qui tue.

— Harry ! hurla Ballard.

Elle braqua violemment pour faire demi-tour, enclencha la sirène et les gyrophares de la calandre en code 3 et fonça vers Santa Monica.

DEUXIÈME PARTIE

Terre sacrée

Chapitre 38

Bosch s'était assis de côté sur le lit d'examen. Pas question de s'y allonger : cela aurait pu conduire à ce qu'il soit admis et il n'avait aucune intention de rester là plus longtemps que le minimum nécessaire. L'hôpital d'UCLA Santa Monica était peut-être un établissement génial, mais il voulait rentrer se coucher dans son lit.

Il avait besoin d'appeler sa fille, mais il n'avait plus son téléphone. Il lui avait échappé des mains lorsqu'il avait été embouti par l'arrière. Il attendait que l'urgentiste écarte le rideau de son box, effectue un dernier examen et lui tende une ordonnance avant de le relâcher.

Ses blessures étaient légères même si techniquement il avait été touché par un tir d'arme à feu. Il avait des côtes froissées, une contusion au genou et quelques lacérations sans gravité dues à des éclats de verre, sans compter le haut de l'hélix de son oreille gauche qu'une balle lui avait sectionné. Il était passé aussi près du coup fatal qu'on peut l'être. À un centimètre près, il terminait sa nuit à la morgue et de cela, il était certainement très reconnaissant. Pour le reste, il était essentiellement furieux. Ted Rawls était mort et tous ses secrets avaient probablement péri avec lui.

La blessure de Bosch avait été nettoyée et refermée avec du fil noir par le médecin qui l'avait inutilement averti de ne pas dormir sur cette oreille. Bosch entendait qu'on s'affairait beaucoup et parlait médecine dans les box voisins, mais cela faisait plus de vingt minutes que personne n'était venu le voir. Il décida d'attendre encore un quart d'heure avant d'écarter le rideau et d'informer l'infirmière en chef qu'il devait se remettre au boulot.

Mais rien de tel n'arriva. Cinq minutes avant la fin du délai qu'il s'était fixé, le rideau s'ouvrit et Maddie apparut, encore en tenue. Elle était on ne peut plus loin des lieux de sa ronde.

— Papa !

Il se redressa tandis qu'elle courait vers lui. Ils se serrèrent fort l'un contre l'autre, Bosch faisant de son mieux pour protéger son oreille endommagée.

— Ça va ? lui demanda-t-elle. C'est Renée qui m'a appelée.

— Oui, oui. Tout va bien. Vraiment.

Elle s'écarta, puis regarda sa figure et enfin son oreille.

— Ça doit faire mal !

— Euh… au début, oui, mais maintenant c'est fini. Le médecin m'a dit qu'il n'y avait pas beaucoup de terminaisons nerveuses à cet endroit-là.

Le médecin ne lui avait rien dit de tel, mais Bosch ne voulait pas que sa fille s'inquiète.

— Et l'autre… il est mort ?

— Malheureusement oui. On voulait lui parler et maintenant…

— Ce n'est pas ta faute. Tu as vu les types de l'Évaluation des tirs ?

C'était la division de l'Évaluation des tirs du LAPD qui allait enquêter sur ce qu'il avait fait, même si la fusillade s'était produite à Santa Monica. Mais le SMPD mènerait lui aussi une enquête.

— Je leur ai déjà fait une déclaration préliminaire, répondit-il, mais je sais qu'il y aura plus. Ils sont probablement encore sur la scène de crime à chercher des témoins, des caméras de surveillance et le reste.

— Il faut que tu passes ta nuit ici ?

— Non, j'attends que le médecin passe me libérer. Dès qu'il l'aura fait, je dégage. Mais… tu ne serais pas de patrouille à Hollywood ?

— Le capitaine m'a laissée partir quand il a appris la nouvelle. Qu'est-ce que je suis contente que tu ailles bien !

— Merci, Mads. Mais que je te dise… ma voiture est toujours là-bas, à la scène de crime, et je ne pense pas pouvoir la retrouver avant un moment. Si je réussis à sortir d'ici, tu pourrais me ramener à la maison ?

— Bien sûr, mais Renée est à la salle d'attente et m'a dit qu'elle allait devoir te parler après moi. Des trucs pour l'affaire en cours, m'a-t-elle informée.

— Bon d'accord, alors je vais lui demander de me ramener et on pourra parler dans la voiture.

— Tu es sûr ?

— Oui, ne t'inquiète pas. Et s'il faut que tu y ailles, on pourra parler plus tard.

— Je vais te surveiller.

— Je ne savais même pas que tu travaillais le dimanche.

— Si. Je suis de service de jeudi à dimanche maintenant.

— Cool. Et si on déjeunait demain ou mardi ? J'ai l'impression que mon genou va me faire trop mal pour que je veuille rester assis à un bureau.

— Euh… oui, dit-elle en semblant hésiter.

— C'est juste que je ne t'ai pas beaucoup vue ces derniers temps.

— Je sais. Et c'est ma faute. Je suis tellement occupée ! Mais oui, faisons ça. Je passe te voir demain matin et si tu as trop mal, on remet à mardi.

— Ça me plairait, Maddie.

— Au revoir, papa. Je t'aime fort. Et je suis contente que tu t'en sortes bien, dit-elle en le serrant encore une fois sur son cœur.

— Moi aussi, Maddie, dit-il.

— Je trouve Renée et je lui dis que tu es prêt, ajouta-t-elle, et elle disparut.

Bosch attendit donc Ballard et le médecin. Il tenta de porter un doigt à son oreille pour voir s'il pouvait la plier sans qu'elle lui expédie des décharges de douleur dans tout le crâne.

— On ne touche pas à ça !

Bosch se retourna et vit que le médecin venait d'entrer. Celui-ci gagna le lavabo, s'y lava les mains, s'approcha de Bosch et regarda ses points de suture.

— Ça va être assez moche pendant un moment, mais quelque chose me dit que vous vous en moquez, dit-il.

— Tout ce qui m'intéresse, là, tout de suite, c'est de sortir d'ici, lui renvoya Bosch.

— Eh bien, vous êtes libre. Il y a une ordonnance qui vous attend à la pharmacie de l'hôpital. C'est seulement pour gérer la douleur. Si vous n'avez pas mal, vous ne prenez rien. Restez alerte.

— C'est compris. Merci, docteur. J'apprécie.

— Je fais seulement mon boulot, comme vous, vous faisiez le vôtre. Mais il vaudrait mieux que vous repassiez ici dans deux ou trois jours pour que je regarde ça et m'assure qu'il n'y a pas d'infection.

— Ce sera fait. Merci. Et pour les points ?

— On verra, mais je pense qu'il faudra les garder plus longtemps. Vous n'avez pas envie que cette oreille retombe comme celle de mon chien.

— C'est vrai.

Dix minutes plus tard, Bosch était remonté dans la voiture de Ballard et ils quittaient le parking des urgences, juste devant l'entrée. Il avait décidé de ne pas prendre l'ordonnance et de gérer la douleur avec des médicaments en vente libre.

— Commençons par te ramener à la maison, lui lança Ballard.

— Non, passons d'abord par la scène de crime, la contra-t-il. Je veux la voir.

— Harry, on ne va pas vouloir de toi.

— On fera juste que passer devant en voiture. C'est un détour d'à peine cinq minutes max.

— Bon d'accord. Mais on ne s'arrête pas.

— Les types de l'Évaluation des tirs ou de Santa Monica ne vont pas vouloir te parler ?

— Ils l'ont déjà fait. La suite demain, mais j'ai eu l'autorisation de filer.

— D'après Maddie, tu aurais quelque chose à me dire.

— Oui, pour la boîte.

— Quelle boîte ?

— Il y en avait une dans le coffre de la BM.

— Le coffre était ouvert quand j'ai repéré la voiture dans l'allée. Y en avait peut-être une dedans, mais je ne l'ai pas vue. Elle est grande comment ?

— Quarante sur quarante par douze… c'est marqué dessus. C'est un emballage d'expédition comme ils en vendent dans le magasin.

— J'aurais pu le rater. Qu'est-ce qu'il y a dedans ?

— Plein de souvenirs. De ses meurtres. Il a très vraisemblablement fait d'autres victimes entre Pearlman et Wilson, et après. Des tas, y a des chances, et on va mettre longtemps à examiner tout ça.

— Bon sang !

— C'est même probablement pour ça qu'il a fini par se flinguer.

— Minute… quoi ?

— Il s'est suicidé.

— Non, c'est moi qui l'ai touché. Je l'ai vu.

— C'est vrai, mais ça ne lui a pas été fatal. Il est tombé devant ta voiture, mais c'est là qu'il s'est collé son arme dans la bouche et s'est tiré sa dernière balle.

Bosch réfléchit à la fusillade. Tout s'était passé si vite et avait été si intense qu'il avait du mal à se rappeler chaque microseconde dans le détail. Il savait que la première balle de Rawls lui avait traversé son pare-brise et transpercé l'oreille. Il avait riposté, et vidé la moitié de son chargeur. Le pare-brise étant tombé en morceaux, ses projectiles n'avaient pas rencontré d'obstacle tandis que Rawls continuait de le charger en ripostant à son tour. Touché à l'épaule droite, Rawls s'était effondré. Il avait disparu à la vue de Bosch, qui se rappelait bien avoir entendu la dernière détonation, mais n'avait pas compris que ce coup de feu, c'était Rawls qui se l'était lui-même infligé.

Bosch avait ouvert sa portière et roulé par terre. Du sang lui coulant sur un côté du visage, il s'était cru plus sérieusement touché qu'il ne l'était. En boitant avec sa jambe blessée et sans trop savoir ce qu'il avait encore dans son chargeur, il avait fait prudemment le tour de la Cherokee, s'était retrouvé à la portière avant côté passager de la BM, avait vu Rawls étendu mort sur le sol et alors cru l'avoir tué.

— Les mecs de l'Évaluation ne m'ont pas dit ça, lança-t-il.

— C'est ce qu'ils m'ont dit, à moi, lui renvoya Ballard.

Il garda le silence et regarda fixement devant lui par la vitre tandis que Ballard continuait de rouler. Au bout d'un moment, elle s'inquiéta.

— Dis, Harry, ça va ? lui demanda-t-elle. Ne t'imagine pas vomir dans ma voiture.

— Pas de problème. Mais je pensais à cette boutique et aux autres de Rawls.

— Et ?…

— On sait qu'il a lancé son affaire après avoir lâché les flics, s'être fait greffer un rein et avoir eu droit à un nouveau bail sur la vie, non ?

— Si, si.

— Alors, pourquoi ce commerce-là ? Qu'est-ce que cela avait à voir avec ce qu'il faisait vraiment ?

— Tu penses que ç'aurait pu l'aider d'une façon ou d'une autre à trouver des victimes ?

— Je ne sais pas, mais on devrait chercher par là. Les trois quarts des gens louent ces boîtes de poste restante pour des raisons légitimes, mais je suis certain qu'il y en a d'autres pour qui ce n'est pas pareil. Ils le font parce qu'ils mènent des vies secrètes, à tout le moins compartimentées. Ils veulent avoir un endroit où on peut leur envoyer des choses en toute tranquillité. Des trucs qu'ils ne veulent pas recevoir chez eux de peur que leur femme ou leur mari ne s'en aperçoive.

— Et lui avait accès à toutes ces boîtes, fit remarquer Ballard.

— C'est ce que je me dis. Il était de l'autre côté de ce mur de boîtes postales et pouvait donc voir, disons… les petites affaires de chacun. Je ne sais pas si ça l'aidait dans sa propre vie secrète de type qui cible des femmes et j'imagine que c'est un truc de plus que nous ne saurons jamais parce qu'il est mort.

— À mon avis, on le découvrira dès qu'on commencera à identifier d'autres victimes et en ce qui me concerne, ça ne me met pas trop en colère qu'il soit mort. On dira sans doute qu'il s'en est tiré sans problème pendant longtemps et… où est la justice dans tout ça ? Mais je sais aussi qu'il y a maintenant des vies inconnues qui sont sauvées.

— J'imagine, oui.

— Ce n'est pas une idée, Harry. C'est la réalité.

Ils avaient atteint Lincoln Boulevard et l'intersection où s'était produite la fusillade était maintenant barricadée par des flics de la circulation. Bosch s'aperçut que sa Cherokee verte avait été hissée sur un camion à plateau pour être conduite à une fourrière de la police. Et pour ce qu'il en savait, son téléphone était toujours à l'intérieur.

Ils furent déviés dans une ruelle latérale par d'autres flics de la circulation et ne se trouvèrent jamais assez près pour qu'il puisse voir ce qui se passait derrière les barrages orange. Ballard continua de rouler.

— As-tu pu reparler avec le conseiller ? lui demanda Bosch.

— J'ai mis Hastings au courant, mais je ne veux pas parler à Pearlman tant qu'on n'aura pas une correspondance ADN absolue avec Rawls. Même chose pour la mère de Laura. Je vais passer au bureau du coroner demain matin pour y prendre le sang et les empreintes et après, j'irai au labo. Darcy Troy n'attend que le moment de sauter sur ce sang. Comme je n'ai pas vraiment de technicien à la bonne aux Latentes, on verra ce que ça donnera avec eux.

— Et côté hiérarchie ? Tu vas te faire taper sur les doigts pour avoir pris ce type dans ton équipe ?

— Ah ça non ! Si jamais ils essaient, j'aurai les mails où Hastings me demande, et sans la moindre équivoque, de coller Rawls dans l'unité. Ce n'est pas ça qui m'inquiète. Ce qui m'inquiète plus, c'est toi, Harry.

Chapitre 39

Ils obligèrent Ballard à rester trente-cinq minutes assise dans la salle d'attente avant de l'informer que le conseiller était prêt à la recevoir. On était déjà mardi après-midi et le mystère qui l'entourait la maintenant en vie, l'affaire Rawls restait fermement à la une depuis le dimanche soir précédent. Rares étaient les détails qui avaient filtré dans le public, le LAPD attendant assez largement que le lien génétique entre Rawls et les meurtres de Sarah Pearlman et de Laura Wilson soit confirmé. Pour l'heure, tout se réduisait au fait qu'un enquêteur des Affaires non résolues avait échangé des coups de feu avec un individu soupçonné de meurtre, la fusillade faisant un mort et un blessé. Aucun nom n'avait fuité ou été communiqué pour l'instant. Mais tout cela allait changer dans quelques heures, lorsque le chef de la police donnerait une conférence de presse sur le parvis du Police Administration Building. C'était à Ballard que revenait la tâche de mettre le conseiller au courant de ce qu'y annoncerait le chef.

À peine entrée dans le bureau de Pearlman, elle trouva le conseiller en compagnie de Nelson Hastings et de Rita Ford. Il y avait, à droite de son bureau monumental, un endroit où s'asseoir dans deux canapés installés de part et d'autre d'une table basse au plateau de verre. Pearlman et Hastings avaient pris place chacun à une extrémité du premier, Ford s'en étant réservé une dans l'autre, Ballard fut priée de s'asseoir dans la dernière libre.

— Inspectrice Ballard, lui lança Pearlman, j'attends votre compte rendu. Que pouvez-vous nous dire ?

— Je vous remercie de me recevoir, monsieur le conseiller, lui répondit-elle. À 16 heures, le chef de la police va donner une conférence de presse. Il y annoncera que l'ADN et l'empreinte de paume de Ted Rawls ont été formellement rattachées aux meurtres de votre sœur et de Laura Wilson. Ces deux affaires seront donc closes, mais l'enquête sur Rawls, grâce aux éléments de preuve retrouvés dans sa voiture et ailleurs, va se poursuivre. Il est possible qu'il soit aussi relié à d'autres affaires. À plusieurs.

— Ah, mon Dieu ! s'exclama Pearlman en hochant la tête. Et donc, tout est vraiment terminé ?

— Oui, monsieur, en ce qui concerne votre sœur au moins. Le district attorney va examiner nos conclusions et donnera son accord pour clore l'affaire. Je sais que rien ne referme jamais vraiment les plaies, mais cela vous apaisera peut-être un peu.

— Et l'autre affaire ? Il a fait la connaissance de Wilson de son côté ou l'a-t-il plutôt sélectionnée en faisant du porte-à-porte pour moi ?

— Ça ressemble beaucoup à cette seconde hypothèse, répondit Ballard.

Il y eut une pause, puis Hastings enchaîna :

— Rien de tout cela ne saurait se retourner contre le conseiller, dit-il.

— Ce qui signifie ?…

— Que pour ce dernier point, vous n'avez aucune preuve comme quoi Rawls aurait rencontré ou ciblé Laura Wilson en allant frapper aux portes pour un candidat. Vous n'avez qu'un pin's qu'elle aurait pu trouver n'importe où et je vous prie donc de ne pas laisser fuiter cette hypothèse dans les médias. Si votre patron décide de le faire, il ne pourra plus bénéficier du soutien de ce bureau.

— Je vais faire passer le message aux relations avec les médias, lui répondit Ballard. Le communiqué de presse sortira après les déclarations du chef de la police.

— Comment répondrez-vous concernant la présence de Rawls dans votre équipe ?

— Que voulez-vous dire ?

— Vous pouvez être sûre qu'un petit malin de reporter va vous demander comment il se fait que Rawls ait atterri dans votre unité. Et question suivante, on voudra aussi savoir si vous avez vérifié ses antécédents.

— Eh bien… je ne pense pas que ce sera à moi qu'on posera ce genre de questions. Mais si c'était le cas, je n'ai pas l'intention de mentir aux médias ou à quiconque. Vous m'avez dit que le conseiller voulait qu'il soit pris dans notre équipe, j'en ai parlé à mon capitaine et nous avons fait ce qu'on nous demandait. J'ai toujours vos mails sur ce point.

Elle voulait être certaine qu'il comprenne bien que s'il voulait la jeter aux chiens, elle ou le LAPD, ç'aurait toutes les chances de lui revenir en pleine figure.

— Oui, ces mails étaient bien de moi, répondit Hastings. Je vous ai dit, moi, et pas le conseiller, de le prendre avec vous. C'est la vérité et c'est tout ce que vous aurez à révéler si on vous pose la question.

Hastings était prêt à se sacrifier pour Pearlman. Ballard y voyant de la noblesse, chose assez rare en politique, son respect pour lui grandit aussitôt.

— Je comprends, dit-elle.

— Quand le chef se propose-t-il de parler ? demanda Ford.

— À 16 heures.

— On devrait tenir notre conférence de presse juste après. Pour être partie prenante du même cycle d'infos.

— Excellente idée ! s'écria Hastings. Inspectrice, encore une question pour vous : seriez-vous prête à vous tenir à côté du conseiller pour déclarer qu'il a joué un rôle capital dans la renaissance de l'unité des Affaires non résolues qui a conduit à l'identification de l'assassin et à la résolution de deux affaires ?

— Il faudrait que j'aie le feu vert du service.

— Demandez-le, insista Hastings. Nous adorerions vous avoir avec nous et je suis certain que de votre côté vous voudrez montrer tout le respect que vous portez à l'homme qui a mené la charge pour remettre en route cette unité après toutes ces années.

— Je vérifie avec mon capitaine et je vous tiens au courant.

Sentant que la réunion était terminée, Ballard se leva. Pearlman, qui semblait sortir d'une vague hébétude, se leva à son tour. C'est alors que Ballard vit des larmes sur son visage. Pendant qu'elle guerroyait avec Hastings et

Ford, le conseiller semblait avoir pensé à sa sœur assassinée et admis l'idée que c'était quelqu'un de proche – un ami – qui l'avait tuée.

— Je vous remercie, inspectrice, dit-il. Si j'ai poussé à ce qu'on remette votre unité en service, c'est parce que je ne voulais pas qu'on oublie l'affaire de ma sœur. Savoir qu'on l'a résolue valide tout ce que j'ai dit sur l'importance de cette unité. Tel est le message que je vais faire passer à ma conférence de presse. Je ne saurais vous remercier assez et ça aussi, soyez certaine que je vais le dire. J'espère que vous pourrez vous joindre à nous.

Sur quoi il lui tendit la main, qu'elle serra.

— Merci, monsieur le conseiller, dit-elle.

En descendant Spring Street sur une moitié de bloc entre City Hall et le PAB, elle passa en revue les réponses qu'elle avait données dans cette réunion des plus intenses et estima qu'elle s'en était bien sortie. Elle n'avait aucune intention de demander la permission de se tenir à côté du conseiller Pearlman lors d'une conférence de presse… même s'il se préparait à chanter ses louanges et celles de son unité. Ç'aurait été mélanger la politique et le travail de policier et c'était la recette même d'un désastre à venir. Elle allait passer son tour.

Revenue au PAB, elle tomba sur de petits groupes de techniciens de la télé en train d'installer leur matériel en face d'un lutrin orné d'une grande réplique en or du badge du LAPD. On y voyait l'image de City Hall, le bâtiment emblématique même d'où elle arrivait

– l'« Old Faithful[1] » comme l'appelaient les résidents du Civic Center. Lorsque le chef de la police y prendrait place pour sa conférence de presse, sa tour de vingt-sept étages se refléterait derrière lui dans la façade en verre du PAB. Cela rappellerait à tout un chacun qu'on ne peut jamais vraiment séparer la politique du travail de la police.

Ballard entra dans l'immeuble en montrant son badge et prit l'ascenseur jusqu'au dixième étage, où une pré-conférence de presse devait avoir lieu au bureau des relations avec les médias, à quelques pas seulement du BCP, ou « Bureau du chef de la police ».

Le porte-parole n° 1 du LAPD était un civil, un ancien journaliste de Channel 5 dénommé Ramon Rivera. Il accueillit Ballard dans son bureau, où elle eut la surprise de voir que le chef de la police s'était lui aussi installé. Les deux hommes revoyaient la déclaration que celui-ci allait lire à la conférence, un exemplaire de cette déclaration étant ensuite distribué aux journalistes.

Une fois Ballard assise, Rivera lui en tendit un, où elle retrouva les détails qu'elle lui avait fournis au cours d'un entretien téléphonique un peu plus tôt, tout cela n'étant que la stricte reprise des éléments de l'affaire. Cette partie de la conférence serait la plus facile ; le plus difficile serait d'anticiper les questions et de décider comment y répondre.

Un an plus tôt, le chef de la police avait poussé Ballard à réintégrer le service après qu'elle en avait démissionné

1. Soit « le Vieux fidèle », nom également donné à un célèbre geyser du parc national de Yellowstone.

tellement elle était frustrée. C'était la promesse qu'il lui avait faite de lui confier la tâche de son choix qui avait eu pour résultat de la voir prendre le commandement de l'unité des Affaires non résolues. Dans l'instant, il lui posa les questions qu'il s'attendait à entendre fuser des médias dès qu'il aurait fini de lire sa déclaration.

— Pourquoi Bosch suivait-il Rawls sans appui tactique ? lui lança-t-il.

— En fait, le suivre ne faisait pas partie du plan, répondit-elle. Mais il n'a pas eu le choix dans la mesure où il avait reconnu sa voiture garée devant son commerce. Il la surveillait pendant que j'étais allée voir un juge pour qu'il me signe un mandat de perquisition et comme Rawls a filé avant mon arrivée, il n'a pas eu d'autre option que de tenter de le suivre tout seul. Que Rawls ait su qu'il faisait l'objet d'une filature dès le début ou qu'il ait repéré la voiture de Bosch en roulant n'est pas très clair.

— Et c'est vous qui avez recruté Bosch dans l'unité ?

— Oui. C'est l'inspecteur le plus expérimenté de toute l'équipe.

— Aviez-vous connaissance de ses problèmes avec le LAPD lorsqu'il en faisait partie ?

— Ses… problèmes ?

— Il avait déjà été impliqué dans plusieurs fusillades et n'avait pas quitté le service dans les meilleurs termes. On pourrait même dire qu'il a pris sa retraite avant qu'on l'y mette.

— Je savais certaines choses, oui. Mais c'était la meilleure équipe de volontaires que je voulais mettre sur pied et il figurait tout en haut de ma liste. Si nous avons résolu cette affaire, c'est largement grâce aux décisions qu'il a prises.

— Qu'éprouveriez-vous si nous devions l'ôter de votre équipe ?

— Je ne comprends pas. C'est son travail qui nous a conduits à Rawls et maintenant vous voudriez le jeter dehors ?

— Je n'ai pas dit ça. Enfin… pas encore. Mais nous allons avoir un problème de perception dans l'unité lorsqu'il sera révélé qu'un des membres que vous avez choisis était un tueur. Je suis sûr que vous reconnaîtrez avec moi que ça fait mauvais effet, inspectrice Ballard. Je me demande même si nous n'allons pas tout reprendre de zéro.

— Vous voulez dire pour nettoyer la baraque ?

— Faute d'une meilleure formulation…

— Et d'un, je tiens à dire que ce n'est pas moi qui ai choisi Rawls. Il nous a été imposé par le bureau du conseiller. Je n'en voulais pas, mais le chef de cabinet du conseiller Pearlman m'y a obligée. J'en ai parlé au capitaine Gandle et nous sommes tombés d'accord pour le prendre, afin de conserver le soutien du conseiller. Cela dit, je ne vois toujours pas pourquoi cela devrait se terminer par un grand nettoyage. Nous avons une bonne équipe. Nous avons un ancien assistant au district attorney qui nous sert de sonde juridique, une experte en GGI et d'autres enquêteurs des plus capables, Harry Bosch étant le meilleur de tous.

— Bon, bien, mettons cette décision de côté pour l'instant et allons parler aux médias. Nous verrons comment cela évolue avant de prendre celles qui conviennent.

Dieu sait comment, Ballard eut l'impression qu'au moins une avait été déjà prise lorsque le chef se leva, Rivera l'imitant aussitôt.

— Laissez-moi récupérer les déclarations à distribuer à l'imprimante, dit ce dernier.

Dès que Rivera fut parti, Ballard se leva et fit face au chef de la police.

— Monsieur, dit-elle, si vous décidez qu'il y a besoin de recomposer l'unité, sachez que vous devrez le faire sans moi. Si Harry Bosch s'en va, je m'en vais avec lui.

Il la regarda un long moment avant de réagir.

— Vous me menacez, inspectrice Ballard ? lança-t-il.

— Pas du tout, lui répondit-elle. Je vous dis simplement ce qu'il en sera. S'il part, je pars aussi.

— C'est compris. Mais prenons les choses au fur et à mesure. Voyons d'abord comment cette conférence va tourner et nous pourrons décider de l'avenir plus tard.

— Oui, monsieur, dit-elle.

Chapitre 40

La conférence de presse du LAPD fut diffusée en direct aux infos de 16 heures de la chaîne KCAL. Bosch, qui la regardait chez lui, s'obligea à ne pas bondir tant il l'émerveillait de voir l'assurance avec laquelle le chef de la police racontait l'histoire de Ted Rawls en laissant de côté tant de détails saillants. Il dévidait le conte d'un tueur en série qu'on identifie par son ADN grâce au travail des membres de l'unité récemment recréée des Affaires non résolues et qui se donne la mort au moment où lesdits membres de cette unité le cernent. Pas question de mentionner que le coupable en faisait lui-même partie ou que c'était son ami de longue date, le conseiller Jake Pearlman, qui l'y avait mis. Rawls était simplement décrit comme un type qui gagnait sa vie en dirigeant une chaîne de commerces. Aucun nom d'enquêteur de l'unité n'était non plus mentionné et Renée Ballard, qui se tenait derrière le chef de la police sur le podium, ne fut pas appelée à parler. Le chef termina sa lecture d'une déclaration préparée à l'avance en encensant l'unité et Ballard, son inspectrice principale, le résultat de toute l'affaire étant qu'un énième tueur en série avait été mis hors course grâce au dur travail et au dévouement de l'unité des ANR, mais aussi à la prévoyance des administrateurs qui l'avaient reconstituée.

Apparemment enhardi d'avoir ainsi débité ces demi-vérités, le chef se déclara prêt à répondre à quelques questions, mais c'est alors que les choses ne tournèrent pas aussi nettement à son avantage. Si la première, gentille et bien tournée, porta sur ce qui l'avait amené à remettre l'unité en marche, la seconde le plaça aussitôt dans la zone rouge.

— Mes sources me rapportent que l'enquêteur qui a échangé des coups de feu avec Rawls avant que celui-ci ne se donne la mort n'est autre que Harry Bosch… Harry Bosch qui a été impliqué dans de nombreuses fusillades avant d'être mis à la retraite. Et maintenant il est de retour et ma question sera donc celle-ci : avez-vous été consulté et avez-vous approuvé qu'il soit ajouté à l'équipe ?

Pas moyen de voir la femme qui avait posé la question, la caméra étant braquée sur le lutrin et le chef de la police, mais Bosch crut reconnaître son léger accent des Caraïbes.

Le chef tenta de botter en touche.

— Comme je l'ai dit dans ma déclaration, répondit-il, certains éléments de cette affaire sont toujours sous enquête. L'un d'eux concerne la fusillade dans laquelle est impliqué un officier de police et je ne ferai pas de commentaires sur ce qui est une enquête en cours en même temps qu'une affaire personnelle. Ce ne serait pas juste à ce stade. Il suffira de dire que notre enquête en interne sera exhaustive et revue de manière indépendante par le bureau du district attorney ainsi que l'exige notre protocole lorsqu'il y a une fusillade impliquant un officier de police.

Le chef pointait du doigt un autre journaliste lorsque la première lui décocha une question de suivi d'une voix forte.

— Dans les archives des tribunaux ayant trait à ses tirs antérieurs, Harry Bosch a droit au qualificatif de « porte-flingue ». Cela a-t-il pesé dans la décision qui a été prise de l'inclure dans cette unité ?

Le terme de « porte-flingue » fit beaucoup cligner des yeux le chef de la police.

— Euh, dit-il, je n'en ai pas connaissance et comme je viens de le dire, je ne peux à ce stade faire aucun commentaire sur cette fusillade. Et c'est tout le temps que je puis vous consacrer aujourd'hui.

Sur quoi il quitta vite le podium et traversa le parvis pour rejoindre la sécurité du PAB, les questions qu'on lui cria dans le dos n'étant pas entendues et n'obtenant pas la moindre réponse tandis que Ballard et un groupe du service des relations avec les médias s'avançaient dans son sillage. Bosch, qui l'avait regardée au moment où elle faisait demi-tour pour suivre le chef de la police, vit clairement de la crainte sur son visage.

Après la conférence de presse, la chaîne montra un reportage en direct de la fusillade avec Rawls. Une journaliste y présenta des interviews de résidents de ce quartier normalement calme. Ce n'était que du remplissage, mais dans son résumé elle mentionna que le conseiller Pearlman avait prévu de donner lui aussi une conférence de presse à 17 heures afin d'y parler de l'affaire et de ce qu'elle avait de personnel pour lui.

À 17 heures, Bosch passa de KCAL, dont le programme ne comportait pas de journal télévisé, à KNBC où celui-ci allait commencer. Le présentateur y commenta en direct l'arrivée du conseiller Pearlman sur les marches en granit de City Hall et comment il prit place derrière un lutrin orné de l'emblème de la ville.

Dans une courte déclaration, Pearlman encensa le travail de l'unité des Affaires non résolues et fit remarquer que son bureau avait joué un rôle clé dans sa renaissance. Il ajouta qu'identifier Rawls comme étant l'assassin de sa sœur et de Laura Wilson n'avait pas mis fin à la douleur de ses proches, mais qu'on pouvait espérer que savoir enfin la vérité commencerait à bander les blessures du passé.

Lui aussi avait laissé beaucoup de faits essentiels de côté, en particulier celui de reconnaître que c'était son propre chef de cabinet qui avait mis Rawls dans l'unité même qui l'avait démasqué. Il n'avait pas davantage mentionné que Rawls avait très probablement choisi Laura Wilson comme victime en faisant du porte-à-porte pour lui lors de sa première campagne électorale de 2005.

Il mit fin à son petit speech en annonçant qu'il ne répondrait à aucune question et en priant tout le monde de respecter sa tranquillité et celle de sa famille, Bosch voyant très cyniquement dans ces derniers propos un moyen d'éviter des interrogations pouvant conduire à de gros dégâts politiques.

Il éteignit sa télé et resta là sans bouger, à réfléchir à la manière dont la vérité était toujours manipulée par les puissants du moment. Cela l'agaçait de savoir des choses que personne n'aurait dû garder secrètes.

Il repensa aussi à la crainte qu'il avait vue sur le visage de Ballard et se demanda si d'une manière ou d'une autre elle n'avait pas été obligée de se tenir à côté du chef et d'ainsi faire partie de cette manipulation.

Il regrettait qu'elle ne l'ait pas au moins appelé pour le mettre au courant lorsqu'il comprit qu'elle pouvait l'avoir fait sans qu'il en ait conscience, son portable se trouvant chez les flics ou quelque part ailleurs dans sa Cherokee après qu'il lui avait échappé des mains au moment où Rawls faisait partir sa voiture en vrille, laquelle était très vraisemblablement dans une fourrière de la police.

Il se leva, gagna la cuisine et décrocha son fixe pour appeler son portable et écouter ses messages. Il en avait deux. Dans le premier, qu'elle lui avait laissé à 14 heures, Ballard lui donnait les heures des deux conférences de presse. Dans le second, arrivé dix minutes plus tôt et provenant de Chicago, Juanita Wilson le priait de la rappeler. Il prit un stylo et un Post-it dans un tiroir et nota son numéro.

Son fixe étant un sans-fil, il l'emporta sur la terrasse de derrière pour passer son appel.

— Madame Wilson ?

— Inspecteur Bosch, je suis navrée de vous déranger et vous remercie de m'avoir rappelée aussi vite.

— Vous ne me dérangez absolument pas. L'inspectrice Ballard vous a-t-elle téléphoné ?

— Oui. Elle m'a dit ce qui s'était passé et que l'homme qui a tué ma Laura était mort.

— Oui, il s'est suicidé au moment où on commençait à le serrer de près. Je suis désolé. Je voulais... nous voulions le prendre vivant pour qu'il soit puni.

— Ne vous excusez pas. Pour moi, la punition est là. Il est en enfer.

— Certainement, madame.

— Appelez-moi Juanita.

— Juanita.

— Je vous appelle pour vous remercier de tout ce que vous avez fait. L'inspectrice Ballard m'a raconté. J'espère que vous allez bien et que vous vous remettrez vite.

— Je vais bien, Juanita.

— Et je veux vous remercier pour ces réponses. Je vous avais dit que c'était pour les avoir que je tenais le coup.

— Je comprends.

— Merci à vous et à l'inspectrice Ballard, maintenant je peux partir... et rejoindre Laura et mon mari.

Bosch ne sut pas trop quoi dire. Il savait que tout le monde ou presque croit en quelque chose et garde l'espoir qu'il n'y a pas qu'un grand vide au bout du voyage.

— Je comprends, répéta-t-il en regardant de l'autre côté du col de Cahuenga la vue latérale qu'il avait du panneau Hollywood et sentant tout ce que sa réponse avait d'inadéquat.

— Je vais vous laisser, reprit Juanita. Encore une fois, merci, inspecteur Bosch.

— Harry.

— Merci, Harry. Adieu.

— Au revoir, Juanita.

Bosch serra fort le téléphone dans sa main en pensant à cette femme qui avait attendu des réponses pendant des années et n'avait même pas eu droit à toute la vérité. Un fort sentiment de colère monta en lui.

Il réintégra sa maison en boitant et ouvrit son ordinateur portable pour y chercher un numéro de téléphone. Il l'appela, demanda à parler à la journaliste dont il avait entendu la voix pendant la conférence de presse du LAPD et repassa sur sa terrasse en attendant qu'on la lui passe. Il regardait de l'autre côté du col lorsque la voix au léger accent des Caraïbes se fit entendre dans son oreille.

— Keisha Russell à l'appareil. Que désirez-vous ?

— Tu m'as traité de « porte-flingue » en direct à la télé.

— Harry Bosch ! Ça fait une paie !

Il se rappela la manière dont elle disait son nom. Il avait toujours l'impression qu'elle le faisait en mordant dans une pomme croquante.

— Je croyais que tu étais à Washington D.C., à couvrir la politique.

— Les hivers de là-bas ont commencé à me fatiguer. En plus, j'ai failli être tuée au Capitole l'année dernière. C'est là que j'ai décidé que l'heure était venue de renouer avec mon premier amour : la chronique criminelle.

— Et moi qui croyais que couvrir la politique, c'était la même chose.

— C'est drôle, ça. Et encore plus drôle que tu m'appelles. Je voulais le faire, mais je n'ai trouvé personne du coin qui veuille me passer ton numéro. Tu m'appelles seulement pour te plaindre ou y a-t-il autre chose que tu voudrais me dire ?

Il songea encore un instant à se taire, mais les images de l'affaire qu'il avait en tête, celles de Sarah Pearlman, de Laura Wilson et même de Juanita Wilson, eurent vite fait d'étouffer cette idée.

— On se sert de toi, lui lança-t-il. Tu étais plus futée que ça la dernière fois que tu t'occupais des crimes.

— Non, vraiment ? lui renvoya-t-elle. Et qui donc se servirait de moi ?

— La source qui t'a appris que le tireur, c'était moi. Elle t'a parlé de moi, mais ne t'a pas dit le reste de l'histoire. Elle est plus pressée de se débarrasser de moi que de faire connaître toute la vérité.

— Cette conversation est-elle officielle ?

— Pas encore.

— Alors, va falloir que j'y aille. J'ai une deadline à respecter. Si tu veux qu'on se retrouve après que j'aurai rédigé mon papier, je suis absolument pour. Ça fait si longtemps… On se prend un verre et tu me mets au jus de qui est qui au zoo ?

Il s'agissait d'une vieille expression du LAPD, d'une précaution tout aussi utile lorsqu'on plonge dans les abîmes de la ligne politique municipale en matière de gestion de la police que la sirène et les gyrophares quand on répond à un code 3 à la radio : la première mesure était d'évaluer la situation, de déterminer qui était qui au zoo.

— Disons un peu après que ça se sera tassé. Si je suis toujours de ce monde.

— Je ne serais pas contre, dit-elle. Tu es ou n'es peut-être pas un porte-flingue, mais pour ce qui est de survivre… Des trucs que je devrais savoir avant de refermer ce dossier ?

— Que pour l'instant, tu n'as que la moitié de l'histoire.

— Dis-moi donc cette moitié que je n'ai pas.

— Ce n'est pas le moment.

— Et si je laisse tomber le coup du porte-flingue et ne dévie pas de ce qui s'est passé dimanche ? Je te rends ce service, mais toi, qu'est-ce que tu fais pour moi ?

— D'où tu sors ça ?

— Quoi ? Le « porte-flingue » ? J'ai dû beaucoup creuser. C'est dans une motion qu'Honey Chandler a présentée dans les années 90. Tu te souviens d'elle ? La citation exacte est : « Bosch est un porte-flingue qui tire d'abord et pose les questions ensuite. » Elle t'y a aussi traité de cow-boy. J'adore et je vais absolument la reprendre dans mon article.

Il revit un bref instant l'avocate des droits civiques avant qu'elle ne soit assassinée par quelqu'un qui voulait l'impressionner, lui. Honey Chandler était sa némésis[1] et il ne doutait pas qu'elle ait pu le traiter de « porte-flingue » dans un de ses documents, voire en plein tribunal. Cela étant, il avait fini par la respecter.

Il baissa la tête et regarda l'autoroute en bas du col. L'inertie de l'heure de pointe y était totale.

— Oui, dit-il. Je ne l'ai pas oubliée. Pas plus que je n'ai oublié la journaliste qui voulait toujours avoir le scoop, mais sans déroger à la vérité.

---

1. Voir *La Blonde en béton* du même auteur.

— Le coup est bas, Harry. Faut toujours qu'on accuse le messager. Mais je te demande de m'aider à ne pas me tromper. Si tu ne veux pas, qui faudra-t-il accuser ?

Il n'hésita qu'un bref instant avant d'y aller.

— Keisha, dit-il, il y avait un renard dans le poulailler.

Un long silence s'ensuivit avant que Russell ne réagisse.

— Ce qui veut dire ?

— Que tu ne tiens pas ça de moi. Confirme-le par ailleurs. Le renard était Rawls.

— Toujours des devinettes. De quel poulailler parlons-nous ?

— Rawls travaillait comme volontaire dans l'unité. Il s'occupait des affaires Pearlman et Wilson. Oui, avec nous.

— « Nous » de l'unité des Affaires non résolues ? Dis, tu te fous de moi ?

— J'aimerais bien.

— Et ils essaient de le cacher pour éviter les embarras.

— Tu ne voulais pas savoir qui est qui au zoo ?

— Bon alors, que je comprenne bien : Renée Ballard avait pris un tueur en série dans sa propre unité.

— Non. Pas elle. Ce n'est pas elle qui l'avait choisi.

— Qui alors ?

— Tu devrais peut-être appeler Nelson Hastings au bureau du conseiller et lui poser la question.

Il l'entendit partir d'un rire étouffé bien qu'elle ait très clairement posé la main sur l'écouteur. Puis elle reprit :

— Mais c'est trop bon, ça !

— N'oublie pas : la confirmation, c'est toi qui la trouves de ton côté. Ça ne vient pas de moi.

— T'inquiète pas Harry. Ce sera fait. T'as confiance en moi ? Comme autrefois ?

— Ça remonte à loin. Je le saurai en lisant le journal demain.

— Ce sera en ligne à 10 heures.

— Je n'ai pas souscrit à cet abonnement-là.

— Alors, il te faudra attendre jusqu'à demain. Mais on se le prend vite, ce verre.

— Tu fais ça comme il faut et c'est moi qui régale.

— Marché conclu. Il faut vraiment que j'y aille. Deadline dans une heure et grâce à toi, j'ai encore un boulot pas possible.

— Bonne chasse !

Il raccrocha et regarda encore une fois la route en bas du col. Rien n'y bougeait. Les artères de la ville étaient complètement bouchées.

Chapitre 41

Elle voulait être la première arrivée au travail, mais lorsqu'elle entra dans le bâtiment des Archives, elle entendit le bruit cadencé d'une machine imprimant un document de plusieurs pages à la salle de reprographie. Elle y passa la tête et découvrit Harry Bosch en train d'insérer des feuilles dans un classeur trois anneaux au fur et à mesure qu'elles sortaient de l'imprimante.

— Harry ! Qu'est-ce que tu fais ici ?

Il la regarda un bon moment avant de répondre.

— Euh, c'est que je travaille ici, moi, lui renvoya-t-il. À moins qu'on m'ait viré sans me le dire.

— Non, ce que je voulais dire… Je pensais que tu prendrais des congés. Pour te remettre d'aplomb.

— Deux jours m'ont suffi. Ça va. Je suis en forme.

— La dernière fois que je t'ai vu, tu avais le genou un peu faiblard.

— Je me suis acheté une chaussette de compression. Ça marche plutôt bien, mais si tu voyais la marque que ça me laisse sur la jambe !

Ballard entra complètement dans la salle et regarda le classeur. Il était évident que Bosch était en train de monter un livre du meurtre.

— Et donc, c'est quoi… ça ? demanda-t-elle.

— Je copie les fichiers de l'affaire de la famille Gallagher que je n'ai pas, répondit-il. Je vais m'y remettre.

— Je croyais qu'on était au clair sur l'interdiction de copier des dossiers, et te revoilà quand même !

Il ne souffla mot en remettant une pile de documents dans les anneaux d'un des livres du meurtre. Elle posa son carton sur le comptoir à côté du classeur qu'il remplissait.

— Parle-moi, Harry. Qu'est-ce qui se passe ?

— Écoute, ça fait longtemps que je ne suis plus dans le service, mais je sais encore lire dans le marc de café. Ils vont te dire de me virer. Et ça ne me gêne pas. Je ne veux pas te poser plus de problèmes que je ne t'en ai déjà occasionnés. Mais qui va reprendre cette affaire quand je serai parti ? lui demanda-t-il en lui montrant les sept classeurs du dossier sur le comptoir. Je me disais donc que j'allais les emporter chez moi pour pouvoir continuer à y travailler. Et je te téléphonerai quand je tiendrai McShane.

— Harry, je ne vais pas te raconter des histoires et te dire que tout va bien. Mais je leur ai dit que si tu partais, moi aussi je partais. J'ai été bien claire avec le patron.

— J'apprécie, dit Bosch en hochant la tête. Vraiment. Mais t'aurais pas dû. Ça ne les empêchera pas de faire ce qu'ils veulent.

— Nous verrons.

— Oui, nous verrons, et probablement très vite.

— Ce qu'il y avait dans le *Times* de ce matin ne va pas nous aider. Tu l'as lu ?

— Je ne lis pas le *Times*.

— Ils ont trouvé des tas de choses qui n'ont pas été dites à la conférence de presse du chef.

— C'est leur boulot.

— Cette Keisha Russell, la journaliste… tu la connais ?

— Euh, oui, mais aux dernières nouvelles, elle était attachée à Washington. Ça remonte à… je ne sais pas, une éternité. Ça m'étonne qu'elle soit toujours en service.

— Oui, bon, mais elle l'est, et à Los Angeles maintenant. Et elle a tout déballé. Le fait que Rawls faisait partie de l'unité et que c'était le bureau du conseiller qui l'y avait mis. C'est pour ça que j'arrive ici aussi tôt… Nelson Hastings m'a appelée à 6 heures du matin.

— Je parie qu'il était furieux. C'est la boîte que Rawls avait dans sa voiture ?

— Oui, il était furieux et il l'est toujours. Et ne change pas de sujet comme ça. L'individu qui a fourgué cette histoire à Russell me fout sacrément dans la merde.

La photocopieuse arrivant au bout de sa tâche, le silence tomba sur la pièce.

— Navré de l'apprendre, dit enfin Bosch. Elle ne nomme personne dans son papier ?

— « D'après mes sources »… côté identification, c'est tout, répondit-elle. Et Hastings pense que j'en suis une. Non parce que… elle m'a appelée. Trois fois, en fait. Mais je ne lui ai jamais parlé, je ne l'ai même jamais rappelée pour lui dire : « Comment avez-vous fait pour avoir mon numéro, et sans commentaire, bordel ! » Y a rien de mieux qu'être accusé de quelque chose qu'on n'a pas fait.

— Ça, je connais et j'en suis désolé. Mais c'est peut-être bien que tout ça soit sorti et que le public soit au courant. Tu ne crois pas ?

— Pas s'ils referment l'unité. Ce que Pearlman donne, il peut très bien le reprendre. Et d'ailleurs, pourquoi pas ? Le meurtre de sa sœur étant résolu, il en a déjà tiré ce qu'il voulait.

— Tu penses vraiment qu'ils fermeraient l'unité à cause de Rawls ?

— Toi et moi avons déjà vu pire, côté décisions. C'est même pour ça que tu peux oublier le dossier Gallagher pour l'instant.

— Que veux-tu dire ?

Elle reprit la boîte et se tourna vers la porte.

— Que Rawls est toujours notre priorité n° 1. Que si on arrive à le relier à d'autres affaires et qu'on commence à les résoudre, peut-être qu'ils ne nous flingueront pas. Et que s'ils essaient, peut-être que quelqu'un le rapportera à Keisha Russell. Que ça ne leur donnera pas le beau rôle et qu'ils devront faire machine arrière, bordel !

Sur quoi elle sortit de la salle et le laissa seul. Elle ne doutait pas un seul instant qu'il ait été à l'origine de l'article du *Times*. Lorsqu'elle n'avait pas reconnu le nom de la journaliste que lui avait hurlé Hastings au téléphone à 6 heures du matin, elle était allée sur le site web du journal, y avait fait une recherche sur les papiers qu'avait publiés Russell et découvert qu'elle avait couvert la police dans les années 90.

Et que plusieurs de ses articles avaient eu pour objet des enquêtes menées par un certain Harry Bosch. Il l'agaçait. Pas tellement à cause de ce qu'il avait fait... force lui était de reconnaître que le LAPD aurait dû raconter toute l'affaire dès le début. Elle regrettait seulement qu'il ne soit pas venu d'abord la voir pour planifier le coup avec lui. En plus de quoi, elle aurait aussi aimé qu'il reconnaisse le rôle qu'il avait joué dans cette histoire. Cela lui montrait qu'il ne lui faisait pas autant confiance qu'elle le pensait.

Elle emporta la boîte jusqu'à la salle des interrogatoires. Plus d'une heure s'écoula avant que les autres enquêteurs n'arrivent à leur poste l'un après l'autre. Elle était déjà au sien, tout comme Bosch qui baissait la tête alors même qu'elle savait qu'il était à son bureau. Colleen Hatteras fut la première à se présenter au travail et à aussitôt inonder Bosch et Ballard de questions sur Rawls, la fusillade et d'autres aspects de l'affaire. Elle aussi mentionna l'article du *Times*, mais ne posa de questions que parce que c'était la première fois qu'elle les voyait depuis la fusillade. Bosch avait disparu et Ballard emprunté un bureau au PAB, où elle avait travaillé les lundi et mardi précédents de façon que les enquêteurs de l'Évaluation, mais aussi l'équipe des relations publiques et le haut commandement, puissent la joindre sans difficulté.

— Colleen, dit-elle, une seconde. Je n'ai aucune envie de répondre quatre fois aux mêmes questions au fur et à mesure que les autres vont arriver. Alors, on attend que tout le monde soit là et je vous dirai tout ce que je sais et ce sur quoi je veux que vous travailliez cette semaine. D'accord ?

— OK, lui répondit Hatteras, je comprends. Mais je tiens à déclarer que je n'ai jamais eu de bonnes vibrations avec Ted Rawls. Je ne voulais pas le dire avant parce que c'était un collègue, mais je l'ai senti quand il était là… Il avait une aura super sombre. Je dois reconnaître que ça pouvait venir de Harry, mais maintenant je sais. C'était bien de Ted.

— Dieu soit loué ! s'écria Bosch. Quel soulagement de savoir que mon aura n'est pas super sombre !

Ballard avait entendu Bosch, mais ne pouvait pas le voir à cause de la demi-cloison. Elle se pencha sur son bureau de façon qu'Hatteras ne la voie pas sourire de cette réplique. Puis elle se fit sérieuse.

— Hmm, vous savez quoi, Colleen ? lança-t-elle. Je vais devoir rédiger un rapport sur Rawls et tout ce truc et je ne veux donc pas que vous arrêtiez votre boulot de GGI. Continuez d'y bosser et essayez de voir si vous ne pourriez pas nous établir d'autres liens généalogiques. Si on pouvait montrer la valeur de cette approche dans cette affaire, je suis sûre que ça plairait beaucoup au haut commandement.

— Je m'y mets, boss ! Et maintenant qu'on sait qu'il y avait Rawls sur la branche L.A. de l'arbre généalogique, je peux reprendre ça à l'envers.

— Voilà qui est parfait, Colleen. Faites-moi signe dès que vous avez tout en place.

— Reçu cinq sur cinq.

Ballard leva les yeux au ciel. Ces quatre mots étaient en passe de devenir sa bête noire préférée.

Masser, Laffont et Aghzafi étant arrivés à leur poste de travail à 8 h 30, Ballard se leva pour que tout le monde la voie.

— Bon alors, écoutez-moi ! dit-elle. Pour commencer, je tiens à vous dire que j'apprécie beaucoup que vous soyez venus aussi rapidement parce que je vais avoir besoin de toute l'équipe dans cette histoire. Notre travail n'est pas terminé dans ce qu'on appelle maintenant l'« affaire Ted Rawls ». Lorsqu'il a mis fin à ses jours dimanche – et en fait, c'en est probablement une des raisons –, il y avait une boîte dans le coffre de sa voiture. Nous l'avons récupérée et elle contient des articles personnels qui pourraient provenir d'autres victimes. Des bijoux, des brosses à cheveux, des trousses de maquillage, des petites statuettes et autres bibelots… toutes sortes de trucs.

— Des souvenirs, lança Hatteras en énonçant l'évidence.

— Voilà, des souvenirs, répéta Ballard. Je veux que vous réfléchissiez à ce qu'on peut faire pour relier ces articles à d'autres victimes. Tout ce qu'on sait réellement pour l'instant est que Rawls a tué Sarah Pearlman en 1994 et Laura Wilson en 2005. Soit un sacré intervalle. Et c'en est un autre entre 2005 et samedi dernier, jour où, grâce à Harry Bosch, il a été mis hors service.

— Tope-là ! s'écria Masser qui se mit debout et leva le bras à l'adresse de Bosch.

Bosch lui tapa dans la main, mais Ballard eut l'impression qu'il renâclait et n'y mettait pas tout ce qu'il faut d'effort.

— Je vous ai étalé ces objets sur la table de la salle d'interrogatoire, reprit Ballard. Allez-y, examinez-les, prenez-en un ou deux, disons, et mettez-vous au boulot. Je sais que c'est viser loin, mais essayons de voir si on ne pourrait pas établir une correspondance entre ces effets personnels et d'autres affaires.

Sur quoi, elle montra du doigt les rayonnages où étaient archivés tous les dossiers des affaires non résolues.

— Nous savons qu'il y a des tas de familles qui attendent des réponses. Chacun d'entre vous a sans doute une idée différente, mais à votre place je me concentrerais sur les années qui séparent les assassinats de Pearlman et de Wilson. Nous savons que Rawls est tombé malade après celui de Wilson… il s'est fait greffer un rein… et c'est peut-être ce qui l'a mis hors course dans le boulot de tueur. Cela étant, je pense qu'il a dû être actif entre ces deux meurtres. J'ai invité le conseiller Pearlman à venir voir ces objets au cas où il pourrait identifier quelque chose qui aurait appartenu à sa sœur, mais je ne sais pas s'il acceptera. En attendant, j'ai tout emballé séparément hier après que les types du labo ont effectué des prélèvements et cherché des empreintes. Rien de ce qu'il y a sur la table n'a donné lieu à des suivis de la Scientifique. Des questions ?

Laffont leva la main comme un élève en classe.

— Oui, Tom.

— Et chez lui et à son bureau ? Y a des choses ?

— Bonne question, répondit Ballard. Les inspecteurs des Vols et Homicides ont passé presque toute la journée de lundi à fouiller sa maison, son bureau et un box qu'il louait et côté éléments de preuve, ils n'ont rien trouvé d'intéressant. Vous savez probablement tous ou presque qu'il était marié et avait une fille encore jeune, mais il semblerait qu'il ait tenu cette partie-là de son existence à l'écart. Inutile de dire qu'elles sont complètement choquées par tout ça. Il semblerait que c'était dans son bureau de Santa Monica que Rawls gardait ses souvenirs et que c'est pour ça qu'il s'y trouvait dimanche… pour les prendre et filer. Il avait aussi une valise prête dans sa voiture. Il s'apprêtait à disparaître.

— Une idée de l'endroit où il allait ? demanda Aghzafi.

— Pas pour l'instant. Il n'y avait rien dans son portable, dans ses poches ou dans sa voiture qui l'aurait indiqué. Il avait son passeport dans sa poche, d'où peut-être Mexico ou le Canada. On pense qu'il essayait seulement de quitter la ville après avoir compris qu'on l'avait dans le collimateur… (Elle regarda tout le monde et attendit en vain une autre question.) Eh bien, si c'est tout, reprit-elle, au boulot. Le cadavre dans le placard est que Rawls était l'un d'entre nous et que ça ne nous met pas sous notre plus beau jour. Alors allons-y et essayons de voir si on ne pourrait pas améliorer la manière dont on nous perçoit en résolvant d'autres affaires. Montrons-leur qu'on est bons !

Elle se rassit tandis que les autres se levaient pour rejoindre la salle d'interrogatoire. Tous, sauf Bosch. Il attendit qu'ils y soient entrés à la queue leu leu pour examiner ces souvenirs et s'adressa à Ballard par-dessus la demi-cloison.

— Keisha Russell est la journaliste qui m'a traité de « porte-flingue » à la conférence de presse, lança-t-il. Alors, je l'ai appelée pour qu'on en cause. Je ne savais pas qu'elle était revenue en ville et avait repris la rubrique criminelle et voilà que je l'entends me traiter de ça rien que pour énerver le chef ? Et ensuite… ensuite… j'ai tout lâché. Je lui ai dit qu'on avait un renard dans le poulailler parce qu'après cette conférence de presse, je savais ce qu'ils allaient faire. Ils allaient se contenter de glisser toute cette merde sous le tapis comme ils le font toujours et… et je n'ai pas réfléchi, Renée. J'aurais dû me douter que ça allait retomber sur toi et j'ai merdé. Je m'excuse.

Ballard acquiesça d'un petit hochement de tête. Non parce qu'il venait de lui confirmer ce qu'elle savait déjà, mais parce qu'il avait reconnu ce qu'il avait fait sans se défiler. La confiance qu'elle avait crue brisée entre eux était enfin revenue.

— Pas de problème, Harry, dit-elle. Rejoins les autres et trouve-nous quelque chose qui résoudra une affaire.

— Ça marche, boss ! dit-il.

Elle sourit.

Chapitre 42

Bosch se leva et coula un regard à Ballard par-dessus la demi-cloison. Elle travaillait à son ordinateur, ses doigts se déplaçaient sur le clavier à une vitesse surprenante, mais il lui était impossible de voir l'écran pour savoir ce qu'elle faisait. Elle lui parla sans lever les yeux de son travail, quel qu'il fût.

— Tu as trouvé quelque chose qu'on pourrait suivre ? lui demanda-t-elle.

— Pas encore, non, répondit-il. Les autres sont toujours là-bas. J'y passerai plus tard, histoire de voir ce qu'il reste. Je pensais aller faire un tour à Santa Monica avant.

— Je t'ai entendu poser des questions au téléphone pour connaître des heures de ramassage d'ordures. C'était pour ça ?

— Oui. Y a quelque chose qui me tracasse sur ce que Rawls fabriquait dimanche dernier.

Ce fut à Ballard de lever son nez de l'écran pour le regarder.

— Quoi donc ? demanda-t-elle.

— Bon alors, écoute-moi jusqu'au bout. Dimanche, quand je suis passé devant l'allée en voiture et que j'ai vu la sienne garée derrière sa boutique, son coffre était ouvert et lui était invisible.

— Évidemment. Il était dans son bureau, où il rassemblait ses souvenirs.

— Voilà, c'est ça qu'on croyait. Et tu as dit après la fusillade que la boîte de souvenirs avait été retrouvée dans le coffre de sa voiture et qu'il s'y trouvait aussi une valise.

— Oui, sur la banquette arrière.

— OK, et donc pourquoi aurait-il ouvert son coffre avant d'entrer dans son magasin ?

Elle haussa les épaules.

— Parce qu'il savait qu'il allait y rapporter la boîte.

— Mais toi, tu ouvrirais ton coffre avant d'entrer chez toi ? T'attendrais pas plutôt d'avoir la boîte ? Non parce qu'elle n'était pas si grande qu'il aurait eu besoin de ses deux mains pour la porter.

— Je ne sais pas, Harry. Je crois que tu vois des trucs où il n'y en a pas.

— Peut-être. Mais quand je t'ai vue, toi, avec la boîte aujourd'hui, ça m'a frappé. Elle aurait eu toute la place qu'il faut à l'arrière avec sa valise, ou même sur le siège passager à côté de lui. Alors pourquoi la mettre dans le coffre ?

— Ça changerait quoi ? C'est un de ces trucs qu'on ne pourra jamais ni expliquer ni savoir. Une de ces inconnues bien connues. Y en a dans toutes les affaires.

— Oui bon, mais si son coffre était ouvert parce qu'il en sortait des trucs ? Qu'il se débarrassait de certaines choses ? D'éléments de preuve, d'autres souvenirs. Il sort tout ça de chez lui ou de son box, comme tu veux, il le colle dans son coffre, puis il roule jusqu'à son magasin, où l'allée de derrière est pleine de bennes à ordures. Il est possible que je ne l'aie pas vu dans cette allée parce qu'elles le cachaient.

— D'où l'horaire des ramassages. Elles ont été vidées cette semaine ?

— Non, elles le seront demain.

— Et donc, tu vas aller faire les poubelles.

— Ça me chagrinerait de ne pas tenter le coup.

— Je termine cet e-mail et j'y vais avec toi. Tu ne devrais pas monter dans ces bennes avec tes côtes et le genou que tu te paies. Et en plus, j'ai une CSC dans ma voiture.

Il savait que c'était d'une combinaison de scène de crime qu'elle parlait. Les trois quarts des inspecteurs en gardaient une ainsi que des bottes dans leur coffre de voiture pour travailler sur des scènes de crimes particulièrement sales.

— Mes côtes et mon genou vont très bien, lui renvoya-t-il. Mais on va avoir besoin d'une échelle ou un escabeau… que ce soit toi ou moi qui plonge dans ces bennes.

— Demande aux types de la maintenance s'ils n'auraient pas quelque chose qu'on pourrait leur emprunter. J'envoie cet e-mail et je te retrouve à ma voiture.

— C'est parti.

Chapitre 43

Ils en étaient à fouiller la quatrième des cinq bennes à l'arrière du Montana Shoppes & Suite. Ils avaient commencé à l'extrémité ouest de l'allée et avançaient vers l'est sans avoir rien trouvé qui aurait eu un lien quelconque avec l'affaire Rawls dans les trois premières. En combinaison bleu marine et chaussée de bottes en caoutchouc, Ballard était plongée jusqu'à la taille dans celle placée derrière un magasin de vêtements pour femmes. Des détritus assez largement secs et sans danger. La première qu'ils avaient fouillée regorgeait de marc de café et autres restes de petit déjeuner provenant du café à l'entrée ouest de l'esplanade.

Chacune de ces fouilles exigeait qu'ils examinent trois jours de déchets dans la mesure où ils cherchaient quelque chose que Rawls aurait pu jeter le dimanche précédent.

— Rien dans celle-ci, dit-elle.

Elle se servait d'un long manche à balai pour farfouiller dans les détritus tout au fond de la benne. C'était Bosch qui l'avait emprunté au service de maintenance, en plus d'un escabeau.

— Très bien, dit-il en lui tendant la main, alors tu sors de là !

Elle ôta un gant de travail, lui prit la main, hissa les hanches jusqu'au rebord en acier, passa les jambes par-dessus et posa les pieds sur l'escabeau, Bosch l'aidant à en descendre.

— Tout ce que je ne fais pas pour toi, Harry ! lui lança-t-elle.

— Hé, mais, je ne t'avais pas demandé de venir, lui renvoya-t-il. Et si ça peut t'aider à te sentir mieux, je me charge de la dernière.

— Non, tu vas dégueulasser tes habits. Si je t'embête, c'est seulement parce qu'on n'a rien trouvé et que cette CSC me tient horriblement chaud.

Dès qu'elle retrouva la terre ferme, Bosch commença à rejeter les sacs de détritus dans la benne d'où ils les avaient sortis.

Ballard s'empara de l'escabeau et passa à la dernière. Elle renfila son gant, retourna le lourd couvercle en plastique et s'attaqua à la première couche de sacs et de boîtes. Le côté sud de la propriété était occupé par un grand magasin de décoration d'intérieur. On y vendait du petit ameublement du genre lampes, tableaux et chandelles. Les détritus y étaient du même genre que ceux de la benne précédente, à savoir secs, sans odeur particulièrement nauséabonde et facile à sortir. Ils avaient été assez largement déposés dans des boîtes d'emballage avec du papier bulle et de la mousse formatée. Il y avait aussi des bouts de caisses d'expédition en bois.

Bosch se joignant à elle, ils vidèrent rapidement la moitié supérieure de la benne et jetèrent tout ce qu'ils en sortaient sur le goudron de l'allée.

— Je n'arrive pas à croire que personne ne soit encore venu nous demander ce que nous foutons ici, dit Ballard.

— Peut-être que mon pote le propriétaire en colère de la 17e Rue va venir nous voir, dit-il.

— Qui ça ?

— Un type du quartier, là-bas. Je m'étais posté dans son allée dimanche dernier quand j'attendais que Rawls se décide à faire quelque chose. Il est sorti de chez lui et m'a servi le grand jeu de Mme Kravitz !

— Mme Kravitz ?

— Oui, la mouche du coche de voisine dans la vieille sitcom des années 60 *Ma sorcière bien-aimée*. Tu n'en as jamais regardé les rediffusions quand tu étais gosse ?

— Ça devait être avant mon époque.

— Qu'est-ce que je peux être vieux !

Dès qu'ils eurent vidé la première couche de détritus, Ballard monta sur l'escabeau, posa ses mains gantées sur le haut de la benne, passa fort expertement les jambes par-dessus le rebord et se laissa tomber à l'intérieur.

— Tu commences à savoir faire ! lui lança Bosch. Les jeux Olympiques se passeront ici dans quelques années. Tu es la Simone Biles[1] des Homicides…

— Tu es trop drôle, Harry. C'est juste un autre de mes talents que j'espère ne jamais devoir utiliser,

1. Gymnaste artistique américaine.

dit-elle en lui tendant des boîtes pour lesquelles il trouva de la place sur le sol.

Elle finit, elle, par en trouver pour ses pieds au fond de la benne et, plus à même de soulever des charges plus lourdes, se concentra sur une caisse ouverte dans un coin. Celle-ci contenait une sculpture représentant une femme et un enfant dont le plâtre s'était fendu sur deux centimètres et demi. Ballard essaya de la soulever, mais se rendit compte qu'elle serait trop lourde à faire passer à Bosch par-dessus le rebord. Elle la décolla légèrement du fond, la repositionna vers la gauche et en pivotant de nouveau vers le coin de la benne, découvrit une boîte en carton écrasée sous la caisse de la sculpture.

— Harry ! lança-t-elle. Viens voir !

Elle entendit ses pieds sur les marches de l'escabeau puis il apparut, penché par-dessus le rebord.

— Fais attention à ton genou, lui dit-elle en lui montrant la boîte écrasée dans le coin. Elle a la même taille que celle dans le coffre de la BM.

Elle ôta ses gants et se les glissa sous un bras. Puis elle sortit son téléphone portable de la poche de sa combinaison et prit trois clichés, chacun sous un angle différent, en se penchant d'un côté puis de l'autre. Enfin, elle passa en mode vidéo et tendit l'appareil à Bosch.

— Je vais ouvrir la boîte, dit-elle. Filme la séquence.

— D'accord.

Elle remit ses gants et s'accroupit à côté de la boîte tandis que Bosch lançait l'enregistrement.

En dehors du fait que ses dimensions, 40 × 40 × 12, étaient tamponnées sur un côté, il s'agissait d'une boîte en carton sans marques particulières et qui paraissait semblable à celle récupérée dans la BM de Rawls que Ballard avait rapportée aux Archives des homicides ce matin-là. Elle n'avait pas été ouverte, mais le haut avait été écrasé, ce qui obligea Ballard à en déchirer les bords pour l'ouvrir. À l'intérieur se trouvait un vêtement plié. Ballard bascula sur les talons pour être certaine que Bosch en ait une bonne vision.

— On dirait une chemise de nuit, lança-t-elle. Commençons par la sortir avant de fouiller dedans. Tu peux arrêter la vidéo.

Bosch s'exécuta et lui rendit son portable. Ballard se redressa avec la boîte et la lui tendit par-dessus le rebord.

— Je vérifie qu'il n'y a rien d'autre au fond, dit-elle.

Bosch emporta la boîte jusqu'à la voiture de Ballard et la posa sur le capot.

Les cinq minutes suivantes virent Ballard remuer des détritus dans la benne afin d'être certaine que Rawls n'y avait rien jeté d'autre. Enfin, elle repassa par-dessus le rebord, redescendit les marches de l'escabeau et aida Bosch à remettre tous les détritus à l'intérieur.

Elle ôta ses gants, les glissa dans la poche revolver de sa combinaison, puis elle sortit une paire de gants en latex de celle de devant et les enfila en rejoignant sa voiture. En passant la boîte à Bosch, elle avait senti que quelque chose de lourd se trouvait sous le vêtement plié.

Bosch la rejoignit.

— Tu veux qu'on examine ça ici ou tu préfères attendre ? lui demanda-t-il.

— Je veux juste y jeter un coup d'œil vite fait. Histoire de voir ce qu'on a.

Elle lui repassa son portable pour qu'il la filme en train d'examiner le contenu de la boîte. Elle sortit le vêtement, confirma qu'il s'agissait bien d'une chemise de nuit à manches longues en flanelle ornée d'un col et de manchettes brodées. Aucune étiquette de marque dans l'encolure et rien d'autre ne permettait d'identifier le vêtement qui semblait propre, sans tache ou goutte de sang.

Ballard changea de position pour mieux voir l'intérieur de la boîte.

— Harry ! lança-t-elle. Regarde un peu ça !

Il s'approcha d'elle et pointa le portable sur la boîte. Au fond, ils découvrirent alors une paire de chaussons roses en forme de lapin avec le gros orteil en guise de museau. Et juste en dessous, Ballard repéra un bout de manche en bois. Elle prit la chemise de nuit d'une main, plongea l'autre dans la boîte et en sortit les chaussons. Là, tout au fond de la boîte se trouvait un marteau en acier inoxydable au manche en bois poli.

Ils restèrent un long moment à le regarder fixement sans rien dire.

— L'arme du crime ? demanda Bosch.

— C'est ce que je me disais. Peut-être. Maintenant, on a juste besoin d'identifier le crime.

Elle ne toucha pas le marteau. Elle savait que le manche pouvait recéler des empreintes et la tête des traces d'ADN. Elle reposa soigneusement les pantoufles sur le marteau dans leur position initiale, tint la chemise de nuit à deux mains par les épaules et la replia dans la largeur. Elle s'y appliquait lorsque la manche droite la frôlant, elle sentit le poids d'un objet plus lourd.

Elle passa la main dans toute la longueur de la manche et la referma sur un objet qui s'était pris dans la manchette. Elle y glissa les doigts et en sortit un bracelet. Épais et en métal tressé, celui-ci s'ornait d'une pendeloque en forme de palette de peintre avec six points de couleur minuscules le long du bord et le mot *GO* gravé en son centre.

— Bracelet d'identité, dit-elle. Appartenant probablement à un petit copain, et trop grand pour son poignet. Il a dû glisser lorsqu'elle a enlevé sa chemise de nuit.

— Ou quand quelqu'un le lui a arraché.

— Pas impossible. C'est « go » ou « G.O. », à ton avis ?

— C'est ce qu'il y a de gravé ? C'est trop petit pour que je puisse le dire.

— « G.O. », oui. Je me demande ce que ça signifie.

— On le saura quand on l'aura relié à une affaire.

Elle acquiesça d'un signe de tête et regarda la porte de derrière du magasin DGP au bout de l'allée.

— Et donc, il se gare ici, reprit-elle. Il apporte une boîte à la benne la plus éloignée et il l'y jette. Mais juste après, il laisse la deuxième boîte avec les autres souvenirs dans la BM et il file. Ç'aurait un sens ?

— Non, aucun, répondit-il, mais j'ai réfléchi.

— Et ?

— Viens par ici.

Il s'éloigna de la voiture et gagna le bout de l'allée, cinq mètres plus loin. Ballard remit la chemise de nuit dans la boîte, reposa le bracelet par-dessus et rejoignit Bosch qui lui montra du doigt le premier bâtiment résidentiel derrière le centre commercial de Montana Avenue, un ranch des années 50 de l'autre côté de la 17e Rue.

— C'est l'allée dans laquelle je me suis garé en marche arrière quand j'ai vu la voiture de Rawls, dit-il. Comme elle avait l'avant tourné vers l'est, je me suis dit que lorsqu'il partirait, il sortirait par là et que je pourrais le voir et le suivre.

— Et c'est là que tu as eu affaire à Mme Kravitz ?

— Oui. Je regardais de ce côté-là de l'allée quand le type est arrivé, a tapé du poing sur le toit de ma voiture et a commencé à me bassiner. Ça m'a distrait et j'ai détourné les yeux pour régler le problème. Il parlait fort parce que c'était sa baraque et il ne voulait pas que je sois là. Bref, je me dis que… peut-être que Rawls a emporté sa boîte à la benne et que c'est là qu'il a entendu l'esclandre dans la rue.

— Il jette un coup d'œil, s'aperçoit que c'est toi et se dit qu'il vaudrait mieux dégager au plus vite.

— Voilà. Et donc, il retourne à sa voiture en courant, fait demi-tour et file. Mais il a toujours l'autre boîte dans son coffre. Et moi, je sors de l'allée juste au moment où il arrive à l'autre bout.

Ils regagnèrent la Cherokee de Bosch en silence, Ballard se disant que l'un comme l'autre, ils se repassaient le scénario qu'ils venaient de bâtir afin d'y trouver des failles de logique.

— J'ai l'impression que ça ne fonctionne pas complètement, finit par dire Bosch. Il manque quelque chose. Pourquoi aurait-il utilisé les bennes juste derrière son magasin ? Ce n'était pas malin. Il y a forcément une autre raison pour qu'il soit venu ici.

— Il y en a une, répondit-elle. Je ne te l'ai pas dit, mais les gars des Vols et Homicides ont interrogé le type qui bossait dans le magasin ce dimanche-là et il leur a raconté que Rawls était entré par la porte de derrière, leur avait dit bonjour et que juste après il était allé au coffre dans l'arrière-salle où il gardait le fric de secours pour ses magasins et avait pris tout l'argent. Soit neuf cents dollars, comme on le sait vu ce qu'il avait dans les poches.

— Son fric pour filer.

— Voilà. Sauf qu'il a raconté à l'employé qu'il avait pris le liquide pour le premier versement d'une voiture qu'il achetait. Et donc, il prend ce qu'il y a dans le coffre et sort par la porte de derrière.

— Là, ça fonctionne. Il va là-bas pour prendre le liquide et jeter ses boîtes de souvenirs. Il se gare, ouvre le coffre et entre dans sa boutique pour prendre le fric. C'est là que moi, je passe devant et que je vois le coffre ouvert mais aucun signe du bonhomme. Je fais le tour du bloc et commence à planquer dans l'allée. Rawls sort et va jeter sa première boîte dans la benne la plus éloignée possible de sa boutique, au cas où. Mais juste après, il entend le type qui me hurle dessus. Il vérifie, voit que c'est moi et se dépêche de rejoindre sa voiture.

— Il fait demi-tour dans l'allée pour que tu ne le voies pas partir et sort par l'autre bout. Ça marche, mais nous n'en serons jamais certains. Allait-il jeter la seconde boîte dans une autre benne ? Pourquoi n'a-t-il pas jeté les deux en même temps ? Il y a de quoi tourner en rond pendant une éternité.

— Encore une de ces inconnues bien connues, conclut Bosch.

— Exactement.

— Et donc, qu'est-ce qu'on fait maintenant ?

Ballard montra la boîte toujours posée sur le capot de sa voiture de fonction.

— Je veux rapporter ça à l'Ahmanson et commencer à travailler sur ce bracelet, répondit-elle. Et après, je porte le marteau à la Scientifique.

— J'ai déjà eu une affaire avec un marteau, dit-il. C'était bien l'arme du crime et on l'avait récupéré à un endroit de la Los Angeles River où il y avait même de l'eau[1] ! Il y était depuis quelque chose comme trente-six heures et paraissait propre comme un sou neuf. Il n'empêche : du sang a été retrouvé dans le bois à l'endroit où le manche entrait dans la tête en acier. Du sang de la victime, et on a résolu l'affaire.

— Peut-être qu'on aura de la chance avec celui-là et qu'on pourra le relier à une victime. Allez, on rentre.

Elle s'empara de la boîte et gagna son coffre.

— On va à l'Ahmanson, mais après je m'en vais, dit-il.

Elle ouvrit le coffre, y rangea la boîte, le referma, rejoignit la portière côté conducteur et regarda Bosch par-dessus le toit de sa voiture.

— Et tu vas où ?

---

1. La Los Angeles River est à sec les trois quarts du temps.

— Sheila Walsh mijote depuis assez longtemps, répondit-il. L'heure est venue d'aller lui rendre visite.

— Et Rawls ?

— Je me dis que tu maîtrises et que tu as tout le monde sur son cas.

— Et tu vas la voir tout seul ?

— Oui, comme la dernière fois. C'est mieux comme ça.

Bosch ouvrit sa portière et monta dans sa voiture. Ballard en fit autant.

— Et si son fils est là ?

— C'est pas un problème. Je lui fais peur.

— À juste titre, c'est probable.

Chapitre 44

Bosch avait loué une voiture dans la journée de mardi et l'avait prise à Midway Avenue après avoir déjeuné avec sa fille dans un restaurant végétarien de Sunset Boulevard. Un peu plus tôt, il s'était renseigné sur sa propre voiture au garage de la police et avait appris que les inspecteurs de l'Évaluation des tirs ne l'avaient toujours pas rendue. Très serviable, le garagiste lui avait aussi fait savoir que son véhicule était hors course, le châssis ayant été faussé dans l'accident qui avait précédé la fusillade avec Rawls. Bien qu'il ait toujours dit à Ballard que sa vieille Cherokee était invincible, il savait maintenant que c'était probablement la dernière fois qu'il en avait pris le volant.

Il se gara devant chez Sheila Walsh. Même si elle s'attendait à sa visite, elle ne pourrait pas reconnaître sa voiture. Il resta sans bouger une minute afin de réfléchir et de décider comment il allait jouer le coup. Cela faisait presque une semaine qu'elle l'avait appelé et, très en colère, lui avait signifié de les laisser tranquilles, elle et son fils. Il fallait donc qu'il lui fasse comprendre qu'il ne partirait pas avant qu'elle ne craque et lui révèle son secret avec Finbar McShane.

Il descendit de son véhicule et gagna l'allée en pierre conduisant à l'entrée de la maison. Il frappa fort, en y mettant tout ce qu'il faut pour faire sursauter tout le monde à l'intérieur. Rien ne se passa. Il glissa la main dans la poche de sa veste et en sortit un paquet de documents retenus par un trombone afin de les avoir sous la main.

Il levait à nouveau le poing pour toquer lorsqu'il entendit la voix de Sheila Walsh.

— Allez-vous en. Vous n'entrerez pas ici.

— Madame Walsh… Sheila ? Ouvrez-moi. J'ai un mandat de fouille.

— Je m'en fiche. Allez-vous-en avec votre satané mandat.

— Ce n'est pas comme ça que ça marche. Si vous ne m'ouvrez pas la porte, je vais la défoncer à coups de pied.

— Ben voyons, un vieux comme vous ! Allez-y donc pour voir ! J'ai mis le pêne dormant.

— Ça fait des années que je défonce des portes, Sheila. Ce n'est pas une question de force. C'est là où on applique la pression. C'est même une des premières choses qu'on vous apprend à l'académie. On cogne au bon endroit et c'est la serrure elle-même qui défonce le montant, ça vous coûtera dans les trois cents à quatre cents dollars pour le réparer… sans même parler de ce que vous devrez faire pour sécuriser votre maison en attendant les réparations. On n'y pense jamais parce que c'est la partie de l'émission qu'on ne montre jamais à la télé.

Un long moment de silence s'ensuivit.

Bosch fit un pas en arrière comme il l'aurait fait s'il avait voulu défoncer sa porte. Il y avait vu un judas et pensait qu'elle l'observait.

— Reculez ! cria-t-il. Je ne veux pas vous faire mal.

Au moment où il allait lever la jambe et frapper, la voix de Walsh se fit entendre à nouveau.

— OK, OK. Ne me défoncez pas ma porte !

Il attendit, les serrures claquèrent et la porte s'ouvrant enfin, Sheila Walsh apparut, les yeux pleins de la haine la plus pure.

— Sage décision, dit-il.

— Qu'est-ce que vous voulez ?

— Honnêtement, je préférerais discuter avec vous plutôt qu'avoir à fouiller votre maison. Ça me prendrait le reste de la journée alors qu'on pourrait sans doute éclaircir tout ça en bavardant.

Elle ne bougea pas.

— En bavardant de quoi ?

— Vous tenez donc à faire ça devant vos voisins ? Au lieu de nous installer à l'intérieur ?

Elle s'effaça et le laissa entrer. Il ne lui avait pas menti : il avait bien un mandat, mais ce n'était que la copie d'un autre émis à l'occasion d'une autre affaire et signé par un juge qui avait pris sa retraite depuis des années.

— Par ici, dit-elle et cette fois, elle le conduisit à la salle à manger plutôt qu'à sa cuisine.

Un ordinateur portable et des papiers s'étalaient sur la table. Sur le mur de gauche, plusieurs brochures et prospectus étaient collés à même la paroi peinte en bleu ciel. Bosch y repéra des cartes de ce qui lui parut être les

Caraïbes et le golfe du Mexique ainsi que des photos de bateaux de croisière, des plans de cabines de luxe et des schémas de ponts entiers. Sa salle à manger lui servait de QG pour son agence de voyages en ligne.

— Avant que je dise quoi que ce soit, j'exige de vous entendre me certifier que vous allez foutre la paix à mon fils, lança-t-elle. Il en a déjà assez supporté et n'a rien à voir avec tout ça.

— Je ne peux pas vous faire cette promesse, lui répondit-il. Quatre personnes sont mortes, Sheila. Une famille entière et moi, le type qui a fait ça, je vais le trouver et s'il faut que je me serve de votre fils pour y arriver, je le ferai. C'est aussi simple que ça, mais c'est vous qui décidez. Si vous coopérez, je n'aurai pas besoin de lui mettre la pression ou d'informer ses employeurs de son implication dans cette affaire.

— Ce n'est pas juste. Il n'y est pas impliqué.

— Et vous pensez qu'il est juste que toute la famille Gallagher soit enterrée dans un trou en plein milieu du désert ?

— Bien sûr que non. Mais je n'ai rien à voir avec ça. Vous ne pensez quand même pas que je suis insensible à toute l'horreur de cette affaire, si ? J'y suis sensible. J'y pense absolument tous les jours.

— Que voulait Finbar ?

Elle hocha violemment la tête de surprise tellement Bosch était allé droit au but.

— De quoi parlez-vous ?

— Oh, allons, Sheila ! Vous savez très bien de quoi je parle. C'est votre fils qui est entré chez vous et vous a volé des trucs. Vous avez eu un coup de chance quand on a découvert les empreintes de McShane et que vous avez pu l'accuser. Mais le coupable, c'est votre fils, pas McShane. McShane était ici juste avant le cambriolage et je veux savoir pourquoi.

— Vous êtes fou. Je ne vais pas vous laisser continuer, c'est du harcèlement et je pourrais porter plainte contre vous.

— Vous pourriez, oui. Mais si vous croyez que je vous harcèle, vous n'avez rien vu. Je n'arrêterai jamais de venir ici. Pas avant que vous m'ayez dit ce que vous savez.

Elle hocha de nouveau la tête, puis elle posa les coudes sur la table et se prit la tête dans les mains.

— Mon Dieu, mon Dieu, mais qu'est-ce que je vais faire ? Vous n'allez jamais, jamais arrêter, bordel !

Il détacha le trombone des documents qu'il avait apportés. Ils étaient pliés en longueur, il en ôta la dernière page du pouce et la fit glisser sur la table.

— Rouvrez les yeux, Sheila, et regardez ça, dit-il. Ça devrait vous aider à faire ce qu'il faut.

Elle laissa retomber ses mains sur la table.

— « Ce qu'il faut » ? répéta-t-elle. Mais qu'est-ce que vous racontez ?

— Regardez ça, c'est tout.

Elle cala la feuille sur la table avec les pouces et se pencha au-dessus pour la lire. Et commença bientôt à hocher la tête.

— Aidez-moi, dit-elle. Qu'est-ce que c'est ?

— C'est la copie d'une page du Code pénal de l'État de Californie. Article 32. Il y est question de complicité de meurtre.

— Quoi ?! s'écria-t-elle et ce fut plus un cri qu'une question. Oh, mon Dieu, mais… Qu'est-ce que vous…

— La dernière ligne. Lisez-la.

— Je l'ai lue, mais je ne comprends pas ce que ça veut dire. Ni ce que vous voulez.

— Ça concerne les délais de prescription. Trois ans pour la complicité de meurtre. Et ça, Sheila, ça veut dire que vous êtes à l'abri. Quoi que vous ayez fait, on ne peut plus vous toucher.

— Parce que vous croyez toujours que j'ai eu quelque chose à voir dans leur assassinat ? Dans le meurtre de ces enfants ? Vous êtes complètement cinglé ! Sortez d'ici ! Sortez de chez moi ! hurla-t-elle en se levant de son siège et lui montrant la porte.

— Rasseyez-vous, Sheila, répondit-il calmement. Il n'est pas question que je m'en aille.

Elle ne bougea pas et garda le bras levé, le doigt pointé sur la porte.

— Je vous ai dit de vous ASSEOIR ! cria-t-il.

Le ton qu'il avait pris lui fit peur. Elle se laissa retomber sur son siège, les yeux grands ouverts de panique.

— Écoutez-moi, reprit-il d'une voix redevenue neutre. Il y a huit ans de ça, j'ai enquêté sur vous et dès que j'ai su la date à laquelle les Gallagher avaient disparu, j'ai pu confirmer que vous étiez à bord d'un bateau ancré à Cozumel. J'ai obtenu des photos, vérifié les récits des témoins et les relevés de vos cartes bancaires, etc. Je sais donc que McShane a attendu que vous soyez partie pour qu'il n'y ait aucun témoin ni personne pour appeler la police. Mais vous savez quelque chose, Sheila. Vous savez quelque chose et c'est le moment de me le dire. Juridiquement, vous êtes hors de cause. Vous me parlez et je vous laisse tranquille… vous et votre fils. Je sors de votre existence, à jamais.

Elle reposa les coudes sur la table, se cacha derrière ses mains et baissa les yeux sur la photocopie, Bosch voyant bientôt des larmes tomber sur la feuille.

— Le moment est venu de faire ce qu'il faut, la pressa-t-il. Pensez à ces enfants et dites-moi. Que fabriquait McShane ici ?

Elle se tritura les doigts, puis elle le regarda. Pour la première fois, il vit que quelque chose la hantait. Quelque chose qu'elle portait en elle.

— Oui, il est passé ici, dit-elle. Il est venu me voir.

Bosch hocha la tête. Pour la remercier. L'heure était venue de lui tirer toute l'histoire.

— Quand ? demanda-t-il.

— Promettez-moi, lui renvoya-t-elle. Promettez-moi de laisser mon fils tranquille.

— Je vous l'ai déjà dit. Vous me dites pour McShane et je vous fiche la paix, à vous et à votre fils. Promis, juré.

Elle acquiesça, mais mit longtemps à se calmer et à composer son histoire.

— Il est venu parce qu'il voulait de l'argent, reprit-elle enfin. Il m'a raconté qu'il avait perdu tout le sien dans un mauvais investissement. Et il m'a menacée. Je lui ai donné ce qu'il voulait et il est parti.

— Il vous a menacée comment ?

— Je vous jure que je ne savais rien sur Stephen et sa famille. De ce qui leur est arrivé, je veux dire. Mais l'année où ils ont disparu… avant que quiconque ne soit au courant… j'avais compris ce que Fin faisait contre la boîte.

— Le coup du « je-liquide-tout-et-je-m'enfuis » ?

— Comment ça ?

— On vend l'équipement et on en commande de nouveau pour le vendre à son tour. Jusqu'à ce que la boîte s'effondre. Sauf qu'avant que ça se produise, McShane avait disparu.

— Vous appelez ça comme vous voulez, mais j'avais compris ce qu'il fabriquait. Je travaillais à la Shamrock depuis le début et je savais lire les livres de comptes. À ce moment-là on ne savait pas ce qui était arrivé à Stephen, mais je voyais bien que l'affaire allait sombrer. Je devais penser à mon fils et… Et j'ai dit à McShane que je voulais ma part.

— Qui s'est montée à ?…

— Je savais ce qu'il achetait parce que je voyais les bons de commande, alors j'ai passé des coups de fil à nos clients pour savoir combien il leur demandait. Je lui ai dit que je savais ce qu'il fabriquait, que j'avais fait les comptes et que j'en voulais la moitié. Soit quatre cent mille dollars, ou il terminait en prison. Il me les a donnés.

Bosch garda le silence en espérant que ça la pousse à continuer.

— Mais c'est là… qu'ils ont été retrouvés. Dans le désert de Mojave. Et Fin ayant disparu, j'ai compris de quoi ç'aurait l'air. Que j'étais dans le coup. Je ne pouvais donc pas vous dire ce que je savais. Je ne pouvais le dire à personne parce que j'aurais eu l'air coupable.

Bosch acquiesça : un bout de l'histoire s'éclaircissait enfin après des années. Il repensa à Sheila en train de lui décrire l'arc de l'univers moral la dernière fois qu'il était passé la voir et se demanda si à ce moment-là elle savait qu'il penchait de son côté.

— Vous dites qu'il est revenu ici pour avoir de l'argent, reprit-il. Combien lui avez-vous donné ?

— Les quatre cent mille dollars. Jusqu'au dernier centime, répondit-elle. Je n'y avais pas touché. Pas après avoir su ce qu'il avait fait.

— Quand exactement vous a-t-il rendu cette visite ? Combien de temps avant que vous ne signaliez votre cambriolage ?

— Quelques semaines. Peut-être un mois.

— Il y a un instant, vous m'avez dit qu'il vous avait menacée. Comment s'y est-il pris exactement ?

— Il m'a dit de lui filer le fric sinon mon fils se prendrait une balle et que la prochaine fois que je le verrais, ce serait sur une table d'autopsie. Il a ajouté qu'il mettrait aussi les flics au courant pour l'argent, que je serais arrêtée ; et comme je ne savais rien de ces délais de prescription si c'est comme ça que ça s'appelle… Et mon fils… à l'époque, il avait besoin de moi et il n'était pas question que ça arrive.

Bosch acquiesça de nouveau et se tut.

— Mais il n'avait pas besoin de me menacer, reprit-elle. Ni moi ni mon fils. Cet argent, je n'en voulais pas. Pas après ce qui s'était passé dans le désert.

Bosch hocha de nouveau la tête, mais cette fois il parla.

— Pourquoi avez-vous appelé la police après le cambriolage ? demanda-t-il. Vous saviez que c'était votre fils.

— Non, je ne le savais pas ! s'écria-t-elle. Je n'en avais pas la moindre idée. Parce que vous pensez que j'appellerais les flics pour leur dénoncer mon fils ? Je ne l'ai su que lorsque Jonathan me l'a avoué. Quand il a découvert que j'avais appelé la police, il m'a tout dit et m'a demandé de le protéger. Et quand eux m'ont appelé et m'ont posé des questions sur McShane et ses empreintes digitales, j'ai su comment faire. Il suffisait de leur dire que c'était McShane.

— Où est-il, Sheila ?

— Mon fils ? Vous savez où…

— Non, McShane. Où est-il ?

— Je ne sais pas. Comment le saurais-je ?

— Vous seriez donc en train de me dire que vous aviez quatre cent mille dollars sous votre matelas, que vous les lui avez donnés juste comme ça et qu'il est parti ? Il y a forcément eu un transfert de fonds.

— C'était en bitcoins. C'est comme ça qu'il me les avait donnés et c'est comme ça que je les avais gardés. Je les lui ai re-transférés ici même avec mon ordinateur portable et c'est là qu'il a pris mon presse-papiers dans sa main. En me regardant et me montrant comment faire le transfert.

Bosch savait que retrouver la trace d'une telle opération serait quasiment impossible et ne conduirait jamais au moindre lieu physique.

— Dans quelle affaire avait-il investi pour perdre sa moitié du fric ? Il a bien dû vous dire quelque chose.

— Il m'a dit : « Ne jamais investir dans un bar », je m'en souviens. C'est tout.

— Comment s'appelait ce bar ?

— Il ne me l'a pas dit.

— Où était-ce ?

— Ça non plus, il ne me l'a pas dit. Et ça ne m'intéressait pas vraiment de le lui demander. Tout ce que je voulais, c'était qu'il s'en aille.

Bosch n'aurait pas plus de chance de retrouver un bar qui a fait faillite sans nom ni emplacement connu six ans ou plus après les faits que de remonter le transfert de bitcoins. Il avait maintenant une vision plus large de l'affaire, mais n'était toujours pas plus près de coincer McShane. Il baissa les yeux sur le vieux mandat de fouille posé sur la table et se mit en devoir de le rattacher avec son trombone.

— Mais il a dit une chose qui pourrait vous aider, reprit Sheila. (Il releva les yeux vers elle.) Mais je veux l'assurance que rien de tout cela ne pourra être utilisé contre moi ou mon fils. Et que Jonathan ne saura jamais ce que j'ai fait.

Elle s'était remise à pleurer, mais cette fois sans essayer de se cacher derrière ses mains.

— L'arc de l'univers moral penche vers la justice, Sheila, lui répondit Bosch en hochant la tête. Qu'a donc dit McShane ?

Elle hocha la tête à son tour et essuya les larmes sur ses joues.

— Il a regardé mes prospectus sur le mur et il m'a dit : « Il n'y a qu'un seul endroit au monde où l'on peut voir le coucher du soleil à l'aurore. »

Bosch regarda le mur, mais fut incapable de faire le lien.

— Je ne comprends pas, dit-il. Ça veut dire quoi ?

— Qu'il y a un navire qui s'appelle *L'Aurore*. C'est un bâtiment de la Norwegian Line. Il est ancré à Tampa, en Floride, et toutes les semaines il descend jusqu'à Key West, y reste une journée et rejoint les Bahamas avant de faire demi-tour et de revenir. C'est une croisière assez populaire. J'en ai vendu pas mal sur ce bateau et y ai gagné pas mal de commissions. Je savais très bien ce qu'il voulait dire parce que ça, je l'avais déjà entendu avant. C'est dans le pitch de vente. Il y a de superbes couchers de soleil à Key West. Surtout vus du pont de *L'Aurore*.

Bosch regarda de nouveau les prospectus collés au mur et repéra le navire.

Sheila tendit le bras vers un tas de dépliants sur le côté de sa table, en choisit un et le lui tendit.

— Tenez, dit-elle. Prenez-le.

— Merci.

Il regarda le dépliant et l'ouvrit. On y voyait des gens heureux en train de faire les fous en maillot de bain dans la piscine du navire ou de se promener sur le pont habillé de vêtements colorés. Il y avait même une photo d'individus en train de regarder un coucher de soleil debout au bastingage. Key West, songea-t-il. Enfin il savait où aller chercher Finbar McShane.

Chapitre 45

Ballard écarta juste assez les rayonnages pour gagner les étagères de 2002. Elle fit courir son doigt sur le dos des livres du meurtre et sortit le classeur qu'elle cherchait.

Elle revint à son poste de travail, où Colleen Hatteras l'attendait.

— Quoi de neuf, Colleen ? lui demanda-t-elle.

— Pas grand-chose. Je me demandais seulement si vous aviez besoin d'aide, répondit Hatteras en lui montrant la boîte posée sur son bureau, celle que Ballard avait récupérée dans la benne à ordures derrière le magasin de Ted Rawls à Santa Monica.

— Je pense m'en sortir. Et on n'a toujours pas d'angle GGI là-dessus.

— Je pourrais passer quelques coups de fil si vous voulez.

— Il n'y en a pas encore à passer. C'est la dernière des sept affaires possibles. Les six autres n'ont rien donné… à mon avis.

— Que cherchez-vous exactement ?

— Une affaire où il y aurait une chemise de nuit blanche, des chaussons en forme de lapin et un bracelet qui correspondent. Et probablement aussi avec un traumatisme par objet contondant comme cause de la mort, répondit Ballard en s'asseyant et ouvrant le volume qu'elle venait de prendre.

Elle alla droit au sommaire des premiers rapports d'incident.

— Vous voulez que je reprenne les dossiers ? Je ne fais pas grand-chose en ce moment. Les trucs de GGI sur Rawls n'ont rien donné et j'attends des réponses. Je pourrais reprendre ce sur quoi je travaillais avant, mais j'ai du mal à lâcher Rawls alors qu'il reste tellement de questions sans réponses.

— Et les souvenirs ? Ce n'est pas là-dessus que vous travaillez ?

— C'est ce que j'ai fait, mais je suis allée dans le mur. Je n'ai trouvé aucun lien avec une quelconque affaire en cours.

Ballard savait que si elle ne lui donnait pas quelque chose à faire, elle l'aurait probablement dans les pattes toute la journée durant.

— Que je vous dise… Pourquoi vous ne prendriez pas ça pour voir ce qu'on peut y trouver pendant que je reprends cette dernière affaire ? lui dit-elle en glissant la main dans la boîte en carton et en en sortant le bracelet retrouvé dans la manche de la chemise de nuit.

Elle l'avait déjà rangé dans un sachet à éléments de preuve en plastique et le lui tendit.

— Parfait, dit Hatteras. Qu'est-ce que vous cherchez ?

— Tout et le reste. Qui a fabriqué ce bracelet. Où il a été vendu. Il y a des initiales sur la pendeloque, enfin... je crois que c'en sont et j'aimerais bien savoir qui les a gravées et à qui elles appartiennent. J'ai déjà vérifié dans le catalogue des scellés et je n'ai eu aucune correspondance. Ce qui ne nous laisse que ceci : essayer de trouver d'où il sort. Je sais que ce n'est pas gagné d'avance, mais vous pouvez essayer. D'accord ?

— Ça marche.

— Merci.

Hatteras s'en fut comme un chien avec un os alors même que pour Ballard sa mission était vouée à l'échec. Mais au moins, rien ne serait laissé de côté et en plus, elle ne serait pas interrompue sans arrêt.

Elle commença à lire le premier sommaire de l'affaire de 2002 qu'elle venait de sortir des archives. La victime s'appelait Belinda King. Elle n'avait que vingt et un ans lorsqu'elle avait été assassinée. Son corps avait été retrouvé sur le sol de l'appartement qu'elle louait dans la partie Oakwood de Venice. Étudiante au Community College de Santa Monica voisin, elle s'y initiait à la création littéraire. Ballard se rappela que Rawls avait lui aussi fréquenté le CC de Santa Monica, à peine quelques années avant elle, c'était probable, mais il pouvait ne s'agir que d'une coïncidence.

Belinda King remplissait presque tous les paramètres de recherche dans les archives numérisées qu'avait dressés Ballard. Elle les avait répertoriés en partant des articles trouvés dans la boîte de la benne et de ce qu'on savait de la façon dont procédait Rawls pour tuer. Dans l'esprit de Ballard, il fallait chercher une victime jeune, de sexe féminin et se faisant agresser par un inconnu qui entrait chez elle la nuit et ne laissait pas d'ADN derrière lui. Cette victime devait aussi être retrouvée nue – Rawls lui avait ôté sa chemise de nuit –, la cause de la mort étant probablement des traumatismes par objet contondant, voire spécifiquement des coups de marteau. Détail supplémentaire, elle pouvait aussi avoir un petit copain ou un fiancé qui lui avait fait cadeau d'un bracelet à pendeloque. Dernière case à cocher dans le protocole de recherche, l'affaire devait être non résolue.

Elle obtint sept correspondances et l'affaire King se trouvait dans le septième classeur qu'elle venait de sortir. Les six premiers n'étaient pas pour autant à éliminer, mais ne lui paraissaient pas totalement concluants pour diverses raisons. Elle espérait que celui-là le serait, mais en passant du sommaire aux photos de scènes de crime, elle eut vite fait de l'écarter de la liste des meurtres possibles de Ted Rawls. Si elle avait bien été retrouvée nue et battue à mort, pour Ballard, Belinda King avait la poitrine trop forte pour être à l'aise dans la chemise de nuit. En plus de quoi, les circonstances de l'affaire avaient amené les premiers enquêteurs à se dire qu'elle connaissait son assassin et pouvait même s'être lancée dans un rapport sexuel consenti avant qu'il ne devienne violent. Il n'y avait en effet aucune indication prouvant une agression.

Déçue, Ballard se renversa dans son fauteuil, referma le livre du meurtre d'un coup sec, le posa sur les volumes des autres affaires qu'elle avait sortis des rayons et décida de ne pas les remettre à leur place dans les archives. Elle allait demander à Bosch de lui confirmer ou infirmer toutes les conclusions auxquelles elle était parvenue dans chaque affaire en faisant appel à sa longue expérience d'inspecteur des Homicides.

Elle mit de côté les frustrations qu'elle éprouvait après une journée de perdue et décida de reprendre encore une fois les données de crimes numérisées par le service, mais cette fois en ne tenant pas compte d'un des filtres de recherche, histoire de voir si ça ne lui ramènerait pas d'autres affaires.

Le filtre qu'elle laissa tomber étant l'obligation de ne prendre que des affaires non résolues, elle cocha la case « Toutes les affaires », sa nouvelle recherche lui rapportant neuf autres extraits de dossiers comportant des similitudes. Les archives de l'Ahmanson ne comprenant que des livres du meurtre d'affaires non résolues, elle resta dans la base de données et se repassa les extraits numérisés, prête à noter tous les noms de victimes et numéros d'affaires qui pourraient nécessiter d'être analysées plus à fond. Cet examen plus poussé exigerait qu'elle retrouve les premiers enquêteurs et leur demande de ressortir leurs dossiers d'affaires résolues et de reprendre des interrogatoires.

Elle fit rapidement le tour des neuf extraits sans en noter un seul dans son carnet. S'ils possédaient des similitudes de méthodologie avec les meurtres de Sarah Pearlman et de Laura Wilson, les affaires dont ils faisaient partie s'étaient toutes conclues par une condamnation faisant suite à un verdict de jury ou, dans deux d'entre elles, à un plaider-coupable. Ballard savait bien que n'importe laquelle d'entre elles pouvait avoir conduit à une erreur judiciaire, peut-être même après de faux aveux, mais avec ces seuls extraits il lui était impossible d'y trouver quoi que ce soit de douteux. Sous cette forme d'extraits, tous se réduisaient à des sommaires d'affaires pliées agrémentés de photos de scènes de crime.

Elle quitta la base de données et poussa un soupir de frustration en se rendant compte qu'elle avait passé sa journée à faire du surplace.

Elle avait besoin du soutien d'Harry Bosch. Elle savait pouvoir se plaindre de perdre son temps devant lui et que sa réponse serait toute en paroles de sagesse et mots d'encouragement. Il lui rappellerait que dans une enquête pour homicide il y a toujours plus d'impasses que de pistes conduisant à quelque chose. À ses yeux, c'était même l'équation de base et un jour il avait comparé ce travail à un match de base-ball. Les meilleurs joueurs ratent plus de la moitié de leurs lancers et suivre des pistes n'a rien de différent.

Elle sortit son portable, l'appela, mais tomba sur sa boîte vocale.

— Harry, c'est moi, dit-elle. Rappelle-moi dès que tu peux. Il faut que je te dise toute la merde qu'a été cette journée. Bye.

Elle se releva, remit son portable dans sa poche et vit Hatteras toute courbée sur son bureau à son poste de travail à côté d'elle.

— Colleen, lui dit-elle, je vais aller faire un tour pour m'éclaircir les idées et me prendre un café à l'étage. Vous voulez quelque chose ?

— Non, ça va, lui répondit Hatteras. Vous saviez que c'était un médaillon, n'est-ce pas ?

Ballard s'était déjà éloignée de son poste lorsqu'elle entendit la question. Elle pivota sur les talons et repartit vers Hatteras.

— Quoi ? demanda-t-elle.

— La pendeloque… Il y a une charnière. Elle s'ouvre et il y a une petite photo à l'intérieur.

Ballard se pencha par-dessus l'épaule d'Hatteras et vit que la pendeloque en forme de palette de peintre était effectivement munie d'une charnière qui permettait de l'ouvrir comme un livre minuscule. Elle y découvrit le portrait d'un jeune homme avec des cheveux d'un noir de jais et un début de moustache au-dessus d'un large sourire.

— Vous n'auriez pas dû sortir ça du sachet à éléments de preuve, dit-elle.

— Bien obligée, lui renvoya Hatteras. Je n'aurais pas pu l'ouvrir si c'était resté dans le plastique.

— Je sais, mais je ne l'avais pas encore fait analyser pour recherche d'empreintes et d'ADN.

— Je suis désolée. Je croyais vous avoir entendue dire que tout était déjà passé à la Scientifique.

— Oui, sauf ça. On ne l'a récupéré qu'aujourd'hui. (Hatteras laissa tomber le médaillon sur son bureau comme si c'était un tison.) Ça n'a plus d'importance maintenant. Vous l'avez manipulé, reprit-elle en regardant fixement la petite photo, puis se penchant en avant pour la voir de plus près.

Le jeune homme lui disait quelque chose, mais elle n'arrivait pas à le situer.

— Vous n'auriez pas une loupe par hasard ? demanda-t-elle.

— Non, mais Harry en a une. Je l'ai vu s'en servir l'autre jour.

Ballard rejoignit le poste de Bosch, il y avait bien une petite loupe sur un tas de sorties d'imprimante, elle s'en empara et regagna le bureau d'Hatteras.

— Permettez que je regarde…

Hatteras se leva, Ballard s'assit et se servit de la loupe pour agrandir l'image dans le médaillon ouvert.

— C'est forcément « G.O. », vous ne pensez pas ? lui lança Hatteras.

Ballard garda le silence. Le jeune homme était clairement d'origine latino. Avec sa peau brune, ses yeux et sa crinière de cheveux noirs ramenés en arrière, elle identifia ce qui le lui rendait familier et se rendit compte qu'elle avait vu une version de ce visage à peine quelques minutes avant.

— Je pense connaître ce type, dit-elle.

Elle se releva et regagna son poste de travail, tendant la loupe à Hatteras au passage.

— Vous le connaissez ?

— Oui, je pense l'avoir vu il y a une minute.

Elle se rassit, rouvrit la base de données du service sur son écran, reprit sa recherche précédente et les derniers extraits d'affaires qu'elle venait d'examiner et ressortit immédiatement la photo d'identité du criminel condamné dans chaque affaire. Le septième extrait contenait celle d'un homme condamné pour avoir tué sa petite amie en 2009.

— Repassez-moi le médaillon et la loupe, lança-t-elle à Hatteras.

— Je peux toucher le médaillon ?

— Vous l'avez déjà fait. Apportez-le-moi.

Hatteras s'exécuta, Ballard reprit la loupe pour regarder la photo de plus près, puis se retourna vers son écran pour effectuer la comparaison.

Et fut aussitôt certaine de regarder deux clichés du même individu. Si dans l'un il souriait, dans l'autre il avait l'air sombre. Elle se releva, fit signe à Hatteras de prendre sa place et lui tendit la loupe.

— Colleen, dit-elle, regardez la trombine affichée à l'écran, comparez-la à la photo du médaillon et dites-moi que ce n'est pas le même individu.

Hatteras repassa trois fois de l'écran de l'ordinateur au médaillon avant de rendre son verdict.

— C'est le même type, dit-elle. Absolument.

— OK, et maintenant laissez-moi revenir à l'ordi.

Hatteras se leva d'un bond et Ballard reprit vite son siège pour examiner les détails de l'affaire. Le condamné s'appelait Jorge Ochoa, avait trente-six ans et purgeait une peine de perpétuité pour avoir assassiné sa petite amie, Olga Reyes.

— Jorge Ochoa, dit-elle. Il aurait pu américaniser son prénom. Et se faire appeler George.

— D'où « G.O. », dit Hatteras. Je crois que vous avez raison.

Ballard griffonna le numéro de l'affaire et les noms de la victime et du suspect. L'extrait indiquait aussi le lieu du crime : Riverside Drive à Valley Village. C'était du ressort de la division d'Hollywood Nord.

L'extrait ne comportait aucune photo de la scène de crime et les détails y étaient maigres. Cause de la mort : traumatisme par objet contondant, mais cette classification tenant du fourre-tout, Ballard allait avoir besoin du livre du meurtre pour confirmer que l'affaire avait bien un lien avec les objets trouvés dans la boîte jetée aux ordures.

— Colleen, reprit-elle, je file à la Valley pour sortir le dossier de l'affaire. Je ne repasserai pas au bureau aujourd'hui.

— Je peux vous accompagner ? J'ai l'impression d'avoir quelque chose à voir avec ça… quoi que ce soit.

— Oui, vous avez bien quelque chose à y voir. Vous avez fait du bon boulot. Mais ça, c'est du travail de terrain et le vôtre, c'est la GGI. Je vous verrai demain si vous décidez de passer et je vous mettrai au courant à ce moment-là.

— Je serai là.

— OK, parfait. Bon boulot, Colleen. Merci.

Ballard glissa vite son ordinateur portable et ses dossiers dans son sac à dos, prit sa veste Van Heusen accrochée au dossier de son fauteuil et se dirigea vers la sortie sous le regard d'Hatteras.

Arrivée au parking, elle sortit son portable, appela Bosch à nouveau, et eut une fois de plus droit au message où il demandait à tout le monde de lui en laisser un.

— Harry, dit-elle, c'est encore moi. Où es-tu ? Je crois savoir à qui appartenait la chemise de nuit blanche. Rappelle-moi dès que tu auras ce message.

Elle rangea son portable et sauta dans sa voiture.

Chapitre 46

Il fallait quatre heures de route par l'Overseas Highway pour rallier Key West en partant de Miami. Petits motels familiaux, restaurants, usines de sandales et boutiques de tee-shirts et de souvenirs kitch, il n'y avait presque que cela le long d'un parcours ponctué de ponts interminables enjambant des eaux turquoise où le soleil piquait des reflets de diamant. Arrivé à Miami tard la veille au soir, Bosch avait loué une voiture et encore roulé jusqu'à Key Largo avant d'enfin se garer dans le parking d'un motel orné d'un néon indiquant qu'il y avait des chambres libres et de décider que ça suffisait pour la journée.

Maintenant, c'était le matin et le plan consistait à rejoindre Key West avant midi et à commencer à y chercher Finbar McShane, le point de départ étant le commissariat de police de la ville. Bosch n'avait averti personne de sa venue et n'avait donc aucun rendez-vous. L'idée d'y débarquer à l'improviste lui plaisait assez.

Il venait de dépasser Marathon lorsqu'un embouteillage dû à un accident sur le Seven Mile Bridge lui rajouta presque une heure de route. Il était un peu plus de 13 heures lorsqu'il se gara au parking du commissariat et descendit de son véhicule, son genou blessé tout raide et l'élançant fort après ce long trajet. Il n'avait pas pris d'analgésiques parce qu'il ne voulait pas s'endormir au volant mais maintenant qu'il était arrivé, il ouvrit son coffre et la fermeture Éclair du sac de marin qu'il avait embarqué à Los Angeles et avala deux Advil en espérant que ça suffirait à calmer rapidement la douleur.

Le commissariat était peint en orange et rose pastel. Pour tout bureau d'accueil, il ne comportait qu'une fenêtre donnant sur l'extérieur, de l'autre côté de laquelle un officier se tenait assis. Bosch attendit en plein soleil, derrière un type qui voulait savoir comment déclarer un vol de bicyclette, et sentit l'humidité sur sa peau. Il eut même l'impression que l'air lui pesait sur les poumons.

Enfin ce fut son tour. Il gagna la fenêtre en boitant – un haut-parleur et un micro y étaient encastrés dans le verre – et tendit son badge.

— Bonjour, dit-il. Je travaille avec l'unité des Affaires non résolues du LAPD. Je suis ici pour une affaire et aimerais pouvoir parler à quelqu'un des Personnes disparues.

La fenêtre étant presque aussi sombre que les vitres teintées d'une limousine, c'est à peine s'il arrivait à distinguer la silhouette d'un individu assis de l'autre côté et dont il n'aurait pu dire s'il s'agissait d'un homme ou d'une femme.

Ce fut une voix d'homme qui lui arriva par le haut-parleur.

— C'est une affaire de personne disparue non résolue ?

— Euh, non. Mais je pense qu'un inspecteur de ce service pourrait m'aider à localiser le suspect que j'ai suivi jusqu'ici.

— Et vous vous appelez ?

— Harry Bosch.

— Et ce badge dit que vous êtes à la retraite.

— Il le dit. Je me suis porté volontaire. J'étais aux Affaires non résolues et on m'a demandé de revenir après ma mise à la retraite.

— OK, j'appelle quelqu'un. Si ça ne vous gêne pas, écartez-vous de la fenêtre pour que d'autres personnes puissent s'avancer.

— Pas de problème.

Bosch s'exécuta, se retourna et vit que personne n'attendait.

Cinq minutes s'écoulèrent, lentement. Il s'adossa au mur pour moins peser sur son genou. Les comprimés qu'il avait ingérés n'avaient toujours pas atténué la douleur.

Personne ne s'approchait de la fenêtre et le type assis derrière ne lui donnait aucune info. Il commença à sentir sa chemise lui coller à la peau du dos tant il transpirait. Il ôta sa veste de sport et l'enroula sur son bras.

Enfin il entendit le déclic métallique d'une lourde porte qui s'ouvre et vit un type vêtu d'une chemise guayabera sortir du bâtiment et lui tenir la porte. Son vêtement dissimulait à peine l'arme et le badge qu'il portait à la ceinture.

— LAPD ? lança-t-il.

— C'est moi.

— Passons derrière.

— Merci.

Bosch s'approcha, l'homme lui tendit la main.

— Kent Osborne.

— Harry Bosch. Merci de m'accorder de votre temps.

— Faut bien le faire pour le LAPD. Le LAPD, c'est du costaud !

Bosch sourit, mal à l'aise. Osborne avait pris un ton légèrement sarcastique.

Ce dernier le conduisit à une salle d'inspecteurs où Bosch dénombra seize bureaux, mais où aucun panneau pendu au plafond n'indiquait les spécialités de chacun. La moitié de ces box étaient occupés par des hommes et des femmes dont les trois quarts avaient les yeux posés sur lui.

Le box d'Osborne se trouvait tout au bout de la première rangée. Il tira une chaise d'un bureau vide et la fit rouler jusqu'en face du sien.

— Asseyez-vous, dit-il. Vous êtes blessé ? Vous boitez.

— J'ai eu un accident dimanche. Ça m'a bousillé le genou.

— On dirait que vous vous êtes aussi bousillé l'oreille.

— Ouais.

Les deux hommes s'assirent. Osborne vérifia quelque chose sur l'écran de son ordinateur, puis regarda Bosch.

— Et donc, qu'est-ce que je peux faire pour vous, LAPD ?

— Je ne sais pas si le gars posté derrière la fenêtre vous a expliqué quoi que ce soit, mais je travaille sur des homicides non résolus. Sur une affaire de quadruple meurtre, en ce moment… Les membres d'une famille assassinés avec une cloueuse et enterrés dans le désert.

— Ça doit faire mal.

Bosch ne se donna pas la peine d'agréer cette minable tentative d'humour noir.

— L'affaire est vieille de presque neuf ans, enchaîna-t-il. Nous venons de la rouvrir et nous avons un individu qui nous intéresse et un témoin solide qui nous l'a donné, mais ça remonte à au moins six ans.

Osborne plissa le front.

— Six ans à Key West, ça fait long, dit-il. La population se renouvelle vite dans cette ville. Ça va et ça vient. Pourquoi avez-vous demandé à voir un cogne des Personnes disparues ?

Bosch n'avait plus entendu depuis longtemps ce terme de « cogne » appliqué à un inspecteur, peut-être même jamais dans le monde réel.

— À cause du crime de Los Angeles, répondit-il. Notre bonhomme fait dans le long terme. Il prend un boulot, grimpe dans la hiérarchie jusqu'au moment où il est reconnu comme un employé de valeur et tue le propriétaire de la boîte et toute sa famille après avoir pillé l'affaire en suivant le schéma classique du « je-liquide-tout-et-je-m'enfuis ». Et j'ai l'impression qu'il est venu ici pour recommencer.

— Pour ce que j'en sais, aucune famille n'a été assassinée ici, LAPD.

— D'après mon témoin de Los Angeles, il aurait investi dans un bar de Key West qui aurait capoté. Je pense que s'il est bien ici, ce type est passé à autre chose.

— Et le côté personnes disparues dans tout ça ?

— Avez-vous une affaire où quelqu'un d'important… disons le patron d'une grosse boîte… aurait disparu ?

Osborne se renversa dans son fauteuil et le fit pivoter dans un sens puis dans l'autre en réfléchissant à la question.

— Non, rien de tel à ce que je sache. Nos affaires concernent surtout des ados désœuvrés qui montent à Miami, des touristes qui se bourrent tellement la gueule chez Sloppy Joe[1] qu'ils n'arrivent plus à retrouver le chemin de leur motel. Un citoyen d'importance qui aurait disparu, je vois pas.

— Et un bar qui aurait fait faillite y a six ou sept ans ?

— Là, c'est pas ça qui manque ! s'esclaffa Osborne.

— Rien qui vous vienne à l'esprit ? le pressa Bosch. Du sérieux, je veux dire. Mon type y a investi quatre cent mille dollars et a tout perdu.

— Que je vous dise… Le type à qui parler, c'est Tommy, au Chart Room.

— Le « Chart Room » ? C'est un bar ?

— Au Pier House.

— Le « Pier House » ?

— Vous savez rien de rien, hein, LAPD ? C'est un hôtel au bout de Duval Street. Je crois qu'aujourd'hui, c'est là qu'il faut descendre pour accéder au Chart Room. Dans le temps, c'était un vrai bouge. Maintenant, ils en virent la racaille.

— Et Tommy ?

---

1. Célèbre bar-salle de spectacles de Key West.

— Il y vend de l'alcool depuis plus de quarante ans. Et il connaît les bars du coin mieux que n'importe qui dans ce bâtiment.

Bosch acquiesça d'un signe de tête. Puis il souleva sa veste de sport d'une main, glissa l'autre dans une poche, en sortit un document qu'il avait photocopié dans le livre du meurtre de la famille Gallagher et le tendit à Osborne qui le déplia. C'était un avis de recherche, dont le haut était occupé par une photo du permis de conduire de Finbar McShane délivré par l'État de Californie. En dessous, on y découvrait quatre copies plus réduites de la photo modifiée par un portraitiste afin de montrer quatre visages différents que McShane aurait pu se donner après s'être enfui. On le voyait avec une barbe ou un bouc et les cheveux longs ou le crâne rasé. C'était Bosch qui avait lancé cet avis peu après qu'on lui avait assigné l'affaire. Vieilles de presque huit ans, ces photos n'avaient qu'une valeur douteuse, mais c'était tout ce dont il disposait.

— C'est votre type ?

— Oui. Vous le reconnaissez ? Vous l'avez vu quelque part ?

— Je pourrais pas dire, non. À quand remonte cet avis de recherche ?

— Environ huit ans. Ce type aurait quarante-quatre ans.

— Ça remonte à loin. Y avait pas moyen d'avoir plus récent ?

— On y travaille. Qu'est-ce que vous diriez de montrer ça à l'appel ? Histoire de voir si un de vos agents de la circulation ne l'aurait pas repéré ?

— Je pourrais, oui. Mais c'est pas gagné.

— Quoi qu'il en soit, j'apprécierais.

Osborne s'empara d'un bloc de Post-it et le posa devant Bosch.

— Notez-moi votre numéro de portable et je vous rappelle si on a quelque chose.

— Je n'ai plus de portable. Je l'ai perdu et vais devoir en acheter un aujourd'hui. Je pourrais vous rappeler de l'hôtel demain.

Osborne prit l'air de quelqu'un qui se demande comment on peut ne pas avoir de portable. Mais demanda seulement :

— De quel hôtel ?

— Je vais voir s'il y a une chambre au Pier House.

— LAPD doit avoir une sacrément belle note de frais ! À cette époque de l'année, une nuit là-bas, c'est au moins du cinq cents dollars.

Bosch hocha la tête.

— Merci pour votre aide, dit-il. Et pour l'appel demain.

— Pas de problème. Dites, vous êtes sûr que ça va, LAPD ?

— Oui. Pourquoi ?

— Je ne sais pas. M'avez l'air un rien branlant.

— C'est l'humidité. Je n'y suis pas habitué.

— Ouais, on en a beaucoup, dans le coin.

De retour au parking, Bosch attendit un instant avant de remonter dans son véhicule de location pour regarder le ciel. Une rangée de cumulus passait au-dessus de l'île. Il sentit que la lumière était différente, pas aussi douce qu'en Californie, et qu'elle avait comme une dureté affirmée.

Il monta dans sa voiture, pensa à Osborne et se demanda s'il pouvait lui faire confiance. Il n'en était pas certain. Il démarra le moteur et partit.

Chapitre 47

Ballard tint son badge enfermé dans sa main et frappa à la porte avec l'autre. Il ne fallut pas longtemps pour qu'une femme de petite taille et ayant les mêmes traits et teint que Jorge Ochoa lui ouvre.

— Madame Ochoa ? demanda-t-elle.

— *Sí*, lui répondit la femme.

Ballard regretta aussitôt de ne pas avoir demandé à un policier hispanophone de l'accompagner. Elle aurait pu renoncer et appeler la division d'Hollywood Nord pour voir s'il y en avait un de disponible, mais elle préféra avancer et montra son badge.

— *La policía*, dit-elle. *Habla inglés ?*

La femme fronça les sourcils, puis se détourna de la porte et cria quelque chose en espagnol vers le fond de la maison en un vrai tir de mitraillette dans lequel Ballard n'identifia que le mot *policía*. Puis elle se retourna vers Ballard et hocha la tête comme si elle venait juste de régler le problème. Une minute d'un silence embarrassant s'étant écoulée, un jeune homme apparut derrière elle, les cheveux emmêlés de sommeil. On aurait dit une copie papier carbone de ce à quoi ressemblait Jorge Ochoa sur les photos d'identité que Ballard avait examinées dans le livre du meurtre.

— Quoi ? lança le jeune homme.

Il était clairement agacé qu'on l'ait réveillé tôt alors même qu'on approchait de midi. Ballard repéra immédiatement le VB tatoué sur ses bras et l'identifia comme appartenant au gang des Vineland Boyz. Elle savait que la journée classique d'un de ses membres ne commençait qu'après midi, et il était tôt.

— Vous, c'est Oscar, non ? lui demanda-t-elle. Je veux parler de votre frère avec votre mère.

— Mon frère est parti, répondit-il. Et nous, on parle pas aux flics. *Adiós, puta.*

Il avait commencé à fermer la porte, Ballard tendit la main et l'arrêta.

— Vous traitez de pute quelqu'un qui veut aider votre frère ?

— L'aider ? Ben merde ! Vous auriez pu l'aider quand il a dit qu'il avait pas fait ça. Mais non, vous l'avez foutu en taule et jeté la clé.

— Je veux montrer quelque chose à votre mère. Ça pourrait être ce qui le fera sortir de prison. Mais si vous voulez que je m'en aille, je m'en vais. Mais la prochaine fois que vous irez le voir, dites-lui bien que je suis venue ici et que vous m'avez flanquée dehors.

Oscar ne bougea ni ne dit mot. Puis sa mère lui parla en chuchotant, Ballard sachant assez d'espagnol pour comprendre qu'elle lui avait demandé ce que voulait la femme : Mme Ochoa avait entendu le prénom de son fils.

Oscar ne lui répondit pas, se retourna vers Ballard et s'effaça pour la laisser entrer.

— Montrez-lui, dit-il.

Ballard entra. Elle avait passé la nuit à lire le livre du meurtre qu'elle avait pris au commissariat d'Hollywood Nord, la première chose qu'elle avait faite le matin venu étant d'essayer de retrouver la famille d'Olga Reyes. Mais celle-ci semblant avoir quitté Los Angeles après le meurtre, elle n'avait pas été en mesure de la localiser, le plus près qu'elle s'en était approchée étant un voisin qui lui avait dit que les Reyes étaient partis au Texas.

Il lui restait le côté Jorge Ochoa de l'équation et là elle était, dans une des maisons en enfilade et toutes construites à l'identique où habitait sa mère à Sunland.

Elle fut conduite dans un petit séjour modestement meublé où elle vit aussitôt des signes lui disant qu'elle était sur la bonne voie : sur les murs étaient affichés des tableaux et des croquis encadrés ressemblant fort à ce qu'on dessine et peint en prison. Tous avaient été exécutés sur du papier d'emballage de boucher et signés au crayon.

— Jorge voulait être artiste ? demanda-t-elle.

— C'en est un ! lui renvoya Oscar. Montrez ce que vous avez et après, dégagez.

Ballard s'en voulut de ne pas avoir réfléchi à sa question jusqu'au bout.

— D'accord, dit-elle. Dites à votre mère que je vais lui montrer la photo d'un bijou et que je veux savoir si elle l'a déjà vu.

Pendant qu'Oscar traduisait, Ballard fit glisser son sac à dos de son épaule, l'ouvrit sur le sol et en sortit une chemise contenant une photo 18x24 en couleur du bracelet avec la pendeloque en forme de palette qu'elle avait imprimée chez elle ce matin-là. Elle passa la chemise à Oscar pour qu'il la tende à sa mère : elle voulait que lui aussi s'investisse dans la manœuvre.

Il ouvrit la chemise et regarda la photo avec sa mère. Ballard, qui voulait avoir la réaction de cette dernière, vit qu'elle avait reconnu l'objet.

— Elle l'a déjà vu, s'empressa-t-elle de dire.

Oscar et sa mère échangèrent quelques mots qu'Oscar traduisit.

— Elle dit que c'était à mon frère et qu'il l'avait donné à Olga parce qu'ils étaient amoureux. Où l'avez-vous trouvé ?

Ballard comprit que la question venait de lui.

— Je ne peux pas vous le dire pour l'instant, lui répondit-elle, mais je pense qu'avec ça, votre frère va pouvoir sortir de prison.

— Comment ça ?

— Je pense pouvoir prouver que c'est quelqu'un d'autre qui a tué Olga.

La carapace d'Oscar se fendant tout d'un coup, elle vit de l'espoir et de la peur dans ses yeux. Puis il se détourna et traduisit pour sa mère.

— *Dios mío !* s'exclama celle-ci en tendant le bras et attrapant la main de Ballard. *Dios mío !* S'il vous plaît.

La carapace d'Oscar se reforma aussitôt.

— Vaudrait mieux pas déconner avec nous, lança-t-il.

— Je suis tout à fait sérieuse, lui répondit Ballard. Demandez à votre mère si elle sait où Jorge a trouvé ce bracelet.

L'échange en espagnol fut bref.

— Elle ne sait pas, répondit-il.

— Et la pendeloque ?

L'échange suivant n'eut pas besoin d'être traduit, la femme faisant aussitôt non de la tête. Ballard se tourna vers Oscar.

— Et vous ? lui demanda-t-elle.

— Ça veut dire quoi ?

— Votre frère faisait-il partie des Vineland Boyz ?

— Non, mais qu'est-ce que vous avez pu essayer de le faire croire au procès !

— Ce que je veux savoir, c'est où les Vineland Boyz se procurent leurs chaînes.

Oscar ne répondit pas, son hésitation venant de la règle qui interdit à leurs membres de parler du gang à la police. Cela pouvait lui coûter la vie.

— Savez-vous ce que signifie le mot « provenance » ? reprit-elle. En plus de demander à votre mère d'identifier ce bracelet comme appartenant à votre frère, je pourrais avoir à établir où Jorge l'a eu. Cela me donnerait deux confirmations quand j'irai voir le district attorney.

— Il était pas dans un gang. C'était un artiste.

Ballard savait que l'accusation avait montré des photos de fresques murales attribuées à Jorge Ochoa et, façon malhonnête de faire pencher le jury en sa défaveur, s'en était servie pour laisser entendre qu'il était affilié à un gang.

— Je vais vous laisser ma carte, enchaîna-t-elle. Si vous pensez à quelque chose, disons à une boutique du coin où Jorge aurait pu acheter ce bracelet, appelez-moi.

— Je parle pas à la *policía*, lui répondit-il.

— Même si ça peut aider votre frère à prouver qu'il n'a pas tué Olga ?

Oscar ne répondant pas à la question, Ballard se tourna vers sa mère.

— *Gracias, señora*, dit-elle. *Estaré en contacto.*

Dès qu'elle fut revenue à sa voiture, Ballard sortit son portable et appela Bosch. L'adrénaline avait commencé à courir dans ses veines dès que la mère de Jorge Ochoa avait reconnu le bracelet et elle avait besoin de dire à quelqu'un le virage qu'avait pris l'affaire.

Bosch était son premier choix, mais son appel finit une fois de plus dans sa boîte vocale.

— Harry, dit-elle. C'est encore moi. Où es-tu passé, bon sang ?! Ça s'emballe et j'ai besoin de toi pour Rawls. Je l'ai relié à une autre affaire et tiens-toi bien : le type est en prison pour un meurtre qu'a commis Rawls, j'en suis sûre. J'ai besoin que tu me rappelles dès que tu auras ce message.

Elle raccrocha, poussa un soupir de frustration, mais l'agacement qu'il suscitait en elle tourna vite à l'inquiétude : il était vieux et pas dans la meilleure forme. En plus de lui occasionner des blessures manifestes, l'accident du dimanche précédent semblait lui avoir ôté quelque chose.

Ballard appela la fille de Bosch. Celui-ci ayant mentionné qu'elle était de deuxième brigade, elle se dit qu'elle ne devait être ni au boulot ni en train de dormir.

Maddie lui répondit tout de suite.

— Maddie, c'est moi, Renée Ballard.

— Salut, quoi d'neuf ?

— Euh… tu as parlé avec ton père récemment ? Nous sommes censés bosser sur un truc et je n'arrive pas à le joindre.

— Eh bien, je l'ai vu mardi quand on a déjeuné ensemble et après, je l'ai déposé chez le loueur de voiture, mais non, je ne lui ai pas parlé depuis. Qu'est-ce qu'il…

— Je suis sûre que tout va bien, mais il faut vraiment que je lui parle. Ça t'embêterait de me rendre un service ? Un jour, il m'a dit que tu le laissais tracer ton téléphone et toi, le sien. C'est toujours le cas ?

— Oui. Tu veux que je le localise ?

— Ça m'aiderait, si ça ne t'embête pas. J'ai vraiment besoin de lui dans une affaire sur laquelle je travaille.

— Ne quitte pas.

Ballard attendit que Maddie retrouve où était son père.

— Hmm… OK. Je l'ai au GOP du West Bureau. Non, attends, ça, c'est avant. Son portable doit être éteint ou alors il a la batterie à plat. Ça remonte à dimanche soir, et c'est le dernier endroit que j'ai.

Ballard relia les pointillés et conclut que le garage officiel de la police était l'endroit où la voiture de Bosch avait été conduite après la fusillade avec Rawls.

— Son portable est dans sa voiture, reprit-elle. Il était en train de me parler quand il a été embouti par Rawls et son portable s'est envolé. Il doit être encore dans la Cherokee et il y a des chances que la batterie ait rendu l'âme dimanche soir.

— Alors où est-il ? demanda Maddie, qui commençait à s'inquiéter.

Prise entre appréhension et panique, Ballard réfléchit.

— Je ne sais pas, répondit-elle. A-t-il toujours un fixe chez lui ?

— Oui, répondit Maddie. Je lui passe un coup de fil et lui ou moi, on te rappelle tout de suite.

Elles raccrochèrent et Ballard s'assit dans sa voiture pour attendre, en sachant que Maddie ou Bosch, sa prochaine décision dépendrait de la personne qui le rappellerait.

Une minute plus tard, ce fut Maddie.

— Il ne répond pas, dit-elle. Je lui ai laissé un message, mais maintenant je m'inquiète.

— Quand pars-tu au boulot ?

— En fait, je suis en repos.

— As-tu la clé de chez lui ? Je crois qu'on devrait aller voir.

— J'en ai une. À quelle heure on y va ?

— Je suis dans la Valley. Je pourrais y être dans une demi-heure maximum.

— D'accord. Ça me prendra à peu près pareil. Je te retrouve là-bas.

— OK. Si tu arrives la première, tu devrais peut-être m'attendre avant d'entrer.

— On verra.

— Bon, je démarre.

Elles raccrochèrent et Ballard mit le contact, ses pneus crissant sur le goudron lorsqu'elle déboîta. Elle voulait arriver chez Bosch avant sa fille.

Chapitre 48

Bosch s'était assis sur son lit, sa jambe blessée surélevée. Le sac de glace qu'il avait posé sur son genou semblait calmer l'inconfort que sa deuxième dose d'Advil n'avait pas encore apaisé. Il se trouvait dans sa chambre au Pier House et étudiait la carte touristique de l'Old Town que lui avait donnée le réceptionniste lorsqu'il s'était enregistré. Les endroits où l'on pouvait voir le coucher du soleil y étaient clairement indiqués, ainsi que les quais auxquels étaient ancrés les navires de croisière, et il avait la ferme intention de les visiter dans l'espèce de quête de l'aiguille dans une meule de foin qu'était devenue sa traque de Finbar McShane.

Sa chambre était munie d'un petit balcon d'où contempler les eaux turquoise. Elles attiraient son regard tant il était habitué aux bleu-noir glacés et menaçants de celles du Pacifique. Il vit un grand catamaran passer lentement devant lui, le moindre centimètre carré de son pont donnant l'impression d'être occupé par un passager. Un numéro de téléphone permettant de réserver une croisière au coucher du soleil était peint sur sa coque.

Avant de gagner sa chambre, il s'était servi d'une carte de la station balnéaire, elle aussi fournie par la réception, pour repérer le Chart Room, et avait alors appris que l'établissement n'ouvrait pas avant 17 heures. Il s'était juré de s'y présenter à ce moment-là, en espérant pouvoir parler avec le barman avant que la foule n'envahisse les lieux.

Il avait encore une heure à attendre, il décida d'en profiter pour se promener dans les rues en montrant partout l'avis de recherche avec tous les visages possibles de Finbar McShane représentés dessus. Il se leva et alla poser le sac de glace dans le lavabo de la salle de bains. La glace et l'analgésique s'étaient enfin alliés pour lui rendre l'usage de son genou… pendant un certain temps.

Il sortit de sa chambre, quitta l'hôtel et commença à remonter Duval Street en s'arrêtant au Sloppy Joe et dans d'autres bars pour demander aux barmen s'ils reconnaissaient l'homme de la photo.

Il n'eut aucun preneur, mais eut peu à peu dans l'idée que les trois quarts des barmen et des serveuses auxquels il montrait son avis de recherche avaient eux aussi fui quelque chose avant d'atterrir à Key West. Mauvaise vie, mauvaises relations, crime, peu importait, mais cela interdisait qu'on dénonce un compagnon d'infortune qui disparaissait. Bosch ne dit à personne que cet individu était le seul suspect dans l'assassinat d'une famille entière : il ne voulait pas gâcher la version romantique qu'ils se faisaient du passé que l'on fuit.

Revenu au Pier House à 17 heures, il gagna tout de suite le Chart Room niché dans un couloir du premier étage de l'aile principale de l'hôtel. Un type à cheveux gris ramenés en queue-de-cheval en déverrouillait la porte lorsqu'il y arriva.

L'homme entra, Bosch le suivit. Petit, le bar avait à peu près la taille de la chambre qu'il avait clairement dû être avant. Bosch eut l'impression qu'avec ses six tabourets à gauche et quelques petites tables et endroits où s'asseoir à droite, le lieu aurait été plein à craquer avec à peine vingt clients.

Il prit le premier tabouret et attendit que le type à la queue-de-cheval passe derrière le comptoir. En bois sombre, celui-ci dégageait une ambiance ambrée avec ses lampes installées sous les trois rangées de bouteilles. Il y avait beaucoup de photos sur les murs, toutes ou presque jaunies par le temps. Pas de fenêtres avec vue sur l'océan, c'était l'alcool et non le coucher du soleil qu'on vénérait dans ce lieu.

— On dirait que ça fait mal, lui lança le barman en lui montrant son oreille.

— Pas trop, lui répondit Bosch.

— Hameçon ?

— J'aurais préféré.

— Balle, alors.

— Comment le savez-vous ?

— Les hameçons, j'ai appris à Key West. Et les balles au Vietnam.

— Très juste. Et vous étiez avec qui là-bas ?

— Le Un/Neuf des marines.

— Les morts-vivants.

Bosch était au courant. Ce bataillon avait subi plus de pertes que n'importe quelle autre unité pendant toute la guerre, d'où le surnom qu'on lui avait donné.

— Et vous ? le pressa le barman.

— Armée de terre. Premier bataillon d'infanterie, corps du génie.

— Les tunnels.

— Ouais.

Le barman hocha la tête. Les tunnels, lui aussi était au courant.

— Vous êtes descendu à l'hôtel ?

— Chambre 202.

— M'avez pas trop l'air d'un touriste.

— Faudrait sans doute que je m'achète un short, des sandales, peut-être même une chemise hawaïenne.

— Ça aiderait.

— Tommy, c'est vous ?

Le barman cessa de s'affairer derrière le comptoir afin de se préparer pour la nuit et regarda Bosch droit dans les yeux.

— On se connaît ? lui demanda-t-il.

— Non, c'est ma première visite à Key West. Mais au commissariat, on m'a dit que c'était à vous que je devais parler.

— De quoi ?

— Des bars du coin. J'essaie d'en localiser un qui aurait fermé, disons… il y a six-sept ans.

— Comment s'appelait-il ?

— C'est ça, le problème. Je ne sais pas.

— Ça m'a l'air vague. Vous êtes flic ?

— Je l'ai été. Aujourd'hui, j'essaie seulement de retrouver un type qui est arrivé de Los Angeles, a investi son fric dans un bar et y a tout perdu. À propos… moi, c'est Harry Bosch.

Il lui tendit la main par-dessus le comptoir, Tommy essuya la sienne sur un chiffon et la lui serra.

— Ça fait combien de temps que vous travaillez ici, Tommy ? reprit Bosch.

— Disons ça comme ça : plus longtemps que n'importe qui d'autre. Le mec que vous cherchez, il a un nom ?

— Oui, mais je ne pense pas qu'il s'en serve ici. Il s'appelle Finbar McShane. C'est un Irlandais.

Bosch regarda Tommy dans les yeux pour y lire le signe qu'il reconnaissait ce nom. Il en vit un.

— Le Galion irlandais, dit Tommy.

— Et c'est quoi ?

— Le nom du bar. Ce sont deux Irlandais qui l'ont ouvert il y a environ huit ans. Enfin, le premier, et après l'autre est venu et ils se sont associés. Comme si on avait besoin d'un bar irlandais de plus à Key West ! Ils ont arrangé l'extérieur pour que ça ressemble à un galion espagnol, vous voyez ? Ça a duré deux ou trois ans et après, ç'a été muré. Ils y ont perdu la peau des fesses et ont laissé derrière eux une chiée de créanciers qui n'ont jamais été remboursés.

Bosch savait qu'il y aurait des archives de propriété dans les agences locales et régionales gérant les licences d'alcool, peut-être aussi des déclarations de mise en faillite. Trouver le nom du bar serait un bon début de piste.

— Vous les connaissiez… les associés, je veux dire ?

— Non, c'étaient des mecs d'ailleurs, pas d'ici.

— Et leurs noms ?

— Non, je sais même pas si je les ai jamais sus.

— Quelqu'un qui saurait, dans le coin ?

— Bonne question. Laissez-moi réfléchir. Et… vous allez boire ou vous contenter de me poser des questions ?

— Un bourbon.

— J'ai du Michter's, du Colonel Taylor, et il me reste un peu de Blanton's.

— Du Blanton's, super.

— C'est parfait parce que j'attends toujours ma glace.

Tommy se servit de son chiffon pour nettoyer un verre à l'ancienne, y versa un généreux shot de Blanton's et le posa devant Bosch. Il semblait y avoir encore assez de bourbon dans la bouteille ronde pour un second shot.

— *Sláinte*[1] *!* lança-t-il.

— À la vôtre !

Un type entra dans le bar porteur d'un grand seau en acier inoxydable rempli de glaçons. Il le passa par-dessus le comptoir, Tonny le lui prit, en versa le contenu dans une cuve et le lui rendit.

— Merci, Ricko.

Tommy regarda Bosch et lui montra la cuve.

— Non, ça ira, lui dit celui-ci.

Tommy leva un doigt comme s'il voulait tout arrêter dans le bar pendant qu'il réfléchissait à une autre idée.

— Je crois connaître quelqu'un, dit-il. Et vous allez vous occuper de moi comme il faut, hein ?

— Bien sûr.

Bosch regarda Tommy sortir un téléphone filaire de dessous le comptoir, attendit qu'il y compose un numéro et écouta le côté Tommy de la brève conversation qui s'engagea.

1. « Santé ! » en gaélique irlandais.

— Hé, tu te souviens du Galion irlandais ? Qu'est-ce qui est arrivé aux deux mecs ?

Bosch voulait s'emparer de l'appareil pour poser les questions, mais il savait que ç'aurait été le moyen le plus rapide de mettre fin à l'appel et à la coopération de Tommy.

— Ah oui, c'est vrai ! Il me semble avoir entendu quelque chose là-dessus. Et ils s'appelaient comment ?

Bosch fit oui de la tête : il s'avérait qu'il n'avait pas besoin de coacher Tommy.

— Et où a filé Davy ? demanda ce dernier.

L'appel se terminant quelques secondes plus tard, Tommy regarda Bosch, mais ne lui rapporta pas ce qu'il venait d'apprendre. Bosch comprit le message et glissa la main dans sa poche. Il avait retiré quatre cents dollars à un distributeur de billets de l'aéroport la veille avant de décoller, la somme lui étant fournie en billets de cinquante et de vingt. Il en ôta quatre de cinquante de sa liasse et les posa sur le comptoir.

— Le premier propriétaire s'appelait Dan Cassidy, déclara Tommy. Mais il a quitté l'île après la fermeture du bar.

— Pour aller où ?

— Mon type ne le savait pas. Le pote irlandais qu'il avait pris comme associé s'appelait Davy Byrne, mais tout le monde pensait que c'étaient des conneries.

— Que voulez-vous dire ?

— Que c'était un alias, y a pas plus clair. Davy Byrne, c'est le nom d'un pub dans *Ulysse*, le roman de Joyce sur Dublin. C'est censément un vrai bar et il fonctionnerait toujours après cent ans. Alors les gens du coin pensent que c'était sans doute un type de l'IRA ou autre qu'était venu ici et qu'il avait changé de nom parce que c'était un peu trop chaud pour lui là-bas.

Bosch ne se donna pas la peine de lui dire que les Troubles[1] s'étaient surtout produits en Irlande du Nord, et non à Dublin.

— Votre gars vous a-t-il dit l'avoir jamais rencontré ? demanda-t-il à la place. Vous pensez qu'il pourrait le reconnaître sur une photo ?

— Il ne l'a pas dit, mais j'en doute. Vu qu'il est responsable de la livraison de Buds[2] dans l'ensemble du comté de Monroe, il sait tout ce qui se passe dans les bars des Keys, mais comme il a pas conduit un camion de livraison depuis des années… Mais il m'a quand même dit que ces gars-là l'avaient arnaqué d'à peu près deux mille dollars quand ça a fermé.

— Vous avez un portable ?

— Bien sûr.

— Pouvez-vous prendre une photo de ce truc et l'envoyer quand même à votre copain ? On ne sait jamais.

Bosch déplia l'avis de recherche sur le comptoir. Tommy le regarda un long moment, puis il l'y fit glisser jusqu'à ce qu'il se trouve sous une des lampes et sortit un portable d'une poche avec lequel il en prit une photo avant de le rendre à Bosch.

— Los Angeles Police Department, reprit-il. Je croyais que vous n'étiez plus flic.

1. Nom du conflit nord-irlandais ayant fait rage entre 1968 et 1998.

2. La Budweiser, produite sur le sol américain.

— Je ne le suis plus. Ce truc est vieux. Ça sort d'une affaire dont j'ai hérité à l'époque où j'avais encore un badge.

— Ce type est comme celui qui s'en tire toujours ? La baleine blanche, « Appelez-moi Ismaël » et le reste ?

— *Moby Dick*, c'est ça ?

— Voilà. La première phrase du bouquin.

Bosch acquiesça. Il n'avait jamais lu le roman, mais il savait qui l'avait écrit et que Moby Dick était la baleine blanche. Entre ces références à Joyce et à Melville, Bosch eut dans l'idée que c'était au barman le plus cultivé de Key West qu'il avait affaire et que Tommy donnait l'impression de savoir ce qu'il pensait.

— Quand c'est un peu mort ici, je lis, reprit-il. Bon alors, qu'est-ce qu'il a fait ? Votre baleine blanche, je veux dire.

— Il a tué les quatre membres d'une famille.

— Ah, merde !

— Avec une cloueuse. La fille avait neuf ans et le gamin treize. Et après, il les a enterrés dans un trou dans le désert.

— Oh, putain ! s'exclama Tommy en posant la main sur les billets de cinquante et les repoussant vers Bosch sur le comptoir. Je peux pas vous prendre votre argent. Pas pour un truc comme ça.

— Vous m'avez beaucoup aidé.

— Je suis certain que personne ne vous paie pour courir après ce type.

Bosch acquiesça. Il comprenait et posa la question la plus importante :

— Votre copain le livreur de bière vous a-t-il dit si Davy Byrne était toujours sur l'île ?

— Il m'a dit qu'aux dernières nouvelles, il travaillait aux anciens quais d'affrètement. Mais il l'a appris il y a quelques années.

— Où se trouvent ces anciens quais ?

— Juste en dessous de la Chaussée de Palm Avenue. Vous avez une voiture ?

— Oui.

— Le plus facile est de sortir de l'Old Town par Front Street et de prendre Eaton Street, dit Tommy en lui montrant un point derrière le bar. Vous franchissez le pont et vous êtes à la marina. Vous pouvez pas la rater.

— De combien de bateaux parlons-nous ?

— Il y en a pas mal. Mon copain ne savait pas sur lequel il était censé travailler.

— OK.

— Et moi, à votre place, je partirais tout de suite. Cette partie de la ville va commencer à se remplir de gens pour le coucher du soleil. La circulation sera un enfer et vous ne sortirez jamais du quartier.

Bosch leva son verre et avala sa première et dernière gorgée. Le bourbon fut doux sur sa langue, mais lui brûla la gorge. Il comprit alors qu'il aurait peut-être mieux fait de commander quelque chose qui descende mieux, un porto ou un verre de cabernet.

— Merci pour votre aide, Tommy, dit-il. *Semper fi*[1] !

1. *Semper fidelis*, « Toujours fidèle » en latin. La devise des marines.

— *Semper fi !* lui renvoya Tommy, en ayant l'air d'accepter ce salut des marines de quelqu'un qui n'en était pas un. Ces tunnels, putain… Quel coin de merde !

Bosch acquiesça.

— Quel monde de merde ! répliqua-t-il.

— Dans un monde en colère, les gens font des trucs auxquels on ne s'attendrait jamais.

Bosch ôta deux billets de cinquante du comptoir, les glissa dans sa poche et glissa les deux autres vers Tommy.

— Finissez ce Blandon's pour moi, dit-il.

— Avec plaisir.

En sortant, Bosch tint la porte ouverte à un couple en short, sandales et chemise hawaïenne qui entrait.

Chapitre 49

Adossée à sa voiture garée devant chez Bosch, Ballard pensait à la dernière conversation qu'ils avaient eue. Il lui avait alors dit qu'il allait procéder à l'interrogatoire de suivi de Sheila Walsh pour l'affaire Gallagher : il espérait qu'elle échange la protection de son fils contre des révélations sur Finbar McShane. Elle décida que si elle ne retrouvait pas Bosch avant la fin de la journée, elle localiserait Sheila Walsh et lui rendrait, elle aussi, une petite visite.

Elle vit Maddie arriver dans le virage et se garer sous l'auvent de voiture vide. Elle la rejoignit à la porte d'entrée.

— J'ai frappé, mais pas de réponse, dit-elle.

— Alors, j'espère qu'il n'est pas là.

— Laisse-moi faire le tour avant d'entrer.

— Je suis grande, Renée.

— C'était juste pour t'aider.

— Je comprends. Merci.

Maddie sortit un jeu de clés de sa poche, déverrouilla la porte, puis, sans la moindre hésitation elle la poussa et entra la première.

— Papa ?

Pas de réponse. Ballard gagna le séjour et regarda autour d'elle pour voir si quelque chose lui semblait bizarre. Elle vérifia la chaîne stéréo et s'aperçut que le disque posé sur la platine était l'album de King Curtis qu'il écoutait lorsqu'elle était venue le chercher la semaine précédente. Elle se dit qu'il n'avait plus le temps d'écouter de la musique depuis qu'il avait rejoint l'unité.

— Papa, tu es là ?

Toujours rien.

— Je vais voir derrière, reprit Maddie.

Elle disparut dans le couloir tandis que Ballard rejoignait la cuisine pour examiner l'évier et la poubelle dans l'espoir d'y trouver des signes de vie. L'un et l'autre étant propres et vides, elle repartit vers le salon et entra dans la salle à manger où deux piles de documents bien rangés étaient posées sur la table. Elle passa derrière et se pencha pour voir sur quoi il travaillait. Elle entendit les pas de Maddie sur le parquet et comprit qu'elle continuait de chercher : tout indiquait que son père était absent.

Puis Maddie sortit de l'aile de la maison où se trouvait sa chambre.

— Il n'est pas là, dit-elle.

— La cuisine est propre et la poubelle a été vidée comme s'il ne voulait rien laisser empester la maison pendant qu'il voyage.

— Pour aller où ?

— C'est bien la question. Est-ce que tu sais quel genre de valises il a ?

— Oh, oui ! Il n'en a qu'une. Elle est vieille et toute cabossée, et les roues tournent à peine.

— Et si tu allais voir si elle est quelque part dans la maison ?

— Je vérifie dans sa penderie.

Maddie reprit le couloir pendant que Ballard fouillait dans un des deux tas de documents posés sur la table. Tous concernaient l'affaire Gallagher.

Puis elle remarqua que la table était munie d'un tiroir, très probablement destiné à contenir de l'argenterie si l'on se servait de ce meuble pour manger et non pour travailler. Elle l'ouvrit et y trouva essentiellement des couverts de plats à emporter, en plus de quelques stylos, trombones et blocs de Post-it. Elle y découvrit aussi plusieurs pilules en vrac et une enveloppe avec *Maddie* écrit dessus. Intriguée, elle s'en empara, vit qu'elle était scellée et prit une des pilules. De couleur bleu ciel, elles avaient la forme d'un disque, mais ne portaient aucun nom de marque ou signe permettant de les identifier, seul le nombre 30 y étant imprimé. Dosées à 30 milligrammes sans doute, se dit-elle.

Puis elle entendit à nouveau les pas de Maddie qui revenait dans le couloir. Sans y réfléchir vraiment, elle garda la pilule dans la paume de sa main et referma le tiroir au moment où la jeune femme entrait dans la pièce.

— La valise est toujours là, dit celle-ci. Mais il a aussi un sac de marin pour quand il ne va pas loin et lui n'est plus là. Il est parti quelque part sans me le dire.

— C'est déjà arrivé ?

— Eh bien… non, pas que je sache. La semaine dernière il m'a appelée avant d'aller à Chicago… Il devait y passer une nuit. Mais qui sait… il pourrait avoir fait des tas de voyages sans me le dire. Je n'ai aucun moyen de le savoir.

— C'est vrai.

— Et maintenant, je me sens mal qu'on soit ici dans sa maison à violer son intimité. On devrait partir.

— D'accord. Et comme j'ai un rendez-vous en ville…

Maddie ressortit ses clés et s'effaça pour la laisser passer et fermer derrière elle. Dès qu'elle fut dehors, Ballard se tourna vers elle.

— Maddie, dit-elle, je suis désolée d'avoir surréagi. C'est seulement qu'on était en plein milieu d'une affaire et que contusionné comme il l'a été dimanche, j'étais un peu inquiète de le voir disparaître sans rien dire. Mais je suis certaine qu'il va refaire surface.

— Bien sûr, dit Maddie en hochant la tête, mais l'air peu convaincue.

— Quelle impression il t'a donnée quand tu as déjeuné avec lui mardi ?

— Euh… il m'a paru OK. Normal, enfin je veux dire… Il avait encore mal après l'accident, son genou… Mais c'était toujours papa, et il m'a dit qu'il voulait rentrer pour travailler sur une affaire. L'ordinaire pour lui.

— Et aucune nouvelle de lui depuis ce déjeuner ?

— Non. Renée, faut que je m'inquiète ?

— Je ne sais pas trop. La dernière fois qu'on s'est parlé, il allait rendre visite à un témoin avec lequel il s'était déjà entretenu, mais qui n'allait pas trop apprécier de le revoir. C'est tout.

— Faudrait peut-être que nous allions le voir, ce témoin.

— « Nous » ?

— Je suis de repos aujourd'hui, mais je suis flic et lui, c'est mon père. Qui est ce témoin ?

— Attends une minute. Ne nous emballons pas. Peut-être qu'il…

— Qui c'est qui s'emballe, hein ? Tu viens de me dire qu'il est parti voir un témoin… pour une affaire de meurtre, j'imagine, et comme on n'a plus de nouvelles de lui depuis… C'est quoi qui ne cadre pas dans le tableau ?

— Bon, écoute. Il faut que je descende en centre-ville pour une réunion au bureau du district attorney. Je le fais et après je lance une recherche pour localiser le témoin. Et si ton père n'a pas refait surface avant, on va voir cette femme ce soir.

Maddie ne dit rien, mais Ballard sentit que repousser à plus tard la frustrait.

— Et toi, ce que tu devrais faire, c'est retourner dans la maison et écrire un mot pour lui dire de t'appeler dès qu'il rentre. Juste au cas où il serait seulement sans un sou ni portable et où on se ferait du mauvais sang pour rien. Tu veux bien faire ça ?

— Oui, répondit Maddie d'un ton maussade.

— Bon alors je vais y aller et on reste en contact. Ça va aller ?

— Ça va.

— Parfait. Je suis certaine que tout ira bien. Je te rappelle plus tard.

Elles se séparèrent, Ballard pour rejoindre sa voiture et Maddie retourner chez son père.

Ballard redescendit la colline et s'engagea dans le Hollywood Freeway, direction sud.

En vérifiant l'heure au tableau de bord, elle s'aperçut qu'elle avait juste le temps de passer au labo de la Scientifique avant son rendez-vous au bureau du district attorney. Elle voulait savoir ce qu'étaient les pilules qu'elle avait trouvées en vrac dans le tiroir de la table de travail de Bosch et contre quoi il aurait pu les prendre. Elle savait qu'en le faisant elle s'immisçait encore plus gravement dans son intimité que Maddie venait de le lui reprocher, mais il se passait des choses et il fallait qu'elle sache de quoi il retournait.

Chapitre 50

Le parking des quais d'affrètement était grand ouvert. Tout le travail de la journée ayant pris fin, les trois quarts des embarcations étaient verrouillées pour la nuit. Bosch longea la digue et lut leurs noms, les panneaux indiquant qui contacter et les disponibilités de location. Ces bâtiments allaient du coque open de dix mètres de long au navire de croisière en haute mer avec cabines, tours d'observation et ponts multiples.

Presque au bout de la jetée, un type passait au jet le pont d'une embarcation équipée d'un salon ouvert et d'une cabine pouvant accueillir un grand nombre de pêcheurs. C'était marée basse, Bosch le voyait de haut. L'homme finit par relever la tête et s'aperçut de sa présence. Il portait une casquette de base-ball incrustée de sel et barrée de l'inscription « Deck Doctor[1] » et lui montra le robinet auquel était attaché son tuyau d'arrosage.

— Hé, mec, lança-t-il, tu pourrais m'arrêter l'eau ?

Bosch ferma le robinet, puis lui demanda mine de rien :

1. Soigneur de ponts.

— Vous finissez tard ? Tout le monde est parti.

— Je rentre pas, moi. Je nettoie les bateaux.

— Bien sûr : Deck Doctor. Vous nettoyez celui de Davy Byrne ?

— Euh, non, répondit l'homme en hochant la tête. Lui a pas de bateau. Le *CJ*, c'est celui d'Henry Jordan.

— Le *CJ*, répéta Bosch, c'est lequel ?

— Le neuf ou dixième en continuant par là. Vous êtes passé juste devant. Le *Calamity Jane*.

— Ah oui ! Je l'ai vu.

— Davy peut bien faire croire aux touristes qu'il en est propriétaire, mais c'est Henry qui en a gardé la majorité des parts. Et ça, c'est un fait.

— Alors Davy, c'est juste un investisseur ?

— Plutôt un employé. Mais faudrait le lui demander quand il reviendra.

— D'où ?

— Aucune idée. Vous pouvez me passer le câble de recharge ?

Bosch regarda autour de lui et vit un gros câble électrique jaune enroulé autour d'un crochet attaché à une des poutrelles en acier qui soutenaient la structure en tôle ondulée protégeant toute la rangée de bateaux du soleil. Une des extrémités du câble était fichée dans une prise de fort voltage. Bosch décrocha le rouleau, en déroula un bout et jeta le reste au Deck Doctor. Celui-ci en emporta l'autre bout à une entrée de raccordement sous le plat-bord et l'y enfonça, Bosch se disant que ça devait recharger les batteries et autres appareils électriques du bateau.

— Bon, reprit-il, et depuis quand Henry est-il parti ?

— Presque un an, je dirais. Il aurait pris le fric de Byrne et lui aurait dit « À plus ». Après quoi, lui et sa femme ont entamé un tour du monde en laissant Davy s'occuper du bateau et habiter une flottante, tout, quoi. Pas mal comme deal, si vous voulez mon avis, mais c'est pas mes oignons.

— Une « flottante » ?

— Oui, une maison-bateau. De l'autre côté de la Chaussée, y a la marina de Garrison Bight. C'est là qu'il y a toutes les flottantes, y compris celle d'Henry. Un tas de types qui ont des bateaux y vivent et ils peuvent venir au boulot à pied.

— Sympa, dit Bosch en hochant la tête. Vous ne sauriez pas laquelle de ces flottantes est à Henry ?

— Son adresse, vous voulez dire ? Non, répondit le Deck Doctor. Mais c'est celle avec un smiley pirate sur le toit.

Bosch ne fut pas très certain d'avoir compris, mais ne chercha pas à clarifier ce que ça voulait dire.

— Vous le saurez dès que vous le verrez. Dites, vous seriez pas un genre de flic ou autre ?

— Ou autre, c'est bien ça. Depuis combien de temps vous faites ça ? Travailler sur des bateaux…

— La réponse courte serait depuis toujours. Mais si vous voulez dire ici, sur les bateaux d'affrètement… je bosse dans le nettoyage depuis environ huit ans.

— Et Davy Byrne est là depuis quand ?

— Quoi, ici ? Il s'est pointé après moi, c'est certain. Disons six ans ? Je m'en souviens parce que le vieil Henry cherchait un associé et moi, je faisais tout ce que je pouvais pour racler les fonds de tiroir. Mais c'est là que Davy Byrne est arrivé et qu'il m'a coiffé au poteau. Comment il a fait, je sais toujours pas. Il aurait tout perdu dans un pub avant de se pointer ici.

— C'est ce que j'ai entendu dire.

— Ouais, il savait pas faire marcher un bar, alors il arrive ici et il s'imagine tout savoir sur les affrètements et la pêche en mer !

Bosch acquiesça d'un signe de tête : il avait enfin une idée assez claire de ce qui motivait la rancœur de Deck Doc.

— Vous dites donc qu'Henry a disparu depuis presque un an ? reprit-il.

— Je ne sais pas, mais au moins huit ou neuf mois. À ce qu'on dit, il se ferait les sept continents. Mais ça, c'est d'après Davy Byrne.

— Écoutez, je vous remercie pour votre aide et… vous pourriez me rendre un service ? Si vous voyez Davy, vous ne lui parlez pas de moi ?

— Vous inquiétez pas. Ce type-là, j'lui parle pas.

Bosch longea les embarcations en sens inverse pour regagner sa voiture et s'aperçut que le soleil avait beaucoup baissé à l'horizon et n'allait pas tarder à se coucher. Il avait prévu de se trouver aux docks de Mallory, la mecque des couchers de soleil de Key West, mais il était tout excité à l'idée de peut-être enfin savoir où Finbar McShane se cachait. Un coucher de soleil, il y en aurait un autre le lendemain. S'il était, lui, toujours là pour le voir.

La sortie du parking étant à sens unique, il dut passer sous la Chaussée et sortir à l'entrée d'une autre marina. Il y vit des rampes de mise à l'eau et au-delà, les maisons-bateaux regroupées sur l'eau tel un village flottant. La plupart d'entre elles avaient de petits runabouts à moteur de hors-bord attachés à des ponts et des quais situés à l'arrière. Structures à un étage peintes de couleurs pastel posées sur des barges et reliées ensemble, ces flottantes formaient une communauté.

De l'endroit où il se trouvait, Bosch en dénombra huit dans la marina de Garrison Bight. L'avant-dernière était équipée d'un toit en pente gris orné d'un grand visage souriant peint en jaune – avec cache-œil de pirate et foulard rouge à têtes de mort. Parement jaune assorti et petit hors-bord attaché à la véranda arrière.

Le parking des flottantes étant bondé, Bosch dut se garer dans le suivant et revenir à pied. Son genou recommençait à lui faire mal et il avait laissé son flacon d'Advil dans sa chambre d'hôtel. Lorsqu'il arriva enfin à la rampe conduisant aux flottantes, il boitait.

La passerelle permettant de descendre à ces dernières n'était pas fermée par un portail de sécurité. Il s'accrocha à la rambarde et ce fut un pas après l'autre qu'il descendit la pente avec précaution avant de parvenir à la jetée en béton reliant toutes les maisons-bateaux.

Il la longea d'un air décontracté, comme un touriste s'émerveillant de découvrir ce quartier sur l'eau, et prit tout son temps pour observer les résidences alignées de part et d'autre. Parvenu à l'avant-dernière maison jaune, il vit que la porte coulissante du balcon du premier était ouverte et protégée par une porte-moustiquaire tirée en travers. Il entendit de la musique à l'intérieur – rythmes reggae, mais ce n'était pas une chanson qu'il connaissait.

Il décida d'user de sa blessure à son avantage. Il s'arrêta, s'adossa à un lampadaire au bout de la jetée, leva la jambe gauche et remua le pied de haut en bas comme s'il voulait se débarrasser d'une crampe, sans cesser d'étudier la flottante jaune. Il vit que le platelage en longeait tout le côté droit et permettait à peine d'accéder au pont arrière et à l'embarcation qui y était attachée. Il remarqua aussi les deux serrures de la porte d'entrée.

Satisfait des infos qu'il avait réunies, il regagna la passerelle. Il n'avait pas besoin de plus. Il était certain que l'individu qu'il traquait depuis tant d'années se trouvait bien dans la maison jaune et il avait besoin de reprendre de l'Advil et de travailler son plan d'attaque pour le moment où il reviendrait sous le couvert de la nuit.

Chapitre 51

Ballard avait dix minutes de retard lorsqu'elle arriva à son rendez-vous de 16 heures avec la procureure assignée aux dossiers de l'unité, Vickie Blodget. Leur relation était simple et ouverte depuis toujours mais cette fois-ci, avec les détails qu'elle oubliait ou lui donnait dans le désordre, Ballard n'était pas au mieux de sa forme lorsqu'elle lui résuma l'affaire. Elle avait quitté le labo complètement dans le brouillard et, obnubilée par le besoin de retrouver Bosch, elle avait écarté l'affaire Olga Reyes de son esprit.

— Laisse-moi bien comprendre le déroulement des faits dans cette histoire, lui lança Blodget. Bosch a vu Rawls jeter la boîte dans la benne à ordures et vous avez attendu trois jours pour la récupérer ? Pourquoi ?

— Non, non, ce n'est pas ce que je voulais dire, je m'excuse de te faire tout confondre. Bosch ne l'a pas vu jeter la boîte. C'est plus tard que, l'idée lui étant venue que Rawls était peut-être en train de se débarrasser de pièces à conviction, il a décidé d'y aller. Soit, en d'autres termes : Rawls jette la boîte, voit Bosch, retourne à sa voiture en courant et dégage.

— Mais pourquoi avez-vous attendu trois jours avant d'y retourner ? Non, parce que ça, c'est un problème. Si Bosch n'a pas vu Rawls jeter la boîte, on va avoir du mal à relier tout ça.

— Oui, bon, mais qui d'autre que Rawls ça pourrait-il être ? Cette benne est littéralement à vingt mètres de la porte du commerce d'un tueur en série. Bosch s'est fait sérieusement amocher dimanche. Il a eu le genou bousillé et des côtes pétées dans la collision, sans même parler de la balle qui lui a sifflé si près de l'oreille qu'elle lui en a arraché un bout. Il lui a fallu deux ou trois jours pour relier les pointillés et c'est là qu'il a fait les poubelles.

Blodget rédigea une courte note sur un bloc de feuilles grand format en hochant la tête.

— Eh bien, justement, reprit-elle. Ces trois jours-là... N'importe qui aurait pu jeter ta boîte. Et la fusillade avec Rawls ayant comme tu le sais beaucoup défrayé la chronique, quelqu'un aurait pu lire l'histoire et descendre là-bas pour y jeter la boîte dans l'espoir qu'on la trouve et la relie à Rawls.

Le brouillard commençant à se dissiper dans sa tête, Ballard regarda fixement Blodget d'un air incrédule.

— Tu te moques de moi ! lui lança-t-elle. Mais c'est quoi, ça ? Ce gamin est en prison depuis treize ans. Ce n'est même plus un gamin aujourd'hui, et il ne devrait plus y être.

— Et tu en es certaine à cent pour cent ?

— Oui. Jorge Ochoa est innocent.

— Mais il y a la correspondance ADN.

— Olga était sa copine. C'était ça, sa défense : ce soir-là ils avaient fait l'amour, puis il était rentré chez lui et c'est là que le tueur est arrivé. Maintenant on sait que c'est ça qui s'est produit. C'était Rawls, pas Ochoa. L'arme du crime était dans la boîte et tu as le rapport d'autopsie devant toi. Traumatisme par objet contondant, impacts de forme circulaire sur le crâne et de deux centimètres et demi de diamètre. Il l'a tuée à coups de marteau, Vickie. C'est évident.

— Tout ça, je le sais, Renée, et ce n'est pas le problème. Il nous faut un lien direct avec Rawls. Y avait-il des empreintes sur la boîte ? Quelque chose qui la relie à lui ?

— Non, je l'ai fait analyser et il n'y a ni empreintes ni ADN de Rawls, mais rappelle-toi qu'il était en train de s'en débarrasser. Et qu'il a dû s'assurer qu'elle était nickel et qu'on ne pouvait pas la remonter jusqu'à lui. La seule faille dans son plan, c'est qu'on l'avait dans le collimateur et que Bosch l'a vu. Il n'avait pas prévu ça et quand il a repéré Bosch, il a essayé de fuir.

— Non, il y a tout simplement trop de trous dans ton histoire. Je ne peux pas envoyer le dossier en face. Pas maintenant. Faut que tu m'apportes plus de preuves.

Le bureau de Blodget se trouvait dans le Hall of Justice, juste de l'autre côté de Temple Street où le district attorney avait le sien au seizième étage du bâtiment du tribunal pénal.

— À t'entendre, Bosch s'est disputé avec un résident du coin, reprit-elle. As-tu parlé à ce monsieur ? A-t-il vu Rawls jeter la boîte ?

— Je doute que ç'ait été dans son champ de vision, lui répondit Ballard. Mais non, nous ne lui avons pas parlé. Je ne pensais pas que ce soit nécessaire alors que tout le reste était aussi évident.

— Et tu n'as rien des scellés dans l'affaire ?

— Non. Quand Ochoa a perdu son dernier appel, le tribunal a ordonné la destruction des éléments de preuve. Ce que tu as devant toi est tout ce qu'il y a. Pas de scène de crime à revoir et aucun témoin à qui montrer des photos de Rawls. On n'a que la boîte.

Blodget hocha la tête et nota quelque chose.

— Alors, désolée, Renée, dit-elle, mais je ne peux rien faire pour le moment.

— C'est à cause du référendum révocatoire, c'est ça ?

Le district attorney faisait actuellement l'objet de cette procédure, sa pratique de gauche tendant à rendre plus difficile l'envoi des délinquants en prison ayant pour résultat une augmentation de la criminalité dans tout le comté de Los Angeles. À la suite de nouvelles directives du seizième étage n'exigeant plus le dépôt de cautions dans les trois quarts des affaires criminelles, les procureurs ne pouvaient plus demander des pénalités plus lourdes lorsque le crime avait été perpétré avec une arme à feu, et les poursuites dans les délits, voire dans certains actes de violence, se voyaient différées, transformant la justice en une espèce de porte tambour. Les médias rapportaient fréquemment des histoires de suspects récemment libérés de prison sans caution ou même pas formellement accusés se livrant ensuite exactement au même genre de crimes – parfois à peine quelques heures plus tard.

Tenter de mettre tout cela sur le dos du covid et du besoin de réduire la surpopulation carcérale pendant la crise n'avait pas empêché le district attorney de perdre le soutien des agences du maintien de l'ordre du comté, sans parler de celui d'une bonne partie de la population. D'où la campagne de référendum révocatoire bien financée qui s'annonçait. Que le bureau du district attorney ait récemment mis un innocent en prison – même si de fait cela s'était passé bien avant que l'actuel district attorney ne soit élu – n'allait pas vraiment aider celui-ci à garder son boulot.

— Écoute, je ne vais pas nier la réalité de ce qui se passe en ce moment en face, reprit Blodget. Mais je sais comment ça va se terminer. Je traverse la rue avec ton dossier dans son état actuel et ils l'enterreront. Et Ochoa ne sera jamais libre.

— Et donc, tu me dis d'attendre jusqu'après le référendum. Et d'obliger Jorge Ochoa à rester six mois de plus au pénitencier de Corcoran pour quelque chose qu'il n'a pas fait, sans même parler de toutes les années qu'il y a déjà passées.

— Ce que je te dis, c'est que si j'apporte ça de l'autre côté de la rue aujourd'hui et que ton dossier est refusé, bonne chance pour réessayer plus tard, et ce quelle que soit la personne au seizième étage.

Ballard hocha la tête et tint sa langue : elle savait que Blodget n'était pas son ennemie et que la situation était ce qu'elle était. Et qu'il valait mieux qu'elle la garde de son côté parce qu'elle aurait d'autres dossiers branlants à l'avenir et qu'elle aurait besoin d'elle à ces moments-là.

Elle savait aussi que ce n'était pas le seul endroit où elle pouvait apporter son affaire : il y avait une autre manière de libérer Jorge Ochoa, à condition d'en accepter les risques.

— OK, dit-elle. Merci de m'avoir écoutée, mais sache que je reviendrai avec ça dès que le moment et les preuves seront adéquats.

— C'est bien ce que j'espère, Renée, lui renvoya Blodget alors que Ballard se levait pour partir.

Celle-ci quittait l'unité des Major Crimes lorsqu'elle rougit de honte en repensant à la réunion qu'elle avait eue un peu plus tôt dans la journée dans la maison même où Jorge Ochoa avait grandi : la méfiance envers la police et la justice dont le frère de ce dernier avait fait preuve venait d'être légitimée. Elle avait promis de rester en contact avec lui et avec sa mère, mais elle n'avait maintenant plus aucune idée de la manière dont elle pourrait jamais se présenter devant eux.

En attendant l'ascenseur, elle jeta un coup d'œil à son portable et s'aperçut qu'elle n'avait pas de signal. Cela n'avait rien de surprenant, l'unité des Major Crimes se trouvant dans l'ancienne prison sise tout en haut du Hall of Justice. Que celle-ci ait été transformée en bureaux quelques années auparavant n'empêchait pas les murs et les planchers d'être toujours en béton renforcé acier afin de prévenir les évasions, et cette structure était célèbre pour la façon dont elle interdisait tout service de téléphone cellulaire. Ce ne fut qu'au moment où elle sortit de la cabine au rez-de-chaussée que tous ses SMS et messages vocaux lui parvinrent. Il y en avait plusieurs de Maddie.

Appelle-moi
Faut qu'on se parle tout de suite
Où es-tu ?

Il y avait aussi deux messages vocaux, mais elle ne se donna pas la peine de les écouter et préféra la rappeler dès qu'elle entra dans Spring Street pour rejoindre le PAB. Maddie répondit aussitôt et lui parla comme si elles étaient déjà en pleine conversation.

— C'est bizarre, dit-elle. En revenant dans la maison pour écrire un mot à mon père, j'ai trouvé une enveloppe avec mon nom dessus dans un tiroir. Je l'ai ouverte et je suis tombée sur une longue lettre où il me disait que j'étais une fille bien et solide et que je ferais une excellente policière. Un peu comme s'il voulait me faire savoir des trucs avant de disparaître, tu vois ?

Ballard savait exactement tout ce que cela signifiait, mais ne voulait pas inquiéter Maddie plus qu'elle ne l'était déjà.

— Eh bien, Maddie, commença-t-elle, c'est peut-être rien de plus que quelque chose qu'il…

— Et après, bordel, je rate son appel, l'interrompit Maddie. J'étais tellement stressée par ce mot que je venais de trouver et le fait que je ne pouvais pas te joindre que je suis allée bosser au commissariat et c'est là qu'il m'a rappelée, alors que j'étais sous la douche.

— Il a laissé un message ?

— Oui. Il a dit qu'il était à Key West et que tout allait bien… mais c'était un peu bizarre.

— Comme quoi ? Comment était-ce bizarre ?

— Eh bien, ça ne lui ressemblait pas. Il disait aller bien, travailler sur une affaire et m'aimer très fort. Mais ça ne sonnait pas juste. Il disait que j'étais la meilleure chose qui lui soit jamais arrivée dans sa vie et moi, après le mot que j'avais trouvé… je ne sais pas. Je suis vraiment inquiète.

— As-tu le numéro d'où il t'appelait ?

— Oui, et je l'ai rappelé dès que j'ai eu son message. C'est celui d'un hôtel à Key West. J'ai demandé sa chambre et ils me l'ont passée, mais il n'a pas répondu. Je l'ai fait trois fois et il ne répond toujours pas.

— Comment s'appelle l'hôtel ?

— Le Pier House.

— OK, Maddie, je m'en occupe. Je te rappelle dès que je sais quelque chose.

— Et écoute un peu : il y a autre chose qui s'ajoute à la bizarrerie de ce qui se passe avec lui…

— Quoi ?

— Comme je cherchais du papier pour écrire quelque chose, j'ai ouvert un tiroir de sa table de travail et c'est là que j'ai trouvé ce qu'il m'avait écrit, mais en plus il y avait aussi des pilules en vrac. À l'unité où je travaille, on a servi de base arrière à suffisamment d'opérations antinarco pour que je sache reconnaître du fentanyl de contrefaçon quand j'en vois. Je ne sais pas où il a eu ces trucs, mais bordel de merde, il a du fentanyl dans son tiroir.

Cela confirmait l'info que Ballard avait eue un peu plus tôt au labo.

— OK, Maddie, dit-elle, essaie de garder ton calme. Il y a forcément une explication à tout ça. Et il nous la donnera quand on le retrouvera. Alors on se calme jusqu'à ce moment-là.

— D'accord, je vais essayer. Mais je t'en prie, trouve-le. Et dis-moi comment je peux t'aider, s'il te plaît.

— Je comprends. Et je le ferai.

Ballard raccrocha et toujours avec son portable chercha le numéro de la police de Key West sur le Net. Elle l'appela, s'identifia et demanda qu'on lui passe le commandant de service. Elle informa alors un certain lieutenant Burke qu'elle avait besoin qu'on aille vérifier d'urgence l'état de santé d'un client du Pier House. Elle lui donna tous les renseignements utiles sur Bosch et précisa qu'elle avait besoin qu'on la rappelle dès cette vérification effectuée.

Ne sachant pas combien de temps il faudrait à la police de Key West pour réagir, elle appela ensuite l'hôtel et parla au chef de la sécurité. Elle lui expliqua la situation et lui demanda de rejoindre la chambre de Bosch pour voir comment il allait. Il lui répondit que le règlement de l'établissement lui interdisait de forcer la porte d'un client à moins que la police ne soit présente.

— Elle est en route, lui dit Ballard.

Elle raccrocha et se sentit inutile à attendre ainsi que la rappellent des gens qui se trouvaient à plus de quatre mille cinq cents kilomètres de là. Elle ouvrit une fenêtre de recherche sur son portable et tenta de calculer combien de temps il lui faudrait pour rallier Key West. Un quart d'heure plus tard, elle réservait une voiture de location à sa descente du dernier avion de la journée pour Miami lorsqu'elle reçut un appel avec code régional 786.

— Police de Key West, Bob Burke à l'appareil.

— Vous avez vérifié sa chambre ?

— Oui, mais il n'y avait personne. Bosch n'y est pas et il n'y a rien qui pourrait indiquer un problème. Il a deux chemises accrochées à un portemanteau dans la penderie, une brosse à dents et un sac de marin. Son portefeuille est dans un tiroir à côté du lit. Un de mes hommes a posé des questions à la ronde et le barman du Chart Room lui a appris que Bosch était passé un peu plus tôt et qu'il s'était payé un bourbon pas des moins chers. Je ne sais pas si ça peut vous aider, mais le barman a aussi ajouté que Bosch cherchait à en savoir plus sur un certain Davy Byrne, un Irlandais. Ça vous dit quelque chose ?

Ballard hésita. Tout laissait penser que Bosch pouvait avoir localisé Finbar McShane, ou l'alias dont il se servait.

— Euh, ce n'est pas le bon nom, dit-elle, mais il traque un suspect dans une affaire non résolue sur laquelle nous travaillons. Et notre suspect est bien irlandais.

— Alors, il l'a peut-être trouvé, dit Burke. Cela étant, il n'y a aucun signe de problème dans sa chambre. Je vais creuser encore et vérifier auprès de nos équipes de jour pour voir si elles ont entendu parler de quoi que ce soit.

— Faites-le et rappelez-moi dès que vous saurez quelque chose. Je prends l'avion ce soir et serai à Miami à l'aube.

— C'est entendu. Et, ah ! j'allais l'oublier : y avait encore un truc dans sa chambre. Une enveloppe sur le bureau. Scellée et adressée à une certaine Renée. Cela veut-il…

— Oui, Renée, c'est moi. Mais pourquoi aurait-il laissé un mot pour moi là-bas. Je suis à Los Angeles.

— Ça, je ne sais pas. Peut-être savait-il que vous prendriez l'avion.

Cette idée la fit réfléchir. Bosch était-il en train de la manipuler à plus de quatre mille cinq cents kilomètres de distance ?

— Rien de tout cela ne tient la route, dit-elle. Et puis… pourquoi serait-il parti sans son portefeuille ? Ça n'a aucun sens.

— Il était dans un tiroir. Peut-être qu'il l'a oublié. Ou qu'il ne voulait pas risquer de le perdre.

Aucune de ces deux possibilités ne lui semblant plausible, l'inquiétude qu'elle éprouvait pour Bosch augmenta.

— Pourriez-vous y retourner et ouvrir l'enveloppe qui m'est adressée ? demanda-t-elle.

— Euh, non, on ne va pas pouvoir sans cause raisonnable. Pour l'instant il n'y a ni crime ni quoi que ce soit qui le prouve. Nous ne pouvons pas aller plus loin que la vérification que nous avons menée. Je suis certain de ne pas avoir à vous rappeler le quatrième amendement et ce qui concerne les fouilles et saisies illégales.

— En effet, lieutenant. C'est juste que…

— Je reviens vers vous si notre équipe de jour m'apprend quelque chose. Ça vous va, inspectrice ?

— OK, répondit-elle. Merci.

Elle raccrocha et regarda l'heure. Le dernier vol de la journée qu'elle avait décidé de prendre devant décoller dans quatre heures, elle avait le temps de retrouver Sheila Walsh et de comprendre ce qui avait envoyé Bosch à Key West.

Chapitre 52

Installé dans sa voiture garée dans le parking de Garrison Bight, Bosch surveillait les maisons flottantes plongées dans le noir. Au-dessus de lui la lune était pleine et projetait une ligne de reflets jaunes sur l'eau tel un chemin conduisant droit à la maison au smiley pirate sur le toit. L'une après l'autre, il vit les lumières s'éteindre dans ces demeures, la dernière à le faire étant celle où habitait Davy Byrne.

Il regarda et attendit encore une heure, le bourbon qu'il avait descendu plus tôt lui remontant tel un incendie dans la gorge. Il reprit son plan avec tous les risques qu'il comportait et comprit que d'une manière ou d'une autre, justice serait rendue avant l'aube pour Gallagher, son épouse et leurs enfants.

Pour finir, à 3 heures du matin, il descendit de sa voiture et gagna la passerelle conduisant aux maisons flottantes. Il portait des vêtements aussi sombres que le ciel, avait les mains gantées et s'était muni d'un tournevis acheté dans un drugstore CVS de Front Street, en face de l'hôtel.

La passerelle était glissante de toute l'humidité causée par la chute de la température nocturne. Il s'agrippa à la rambarde et la descendit lentement et prudemment, conscient que le moindre faux pas lui expédierait une explosion de douleurs dans le genou. Pour l'heure, il s'en débrouillait avec une nouvelle dose d'analgésique.

Dès qu'il se trouva sur la jetée en béton, il s'attendit à être découvert et illuminé par les systèmes d'éclairage à détection de mouvement installés sur les maisons. Mais rien ne s'allumant, il se dit que les faibles oscillations auxquelles celles-ci étaient soumises ayant dû les déclencher constamment, on avait fini par bannir le recours à ces mesures de sécurité de base.

Parvenu à l'avant-dernière maison, il quitta la passerelle et se porta sur le pont avant sans hésiter. Il s'y arrêta, attendit, écouta pour déterminer si son arrivée avait été remarquée.

Rien ne se produisant, il gagna le pont latéral conduisant à l'arrière de la maison. Il avait apporté son tournevis afin de faire sauter la serrure de la porte coulissante du pont arrière et d'ainsi pouvoir entrer, mais s'aperçut qu'elle était ouverte sur une bonne trentaine de centimètres, seule une porte moustiquaire lui en barrant l'accès.

Cette dernière était fermée à clé, mais il n'eut aucun mal à faire un trou dans le grillage avec son tournevis, à l'agrandir suffisamment pour y passer la main, déverrouiller la porte et très précautionneusement la faire coulisser sans un bruit.

Il se glissa à l'intérieur. Il quittait la lumière du clair de lune, il se retrouva dans le noir le plus profond et attendit quelques instants que ses yeux accommodent. Alors il vit une télé à grand écran plat attachée à un mur, un canapé adossé à celui d'en face et une table basse posée devant. Au-delà de l'endroit où il se tenait il aperçut une salle à manger et une fenêtre donnant sur une cuisine, le rougeoiement de la pendule numérique d'un four micro-ondes l'informant qu'il était maintenant 3 h 10.

Sur sa droite il repéra encore la forme d'un escalier conduisant au premier. Il allait faire un pas vers la première marche, mais s'immobilisa en entendant une voix dans son dos.

— On ne bouge plus !

Il se figea. Une lumière apparut derrière lui. Il leva les mains à la hauteur de ses épaules, se mit en devoir de pivoter lentement, le tournevis glissant aussitôt dans sa manche.

Un homme était assis dans un fauteuil rembourré dans le coin de la pièce juste à côté de la porte coulissante. Bosch était passé devant lui dans le noir en entrant. L'homme lui braquait une arme sur la poitrine.

C'était Finbar McShane. Bosch le reconnut sans mal d'après les photos de l'avis de recherche qu'il avait dans sa poche revolver. Il arborait maintenant une grosse barbe qui avait viré au gris et un crâne rasé au bronzage prononcé après tous les jours qu'il avait passés en haute mer à bord du *Calamity Jane*. Il l'attendait dans le noir, c'était évident.

— Qui êtes-vous ? demanda-t-il.

— Qui je suis n'a aucune importance. Qui vous a dit que j'allais venir ? lui renvoya Bosch en espérant que ce ne soit pas Tommy le barman.

— Personne n'a eu à me le dire, lui rétorqua McShane. Je vous ai vu là-bas aujourd'hui, à essayer d'avoir l'air d'un touriste dans des habits de flic ! Parce que les touristes et les flics, moi, je connais.

— Je ne suis pas flic. Plus maintenant.

— Et ça veut dire quoi, bordel ?

— Ça veut dire que c'est terminé pour vous. Qu'il y a d'autres flics et qu'ils savent que je suis ici. Et qu'ils vont venir. Vous êtes foutu… McShane.

Que Bosch l'ait appelé par son vrai nom alluma une brève lueur d'inquiétude dans le regard de McShane, mais elle disparut rapidement et céda la place à la confiance de celui qui tient une arme et domine la situation.

— Tournez-vous. Complètement.

Bosch portait un jean noir et une chemise habillée bordeaux : il n'avait pas prévu de travailler sous le couvert de la nuit lorsqu'il avait préparé sa valise. Il se retourna complètement en gardant les mains en l'air pour bien montrer qu'il n'avait pas d'arme. Enfin il s'immobilisa, enfin ils se regardèrent à nouveau.

— Voyons les chevilles, reprit McShane.

Bosch acquiesça d'un signe de tête : McShane jouait le coup intelligemment en ne s'approchant pas trop de lui au cas où celui-ci aurait caché une arme. Il se baissa, tira sur ses jambes de pantalon en veillant à ce que son tournevis ne tombe pas de sa manche et lui fit constater qu'il ne portait pas de holster de cheville.

— Pas d'arme, conclut McShane. On vient pour me tuer et on n'a pas d'arme ?

— Je ne suis pas venu vous tuer.

— Pour quoi faire alors ? Pourquoi êtes-vous ici ?

— Je veux vous l'entendre dire.

— M'entendre dire quoi, espèce d'enfoiré ? Et arrête de me parler à coups de devinettes.

— Que tu as tué la famille Gallagher.

— Doux Jésus… tu es de Los Angeles ! Eh bien, t'as fait un sacré bout de chemin pour rien, le vieux. Tout ça pour terminer au bout d'une chaîne d'ancre par douze mètres de fond !

— Parce que c'est ça qui est arrivé à Henry Jordan et à sa femme ? Tu les as ligotés avec des chaînes et les as jetés à l'eau ? Et Dan Cassidy ? Lui aussi est au fond de l'océan ? lui demanda Bosch en voyant la surprise sur le visage de McShane. Non parce que, comme je te l'ai dit, il y a des gens qui savent tout sur toi. Et ils arrivent. Cette fois-ci, tu ne t'en sortiras pas.

— Ah ouais ? C'est ce que tu crois ?

— C'est ce que je sais. Alors tu as le choix. Ou tu me dis pour les Gallagher et on rentre à Los Angeles, ou tu tentes de filer tout de suite.

McShane éclata de rire.

— Alors là, tu parles d'un dilemme !

— Je doute fort que tu ailles beaucoup plus loin que Marathon, reprit Bosch.

— Ah bon ? Ça, t'en as une sacrée paire, le vieux, je te l'accorde. Mais j'ai aussi quelque chose à te dire : pas question que je retourne là-bas. Et en plus, qu'est-ce qui te fait croire que j'essaierais de filer en voiture ?

— Parce qu'avant de venir ici, j'ai visité ton bateau. Le *Calamity Jane*, c'est ça ? Il ne risque pas d'aller loin avec de l'eau dans ses réservoirs de carburant.

— Vaudrait mieux que tu bluffes, espèce de fumier.

— Tu pourrais aussi prendre un avion, mais c'est plutôt facile à tracer, ça. Non, l'Overseas Highway est la seule vraie possibilité qui te reste, et ça fait une trotte. Ils te gauleront avant même que t'arrives sur le continent.

— Parce que t'as tout prévu, c'est ça ?

Bosch ne répondit pas. Il se contenta de regarder fixement l'arme braquée sur lui. Il était prêt – prêt pour la fin. McShane se leva, l'arme toujours braquée sur lui.

— Et donc… tu portes un micro ? On t'a envoyé ici pour récolter mes aveux ? Ouvre ta chemise, connard.

Bosch baissa la main droite et commença à la déboutonner.

— Non, pas de micro, dit-il. Il n'y a que toi et moi et je veux t'entendre le dire. Après, tu feras ce qu'il faut.

McShane s'approcha plus près.

— Je vais te donner ce que tu veux, le vieux. Je vais tout te dire, mais ce seront les derniers mots que tu entendras jamais.

— Dormaient-ils ?

— Quoi ?

— Emma et Stephen Junior. Les enfants. Est-ce qu'ils dormaient quand tu les as tués ? Ou savaient-ils ce qui les attendait ?

— Parce que ce serait plus supportable pour toi ? Qu'ils aient été en train de dormir ? Qu'ils n'aient pas su ?

— Ils dormaient ?

— Non, ils étaient à genoux. Et ils savaient ce qui allait arriver. Exactement comme leurs parents. Qu'est-ce que tu dis de ça ?

McShane avait les yeux qui brillaient à l'évocation de ses souvenirs et dans ses pupilles noires Bosch découvrit le vide de ceux qui n'ont plus la moindre humanité. Une rage sourde montant en lui alors qu'il se rappelait les photos d'Emma et de Stephen Junior qu'il avait jadis portées sur lui, du plus profond de son cœur lui vint un cri primal pour que justice soit faite.

Semblant le sentir, McShane se rua sur lui et lui colla le canon de son arme sur la figure.

— Retourne-toi ! Contre le mur, bordel !

Bosch était prêt. Il baissa les mains, inclina les épaules vers la droite comme s'il s'apprêtait à se retourner comme on le lui ordonnait, mais soudain il recula d'un demi-pas sur la gauche et laissa son tournevis glisser de sa manche dans sa main.

Et McShane enfin tout près de lui, il lança la main droite en avant pour attraper le flingue et en dévier le tir vers le haut puis de la gauche, il lui enfonça le tournevis dans les côtes.

Son corps se tendant sous l'impact, McShane gronda. Sans cesser de le tenir contre lui, Bosch lui ressortit le tournevis de la poitrine et l'y replongea sauvagement à nouveau, cette fois en le faisant remonter vers le haut. Puis il se jeta sur McShane de tout son poids et le repoussa sur un mètre jusqu'à ce qu'il s'écrase contre le mur.

Il l'y immobilisa et en lui bloquant toujours la main avec laquelle il tenait son arme, il continua d'appuyer sur le tournevis et sentit du sang chaud lui courir sur les doigts.

Penché sur McShane, il était maintenant assez près de lui pour sentir ses derniers souffles désespérés lui effleurer le visage. Il n'avait plus tué d'homme au corps à corps depuis la guerre du Vietnam, cinquante ans plus tôt, et ne cessa pas de le regarder droit dans les yeux alors qu'il sentait sa résistance et ses forces diminuer dans tout son corps et finir par refluer avec sa vie.

La fermeté avec laquelle il tenait son arme venant à lui manquer, McShane la lâcha. Elle rebondit sur l'épaule de Bosch et tomba sur le sol avec un bruit métallique. Alors il se mit à glisser le long du mur une grande surprise dans les yeux.

Bosch le laissa s'effondrer, s'affaler en position assise, le dos appuyé au mur et le tournevis toujours enfoncé dans la poitrine. Bientôt son sang se répandit sur lui, jusqu'au sol.

Bosch expédia au loin son arme d'un coup de pied, recula et regarda McShane saigner à mort et ses yeux se brouiller, puis se figer dans la contemplation du néant.

Chapitre 53

Le dernier avion de la journée ayant atterri à l'aéroport de Miami International le lendemain matin à 6 heures, Ballard fut sur la route de Key West moins d'une heure plus tard, une grande tasse de café dans le porte-gobelet de sa voiture de location. Sa plus grande inquiétude était de s'endormir pendant les quatre heures de trajet et de sortir de sa voie sur l'Overseas Highway. Elle avait trouvé une des toutes dernières places libres à bord du vol de Los Angeles, en classe économique, et s'était retrouvée coincée au milieu d'une rangée, entre deux hommes qui n'avaient eu aucun mal à dormir, et à ronfler d'un bout à l'autre du voyage.

Elle n'avait, elle, pas fermé l'œil de la nuit, ni cessé de penser à Harry et à ce qu'il pouvait bien fabriquer aussi loin de chez lui.

À mi-chemin de sa destination dans l'archipel, elle perdit le contact avec les radios de Miami et finit par être obligée d'écouter les bulletins météo d'une station des Keys qui les répétait tous les quarts d'heure. Une tempête inhabituelle en cette saison de pré-ouragans s'était formée sur la côte africaine et se dirigeait vers les Caraïbes, le speaker de Marathon précisant qu'on suivait l'affaire de très près.

Enfin à moins de quinze kilomètres de Key West, Ballard s'apprêtait à passer un coup de fil au KWPD lorsque son portable vibra. L'appel lui arrivait de L.A., où il n'était pas encore 8 heures du matin. Elle le prit.

— Renée Ballard à l'appareil, dit-elle.

— Mick Haller. Vous m'avez laissé un message hier soir.

— Oui.

— On dirait que vous êtes en voiture. Vous pouvez parler ?

— Oui. Je suis inspectrice au LAPD. Je travaille avec Harry Bosch.

— Ah oui, mon frère, celui d'une autre mère. Je sais qui vous êtes, Ballard. C'est à son sujet ? Il a un problème ?

— C'est pour une affaire que vous devriez prendre, lui répondit-elle en n'ayant aucune envie d'envisager que Bosch ait des ennuis.

— Venant de la police, la demande est un peu inhabituelle, mais allez-y, je vous écoute.

— D'abord, que ce soit clair, je ne vous ai rien demandé. Vous ne pourrez jamais déclarer que c'est moi qui vous ai indiqué l'affaire.

— Je comprends.

— Et j'ai besoin de vous l'entendre dire.

— Vous ne m'avez jamais demandé quoi que ce soit. Si j'agis à la suite de cette conversation, votre implication dans cette affaire prendra fin avec cet appel, dont je ne révélerai rien à personne. Ça vous va ?

— Ça me va.

— Alors dites-moi, vite. Je dois me préparer pour le tribunal.

— Olga Reyes. Affaire LAPD numéro zéro, neuf, tiret, zéro, quatre, un, huit. Vous devriez noter. Elle a été assassinée en 2009. Son petit ami, Jorge Ochoa, a été faussement accusé du meurtre et reconnu coupable.

— Affaire d'habeas corpus, donc. Vous savez à quel point c'est difficile ?

— Vous avez déjà fait libérer des innocents. C'est Harry qui me l'a dit.

— Oui, mais ce n'est pas tous les jours.

— Disons que c'est un de ces jours-là. Ochoa est innocent, et aussi bien le LAPD que le bureau du district attorney le savent. Mais ils attendent à cause de référendum révocatoire.

Silence à l'autre bout de la ligne.

— Toujours là ? lui demanda Ballard.

— Toujours là. Poursuivez.

— Je dirige l'unité des Affaires non résolues. Avez-vous entendu parler de l'affaire Ted Rawls ?

— Évidemment. J'ai aussi entendu dire qu'Harry était un des tireurs. Je lui ai laissé des messages cette semaine, mais il ne m'a pas rappelé.

— Il ne les a probablement pas eus. Son portable est encore chez les flics. Toujours est-il qu'Ochoa a été condamné pour le meurtre de sa petite amie : du tout cuit côté ADN. Sauf que ce n'est pas lui qui l'a tuée. C'est Rawls.

— En résumé, un, vous avez des preuves reliant Rawls à Olga Reyes et deux, le district attorney ne bouge pas.

— Vous êtes plutôt bon.

— Bon et en colère. Et où est ce Jorge en ce moment ?

— À Corcoran.

— D'accord, et qu'est-ce que je dois exiger d'avoir ? Qui cité-je à comparaître ?

— Moi et tous les éléments de preuve ayant un lien avec l'affaire Olga Reyes. Dont je vous ai donné le numéro. On a retrouvé des objets disparus de la scène de crime dans une benne à ordures derrière la boutique de Rawls. Il venait de les jeter quand il a vu qu'Harry l'observait. Le reste, vous l'avez appris à la télé.

Haller y alla d'un léger sifflement, puis demanda :

— Quelles sont les pièces à conviction ?

— La chemise de nuit de la victime et un bracelet que Jorge lui avait acheté. Je suis allée voir sa mère et elle a confirmé pour le bracelet.

— Voici donc comment je vais m'y prendre : je vais voir la maman, je la prends comme cliente et je pars de là. Personne ne saura jamais que le tuyau venait de vous.

— J'apprécie. Il y a aussi l'arme du crime, un marteau. Rawls avait tout gardé. Vous pourrez matcher le marteau avec le rapport d'autopsie.

— Vous me livrez tout ça sur un plateau. Vous avez le nom et l'adresse de la mère sous la main ?

— Je vous les envoie dès que j'arrête de rouler.

— Parfait. Je devrais pouvoir démarrer avec ça.

— Je vous en remercie.

— Tout le plaisir est pour moi, inspectrice Ballard. Je vous tiens au courant et si tout ça va au procès, vous pourriez regretter cet appel.

— Ça ne m'inquiète pas. Jouez-la avec moi comme témoin hostile et ma couverture sera parfaite. Mais vous appellerez aussi Harry Bosch. Il travaille sur l'affaire avec moi.

— On franchira l'obstacle quand on y sera.

Après avoir raccroché, Ballard appela le KWPD pour qu'un policier la retrouve au Pier House et lui permette ainsi de faire ouvrir la porte de la chambre de Harry par un employé de la sécurité de l'hôtel. Elle pensait que cela lui donnerait des idées sur l'endroit où se trouvait Bosch et sur ce qu'il avait en tête.

Lorsqu'elle y arriva un quart d'heure plus tard, il y avait déjà un véhicule du KWPD sur le parking. Ballard se gara à côté, entra dans le vestibule et trouva deux officiers qui l'attendaient avec le chef de la sécurité. Elle leur montra son badge et ses identifiants, l'homme de la sécurité, un certain Munoz, lui disant qu'il avait une clé de la chambre de Bosch. Tous rejoignirent la porte du fond, s'enfoncèrent dans un labyrinthe de plantes et d'arbres tropicaux tout autour d'une piscine et gagnèrent un bâtiment contenant quatre étages de chambres.

L'homme de la sécurité leur ayant dit qu'ils arriveraient plus près de la 202 en empruntant l'ascenseur que l'escalier, ils se serrèrent dans la petite cabine.

Enfin à la porte de la chambre, l'homme de la sécurité frappa, puis colla l'oreille au montant pour écouter.

— Sécurité de l'hôtel, lança-t-il. Monsieur Bosch ? C'est la sécurité.

Il attendit quelques secondes, frappa de nouveau et sortit une carte clé de sa poche pour déverrouiller la serrure.

— Sécurité ! lança-t-il à nouveau. Nous ouvrons la porte.

Chapitre 54

Bosch dormait si profondément que c'est à peine si le premier coup frappé à la porte avait pénétré dans les tunnels dont il rêvait. Il s'y déplaçait sans cesse dans des espaces sombres et resserrés sans début ni fin.

Au second coup, il ouvrit les yeux. Il était allongé sur un lit dans une chambre inconnue. Il y faisait noir, les rideaux étaient tirés, seule brillait la lumière de la salle de bains. Il entendit un déclic à la porte et se redressa d'un coup.

— Ne tirez pas ! cria-t-il. Ne tirez pas !

Ils ouvrirent la porte, entrèrent, traversèrent le vestibule et pénétrèrent dans la pièce.

Bosch vit que c'était Ballard et qu'un type en costume et deux policiers en tenue l'accompagnaient.

— Harry, dit-elle, tout va bien ?

— Renée, répondit-il. Qu'est-ce que tu… Tu es venue.

Elle garda le silence, se tourna vers les hommes derrière elle et leur fit signe de rester en arrière.

— Il va bien, leur dit-elle. Fausse alerte. Tout est OK. Vous pouvez tous…

— Vous êtes sûre, madame ? lui demanda le type en costume. Il a l'air perdu.

— Vous m'avez réveillé, dit Bosch. Oui, je suis un peu perdu.

Il chercha du sang sur ses mains et ses vêtements, en vain. Il s'était endormi tout habillé et avait les cheveux encore légèrement mouillés après la douche qu'il avait prise : la nuit avait été longue pour tout nettoyer.

L'aîné des officiers poussa Ballard de côté, entra dans la chambre, alluma la lampe de chevet et regarda Bosch qui s'était assis sur le côté du lit. Il avait les pieds nus et portait un pantalon et une chemise à manches longues. Il n'avait pris aucun vêtement pour dormir en préparant sa valise.

— Vous sentez-vous bien, monsieur ? lui demanda l'officier.

— Oui. Je vais bien. C'est seulement que je n'ai pas l'habitude de voir des gens débarquer dans ma chambre en pleine nuit.

— Monsieur, lui renvoya l'officier, il est presque midi. Avez-vous consommé de la drogue ou de l'alcool ?

— Non, rien, et je vais bien. Je suis juste… fatigué. Je me suis couché trop tard.

— Avez-vous besoin de soins médicaux ?

— Non, et je n'en veux pas.

— Avez-vous l'intention de vous faire du mal à vous et à autrui ?

Bosch hocha la tête et se força à rire.

— Vous plaisantez ? Non, je n'ai aucune intention de faire du mal à quiconque, moi compris.

— Bien, monsieur, nous allons donc vous laisser avec votre collègue. Cela vous convient-il ?

— Oui. Cela me rendrait même très heureux.

— Bien, monsieur. Passez une bonne journée.

— Merci. Je suis désolé pour cette intervention. Ça doit être que j'ai le sommeil lourd.

L'officier pivota et se dirigea vers la porte, suivi par son collègue. Il avait un micro de radio à l'épaule. Il tourna la bouche vers l'appareil et informa le dispatcher qu'ils quittaient les lieux sans incident. L'employé de la sécurité sortit derrière les officiers.

— Merci les gars ! leur cria Ballard. Désolée pour la fausse alerte.

Bosch entendit claquer la porte et attendit que Ballard lui parle.

— Mais Harry, c'est quoi, cette merde ?

— Quoi ? Mais et toi… qu'est-ce que tu fais ici ?

— Comme eux : je m'assure que tu vas bien.

— Tu as traversé tout le pays en avion pour t'assurer que j'allais bien ?

— Je pense que c'est ce que tu voulais. L'interrogatoire de Sheila Walsh. Ton coup de fil à Maddie. Toutes ces miettes de pain à suivre.

— Si tu le dis.

— Je le dis.

Bosch se leva et chercha ses chaussettes et ses chaussures posées sur le plancher, près d'une chaise dans le coin de la pièce. Il s'en empara, s'assit et commença à les enfiler.

— Tu as retrouvé McShane, c'est ça ? reprit Ballard.

Il garda le silence et se concentra sur ses lacets. Puis il se leva, ouvrit les rideaux et plissa les yeux tant était violente la lumière du soleil se reflétant sur l'eau tels des diamants coupés.

— Où est le mot que tu m'as laissé ? insista Ballard.

Il la regarda par-dessus son épaule. Elle se tenait toujours près de la porte du vestibule comme si elle ne voulait pas vraiment entrer dans la pièce.

— Quel mot ? lui renvoya-t-il.

— Ce n'est pas la première vérification de ton état de santé qu'ils ont faite, Harry. Ils sont passés hier soir. Tu n'étais pas là, mais il y avait ton portefeuille dans le tiroir et une enveloppe à mon nom sur le bureau. Les miettes de pain à suivre.

— Je ne vois pas de quoi tu parles.

— Bien sûr que si.

— Je ne vois pas de mot, Renée.

Elle garda le silence et Bosch sut qu'elle avait tout compris.

— J'imagine donc que tu l'as retrouvé. Que s'est-il passé ?

— Disons juste que l'affaire est close et restons-en là.

— Harry ! Qu'est-ce que tu as fait ?

— L'affaire est terminée. Et c'est tout ce que tu as besoin de savoir. Il y a des fois où…

— Où quoi ?

— Où on fait quelque chose de mal pour la bonne raison. Et c'est une de ces fois, parce que c'était cette affaire.

— Oh, Harry…

Bosch entendit sa déception et son angoisse dans la façon dont elle avait dit son nom et fut toujours aussi incapable de se tourner vers elle pour la regarder.

— Ça t'aiderait si je te disais que je n'ai pas eu le choix ?

— Non, pas vraiment, répondit-elle. Parce que qu'il se soit produit ceci ou cela et de telle ou telle autre manière, c'est toi qui as tout déclenché.

Il hocha la tête. Il savait que c'était vrai.

— On ne pourrait pas parler d'autre chose ? reprit-il.

— Comme quoi ? lui renvoya-t-elle. De tes petites pilules bleues ?

— De quoi parles-tu ?

— Le fentanyl de contrefaçon que j'ai trouvé dans le tiroir chez toi. Et que ta fille a trouvé, elle aussi.

Bosch se détourna de la vue et la regarda.

— Tu es entrée chez moi ?

— Tu étais porté disparu. Je m'inquiétais. Et Maddie aussi. Elle a trouvé les pilules et le mot que tu lui avais laissés.

— Merde. Ça y était depuis longtemps. Depuis des mois.

— Peut-être, mais elle a lu le mot et elle s'est inquiétée, et ça se comprend. Ajoutes-y les pilules et ça devient une lettre d'adieu. Qu'est-ce qu'il t'arrive, Harry ?

— Je lui parlerai. Elle ne devait pas trouver ce mot avant au moins plusieurs mois.

— Ce qui veut dire ?

Bosch gagna le lit et s'assit au bout.

— Ton empathe… Colleen ? Elle avait raison.

— De quoi tu parles ?

— De l'aura noire qu'elle a cru venir de moi.

— Mais encore ?

— Je t'ai déjà parlé d'une affaire où j'avais retrouvé du césium qui avait disparu.

— Oui.

— Eh bien, ma maladie est revenue, et les pilules qu'on me donne ne servent qu'à repousser le truc. C'est passé dans ma moelle épinière.

Un long silence s'ensuivit avant que Ballard ne réagisse.

— Je suis désolée, Harry. Tu suis toujours un traitement ?

— Oui, j'ai eu des rayons.

— Et le pronostic ? Combien de temps avant que…

— Je n'ai pas demandé parce que je ne veux pas savoir. Et je garde ces pilules dans mon tiroir pour quand j'arriverai à la fin de mon service.

— Harry ! Tu ne peux pas faire ça ! Maddie n'est au courant de rien ?

— Non, et je ne veux pas qu'elle le soit, dit-il en levant la tête pour regarder Ballard.

— Bon, dit celle-ci. Mais il faut que tu lui parles. En fait, il faut qu'on l'appelle tout de suite pour lui dire qu'on t'a retrouvé et que tu vas bien.

— On peut l'appeler, mais elle n'a pas besoin de savoir pour les autres trucs, dit-il. Elle commence sa vie et ne devrait pas avoir à se faire du souci pour moi.

— Putain, ça craint vraiment.

— Oui, mais c'est comme ça. Je sors ces pilules du tiroir tous les matins. Et je les y remets à la fin de la journée… Et je ne le ferai pas quand le moment sera venu.

— Tu peux pas faire ça, Harry.

— Si je ne le fais pas, ce sera dégueu et je ne veux pas de ça. Je veux que Maddie hérite de ma maison et d'une vie sans fantômes.

— Mais c'est exactement ça que tu vas lui laisser : un fantôme.

— Je n'ai vraiment plus envie de parler de ça, Renée. Je lui parlerai en rentrant à L.A. Mais là, j'ai besoin de passer un coup de téléphone.

— À qui ?

— À la sœur de Stephen Gallagher en Irlande.

— Qu'est-ce que tu vas lui dire ?

— Pas grand-chose. Juste que justice est faite, et j'en resterai là. Je crois qu'ils ont cinq heures d'avance sur nous là-bas et je ne veux pas attendre trop longtemps. Il vaudrait mieux qu'il fasse jour pour elle quand je l'appelle.

— Et après ?

— Et après, je vais retourner à Miami en voiture et attraper un vol pour rentrer.

— Vas-tu au moins envoyer un SMS à ta fille pour lui dire que tu vas bien ?

— Je n'ai pas de portable. Et si toi, tu lui en envoyais un pour lui dire que je l'appellerai demain ? Faut que je réfléchisse à ce que je vais lui dire.

— D'accord, Harry. Je le ferai.

— Merci. Et toi ? Tu viens juste d'arriver. Tu veux rentrer avec moi ?

Ballard regarda l'océan derrière lui.

— Je pensais rester voir un coucher de soleil, répondit-elle. Ils ont la réputation d'être géniaux.

Il acquiesça d'un signe de tête.

— C'est ce que j'ai entendu dire.

— Encore une chose. Tu me réponds en mode confidentiel ou pas, comme tu veux.

— Je vais essayer.

— Es-tu venu ici pour le tuer ?

Il garda longtemps le silence.

— Non, dit-il enfin. Ce n'était pas du tout le plan.

Épilogue

Selon l'accord qu'ils avaient passé, ce fut Ballard qui prit le volant, Bosch ne voulant pas ajouter de kilomètres au compteur de sa voiture de location. Elle le prit chez lui à 6 heures du matin et ils se retrouvèrent à l'endroit un peu à l'écart de l'Old Spanish Trail avant 8 heures : grâce à son gyrophare en code 3, elle avait roulé à cent cinquante kilomètres-heure.

Bosch descendit de la voiture avec le coffre en bois contenant les cendres de la famille Gallagher. Bien des années auparavant, la sœur de Gallagher, Siobban, lui avait demandé de les répandre parce qu'il ne lui semblait pas juste de les renvoyer dans une Irlande que son frère avait quittée depuis si longtemps. Bosch avait accepté, mais avait décidé d'attendre jusqu'au moment où il aurait clos l'affaire et rendu justice à la famille.

L'heure était enfin venue.

Ils marchèrent dans les broussailles jusqu'à l'endroit où les quatre sculptures en pierres se dressaient près du mesquite. Aucune ne s'était effondrée depuis sa dernière visite. Elles se tenaient toujours fermement debout à quatre hauteurs différentes : celles du père, de la mère, du fils et de la fille.

Ballard et Bosch n'avaient pas beaucoup parlé pendant le trajet. Cela n'avait pas changé depuis Key West, mais lorsqu'il lui avait fait part de son désir de rejoindre le désert pour y répandre les cendres des Gallagher, elle lui avait demandé si elle pouvait l'accompagner. El là ils étaient, sur cette terre sacrée où, elle le savait, il avait puisé tout l'élan et toute la force de mener l'affaire à sa conclusion – celle qui l'avait vu faire le mal pour une bonne raison.

Ils s'immobilisèrent devant les pierres, Bosch tenant le coffre à deux mains. Un vent sec descendant du nord agitait doucement les pétales des fleurs à leurs pieds. Ballard attaqua avec une question facile.

— Comment ça s'est passé avec Maddie ?

Bosch parut réfléchir longuement à la question avant de répondre.

— Nous avons parlé et maintenant, elle sait ce qui m'arrive. Elle n'est pas contente que je le lui aie caché, mais je crois qu'elle comprend pourquoi. Elle m'a dit vouloir se réinstaller à la maison pour s'occuper de moi, mais j'ai refusé : elle a sa vie à vivre. Et j'espère juste ne jamais devenir quelque chose qui l'empêche de se concentrer sur son travail.

— Elle s'en sortira. Elle travaille bien.

Bosch ne lui offrant rien d'autre, elle s'agenouilla et cueillit une des petites fleurs devant elle, en tint la tige entre le pouce et l'index et la fit tourner comme un moulinet.

— Pourquoi McShane a-t-il choisi cet endroit ? reprit-elle. Par hasard ?

— Probablement, répondit-il, mais on ne le saura jamais. Ce sera sans doute encore une de ces inconnues qu'on connaît.

— Je pensais qu'il te l'avait peut-être dit.

— Non, il ne me l'a pas dit, répondit-il en se détournant des pierres pour la regarder.

— C'est dommage. A-t-il reconnu quoi que ce soit ?

Elle se tenait à côté de lui, il hocha la tête.

— Oui, répondit-il. Tout. Il a avoué.

— Sous ta contrainte ?

Bosch ricana.

— C'était lui qui avait le flingue, pas moi.

Ballard comprit enfin comment cela s'était passé.

— Tu sais ce que je pense ? reprit-elle. Je pense que tu es allé là-bas pour t'échanger contre cette confession. Tu as laissé tes miettes de pain à suivre et tu étais prêt à te sacrifier si cela signifiait que quelqu'un pouvait le coincer après. Qu'on pourrait le faire à ta place, même si ce ne serait pas pour tout ce qu'il avait fait avant. Sauf qu'il s'est passé quelque chose… et que tu as changé d'idée.

Bosch garda le silence pendant presque une minute. Puis il lui montra les deux empilements de pierres les plus petits d'un signe de tête et répondit :

— Ils étaient réveillés et… conscients… quand il les a tués. Les deux. C'était la question que je portais en moi depuis toujours et qui me hantait plus que le fait même qu'il puisse s'en sortir sans encombre.

Il cessa de parler, mais Ballard ne dit rien.

— Ce monde est en colère, reprit-il, et dans un monde en colère, les gens font des choses auxquelles on ne s'attendrait jamais. Auxquelles eux-mêmes ne s'attendraient pas.

Ballard acquiesça.

— Je comprends, dit-elle.

— Non. Et j'espère que tu ne le comprendras jamais.

Silence. Ballard regarda autour d'elle, suivit des yeux la ligne de crête et les plaines salées, puis revint sur les fleurs à ses pieds.

— Il est si facile d'oublier qu'il est de grandes beautés dans le désert, dit-elle.

Bosch acquiesça.

— Et ces fleurs sont merveilleuses, reprit-elle.

— L'étoile du désert. Je connais un type pour qui c'est le signe que Dieu existe dans ce monde foutu. Elle ne lâche jamais, elle résiste à la chaleur et au froid, à tout ce qui voudrait l'arrêter. (Elle acquiesça.) Comme toi, ajouta-t-il.

Ballard le regarda, il ne dit rien de plus, elle mit un moment à retrouver sa voix.

— Merci Harry, dit-elle. Merci de m'avoir dit la vérité.

Ils restèrent silencieux un long moment avant qu'il ne reprenne la parole.

— Tu sais que je ne reviendrai pas à l'unité, n'est-ce pas ?

— Je sais, oui.

Il ouvrit le couvercle du coffre en bois, s'approcha des sculptures en pierres, prit une poignée de cendres dans sa main, tendit celle-ci devant lui et laissa tomber la poussière entre ses doigts. Il le fit trois fois, puis il retourna le coffre et laissa le reste s'en échapper, un souffle de vent s'emparant de l'essentiel et le chassant au loin.

— Et que la poussière retourne à la poussière, lança-t-il. C'est bien ce qu'on dit, non ?

Puis il referma le coffre, pivota et reprit le chemin de la voiture.

— Je suis prêt, dit-il.

Ballard le suivit. Ils remontèrent dans la voiture, démarrèrent et rentrèrent à L.A.

DU MÊME AUTEUR :

Les Égouts de Los Angeles
Prix Calibre 38, 1993
1re publication, 1993
Calmann-Lévy, l'intégrale
MC, 2012
Le Livre de Poche, 2014

La Glace noire
1re publication, 1995
Calmann-Lévy, l'intégrale
MC, 2015
Le Livre de Poche, 2016

La Blonde en béton
Prix Calibre 38, 1996
1re publication, 1996
Calmann-Lévy, l'intégrale
MC, 2014
Le Livre de Poche, 2015

Le Poète
Prix Mystère, 1998
1re publication, 1997
Calmann-Lévy, l'intégrale
MC, 2015 ; 2021
Le Livre de Poche, 2017

Le Cadavre dans la Rolls
1re publication, 1998
Calmann-Lévy, l'intégrale
MC, 2017
Le Livre de Poche, 2018

Créance de sang
Grand Prix de littérature
policière, 1999
1re publication, 1999
Calmann-Lévy, l'intégrale
MC, 2017
Le Livre de Poche, 2020

Le Dernier Coyote
1re publication, 1999
Calmann-Lévy, l'intégrale
MC, 2017
Le Livre de Poche, 2019

La lune était noire
1re publication, 2000
Calmann-Lévy, l'intégrale
MC, 2012
Le Livre de Poche, 2012

L'Envol des anges
1re publication, 2000
Calmann-Lévy, l'intégrale
MC, 2012
Le Livre de Poche, 2012

L'Oiseau des ténèbres
1re publication, 2001
Calmann-Lévy, l'intégrale
MC, 2012
Le Livre de Poche, 2011

Wonderland Avenue
1re publication, 2002
Calmann-Lévy, l'intégrale
MC, 2013

Darling Lilly
1re publication, 2003
Calmann-Lévy, l'intégrale
MC, 2014

Lumière morte
1re publication, 2003
Calmann-Lévy, l'intégrale
MC, 2014

Los Angeles River
1re publication, 2004
Calmann-Lévy, l'intégrale
MC, 2015

Deuil interdit
1re publication, 2005
Calmann-Lévy, l'intégrale
MC, 2016
Le Livre de Poche, 2021

La Défense Lincoln
1re publication, 2006
Calmann-Lévy, l'intégrale
MC, 2018
Le Livre de Poche, 2022

Chroniques du crime
Seuil, 2006
Points, n° P1761, 2007

Echo Park
1re publication, 2007
Calmann-Lévy, l'intégrale
MC, 2018
Le Livre de Poche, 2024

À genoux
1re publication, 2008
Calmann-Lévy, l'intégrale
MC, 2019
Le Livre de Poche, 2024

Le Verdict du plomb
1re publication, 2009
Calmann-Lévy, l'intégrale
MC, 2020
Le Livre de Poche, 2023

L'Épouvantail
1re publication, 2010
Calmann-Lévy, l'intégrale
MC, 2021

Les Neuf Dragons
1re publication, 2011
Calmann-Lévy, l'intégrale
MC, 2022

Volte-face
Calmann-Lévy, 2012
Le Livre de Poche, 2013

Angle d'attaque
Ouvrage numérique
Calmann-Lévy, 2013

Le Cinquième Témoin
Calmann-Lévy, 2013
Le Livre de Poche, 2014

Intervention suicide
Ouvrage numérique
Calmann-Lévy, 2014

Ceux qui tombent
Calmann-Lévy, 2014
Le Livre de Poche, 2015

Le Coffre oublié
Ouvrage numérique
Calmann-Lévy, 2015

Dans la ville en feu
Calmann-Lévy, 2015
Le Livre de Poche, 2016

Mulholland,
vue plongeante
Ouvrage numérique
Calmann-Lévy, 2015

Les Dieux du verdict
Calmann-Lévy, 2015

Billy Ratliff, dix-neuf ans
Ouvrage numérique
Calmann-Lévy, 2016

Mariachi Plaza
Calmann-Lévy, 2016
Le Livre de Poche, 2017

Jusqu'à l'impensable
Calmann-Lévy, 2017
Le Livre de Poche, 2018

Sur un mauvais adieu
Calmann-Lévy, 2018
Le Livre de Poche, 2019

En attendant le jour
Calmann-Lévy, 2019
Le Livre de Poche, 2020

Une vérité à deux visages
Calmann-Lévy, 2019
Le Livre de Poche, 2020

Nuit sombre et sacrée
Calmann-Lévy, 2020
Le Livre de Poche, 2021

Incendie nocturne
Calmann-Lévy, 2020
Le Livre de Poche, 2021

Séquences mortelles
Calmann-Lévy, 2021
Le Livre de Poche, 2022

L'Innocence et la loi
Calmann-Lévy, 2021
Le Livre de Poche, 2022

Les Ténèbres et la nuit
Calmann-Lévy, 2022
Le Livre de Poche, 2023

PAPIER CERTIFIÉ

Composition réalisée par Belle Page

Achevé d'imprimer en France par
CPI BRODARD & TAUPIN (72200 La Flèche)
en août 2024
N° d'impression : 3057837
Dépôt légal 1re publication : septembre 2024
LIBRAIRIE GÉNÉRALE FRANÇAISE
21, rue du Montparnasse – 75298 Paris Cedex 06

42/7201/3